Triana Hill

Der unsichtbare Liebhaber

Triana Hill

Der unsichtbare Liebhaber

Nicht von dieser Welt

//////////////// SILBERSCHNUR ////////////////

© der deutschen Ausgabe Verlag „Die Silberschnur" GmbH

ISBN 3-931 652-71-8

1. Auflage 1999

Covergestaltung: d t p XPresentation, Boppard
Druck: FINIDR, 🔳 s. r. o., Český Těšín

Verlag »Die Silberschnur« GmbH · Steinstraße 1 · D-56593 Güllesheim

www.silberschnur.de
e-mail: info@silberschnur.de

Danksagung

Möge dieses Buch dir die Überzeugung vermitteln, daß nichts unmöglich ist. Und möge dank dieser Erkenntnis dein Leben erblühen und mit vielen "wunderbaren" Erlebnissen gesegnet sein.

Ich danke Roberta Herzog, meiner geliebten Freundin, die mich mit Liebe füttert und mich auf meinem Lebenspfad führt;

Jeffrey Simmons, meinem lieben Freund und hochgeachteten Literaturagenten, der immer an mich glaubte und mich ermutigte, meine wahre Geschichte zu schreiben;

und der unbesiegbaren Macht, die mir die Kraft und Entschlossenheit gibt, Autorin zu sein.

Triana Hill *war eine der erfolgreichsten Geschäfts-*
frauen Amerikas, bevor sie sich ganz ihrer über-
sinnlichen Begabung widmete. Seit 15 Jahren
führt die international anerkannte Seminarleite-
rin und Lehrerin, die auch im "Who's who" der
amerikanischen Frauen verzeichnet ist, Workshops
in Deutschland und vielen anderen Ländern durch.
Als Visionärin und begabte Hellseherin hilft sie
den Menschen, sich ihre verborgenen Gaben zu
erschließen und ihr volles geistiges Potential zu
nutzen. Triana Hill ist in der Lage, die Akasha-
Chronik zu lesen, in der die Evolution jeder See-
le – ihre Vergangenheit, ihre Gegenwart und ihre
Zukunft – verzeichnet ist. Durch Radio- und Fern-
sehinterviews in der ganzen Welt und ihre eigene
Radiosendung "Ask Triana", in der sie Hörerfra-
gen mit Hilfe ihrer übersinnlichen Fähigkeiten
beantwortet, wurde sie berühmt.
Triana Hill stammt aus Kalifornien und lebt und
arbeitet zur Zeit auf Maui, Hawaii.

Vorwort

Was Sie gleich lesen werden, habe ich fast mein ganzes Leben lang für mich behalten.

Es liegt an Ihnen, ob Sie meine Geschichte glauben oder nicht. Ich bitte Sie nur darum, sie zu lesen, und ich hoffe, Sie werden erkennen, daß der Mensch nicht nur einen physischen Körper hat. Ich erzähle Ihnen von meinem Leben, weil ich Sie dazu inspirieren möchte, eine Tür zum unbegrenzten Bewußtsein zu öffnen. Ich bete darum, daß etwas in meinen Worten Sie dazu bewegt, die Wahrheit zu suchen, zu finden und ohne Furcht zu verbreiten, ganz gleich, wie umstritten sie sein mag. Wenn Sie aus diesem Buch auch nur lernen, daß nichts unmöglich ist, dann hat sich das Schreiben für mich und das Lesen für Sie gelohnt.

Das erste "Wunder", das mir widerfuhr, war eine Schwangerschaft. Ich hatte seit über einem Jahr keine sexuelle Beziehung mehr gehabt. Das zweite "Wunder" bestand inFolgendem; Während ich nach meinem unbekannten Vater suchte, schwor meine Mutter mir auf ihrem Sterbebett sie habe damals als sie mit mir schwanger wurde, seit achtzehn Monaten keinen Sex gehabt.

Es gab keine vernünftige Erklärung für diese Schwangerschaften! Ich weiß, daß ich nicht die Jungfrau Maria bin. Wie also bin ich schwanger geworden und warum? Das ist für mich ein Rätsel, zu dem ich inzwischen

7

einige Antworten kenne. Aber ich bemühe mich immer noch, alle Teile des Mysteriums zu verstehen. Stellen Sie sich vor, Sie entdecken ein Puzzle, das so komplex ist, daß Sie die Teile nicht finden, geschweige denn zusammensetzen können. Doch während Sie die einzelnen Teile entdecken, wächst Ihre Dankbarkeit dafür, daß der Geist Ihnen diese Bewußtheit gegeben hat, und Sie können nicht aufhören zu suchen, bis das Puzzle vollendet und seine Botschaft klar ist.

Das nächste "Wunder" war der Besuch eines Wesens aus einer anderen Dimension. Es nahm für ein paar Stunden materielle Gestalt an. Und die magischen Auswirkungen dieser Manifestation auf mein Leben dauern an. Dieser jenseitige Besucher forderte mich auf, ihn nicht zu vergessen, und versprach mir, in diesem Leben noch einmal zu erscheinen und mir eine äußerst wichtige Information zu geben, die meine Mission auf Erden betrifft. Meine Geschichte handelt von meinen außergewöhnlichen Erlebnissen, die mir während der Suche nach ihm widerfahren sind.

Ich suche also weiter nach der Wahrheit und nach meinem "mysteriösen Mann". Eines aber weiß ich: Er ist mein Geliebter, und wir leben in verschiedenen Dimensionen. Ich sehne mich danach, irgendwann und irgendwo bei ihm zu sein.

Teil 1

Kapitel 1

Als ich das Licht andrehte, lief eine Küchenschabe mit großer Geschwindigkeit über meinen Unterschenkel. Ich sprang von dem kalten Boden auf, der mir in den letzten zehn Jahren als Bett gedient hatte, und blickte mich in meiner trostlosen Umgebung um. Das Mobiliar bestand aus einem wackligen Stuhl und einem Tisch, dessen fehlendes Bein gnädigerweise von einem mottenzerfressenen Tischtuch teilweise verdeckt wurde. Auf alle Gegenstände im Haus – inklusive einer Geranie, die in dieser Umgebung vollkommen fehl am Platze schien – hatte sich dichter Staub gelegt. Instinktiv identifizierte ich mich mit einer Pflanze – so wie sie hungerte auch ich, allerdings nach einem geistigen Licht, das es mir endlich gestatten würde, aus diesem Elend hinauszuwachsen.

Genaugenommen war unser Zuhause eigentlich eher ein Werkzeugschuppen als ein Haus. Unsere Nachbarn nannten es der Einfachheit halber "Die Schrottlaube". Das Haus bestand aus zwei Räumen, von denen einer mit einem Waschbecken und einer Toilettenschüssel ausgestattet war. Heißes Wasser gab es nicht. Ein Eisblock im Waschbecken diente als Kühlschrank, und unsere einzige Wärmequelle und gleichzeitig Kochgelegenheit bestand in einem holzfressenden, böllernden und krachenden Monstrum von Kanonenofen. Eine winzige Veranda führte auf den Hof hinaus, wo drei Hühner, eine Ente und eine Wüstenschildkröte namens Teddy auf einem kleinen Gemüsebeet umherwatschelten. Die Schildkröte war der Ersatz für einen Teddybär, für den meine Mutter kein Geld hatte.

Die beiden Zimmer waren feucht und modrig, und das Haus roch wie eine Gruft. Die einzigen Bewohner, die in dieser Umgebung gediehen, waren Käfer, Spinnen, Eidechsen, Küchenschaben und andere Kriechtiere, denen es gelangt sich durch die Ritzen in den Holzwänden zu zwängen und es sich über Nacht bei uns gemütlich zu machen.

Der einzige gutgelaunte Bewohner in diesen Wänden war ein hellgelber Kanarienvogel namens Scotty, der ohne Rücksicht auf seine Umgebung das immer gleich berauscht klingende Liedchen von sich gab. Jeden Tag stand meine Mutter vor seinem Käfig und sang ihm die Tonleiter vor. Dann legte er den Kopf auf die Seite, plusterte seine goldenen Federn auf und erwiderte ihren Gesang beinahe in der gleichen Tonart. Ihre Stimmen verschmolzen zu einer sonnigen, harmonischen Melodie, die durch die leeren Räume klang und die Dunkelheit um mich herum wenigstens für kurze Zeit aufhob.

Meine Mutter arbeitete rund um die Uhr als Putzfrau, um die 30 Dollar Miete und unsere bescheidenen Lebenshaltungskosten decken zu können. Mein Bruder war zwei Jahre älter als ich und verteidigte sein kleines Territorium mit brutaler Gewalt. Er machte mich für das Verschwinden unseres Vaters verantwortlich und verabscheute mich mit einer Leidenschaft, die anderen zum Mord gereicht hätte. Es war, als würde meine unglückliche Liebe zu ihm durch eine ebenbürtige Menge Haß von seiner Seite erwidert.

Seit ich denken konnte, hatte ich versucht, seine Freundin und seine Gefährtin zu werden. Statt dessen war ich zu einem Sündenbock geworden, an dem er seine Aggressionen ausließ. Mit zunehmendem Alter hatte er sich mehr und mehr in ein Dynamitfaß mit glimmender Lunte verwandelt, das jeden Moment in die Luft fliegen konnte. Er war groß für sein Alter und hatte dichtes schwarzes Haar, boshaft blitzende dunkle Augen und einen Verstand, der wie ein Computer arbeitete.

"Was fällt dir kleinen Hexe ein, mir das letzte Stück Brot wegzufressen?" brüllte er wie ein Wahnsinniger, der gerade aus der Anstalt geflohen war. Mit vor Zorn blutrotem Gesicht stand er im Türrahmen, und seine Augen brannten vor Haß.

"Ich habe den ganzen Tag noch nichts gegessen, vielleicht hat Mutter es zum Frühstück aufgegessen", erwiderte ich leise. Um meine Nacktheit vor ihm zu verbergen, zog ich mir die abgewetzte Bettdecke enger um den Leib. Mir war, als starrte ich in die Augen eines Geiers, der bereit war, sich über seine Beute herzumachen. Mit einem Satz stürzte er sich auf mich, schleuderte meinen ausgezehrten Körper auf den Boden und prügelte gnadenlos auf mich ein, als sei ich sein Todfeind. "Du lügst, du kleine Schlampe, wo ist das gottverdammte Brot?" schrie er zwischen den Schlägen.

"Laß mich in Ruhe! Hör auf, mich zu schlagen! Ich werde keine Kinder haben können, weil du mein Eingeweide zerstörst. Dein Brot habe ich nicht!" schrie ich wütend zurück.

Mit einem letzten brutalen Schlag seines Handrückens schleuderte er mich durchs Zimmer wie eine Lumpenpuppe. Vor Schmerz krümmte ich mich zusammen und bettelte ihn an: "Bitte, bitte, schlag mich nicht mehr!"

Er verschwand wie der Bösewicht in einem Film und knallte fluchend die Tür hinter sich ins Schloß während ich vor Kälte und Furcht am ganzen Körper zitternd zurückblieb. Ich fühlte mich wie von einem Lastwagen überfahren. Doch ich war froh und erleichtert, daß mein Bruder endlich verschwunden war, und machte mich auf den Weg in die Küche, um das Loch in meinem leeren Magen zu füllen und wenigstens für eine kurze Zeit zu vergessen, wie sehr ich mir wünschte, von ihm geliebt zu werden.

Unser Küchentisch war übersät mit großen wassergefüllten Schüsseln, in deren Mitte kleinere Schüsseln standen, wie Inseln im Ozean. Darin befanden sich Zucker, Honig, Sirup, Erdnußbutter und zwei Bananen, die aussahen, als würde selbst die Katze sie schleunigst verscharren. Meine Mutter war der Ansicht, ihre geniale Erfindung würde die Ameisen davon abhalten, sich über unser Essen herzumachen. Aber sie bildeten Brücken wie über einen Burggraben und brachten es trotzdem fertig, ihre winzigen tropfenförmigen Körper von unseren Vorräten zu ernähren.

Auf meiner Suche nach etwas Eßbarem stieg mir der Geruch der angrenzenden Liefergasse in die Nase. Eine Mischung aus Müllgeruch und Dreck verwandelte meinen Hunger bald in Übelkeit. Ich träumte von einem heißen Schaumbad und süßen, frischgebackenen Brötchen. Doch heute fanden meine Tagträumereien ein abruptes Ende, als die Küchenspüle überlief und dreckiges Eiswasser die Ritzen des Zementbodens überspülte wie ein heftiger Wintersturm.

Eilig streifte ich ein verblichenes rotes Kleid über, das aussah wie ein Kartoffelsack, schnappte mir meine Schulbücher und rannte die Gasse hinab. Ich sprang über einen Müllhaufen, zerbrochenes Glas und etwas, das aussah wie menschliche Exkremente. Ich hielt den Atem an, um den Geruch irdischen Verfalls wenigstens nicht noch vor dem Frühstück einatmen zu müssen.

Unser Haus stand in einer heruntergekommenen Gegend im kalifornischen Venice – einem Ort, der keine Ähnlichkeit mit dem Venedig Italiens aufwies außer der Tatsache, daß auch hier die Kanäle voller Wasser waren. Der Kanal vor unserem Haus war allerdings ein unergründlicher, von Abwässern verdreckter Sumpf und ein idealer Brutplatz für Moskitos und Fliegenlarven.

Da man von unserem Haus aus nur etwa fünf Minuten zum Strand brauchte, residierten wir offiziell in einem Strandort, in dem jedoch fast die gesamte Bevölkerung von der Wohlfahrt lebte.

Niemand hatte genügend Geld, um Arbeiten an seiner Wohnstatt vornehmen zu lassen, wodurch die Gegend mit der Zeit immer mehr verkam. Die Farbe blätterte von den Verzierungen, als habe sie jemand abgebrannt, und die Vorgärten glichen der städtischen Müllhalde.

Gelegentlich sah man einen alten Wagen auf der Straße, doch die meisten der Anwohner gingen zu Fuß oder benutzten öffentliche Verkehrsmittel, um Geld zu sparen. Ich war noch nie in einem Auto oder auf einem Fahrrad mitgefahren, ebensowenig hatte ich je ein Kino oder ein Restaurant von innen gesehen – doch eines Tages, das wußte ich, würde mein Vater mich finden und mir die Welt zeigen. Ich war mir sicher, daß er alles unternehmen würde, um herauszufinden, wo ich lebte, und daß meine Mutter versuchte, mich vor ihm zu verstecken.

Meinen Vater kannte ich weder, noch wußte ich damals mehr über ihn, als daß er meine Mutter am Tag meiner Geburt verlassen hatte. Der Gedanke an ihn lag wie ein Schatten auf meinem Herzen. Ein Schatten, der mir unbeschreibliche Qualen bereitete und dafür sorgte, daß beinahe all meine Gefühle in einem Meer von Schuld und Ablehnung buchstäblich versanken. Unermüdlich plagte ich meine Mutter mit Fragen über seine Person und seinen Aufenthaltsort, doch sie weigerte sich standhaft, mir zu antworten, und wechselte jedesmal eilig das Thema, als habe sie die Frage nicht verstanden.

Am Ende der Liefergasse angekommen, sah ich von weitem, daß der alte Besitzer des kleinen Lebensmittelgeschäfts vor seiner Tür stand. Eine Hand hielt er hinter dem Rücken verborgen, mit der anderen winkte er mich zu sich. Er schenkte mir ein Schokoladeneis. Sein zahnloses Grinsen verriet die innere Befriedigung eines Menschen, der etwas mit weniger Bemittelten teilt. Ich dankte ihm überschwenglich und rannte weiter die Straße hinab, als meine Füße plötzlich nachgaben und ich zu Boden stürzte. Die Sohlen meiner Schuhe waren mit grünlichem Schleim bedeckt, und mein kostbares Eis lag in der Gosse. In einem verzweifelten Versuch zu retten, was zu retten war, und etwas Süßes in den Mund zu bekommen, leckte ich meine beschmierten Hände sauber.

Als ich endlich in der Schule ankam, lag der Schulhof wie ausgestorben da. Der Unterricht hatte bereits begonnen. In ihrer funktionalen Eintönigkeit wirkten die Schulgebäude eher wie eine Besserungsanstalt denn wie eine Schule. Ich rannte in mein Klassenzimmer und quetschte mich gerade hinter meinen Schreibtisch, als die Pausenglocke schellte. Wie gewöhnlich starrten mich die anderen Kinder feindselig und spöttisch an. Obwohl ich wahrhaftig nicht das einzige Kind armer Eltern in dieser Schule war, war ich doch davon überzeugt, das häßlichste zu sein. Mein Kleid sah aus wie ein Flickenteppich, da meine Mutter viele unterschiedliche Farben benutzt hatte, um die Risse darin zu flicken. Außerdem bestand meine Mutter auch noch darauf, daß ich mein langes Haar geflochten und auf dem Kopf zusammengerollt wie ein Vogelnest trug, was mein äußeres Erscheinungsbild noch schlimmer machte. Durch meine dicken Brillengläser wurden meine Augen noch ein wenig kleiner, als sie ohnehin schon waren, und mein dünner Körper hatte mir seitens meiner Klassenkameraden bereits den Spitznamen "Knotenspargel" eingetragen. Sie empfahlen mir, mich gefälligst auf die Seite zu drehen, da ich von vorne bereits unsichtbar sei.

Das einzige, was meiner Meinung nach für mich sprach, war meine Intelligenz. Ich hatte gehofft, daß ich dadurch zum Liebling der Lehrerin zu werden, doch sie ging mir aus dem Weg wie einer Leprakranken. Obwohl ich zu Hause hart arbeitete und gewöhnlich die Antworten auf ihre Fragen wußte, rief sie mich niemals auf. Ich wollte um jeden Preis anerkannt und für meine Fähigkeiten gelobt werden und gab mir alle Mühe, von ihr befragt zu werden. Meine Frustration wuchs schließlich wie ein Krebsgeschwür und veranlaßte mich, die Antwort einfach hinauszuschreien, um überhaupt ein wenig Aufmerksamkeit zu bekommen. Die Lehrerin kam wie ein deutscher General auf mich zugestampft, schalt mich mit strenger militärischer Stimme und klebte mir zwei Pflaster über den Mund, während sie mich warnte, ja nicht wieder unaufgefordert das Wort zu ergreifen. Die perversen Witzbolde in der Klasse lachten höhnisch und machten sich mit sarkastischen Bemerkungen über mich lustig.

Die Schulbücherei wurde schließlich zu meinem Zufluchtsort, wo ich zwischen den Buchstaben großer Abenteuer verschwand in der Hoffnung, sie eines Tages selbst erleben zu können. Ich stellte mir vor, wie ich in einem hawaiianischen Wasserfall badete oder in Afrika auf Safari ging oder wie mir in einem großen Hotelbett mit Baldachin das Frühstück serviert wurde, neben meinem Morgenkaffee eine rote Rose. Obwohl ich wußte, daß es sich dabei um Träume, Hoffnungen und Illusionen handelte, konnte ich mich doch nicht von ihnen trennen. Sie waren alles, was ich hatte. Vielleicht, so dachte ich, lebte mein Vater ein luxuriöses Leben, an dem ich bald würde teilhaben dürfen.

Die Bibliothekarin war von meiner Hingabe begeistert und fertigte extra für mich eine bunte Karte an, auf der jedes Buch, das ich gelesen hatte, verzeichnet war. Sie hatte goldene und silberne Sterne neben jeden Eintrag geklebt, so daß die Karte aussah wie eine Trophäe. Sie bedeutete mir mehr als all meine anderen spärlichen Besitztümer zusammen.

Mein Traum davon, geliebt zu werden und Freunde zu finden, die sich wirklich etwas aus mir machten, erwies sich über viele Jahre als unerfüllbar. Wie sehr ich mich auch bemühte, meine Zeit und meine Gedanken mit den Menschen in meiner Umgebung zu teilen – es gelang mir nicht.

Vor dem Baseballspiel saß ich mit den anderen Kindern auf der Bank und wartete darauf, einem Team zugeteilt zu werden. Die beiden Mannschaftskapitäne wechselten sich bei der Auswahl ab. Nach und nach wurde jeder Name aufgerufen, und am Schluß war nur ich übrig geblieben. Der Sportlehrer zeigte auf den Mannschaftskapitän, dem noch ein Spieler fehlte, und sagte: "Du mußt sie nehmen", während er mir mitleidig auf die Schulter klopfte.

Ich war nicht nur unkoordiniert in meinen Bewegungen, sondern auch noch mit starker Kurzsichtigkeit gestraft. Nicht nur, daß ich den Ball niemals traf, obwohl ich einen exzellenten Schlag drauf hatte – ich war auch außerstande, ihn zu fangen, und fügte so vor aller Augen eine weitere

Unfähigkeit zu der mittlerweile unübersichtlich gewordenen Summe meines Versagens hinzu.

Meinen Klassenkameraden, die in der Schule schlechter waren als ich, bot ich an, die Antworten für die wöchentlichen Tests zu liefern. Dies hätte jedoch zu einem Verweis von der Schule führen können, wenn man mich erwischt hätte. Aber die Möglichkeit, mich beliebt zu machen, schien mir das Risiko wert. Die anderen Schüler akzeptierten mein Hilfsangebot, wenn sie Hilfe nötig hatten, doch ansonsten ignorierten sie mich weiterhin.

So kam es, daß ich während meiner Kindheit im wesentlichen mit nur einer einzigen Person kommunizierte, und diese existierte lediglich in den Tiefen meines Bewußtseins, obwohl ich manchmal hätte schwören können, daß mein mysteriöser Unbekannter real war.

Bei unserer ersten Begegnung war ich ungefähr fünf Jahre alt. Die Kälte im Haus war mir bis in die Knochen gefahren, und meine Einsamkeit wurde durch meinen Bruder verstärkt, der mir gerade geraten hatte, mich mit meinem Spielzeug auf eine stark befahrene Straßenkreuzung zu verziehen. Meiner Ansicht nach bestand kein Zweifel daran, daß er sich wünschte, ich wäre tot.

Ich trottete hinaus auf den Hof und versuchte, Trost bei meinem Huhn Henny Penny zu finden. Das helle Licht der Sonne schien auf die Schönen wie die Häßlichen gleichermaßen, dachte ich. Wenigstens die Sonne hatte keine Vorurteile. Sie war immer dort, selbst an Tagen, an denen sie durch Wolken verhüllt war. Ich fragte mich, ob es wirklich einen Gott gab, der die Sonne geschaffen hatte und die Blumen, den wunderbaren Himmel, die Tiere, das feuchte Gras auf den Feldern und das Meer, dessen Wellen gegen das Ufer brandeten. Irgendein Gott mußte mich geschaffen haben, aber wer war er, was war er? Und wenn er tatsächlich existierte, weshalb hatte er ausgerechnet mich vergessen?

Ein riesiger Feigenbaum ragte über meinen Kopf. Ich liebte diesen Baum. Er war mein Zufluchtsort. Irgend jemand hatte kleine Holzstücke an seinen Stamm genagelt, die zu einem aus Orangenkisten gefertigten Baumhaus führten. Drinnen war Platz für eine Person, und die mußte mit eingezogenem Kopf sitzen, weil das Dach so niedrig war. In den seitlichen Wänden waren Gucklöcher angebracht. So war ich in der Lage, das häßliche Haus und die Nachbarschaft aus meinem Blickfeld zu verbannen und statt dessen wie durch eine rosarote Brille auf die schönen Dinge des Lebens zu schauen – die leuchtend grünen Blätter und den mit Wolkenfetzen besetzten blauen Himmel. Obwohl ich allein war, wurde ich das seltsame Gefühl nicht los, daß mich jemand beobachtete. Das Gefühl wurde immer stärker, bis ich plötzlich sicher war, die Anwesenheit eines Mannes zu bemerken, der in den raschelnden Zweigen zu sitzen schien.

Er trug einen purpur-rot schillernden Umhang, und sein Haar schien wie goldfarbener Flachs. Wo sein Gesicht hätte sein müssen, befand sich nur eine neblige Fläche. Zentimeter für Zentimeter bewegte ich mich auf die Tür zu, zog sie vorsichtig auf und spähte nach draußen. Dort saß tatsächlich jemand im Baum, und über seinem Gesicht hing ein Blatt. Doch abgesehen von seinem verdeckten Gesicht war er so real wie die Landschaft um ihn herum.

"Hallo, würden Sie gern mein Freund werden?" fragte ich ihn. Zu meiner Enttäuschung antwortete er nicht.

"Sind Sie mein Vater?" versuchte ich es erneut. Wer sonst konnte er sein? Ich wartete geduldig auf eine Antwort, und schließlich meinte ich, ihn reden zu hören.

Seine Stimme klang tief und warm. "Ich bin immer dein Freund gewesen, und noch einiges mehr", sagte er.

"Sind Sie mein Vater? Weshalb haben Sie kein Gesicht?" Ich wollte ihn berühren, doch ich fühlte nichts.

"Ich hab` dich lieb", sagte er. "Ich bin immer bei dir, ich passe auf dich auf und gebe acht, daß du wächst."

Unsere Konversation wurde durch die ärgerliche Stimme meiner Mutter unterbrochen. Jackie komm sofort vom Baum herunter!"

Zweifellos war sie nicht gut auf mich zu sprechen, obwohl ich mir keiner Schandtat bewußt war.

"Mit wem hast du gesprochen? Ich habe gehört, wie du mit jemandem gesprochen hast."

"Mein Vater hat mich besucht. Er war oben mit mir im Baum, er hat gesagt, daß er mich lieb hat und daß er mein Freund ist."

Sie versetzte mir eine schallende Ohrfeige. Ich berührte meine brennende Wange und begann zu heulen.

"Dein Vater ist nicht hier! Niemand ist hier! Du wirst nie wieder mit jemandem sprechen, den es nicht gibt. Hast du das verstanden?" schrie sie erregt.

18

"Aber Mutti, er hat direkt neben mir im Baum gesessen. Ich zeige ihn dir."

Ich sah hinauf in die Zweige, doch der Unbekannte war fort. Sie hatte ihn verscheucht. Möglicherweise konnte er mich nur dann besuchen, wenn sie nicht in der Nähe war.

"Die Leute werden denken, daß du verrückt bist, wenn sie dich beim Sprechen mit einem Unsichtbaren erwischen. Kleine Mädchen lügen nicht! Wenn du wirklich glaubst, daß dort jemand ist, dann bildest du dir etwas ein, und wenn du dir weiterhin etwas einbildest, wirst du krank werden."

Ich schloß die Augen und fragte mich, ob er zurückkehren würde, wenn ich sie wieder öffnete. Statt dessen erblickte ich ihn mit geschlossenen Augen. Er flüsterte mir zu, daß er ein anderes Mal wiederkommen und niemandem außer mir erlauben würde, ihn zu sehen. Es gab nichts, was ich meiner Mutter hätte sagen können, um sie vom Gegenteil zu überzeugen, und an jenem Tag beschloß ich, ihr einfach nicht mehr zu erzählen, wenn er auftauchte, und aufzupassen, daß sie uns nicht erwischte.

"Tut mir leid, Mammi", sagte ich. Sonst nichts.

"Tut mir leid, daß ich dich geschlagen habe, aber du hast mich erschreckt", erwiderte sie, legte ihren Arm um mich und führte mich ins Haus, um mir ein Butterbrot zu schmieren.

Ich berührte meine vor Schmerz brennende Gesichtshälfte und dachte an ihren Wutausbruch. Sie hatte mich noch nie zuvor geschlagen, und ihre Reaktion hatte mir große Angst eingeflößt.

Auf dem Weg in die Küche machte sie bei Scotty auf der Veranda halt und fütterte ihn mit einem kleinen Salatblatt. Er zwitscherte dankbar und begann, mit dem Salatblatt im Schnabel zu trällern.

Ich sah zu, wie sie mit ihm sang. Für ein paar Sekunden schien sie glücklich. Sie war geradezu winzig und schlank, mit einem freundlichen, europäischen Gesicht. Ihre Hände waren lang und hätten die einer Künstlerin sein können, doch harte Arbeit hatten sie trocken und faltig werden lassen. Die ganze Woche über war sie kaum daheim, und heute, am Sonntag, putzte sie und besserte unsere Kleidung aus. Ihr Haar war beinahe vollständig ergraut und streng nach hinten gekämmt, was ihrem Gesicht einen müden Ausdruck verlieh. Sie hatte braune Augen, auf denen ein bernsteinfarbener Schimmer lag, und hatten trotz der harten Lebensumstände etwas von ihrem Glanz behalten. Trotz ihrer Armut war sie stolz, und ich liebte

19

sie einfach deshalb, weil sie meine Mutter war, obwohl ich fast nichts über sie wußte und wir nie Zeit für ein Gespräch zu haben schienen.

Ich nahm mein Butterbrot mit nach draußen vor die Tür, und neben mir, auf den Stufen der Hintertreppe, saß der fremde Mann!

"Jackie, genau wie die Sonne werde ich immer bei dir sein. Manchmal wirst du mich nicht sehen können, aber trotzdem bin ich immer bei dir."

"Bitte laß mich dein Gesicht sehen!" bat ich ihn. "Ich weiß, daß du lächelst. Willst du nicht, daß ich dich erkenne? Ich habe genau gehört, wie du meinen Namen gerufen hast."

Falls der Fremde eine Botschaft für mich hatte, so verstand ich sie nicht. Seine melodiöse Stimme wurde immer schwächer, und noch einmal hörte ich meinen Namen wie ein fernes Lied, das von einem unsichtbaren Lippenpaar zu fließen schien.

Ich habe nie jemandem von diesem mysteriösen Mann erzählt. Die Leute hielten mich ohnehin schon für verrückt genug, und ich hatte nicht vor, ihnen noch zusätzliche Beweise dafür zu liefern. Ich dachte oft an meinen unsichtbaren Gefährten und fragte mich, ob ich ihn mir ausgedacht hatte, weil ich mir Gesellschaft wünschte, doch dann hätte ich ihm ganz gewiß ein Gesicht gegeben.

Je älter ich wurde, desto unwahrscheinlicher wurde es, daß es sich bei dem mysteriösen Unbekannten um meinen Vater handelte, aber ganz wollte ich die Möglichkeit nicht ausschließen.

Ich war mir sicher, daß mein Vater sich in einem wirklichen Körper aufhielt und daß ich ihn bald treffen würde. Während ich von der Schule nach Hause ging, wanderten meine Gedanken oftmals zu ihm und den wunderbaren Dingen, die er eines Tages mit mir unternehmen würde. Ich dachte daran, wie ich mit ihm Arm in Arm durch ein duftendes Blumenmeer wandern würde, während wir über verschiedene Themen diskutierten und darüber, wie wir eine bessere Welt schaffen könnten. Gemeinsam würden wir das Theater besuchen, Museen besichtigen und klassischen Konzerten lauschen. Er würde mir helfen, mich in jedem Aspekt meines Lebens zu verbessern.

Eines Tages war ich derart in Gedanken versunken, daß ich nicht auf den Weg achtete und über eine tote Katze stolperte. Ihre Eingeweide hingen heraus, und ich unterdrückte die spontane Reaktion, mich zu übergeben. In diesem Augenblick erblickte ich Marlene, die in der Nähe lebte und sich gerne mit mir angefreundet hätte. Aber ihre Eltern erlaubten es ihr nicht. Ich winkte ihr zu, doch sie schaute in die entgegengesetzte Richtung und tat so, als ob sie mich nicht sehen würde.

Am liebsten kam Marlene zu uns nach Hause, um die Tiere zu füttern. Doch fast immer tauchte dann ihre riesige und alles niederwalzende Mutter Sadie auf, zog sie an den Haaren und schrie: "Ich habe dir doch verboten, mit diesem Mädchen zu spielen. Sie wohnt auf der falschen Straßenseite!"

Sadie, ihr Ehemann Sam und Marlene lebten in einer etwas besseren Wohngegend, die von uns aus bequem zu Fuß zu erreichen war. Die drei waren stolze Besitzer eines Fernsehers, und Marlene prahlte damit, daß ihre Mutter unentwegt Kuchen und Brote backte. Sadies Aussehen nach zu urteilen mußte sie das meiste ihres Backwerks selbst verzehrt haben, denn sie war ungefähr so fett wie eine schwangere Kuh. Ich war immer höflich und zuvorkommend, und obwohl ich meines Wissens nie etwas anstellte oder etwas Falsches sagte, behandelte Sadie mich wie einen geistig zurückgebliebenen Gnom.

Eines Tages schlich Marlene sich zu Hause davon, um mich zu besuchen. "Meine Eltern sind einkaufen. Komm mit zu uns, da können wir fernsehen und Schokokekse essen."

"Ich habe in meinem ganzen Leben noch nie ferngesehen", sagte ich so aufgeregt wie ein kleines Kind beim Anblick eines neuen Spielzeugs.

Im Vergleich zu unserer Bruchbude war das Haus von Marlenes Eltern ein sonnendurchfluteter Palast voll schöner Designermöbel und mit Ölgemälden an den Wänden. Meine Füße versanken im weichen Teppichboden, und bald verschwand ein Haufen köstlicher Kekse in meinem Mund, während Marlene sich neben dem Fernseher auf dem Boden lümmelte und zuschaute, wie zwei ärgerliche Ringer damit beschäftigt waren, sich gegenseitig zu Brezeln zu verformen.

"So nahe vor dem Fernseher ruinierst du dir die Augen", sagte ich.

"Von hier aus kann man aber besser sehen. Ich versuche, ihnen in die Turnhosen zu schauen. Ich will sehen, was sie zwischen den Beinen haben", antwortete sie.

"Marlene, das ist ekelhaft! Du bist erst zwölf. Weshalb interessierst du dich für die Geschlechtsteile von Männern?"

"Du hast wohl noch nie was von Sex gehört? Ich kenne sogar die Stelle zwischen meinen Beinen, die sich so gut anfühlt, wenn ich daran reibe. Sex

21

ist das wichtigste auf der Welt, und ich werde einen Jungen finden, der es mit mir macht. Durch einen Türspalt habe ich zugeschaut, wie meine Eltern es miteinander getrieben haben. Sie machten komische Geräusche und wälzten sich wie Tiere in allen möglichen seltsamen Positionen. Das will ich auch, es ist aufregend!"

"Meine Mutter hat mit mir noch nie über Sex gesprochen. Sie sagt, anständige Mädchen machen diese Dinge erst nach der Heirat. Ich weiß nicht, wovon du sprichst. Ich bin schockiert, daß du so was machen willst!"

"Meine Mutter ist eben modern, und deine Mutter ist altmodisch. Nur weil sie dir nichts über Sex erzählt hat, heißt das noch lange nicht, daß es nichts taugt. Ich werde es dir beibringen."

"Nein, ich will nicht mehr darüber reden, und außerdem will ich nicht, daß du etwas tust, was ich schmutzig finde!"

Marlene schien besessen von der Idee, so schnell wie möglich erwachsen zu werden. Sie wirkte älter als zwölf, und ihre vollentwickelten Brüste standen in seltsamem Widerspruch zum Rest ihres Körpers. Außerdem verfügte sie über soviel Grips wie ein Esel nach einer Lobotomie.

Ich versuchte mir vorzustellen, wie mein eigener Körper aussehen würde, wenn ich erwachsen wäre. Meine Brust war flach wie ein Brett, und ich fürchtete, daß dies für immer so bleiben könne. Meine Betrachtungen über die Natur des Frauseins wurden jäh durch Stimmen und Schritte unterbrochen, die sich dem Haus näherten. In Windeseile raste ich durch die Hintertür ins Freie, um Sadies Wut zu entgehen, und hörte noch, wie Marlene mir hinterherrief, doch auf sie zu warten.

Daheim angekommen, war unsere Hütte wieder so dunkel wie ein Mauseloch. Deshalb setzte ich mich draußen auf die Stufen, wo die Sonne mein Gesicht wärmte, und spielte mit meinem Huhn, das ich an einer Leine spazierenführte. Zu meinem Erstaunen sah ich, wie meine Mutter nach Hause kam – gewöhnlich arbeitete sie bis spät in die Nacht.

"Warum kommst du so früh nach Hause, stimmt etwas nicht?"

"Ich bin die Treppen runtergefallen, und mir geht es überhaupt nicht gut", sagte sie. "Ich muß mich eine Weile hinlegen. Bitte weck' mich nicht auf."

Von draußen hörte ich sie weinen wie einen kleinen Hund, der seine Mutter verloren hatte. Meine arme Mutter arbeitete Tag und Nacht und hatte keine Minute für sich. Andere alleinstehende Frauen gingen mit Männern aus, doch meine Mutter verließ nie das Haus, außer wenn sie zur Arbeit ging und Lebensmittel einkaufte. Ich habe sie nicht einmal mit einem Mann reden sehen. Ihr Herz gehörte offenbar bis heute meinem Vater. Mittlerweile waren zwölf Jahre vergangen, seitdem er verschwunden war, und sie hatte noch keinen anderen Mann gefunden.

Für einen kurzen Augenblick fügte das Einsiedlerdasein meiner Mutter und ihr großes Unglück meinem ohnehin tragischen und melodramatischen Chor eine weitere, mitleiderregende Stimme hinzu, und zum erstenmal begriff ich, wie verzweifelt sie sein mußte. Genau wie ich hatte auch sie keine Freunde. Und selbst ich lebte in meiner eigenen Welt. Unsere einzige Verbindung bestand in unserem Blut und dem Dach über unserem Kopf.

Später am Abend zog der Geruch von Gemüsesuppe durch die offenen Fenster nach draußen. Gemüsesuppe war unser Standardgericht. Jeder noch so winzige Essensrest wurde in den Topf geworfen, und ich hatte noch nie in meinem Leben ein Stück Fleisch gegessen. Wenn ich während der Schulpausen zusah, wie die anderen Kinder ihr mitgebrachtes Essen verzehrten, das aus Speisen bestand, die ich noch nicht einmal kannte, überkam mich blanker Neid, denn mein Pausensnack bestand aus den immer gleichen Zutaten: einem mit Erdnußbutter beschmierten Brot und einem Apfel. Etwas anderes ließ unser Budget nicht zu, wie sehr ich mich auch nach Abwechslung sehnen mochte.

Langsam und mit gebeugtem Kopf schlürfte meine Mutter ihre Suppe. Ihr Gesicht war traurig, und in ihren Augen spiegelte sich das Unbehagen ihrer Seele. Sie wirkte wie jemand, der um einen geliebten Verstorbenen trauert. Ihr etwa eins sechzig großer Körper wog weniger als fünfzig Kilo, und sie wirkte bei weitem älter, als sie eigentlich war.

"Ich hab' dich lieb, Mammi", sagte ich. "Es tut mir leid, daß das Leben so eine Hölle für uns ist. Ich wünschte, du würdest irgend etwas finden, was dich glücklich macht. Bitte erzähl' mir von meinem Vater. Wie hast du ihn kennengelernt? Wie lange wart ihr verheiratet? Habt ihr euch geliebt? Warum hat er uns verlassen?" Ich stellte diese Fragen wohl zum hundertsten Mal.

"Dein Vater ist verschwunden, und er wird nie wieder auftauchen. Ich will nicht an ihn denken und mich auch nicht daran erinnern, wie es war, als wir zusammengelebt haben. Hör' endlich auf, Fragen über deinen Vater zu stellen. Ich hab' dich auch lieb, und ich gebe mir alle Mühe, dir Vater und Mutter zu sein."

Die Antwort gab sie mir auch zum hundertsten Mal. Eine glitzernde Träne trat auf ihre Wange, und sie blickte mich mit gequältem Gesichtsausdruck an.

Obwohl sie mir leid tat, weigerte ich mich, ihre Erklärung zu akzeptieren. Ich hatte ein Recht darauf, etwas über meinen Vater zu erfahren, und beschloß, mich über ihre Empfindlichkeit hinwegzusetzen.

"Hat mein Vater mich liebgehabt? Hast du gewußt, daß er uns verlassen würde? Ist er wegen mir gegangen? Weißt du, wo er heute lebt?"

Sie stellte sich taub, und ich umarmte sie, wobei ich mich schuldig fühlte, ihr Leben noch ein wenig miserabler gestaltet zu haben.

"Mutti, weshalb gehst du nicht einmal mit einem anderen Mann aus?" fragte ich schließlich.

"Es gab einen Mann in meinem Leben, den ich geliebt habe. Er hat mich und seine Kinder verlassen. Nie wieder werde ich einen anderen Mann lieben!"

Ihre beständige Weigerung, über meinen Vater zu sprechen, machte mir Sorgen. Möglicherweise war er doch kein 'Ritter in glänzender Rüstung', wie ich dachte, sondern ein perverser alter Knacker, der auf der Straße schlief und kleinen Mädchen unter die Röcke schielte oder schlimmer noch, ein Krimineller, den man zum Schutz der Gesellschaft eingesperrt hatte.

Auf einmal war ich sehr pessimistisch. Wenn ich nicht glauben konnte, daß der Charakter meines Vaters edel und gut war, dann konnte ich genausogut nichts mehr glauben! Ganz gewiß hatte er seine Gründe gehabt, die ihn dazu bewogen hatten, uns zu verlassen. Ich beschloß, mir eine Arbeit zu besorgen und Geld zu sparen, um meine Suche nach ihm zu finanzieren, anstatt mich vor Sorgen zu verzehren, zu heulen und mich zu beschweren. Ich dachte an Menschen, die blind oder verkrüppelt waren und an ihr tägliches Elend, und merkte, daß mein Leben gar nicht so schlimm war.

Nach dem Essen ging ich in den Hof und grub mit den Händen in der Erde. Dabei stieß ich auf einen Widerstand. Sorgfältig entfernte ich die Erde darum herum und sah eine Blume, die dabei war, sich durch die verhärtete Erdoberfläche zu schieben. Jedes Jahr tauchte diese Blume auf, obwohl niemand von uns sie gepflanzt hatte. Sie hatte einen langen Stiel, und wenn sich ihre Knospen öffneten, wurden sie zu riesigen, zartrosafarbenen Blüten. Meine Mutter nannte die Blume ‚Gartennelke'. Für mich war es ein

24

Wunder der Natur. Ich schloß die Augen und entzog mich für eine Weile meinem Schmerz und meinem scheinbar immerwährenden Gefühl des Verlassenseins. Mein Freund ohne Gesicht zeigte sich. Er schien genau zu wissen, wann ich seine Gesellschaft benötigte.

"Wer bist du?" fragte ich ihn wieder. "Bist du der Mann, den ich eines Tages heiraten werde?"

Er antwortete nicht.

"Wer du auch bist, ich hab' dich lieb, weil du immer dann für mich da bist, wenn ich traurig bin oder mir Sorgen mache, und weil du mir gegenüber keine Vorurteile hast. Bitte, laß mich dein Gesicht sehen!" sagte ich.

Immer wieder wiederholte die fremde Stimme meinen Namen, doch sonst sagte sie nichts. Ich erzählte dem Fremden alles von meinen Hoffnungen und meinen Zukunftsplänen, und er hörte geduldig zu. Wenigstens ließ er mich nicht einfach allein zurück – schon dafür war ich ihm dankbar.

Kapitel 2

Mit dreizehn erst gelangte ich zu der damals traumatischen Einsicht, daß es weder einen Weihnachtsmann gab, noch meine Feenmutter aus dem Nichts erscheinen würde, um mich mittels magischer Kräfte aus meiner Folterkammer zu befreien. Immer wieder schlichen sich deprimierende Kindheitsbilder in mein Bewußtsein und drehten sich in meinem Kopf wie ein bizarres Karussell. Nachdem ich ihnen eine Weile nachgehangen hatte, kam ich zu dem Schluß, daß ich mir das Leben selbst schwer machte, indem ich mich dauernd solch morbiden Gedanken hingab. Obwohl ich einer nicht enden wollenden Lawine von Problemen gegenüberstand, die mir alle extrem groß erschienen, konnte ich mir durch weitere Sorgen das Leben nur erschweren. Ich gelangte zu dem Schluß, daß ich eine Reisende in meinem eigenen Hirn war und daß es an mir lag, ob ich dort Freude oder Leid aufsuchte.

Ich betrachtete mich ausführlich im Spiegel und dachte an ‚Schneewittchen' und daran, wie die böse Hexe in den Zauberspiegel geschaut und gefragt hatte: "Spieglein, Spieglein an der Wand, wer ist die Schönste im ganzen Land?"

"Du bist es", hatte der Spiegel geantwortet.

Auch ich wollte, daß mein Spiegel mir antwortete, doch sagte er lediglich die traurige Wahrheit. Mein Körper war formlos, mein Gesicht hatte einen schmerzverzerrten Ausdruck und langweilige Züge. Und die dunklen Haare auf meinen Beinen, die meine Mutter mich um nichts in der Welt abrasieren ließ, gaben mir das Aussehen von King Kongs Tochter.

Es war höchste Zeit für ein paar konstruktive Änderungen. In der Hoffnung, daß meine Mutter nichts bemerken würde, rasierte ich mir die Haare ab. Wie ich dabei zum ersten Mal bemerkte, waren meine Beine eigentlich schön geformt.

Ich betrachtete meinen nackten Körper im Spiegel, und zu meinem Entzücken erkannte ich, daß meine Brüste angeschwollen waren wie zwei zu groß geratene Moskitobisse. Langsam schien sich die formlose Hülle zu füllen. Ich zog einen Rock und eine Bluse an, die noch nicht ganz und gar aus der Mode waren, und band mein dickes Haar mit einem schillernden roten Band zu einem Zopf zusammen.

Mit Hilfe von etwas Lippenstift und ein wenig Rouge, die ich in einer Mülltonne in der Liefergasse hinter dem Haus gefunden hatte, schien mein Gesicht sich merklich zu beleben. Schweigend segnete ich die Frau, die die beiden fast leeren Schminktöpfchen weggeworfen hatte. Ich versteckte sie auf dem Boden meines Kleiderschranks in einem alten Schuh.

Ich wußte, daß meine Mutter mich als Flittchen beschimpfen würde, sollte sie die Schminksachen finden. Alles, was von ihr als sinnlich ausgelegt werden konnte, lehnte sie ab. Ich hätte gewettet, daß sie ihre eigene Unterwäsche irgendwo eingeschlossen und den Schlüssel vor Jahren weggeworfen hatte.

Mir gefiel mein neues Selbst. Das Make-up hatte Wunder gewirkt. Ich erschien jetzt älter, und genau diesen Eindruck wollte ich gegenüber meinem neuen Arbeitgeber erwecken.

Ich unternahm einen Spaziergang zum Meer. In unserer Nähe gab es einen Pier und einen langen Steg mit einigen Hamburger-Buden. Auf den Bänken entlang des Steges saßen immer die gleichen alten Frauen und brabbelten unverständliches Jiddisch. Ich nahm an, daß sie jeden Tag über das gleiche redeten.

Ich betrat einen kleinen Drugstore, in dem auch Hamburger und sonstiges Fast Food serviert wurden, und fragte das Mädchen hinter dem Tresen nach dem Besitzer. Sie zeigte auf einen Mann, der hinter der Kasse stand und sein Geld mit einer derartigen Hingabe zählte, daß ich meinte, Dollarzeichen auf seinen Augenlidern sehen zu können. Ich nahm all meinen Mut zusammen und log zum ersten Mal jemanden an: "Ich bin eine gute Köchin. Brauchen Sie jemanden?"

Er nahm mich in Augenschein wie ein Stück Fleisch in der Auslage.

"Um ehrlich zu sein, hat meine Kellnerin gestern gekündigt, und ich brauche jemanden, der die Kunden bedient. Hast du schon einmal in einem Restaurant gearbeitet?" erkundigte er sich.

"Natürlich habe ich das. Und ich war die beste Kellnerin im ganzen Laden", log ich frech. "Wenn Sie mich nicht einstellen, dann ist das Ihre eigene Schuld!"

Meine vorlaute Art schien ihm zu gefallen, und er bot mir an, sofort anzufangen. Mein Lohn würde einen Dollar in der Stunde betragen, und der Gedanke an die enorme Menge Geld ließ mich vor Aufregung zittern.

Er sah mich forschend an. "Was ist los mit dir, ist dir das etwa nicht genug Geld?"

Ich lachte innerlich über seine Frage.

"Nun, besonders viel ist es nicht. Für den Anfang reicht es, aber in einem Monat sollten wir uns über eine Gehaltserhöhung unterhalten", sagte ich schließlich.

Der Klang meiner eigenen Stimme überraschte mich.

Er nickte zustimmend, und im Weggehen gab er über seine Schulter zurück: "Wenn du kein Mädchen wärst, würde ich schwören, du hättest ein Paar Stahleier zwischen den Beinen."

Ich hatte keine Ahnung, was er damit meinte, und auch keine Lust, darüber nachzudenken. Kaum stand ich hinter dem Tresen, ließ sich schon meine erste Kundin auf den Barhocker vor mir fallen. Sie hatte Pausbacken mit dicken Rouge-Flecken, die ihr das Aussehen eines abgetakelten Pausenclowns gaben. Ihr Bauch stand vor und zeugte von ihrer offensichtlichen Vorliebe dafür, sich des öfteren so richtig vollzufressen.

"Guten Morgen, was darf es heute sein?" fragte ich.

"Du bist aber ein fröhliches Kind. Mußt wohl neu hier sein. Ich hab' es eilig, deshalb bitte keine Fehler bei der Bestellung. Ich brauche vier Hamburger zum Mitnehmen einen nur mit Senf, einen mit Mayo und Zwiebeln, einen mit allem, außer Tomaten, und einen mit der ganzen Ladung ... dazu vier Milchshakes, je einmal Vanille, Schokolade, Banane und Erdbeere."

Ich schluckte schwer. Außer einem Ei hatte ich noch nie etwas gekocht. Diese Frau hatte soeben Verpflegung für eine ganze Armee geordert!

Die Milchshakes waren kein Problem, denn die Behälter mit der Eiscreme waren beschriftet. Die Hamburger jedoch stellten eine Herausforderung dar. Da ich noch nie in meinem Leben einen Hamburger gegessen hatte, war mir auch schleierhaft, wie sie zubereitet werden mußten. Die Fleischfladen im Kühlschrank machten einen höchst unappetitlichen Eindruck und klebten aneinander, als habe man sie mit Leim befestigt. Ich schaffte es schließlich, ein riesiges Schlachtermesser zwischen zwei der Scheiben zu zwängen und schlug mit der Faust auf die Rückseite des Messers. Auf diese Weise trennte ich schließlich einen der Fladen ab und ein Stück Haut von meiner Hand gleich mit.

Der Schnitt war nicht weiter schlimm, also wickelte ich mir einen Lappen um die Hand und begann mit der Zubereitung der Hamburger. In Rekordzeit erledigte ich den Auftrag und überreichte der Kundin eine vollgestopfte Tüte mit Essen. Ohne ein Wort zu sagen zahlte sie und hinterließ zehn Cent Trinkgeld auf dem Tresen.

Von da an kamen die Leute, als hätten wir Schlußverkauf, und bestellten alles nur Erdenkliche – von Suppe bis zu Nüssen. Mit einem Mal wurde mir klar, was für eine Aufgabe ich da auf mich genommen hatte. Ich arbeitete mindestens für zwei Leute, und meine Arbeit bestand nicht nur darin, den Tresen abzufertigen, sondern auch die Durchreiche zum Strand. Das hieß Kochen, Saubermachen, Geschirrspülen und Kassieren. Glücklicherweise war der Besitzer zu sehr mit seiner Kasse beschäftigt, um mir auf die Finger zu schauen und zu bemerken, wie viele Fehler ich im Laufe eines Tages machte.

Zu meinen Kunden gehörte ein Junge meines Alters, der alle paar Stunden auftauchte und mich ansah wie etwas, das er von der Speisekarte ordern könnte. Obwohl mir ein bißchen unwohl dabei war, gefielen mir seine Komplimente. Bis dahin hatte sich noch nie ein Junge für mich interessiert. Wenn nicht zu viel zu tun war, schwatzte ich mit ihm, und obwohl ich mir sicher war, daß er nicht viel Geld hatte, hinterließ er immer ein Trinkgeld, selbst wenn er überhaupt nichts verzehrt hatte.

Die Arbeitstage schienen endlos. Und wenn ich endlich Feierabend hatte, zog ich meine Füße förmlich hinter mir her, so schwer waren sie. Zum Geburtstag meiner Mutter hatte ich zwei Dollar Trinkgeld in der Tasche, und diesmal wollte ich ihr ein phantastisches Geschenk kaufen, obwohl wir in unserer Familie Geburtstage gewöhnlich aus Geldmangel nicht zu feiern pflegten.

Ich rannte nach Hause, damit ich den Tisch schmücken konnte, bevor sie von der Arbeit kam. In die Mitte legte ich ein Paket in silbernem Geschenkpapier. Darin befand sich eine zitronengelbe Kerze. Ich lehnte die Geburtstagskarte dagegen und stellte eine kleine Erdbeertorte dazu. Danach dekorierte ich den Tisch mit weißen Gänseblümchen.

Ich drehte das Licht aus und wartete ungeduldig auf das Eintreffen meiner Mutter. Endlich öffnete sich die Tür. Schnell zündete ich die Kerze an und sang aus Leibeskräften ein Geburtstagslied! Der Ausdruck auf ihrem Gesicht war jeden Cent wert, den ich für sie ausgegeben hatte.

"So etwas Schönes hat noch nie jemand für mich getan", rief sie. "Woher hast du das Geld?"

"Trinkgelder, von den Kunden bei meiner neuen Arbeit", antwortete ich stolz.

Verliebt hielt sie ihr Geschenk in den Armen und tanzte damit zum Vogelkäfig. Scotty trällerte wie gewöhnlich, und sie unterhielt sich mit ihm, als wäre er ihr bester Freund und könnte ihre Freude nachvollziehen. "Das ist meine erste Geburtstagsfeier. Mein Sohn ist zwar nicht hier, aber meine Tochter hat sich erinnert und ihr schwerverdientes Geld für mich ausgegeben. Ich kann mich wirklich glücklich schätzen!"

Der Vogel hüpfte vor Freude in seinem Käfig auf und ab. Nie zuvor hatte ich meine Mutter bei derartig guter Laune erlebt.

"Mutti, ich wußte nicht, wie viele Kerzen ich auf deinen Geburtstagskuchen stecken sollte. Wie alt bist du heute geworden?"

"Du weißt, daß eine Frau niemals über ihr Alter spricht. Frag' mich etwas anderes."

Damit hatte sie mir das perfekte Stichwort für eine viel wichtigere Frage geliefert. Es war die Gelegenheit, mich nach meinem Vater zu erkundigen.

"Du hast gesagt, ich soll eine andere Frage stellen, und die Frage lautet: Wie heißt mein Vater, und wo habt ihr gelebt, bevor ich geboren wurde?"

"Du gibst wirklich nicht auf", kicherte sie und betrachtete mich mit einer Mischung aus Stolz und Frustration. "Dieses eine Mal werde ich dir antworten, aber danach darfst du mich nie wieder nach ihm fragen. Sein Name ist Major Benjamin Firestone, und wir haben in Silverlake in der Nähe des städtischen Zoos gelebt."

"Danke, Mutti!" ich konnte mein Glück kaum fassen. "Ich weiß, wie sehr du es haßt, über meinen Vater zu sprechen, aber ich bin so froh, daß ich endlich etwas über ihn erfahren habe!"

Mein Bruder kam ins Haus gerannt und starrte auf die geöffnete Schachtel und den Kuchen.

"Was ist hier los? Habe ich etwas verpaßt?"

"Scheinbar hast du den Geburtstag deiner Mutter vergessen", sagte ich in sarkastischem Tonfall.

"Seit wann feiern wir hier Geburtstage? Herzlichen Glückwunsch, Mutter."

Dann verließ er mit erhobener Nase den Raum und legte wieder seine normale ‚Was-schert's-mich-Haltung' an den Tag. Es war schwierig zu sagen, welche seiner beiden Seiten die schlimmere war: seine aggressiv-brutale oder seine passiv-aggressive. Er war mein Bruder, aber leiden konnte ich ihn deswegen noch lange nicht.

Mit dem Gedanken an brutzelnde Hamburger im Kopf setze ich mich an meine Hausaufgaben, und zwischen Arbeit und Schule flogen die Tage nur so dahin. Das Einmachglas mit dem Geld, das ich unter der Treppe versteckte, füllte sich allmählich, und ich kam mir wahrhaft reich vor!

David, der Junge, der in den Laden kam, um mit mir zu flirten, war dort zu einer ständigen Einrichtung geworden. An meinem freien Tag hatte er mich zu einer Fahrt auf seinem Motorrad eingeladen, und ich hatte dankbar angenommen, als er sich erbot, mich in den Silverlake Distrikt zu fahren, um dort nach meinem Vater zu suchen.

Vorsichtig setzte ich mich auf sein Motorrad und paßte auf, daß mein Kleid sich nicht in den Speichen verfing. Vielleicht war es schwachsinnig, zum Motorradfahren ein Kleid anzuziehen, aber ich hielt es für möglich, daß ich auf meinen Vater stoßen würde, und wollte so nett wie möglich aussehen. So fuhren wir in die Berge, parkten das Motorrad vor einem Haus im viktorianischen Stil und setzten unsere Detektivarbeit zu Fuß fort.

Wir wählten die erstbeste Straße, und David und ich teilten uns die Straßenseiten. Ich hatte David angewiesen, jeden, der ihm die Tür öffnete, nach Major Benjamin Firestone zu fragen. Ich selbst klopfte an eine Tür nach der anderen und stieß jedesmal auf widerwillige Anwohner, die ihren Kopf halb durch den Türschlitz streckten und die Standardbegrüßung murmelten: "Was willst'n du?"

"Wenn du was zu verkaufen hast, bin ich nicht interessiert, egal, was es ist", sagte eine Frau. Ich erklärte ihr, daß ich nach meinem Vater suchte, und erzählte jedem, der es hören wollte, meine Geschichte. Doch nach mehr als zwei Stunden hatte ich immer noch keine Informationen über seinen Verbleib.

David erging es nicht viel besser. Schließlich mußte er nach Hause, und ich überredete ihn, es vorher wenigstens noch bei einem einzigen Haus zu versuchen. Glücklicherweise stimmte er zu, und ich hielt den Atem an, während ich schellte und darum betete, daß die Bewohner mir wenigstens einen Anhaltspunkt über meinen Vater würden liefern können. Eine matronenhafte Frau öffnete die Tür, und zur Abwechslung lächelte sie.

"Was kann ich für dich tun, Darling?" fragte sie mit freundlicher Stimme. Nachdem ich ihr meine Geschichte erzählt hatte, legte sie ihren Arm um meine Schulter und sagte: "Ich habe deinen Vater gekannt. Allerdings nicht sonderlich gut. Er hatte einen kleinen Gemüsemarkt am anderen Ende der Straße, aber da ich meine Früchte und mein Gemüse selber anbaue, bin ich dort nicht sehr oft hingegangen."

"Bitte erzählen Sie mir alles, was Sie über ihn wissen!" bat ich sie. "Wie hat er ausgesehen?"

"Er war hochgewachsen, hatte sandfarbenes Haar und ein markantes Gesicht. Aber das war vor mehr als zehn Jahren. Ich habe nicht die leiseste Ahnung, wie er jetzt aussieht. Eines Tages war er einfach verschwunden, und sein Geschäft hatte jemand anders übernommen. Ich habe ihn nicht gut gekannt und kann dir auch nicht mehr über ihn sagen."

Freudig sprang ich auf das Motorrad und legte meine Arme um David, damit ich nicht herunterfiel. Mit wenigen Worten erklärte ich ihm, was ich herausgefunden hatte. Er gab Vollgas, und in rasantem Tempo fuhren wir etwa drei Blocks und hielten unter einer Baumgruppe. Er sprang ab, und ohne ein weiteres Wort zog er mich an sich und drückte mir seine klebrigen Lippen auf den Mund. Gleichzeitig wanderte seine Hand unter meine Bluse und griff nach meiner Brust. Angewidert riß ich mich los.

"Für wen hältst du mich eigentlich? Ich bin ein anständiges Mädchen, und du behandelst mich wie eine hergelaufene Schlampe!"

Ich rannte die Straße hinab und suchte nach einer Bushaltestelle. David war mir dicht auf den Fersen und bat mich, doch vernünftig zu sein.

"Was macht ein kleiner Kuß schon für einen Unterschied. Komm, wir fahren weiter", bat er schuldbewußt.

Ich ignorierte ihn und schaute starr auf den vor mir haltenden Bus. Wütend stieg ich ein. Dachten Männer nur an Sex? Selbst kleine Jungen wollten nichts anderes. Schade, daß Marlene nicht hier war, dachte ich, sie hätte diese Chance bestimmt nicht ungenutzt verstreichen lassen!

Meine Arbeit fiel mir unterdessen immer leichter.

Ich entdeckte meine Fähigkeit, zehn Dinge gleichzeitig zu verrichten, und arbeitete bald wie ein Profi. Mein Glas mit Trinkgeldern füllte sich, und ich schuftete fieberhaft, um endlich genügend Geld für die Suche nach meinem Vater zu haben.

Eines Morgens betrat ein gepflegter Herr im Anzug den Laden und riß mich aus meinen Gedanken. Zwischen den Teenagern in ihren Badesachen wirkte er ausgesprochen deplaziert. Er setzte sich an den Tresen und begann eine Unterhaltung mit mir.

"Ich habe dir schon einige Zeit zugeschaut, kleine Dame", sagte er. "Du schaffst ganz schön was weg. Das Mädchen vor dir hat sich herumgeschleppt wie eine Schnecke."

Er gab seine Bestellung auf und ließ mich während des Essens nicht mehr aus den Augen. Als er seine Rechnung beglich, meinte er beiläufig: "Danke für die prompte Bedienung. Seit wann arbeitest du hier?"

"Jetzt sind es fast vier Monate."

"Wenn man sich dauernd mit lausigen Bedienungen herumschlagen muß, ist es angenehm, wenn man mal jemanden trifft, der weiß, was er tut. Wie alt bist du?"

"Ich bin dreizehn."

Plötzlich veränderte sich sein ganzes Benehmen.

"Ich arbeite für das Jugendamt", sagte er mürrisch. "Bist du dir eigentlich darüber im klaren, daß du bis zum vierzehnten Lebensjahr eine Genehmigung brauchst, um zu arbeiten?"

Ich war vollkommen verdutzt und brachte kein Wort heraus. Der Fremde stand auf und sprach eine Weile mit dem Besitzer des Ladens. Ich konnte nicht genau verstehen, was sie sagten, aber ein paar Minuten später hatte ich meine Arbeitsstelle verloren.

Ich nahm meine Handtasche und mein letztes Gehalt in Empfang und setzte mich auf eine der leeren Bänke auf dem Pier. Meine Laune war tiefer gesunken als der Bauch einer schwangeren Schlange. Ich starrte auf die tosende See. Ich schloß meine Augen, die von der Mittagssonne ganz schwer geworden waren, und überlegte, wie ich einen anderen Job finden sollte, der mir die Suche nach meinem Vater finanzieren würde.

Auf einmal erschien der geheimnisvolle Fremde. Sein Gesicht war nach wie vor nicht zu sehen, doch der Rest seiner Erscheinung war deutlicher als je zuvor. Auf dem Ringfinger seiner linken Hand erkannte ich einen dicken Goldreif, auf dem drei Symbole eingraviert waren, doch gelang es mir nicht, sie zu entziffern. Ich bat ihn, mir von dem Ring zu erzählen, doch er antwortete nicht. So erzählte ich ihm von meiner verlorenen Stellung. Als ich aufgehört hatte zu reden, ertönte seine weise, alte Stimme, die voller Mitgefühl zu mir sprach.

"Erfolg kann nicht an materiellen Dingen gemessen werden. Es geht im Leben darum, eine Aufgabe zu lösen, ein Ziel zu erreichen, das du dir gesetzt hast. Dazu mußt du einen Schritt nach dem anderen machen, bis du erreicht hast, was dir wichtig ist. Es wird auf dieser Reise immer Schwierigkeiten geben. Manchmal wirst du deinen Halt verlieren und zu verzweifeln drohen. Manchmal, wenn du dich zu schnell bewegst oder nicht achtgibst, wirst du dich sogar verletzen ... aber du mußt weiterklettern, hingebungsvoll, mit dem Wissen, daß niemand dir nehmen kann, was du bisher erreicht hast. Denke, plane und wage es, anders zu sein als andere! Hab' keine Angst davor, von jemandem kritisiert zu werden. Wichtig ist nur, wie du dich fühlst. Wenn du dein Bestes gegeben hast, so hast du auch dein Ziel erreicht. Es liegt an dir, dein Leben ereignisreicher und erfüllter zu gestalten. Benutze deine innere Stärke und gestatte dir jede Erfahrung, indem du durch sie lernst und wächst. Die dadurch gewonnene Weisheit stellt deinen Erfolg dar!"

Ich dachte über seine tröstliche Botschaft und meine Beziehung zu ihm nach. Seit mindestens sieben Jahren hatte er mich nun besucht und mit seinen Worten angeleitet. Doch mir war immer noch nicht klar, wie jemand ohne Gesicht sprechen konnte. Vielleicht hatte er ein Gesicht, und ich war nur nicht imstande, es zu sehen? Wann immer ich eine Frage nach seiner Identität stellte, sprach er nur über meine Probleme und gab mir dadurch die Kraft, einer ungewissen Zukunft entgegenzuschauen. Wer er war und weshalb er all die Jahre bei mir aufgetaucht war, blieb allerdings ein Geheimnis.

Der wohltätige Fremde war der einzige, der mir Selbstvertrauen einflößte und es mir ermöglichte, scheinbar unerreichbare Ziele in Angriff zu nehmen.

Es erschien wie Ironie, daß die beiden wichtigsten Männer meines Lebens für mich physisch nicht existierten. Mein Vater war für mich unerreichbar, möglicherweise für immer verschwunden, und mein unsichtbarer Freund vielleicht nur ein Produkt meiner Einbildung. Weshalb existierte ausgerechnet mein Bruder als körperliche Realität, wo ich mir doch jeden Tag wünschte, er möge sich in Luft auflösen?

Ich entschied mich, ihm ein Friedensangebot zu machen, und gab einen Teil meiner Ersparnisse im nahegelegenen Lebensmittelgeschäft für ihn aus. Als ich nach Haus kam, saß er auf den Stufen zu unserem Haus. Wie gewöhnlich sprudelten sarkastische und beleidigende Kommentare aus seinem Mund wie aus einem überlaufenden Abflußrohr. Ich ignorierte seine schneidenden Bemerkungen und überreichte ihm die Geschenke. Anstatt sich zu freuen, führte er sich auf wie ein verwöhntes, launisches Kind und nannte mich dumm, weil ich ihm einen Knusperriegel gekauft hatte, den er nicht mochte, und weil er die Zeitung, die ich ihm mitgebracht hatte, als Idiotenlektüre betrachtete.

Ich war es leid, um seine Anerkennung kämpfen zu müssen, trotzdem wanderte ich wie ein kleiner Roboter zurück zum Geschäft und tauschte meine Einkäufe um. Wie sehr ich mich auch bemühte, ihm zu gefallen, ich erzielte keinerlei Fortschritte. Wenn er mit mir sprach, dann nur, um mich zu erschrecken, wie in jener Nacht, als er mir freudig mitteilte, daß heute der Buhmann käme und mich endlich abholen würde, damit er nicht länger unter meinem Anblick leiden müsse.

Da in unserer heruntergekommenen Gegend ohnehin allerhand Lumpengesindel herumschlich, reichten seine ekligen Litaneien aus, um mich nachts wach im Bett liegen zu lassen, auf echte und eingebildete Geräusche zu lauschen und darauf zu warten, daß eine unheimliche Gestalt aus der Ecke sprang, um mich davonzuzerren.

Als ich von dem Geschäft zurückkehrte und ihm die neuen Geschenke überreichte, dankte er mir nicht einmal, und als ich zu Bett ging, steckte er seinen Kopf durch die Tür und begann wieder mit seinen Buhmanngeschichten. Diesmal schrie ich ihn an.

"Ich glaube dir kein verdammtes Wort. Es gibt keinen Buhmann!"

"Wahrscheinlich hast du recht. Du bist auch zu häßlich, als daß er sich mit dir abgeben würde! Ein Zug würde aus den Gleisen springen und lieber einen Feldweg nehmen, als an dir vorbeizufahren", rief er lachend.

Mir war, als hätte mir jemand mit einem Messer ins offene Herz gestoßen. Der Rest Zuneigung, den ich für ihn empfand, wandelte sich in puren Haß. Ich beschloß, meine Familie zu verlassen, mir eine andere Schule zu suchen und augenblicklich mit der Ausführung meines Plans zu beginnen.

Die ganze Nacht grübelte ich über eine mögliche Lösung meiner Probleme nach, und am darauffolgenden Morgen präsentierte ich sie meiner

Mutter. Ich bat sie darum, bei ihren Kunden nachzufragen, ob jemand ein Kindermädchen oder eine Putzfrau brauchte, die gegen Unterkunft und Verpflegung arbeiten würde. Meine Mutter versprach, mir behilflich zu sein. Ein paar Wochen später berichtete sie mir von einer wohlhabenden Frau namens Liebmann, die in Santa Monica, nur einige Straßenblocks von meiner Traumschule entfernt, wohnte und eine Angestellte suchte. Meine Aufgabe würde darin bestehen, mich um ihre beiden Kinder zu kümmern, das Haus picobello sauber zu halten und jeden Abend das Essen für die ganze Familie zuzubereiten. Dafür durfte ich auf der Couch schlafen und mich aus ihrer Speisekammer ernähren.

Nachdem ich beinahe vierzehn Jahre auf dem Boden geschlafen hatte, freute ich mich auf mein neues Zuhause wie eine Schneekönigin. Überschwenglich umarmte ich meine Mutter und hielt ihr anschließend eine Rede, an der ich die ganze Nacht gearbeitet hatte.

"Mama, du hast keine Ahnung, was ich mit meinem Bruder durchmachen mußte. Und weil du die ganze Zeit nicht daheim warst, wirst du es vielleicht auch niemals erfahren. Er ist unvorstellbar grausam zu mir, und mir ist nichts wichtiger, als aus diesem Haus herauszukommen. Jetzt kann ich endlich von vorne beginnen und etwas aus mir machen. Ich weiß schon, daß du mich lieb hast und mich unter großen Mühen aufgezogen hast, aber ich will immer noch meinen Vater finden. Ich will wissen, wer ich bin, und er ist die zweite Hälfte meiner Existenz.

Im Augenblick habe ich noch keine Freunde; ich bin klein und unwichtig. Mir ist klar, daß ich einen weiten Weg vor mir habe, aber ich bin fest entschlossen, niemals aufzugeben. Ich bin mir sicher, daß mein Wille und meine Kraft mir schließlich Erfolg bescheren werden. Ich habe jetzt verstanden, daß ich jeden Aspekt meines Lebens lieben muß, Erfolg und Niederlagen. Ich möchte nicht wie eine Angeberin erscheinen, aber ich habe vor, all meine Talente und Fähigkeiten zu entwickeln. Das ist das einzige, für das es sich zu leben lohnt! Wir selbst schaffen unseren eigenen Himmel und unsere eigene Hölle auf dieser Welt, und ich bin fest entschlossen, ein besseres Leben für uns beide zu schaffen."

"Du bist wirklich erwachsen geworden", sagte meine Mutter anerkennend. "Trotz all deiner Probleme hast du immer noch genug Gottvertrauen, um auf dich allein gestellt zurechtzukommen. Du wirst auf deinem Weg wahrscheinlich noch vielen Schwierigkeiten begegnen, aber ich habe vollstes Vertrauen in dich und darin, daß du sie überwinden wirst. Die meisten Leute denken, daß die Herkunft die Zukunft eines Menschen bestimmt. Du bist der lebende Gegenbeweis. Ich bin stolz darauf, dich als Tochter zu haben!

Wir hatten in den letzten Jahren Schwierigkeiten, die Familie über Wasser zu halten, und ich weiß, daß dir dein bisheriges Leben ungerecht und unerfüllt erscheinen muß. Weil du selbst noch nicht viel von der Welt gesehen hast, fehlen dir auch die Vergleichsmöglichkeiten. Wenn du so gelitten hättest wie ich in meiner Jugend, würdest du mehr verstehen. In Deutschland haben meine Familie und ich uns aus Mülltonnen ernährt und bei Frost auf nackter Erde schlafen müssen. Meine Lieblingsschwester wurde vor meinen Augen hingerichtet, gütiger Himmel, ich will mich nicht an diesen Horror erinnern. Irgendwann werde ich dir erzählen, was ich durchmachen mußte, um zu erreichen, was ich jetzt habe, auch wenn es dir scheinen mag, als sei es nichts."

Zum ersten Mal hatte meine Mutter mir etwas von sich erzählt. Scheinbar existierten in unserem Leben Parallelen, von denen ich nichts wußte. Und ausgerechnet jetzt, nachdem sie endlich ihr Schweigen gebrochen hatte, zog ich von zu Hause aus. Doch wäre ich geblieben, hätte ich eine Gelegenheit verpaßt, und Gelegenheiten boten sich nicht alle Tage. Ich hatte keine andere Wahl.

Am nächsten Tag zog ich um und schrieb mich an der High School in Santa Monica ein. Die hellen Schulgebäude waren von gepflegten Rasenflächen umgeben, von denen man direkt auf den Ozean schauen konnte. Es wurde eben Herbst, und die Blätter der Ahornbäume färbten sich in warme, gelbliche, fast goldene Rottöne, die durch die kühlen Strahlen der Herbstsonne noch verstärkt wurden. Genau wie ich schienen auch die Blätter die letzte Wärme vor dem Einbruch des Winters zu genießen.

Trockenes Laub knirschte beim Gehen unter meinen Schuhen. Ich ergriff eine Handvoll, zerbröselte die Blätter in meiner Hand und ließ sie wie Konfetti vom Wind davonwehen. Ich kam mir vor wie neugeboren. Ich hatte mir von meinem Ersparten ein paar hübsche Kleider gekauft und mir einen neuen Haarschnitt verpassen lassen, und um meinen Identitätswechsel perfekt zu machen, hatte ich mir sogar einen neuen Namen zugelegt. Von jetzt an würde ich Michelle heißen.

Die Atmosphäre in meiner neuen Schule unterschied sich grundlegend von der in meiner alten. Die Lehrer lobten mich für meine schulischen Fortschritte. Doch trotz der vielen positiven Änderungen stellte ich schnell fest, daß die Kinder sich meistens in kleinen Gruppen organisiert hatten, bei deren Mitgliedern es vor allem auf die Herkunft ankam – für Außenseiter schien es auch hier keinen Platz zu geben.

Die Unterhaltungen meiner Altersgenossen drehten sich meistens um Liebschaften oder Parties, und da ich in diesen Bereichen keinerlei Erfahrungen vorzuweisen hatte, war es auch hier schwierig, Anschluß zu finden.

Hinzu kam, daß meine Situation bei meiner neuen Arbeitgeberin, Frau Liebmann, sich bei weitem nicht als so rosig herausstellte, wie ich zunächst angenommen hatte. Ich merkte schnell, daß ich eine Stelle akzeptiert hatte, die meine Fähigkeiten bei weitem überstieg. Die Frau erwies sich als ausgemachte Perfektionistin, die unmöglich zufriedenzustellen war. Sie behandelte mich wie eine Sklavin. Ich kochte, putzte und kümmerte mich um die Kinder. Sie verlangte, daß ihr Haus dabei in sterilem Zustand gehalten wurde, was unter anderem bedeutete, daß ich jeden Tag mit einer Zahnbürste ausgerüstet auf den Fliesen knien und den Belag zwischen den Kacheln mit Bleiche abschrubben durfte. Nachdem ich alle Aufgaben erfüllt hatte, blieb mir kaum noch Zeit, meine Hausaufgaben zu erledigen, und nach fünf Monaten gab ich auf.

Ich zog zu meiner Mutter zurück. Meine größte Angst bestand nun darin, daß ich die Schule in Santa Monica nicht länger würde besuchen können, weil ich in einem anderen Stadtteil wohnte. Das neue Schuljahr hatte gerade begonnen, und ich befand mich im Geschichtskurs – wie immer in der Hoffnung, unter den neuen Gesichtern ein paar Freunde zu gewinnen. Ich lächelte sie an, und sie lächelten sogar zurück.

Völlig unerwartet lief eines Tages ein warmer Strom an meinem Bein hinab. Zu meinem Entsetzen bemerkte ich, daß sich ein kleiner, hellroter Blutfleck auf dem Boden gebildet hatte. Ich war nie zuvor krank gewesen, und da ich mich nirgends geschnitten hatte und trotzdem blutete, glaubte ich, augenblicklich an meinem Pult sterben zu müssen. Ich zog meinen Mantel über und begann damit, das Blut mittels eines fallengelassenen Taschentuchs mit dem Fuß aufzuwischen.

Ich saß direkt vor der Lehrerin und beugte mich peinlich berührt zu ihr vor. "Mir ist etwas Schreckliches passiert!" flüsterte ich ihr atemlos ins Ohr. "Ich verblute!"

Sie brachte mich hinaus auf den Flur und erklärte mir, daß meine ‚Krankheit' für ein Mädchen meines Alters eine ganz normale Angelegenheit darstellte. Ich wurde erwachsen und hatte meine erste Periode bekommen. Mitleidig blickte sie mich an.

"Hat deine Mutter dir denn nicht erklärt, was passiert, wenn ein Mädchen zur Frau wird?"

"Meine Mutter spricht nie über den Körper, besonders nicht, wenn es etwas mit dem Geschlecht zu tun hat", erwiderte ich schüchtern.

Erstaunt über meine Ahnungslosigkeit schüttelte sie den Kopf und schlug vor, daß ich nach Haus gehen und meine blutige Kleidung wechseln sollte.

Ich war überaus erleichtert, daß es sich bei meiner Krankheit um eine reguläre Körperfunktion zu handeln schien. Ich ärgerte mich darüber, daß meine Mutter sich weigerte, solche wichtigen Dinge mit mir zu besprechen, besonders wenn, es um Sex und um meinen Vater ging, beides Themen, die in die Kategorie des Unsagbaren fielen. In der Schule hatte ich bereits allerhand über ‚Bienen und Vögel' tuscheln gehört und war mir sicher gewesen, daß dieser Ausdruck etwas mit Sex zu tun gehabt hatte. Ich hatte meine Mutter danach gefragt. Ihre Antwort war, daß Vögel gemeinhin singen und Bienen zu stechen pflegen. Wie immer gab sie ausweichende Antworten, wenn es sich um Fragen mit sexuellen Untertönen handelte.

Zu Hause angekommen, konfrontierte ich meine Mutter direkt und erklärte ihr, was mir in der Schule passiert war. Ärgerlich verlangte ich von ihr, daß sie mich in Zukunft über wichtige Dinge aufklärte, damit mir derartige Beschämungen und offensichtliches Unwissen erspart blieben. Sie redete sich mit der gleichen Entschuldigung wie immer heraus: "Das wirst du schon alles noch lernen, wenn du erst einmal verheiratet bist."

Leider befürchtete ich, daß niemand mich heiraten würde, weil ich keine Ahnung von Sex hatte. Ich merkte, wie die Frustration über meine Mutter mit jedem Tag wuchs. Sie nahm einen alten Kopfkissenbezug aus dem Schrank und riß ihn in dünne Streifen. Diese gab sie mir und wies mich an, die Binden alle paar Stunden zu wechseln. Als ich endlich in mein Bett kroch, sah ich aus wie eine blutige Mumie und wäre vor Scham am liebsten im Boden versunken.

Am nächsten Morgen versuchte ich, im Toilettenraum der Schule meine Binden zu wechseln. Die blutroten Streifen hingen von mir herab, als sei ich in einer Schlacht schwer verwundet worden. Die Tür zum Waschraum war

nur angelehnt, und ein Mädchen, das ich noch nie zuvor gesehen hatte, erkundigte sich, was zum Teufel ich da mache. Ich erklärte ihr, daß ich meine
Periode habe und meine Mutter mir die Binden gegeben hatte, damit ich
meine Wäsche nicht befleckte. Sie starrte mich verwundert an, stellte sich
vor und informierte mich dann, daß ich in jeder Drogerie Einlagen und einen Bindengürtel kaufen konnte, wie es alle anderen Mädchen in meinem
Alter auch taten.

Nach der Schule nahm sie mich mit zum Einkaufen, und danach besuchten
wir die Bücherei, wo ich mir ein Buch über Anatomie auslieh.

Am gleichen Abend saß ich bei uns auf der Veranda und verschlang meine neue Lektüre, als meine Mutter von hinten an mich herantrat, mir das
Buch aus den Händen riß und angewidert stammelte: "Jackie, ich bin entsetzt, daß du schmutzige Bücher wie dieses liest."

Bis dahin hatte ich meinen Körper nie als etwas Schmutziges empfunden,
doch meine Mutter schaffte es, mich zu verwirren. Es hatte keinen Sinn, sich
mit ihr zu streiten, deshalb ging ich, ohne ein Wort zu sagen, und besuchte
meine neue Freundin Charmaine, die mir die Binden empfohlen hatte.

Sie wohnte in einem wunderschönen kleinen Haus, das von einem weißen
Eisenzaun umgeben war. Als ich den Pfad zu ihrer Eingangstür entlang ging,
bestaunte ich das Moos zwischen den roten Ziegeln und sah Charmaines
Wagen in der Einfahrt stehen. Sie war eine der wenigen in der Schule, die
bereits einen eigenen Wagen besaß. Es handelte sich um einen alten Olds-
mobile Cutlass, den sie ,Bodenlos' nannte, weil sie das Gaspedal bis auf den
Boden drücken mußte, bevor der Wagen startete. Wenn er dann endlich fuhr,
hätte er selbst im Rennen gegen eine Schildkröte verloren aber immerhin
handelte es sich um einen fahrbaren Untersatz, und er gehörte ihr allein.

Sie hörte genau zu, als ich ihr von den Problemen mit meiner Mutter erzählte, und erbot sich, mir alles zu sagen, was sie wußte. Ihr gegenüber öffnete ich mich wie eine blühende Knospe und gestand ihr, wieviel sie mir
bedeutete und wie einsam ich mich gefühlt hatte, bevor sie in mein Leben
getreten war. Was sie sagte, als ich geendet hatte, wird mich für den Rest
meines Lebens begleiten, denn ihre bedingungslose Liebe berührte meine
Seele.

"Liebe kommt aus dem Herzen, wie ein Fluß, der in den Ozean mündet.
Sie gibt alles, wofür sie steht, an alles, was sie berührt. Derjenige, der Liebe empfängt, verstärkt sie noch und gibt sie an jeden weiter, mit dem er in

Berührung kommt. Alles um ihn herum ist augenblicklich von diesem Glühen in seinem Herzen erfüllt, ein Glühen von solcher Kraft, daß jeder es sehen kann und sich davon nährt."

Sie drückte meine Hand und sagte lächelnd: "Komm mit, machen wir eine Tour durch die Stadt und schauen mal, was los ist. Unsere pferdelose Kutsche wartet bereits, Madame."

Der Tank war beinahe leer. Ich hätte gerne für den Sprit gezahlt, doch ich hatte vergessen, Geld mitzunehmen. Auch Charmaine hatte keines. Also schlug ich vor, ‚ein Ding zu drehen‘: "Erst gehen wir zum Markt an der Ecke, und du kaufst dort einen Marsriegel. Während du den Verkäufer ablenkst, schleiche ich mich draußen zu den leeren Brauseflaschen, klaue ein paar und verstecke sie im Wagen. Dann lösen wir sie in einem anderen Laden gegen Pfand ein und kaufen Benzin."

Unser Plan funktionierte reibungslos, und der Tankwart staunte nicht schlecht, als wir für fünfzig Cent Benzin bestellten. Zum ersten Mal in meinem Leben fuhr ich in einem Auto, und ich fühlte mich unermeßlich reich. Wir fuhren bei ‚Harry’s‘ vor, dem örtlichen Teenagertreff. Die Kellnerinnen dort bedienten auf Rollschuhen und rasten zwischen den geparkten Wagen herum, um die Bestellungen aufzunehmen. Der ganze Ort summte vor Aktivität, und alle aßen, was das Zeug hielt, als wären sie hungrig – dabei waren sie nur gekommen, um jemanden zu finden, mit dem sie den Abend oder die Nacht verbringen konnten.

Stolz saß ich in dem Wagen, beobachtete das Treiben und genoß die bewundernden Blicke, die die Kinder auf ihren Fahrrädern mir zuwarfen. Wir bestellten Schokoshakes, die so dickflüssig waren, daß man sie mit einem Messer hätte schneiden können, und wir plauderten mit dem nicht enden wollenden Strom von Jungen, die wissen wollten, woher wir unseren Wagen hatten. Zum ersten Mal in einem Auto, zum ersten Mal in einem Restaurant, zum ersten Mal sprach ich mit Jungen – ich kam mir vor, als wäre ich endlich am Ziel meiner Wünsche angekommen.

Wegen besonderer schulischer Leistungen durfte ich eine Klasse überspringen und wurde mit einem Diplom ausgezeichnet. Als ich vom Podest zurück ins Publikum ging, kamen einige meiner Klassenkameraden auf mich zu. Ich nahm an, daß sie mir gratulieren wollten, doch statt dessen wurde ich von einem Chor höhnischer Bemerkungen begrüßt: "Was nützt dir dein schlaues Gehirn, wenn du niemals Spaß haben wirst?

Du weißt ja noch nicht mal, was Sex ist!" Mir fiel keine Antwort ein, deshalb log ich einfach drauf los. "Ich weiß mehr über Sex als ihr alle zusammen!"

Tammy, eine beliebte Cheerlederin mit langen, blonden Haaren und Augen so blau wie Kornblumen, trat auf mich zu.

"Was weißt du denn über Sex, was ich nicht weiß?"

"Nun, ich weiß zumindest soviel, daß ich kein Interesse daran habe. Um genau zu sein, habe ich einen Club gegründet, der exklusiv für Jungfrauen bestimmt ist. Möchtest du beitreten?"

Sie bekam einen derartigen Lachanfall, daß sie sich in die Hosen gemacht haben muß.

"Jungfrauen! Glaubst du, es sei eine Ehre, eine Jungfrau zu sein? Du bist wirklich nicht ganz von dieser Welt! Weißt du, was ich machen werde? Ich werde dir einen Dollar für jedes Mädchen zahlen, das deinem Club beitritt, und da nichts mit nichts malgenommen immer noch nichts ergibt, wird mich die ganze Wette keinen Pfennig kosten. Aber ich werde mich dabei noch besser amüsieren, als wenn ich ins Kino gehe!"

"Mein Club wird nur ausgewählte Mitglieder aufnehmen, und du solltest dich hüten, dich darüber lustig zu machen", gab ich wie ein kleiner Schwachkopf zurück. "Ich habe sogar schon ein Motto für den Club: ‚Nil bastardos cabarandum', was auf deutsch heißt: ‚Laß dich von den Schweinehunden nicht unterkriegen' – wie du ja sicher weißt."

In der sicheren Annahme, daß sie meine letzte Bemerkung unmöglich würde überbieten können, schritt ich mit erhobenem Kopf wie eine Debütantin davon. Sie folgte mir, um zu sehen, welche Mädchen ich für die Mitgliedschaft in meinem Club gewinnen würde.

Eine nach der anderen weigerte sich beizutreten. Sie lachten mich ungläubig aus. Schmerzhaft wurde mir bewußt, daß ich mir eine absolut lachhafte Aufgabe gestellt hatte, als das letzte von mir befragte Mädchen antwortete: "Du wirst nicht sehr viele Mitglieder in deinem Club haben. Das einzige Mitglied bist du!"

Tammy kicherte hysterisch und sagte spöttisch: "Danke für die unterhaltsame Vorstellung!"

Dann ließ sie mich stehen.

Ich hatte mich vollkommen zum Narren gemacht. Eine Jungfrau zu sein bedeutete überhaupt nichts, und falls irgendjemand die Punkte in diesem

Spiel zählte, so hatte ich gerade einen massiven Verlust erlitten und war unter Null gesunken.

Ich erinnerte mich daran, wie Marlene mir an meinem zwölften Geburtstag erzählt hatte, daß Sex die Antwort auf alle Fragen sei. Damals hatte ich ihren Standpunkt für vollkommen hirnrissig gehalten. Jetzt, auf der High School, bekam ich täglich den Beweis für ihre Behauptung. Die beliebtesten Schüler waren die sogenannten ‚Spieler‘. Die ernsthaften Schüler, zu denen ich gehörte, wurden einfach ignoriert.

Doch wenn ich meine moralischen Werte in den Wind schreiben mußte, um von der sogenannten Szene akzeptiert zu werden, dann würde ich ein Außenseiter bleiben. Soviel stand fest. Ich glaubte nicht daran, daß ich meine Wertvorstellungen aufgeben würde, egal wie hoch die Belohnung dafür auch sein mochte.

Kapitel 3

$\mathcal{D}$er Teenagerclub in der Nachbarschaft, ein kleiner Schnellimbiß im Keller eines Wohnhauses, wurde ‚Die Höhle' genannt. Ich betrat den Tunnel, der ins Innere des Lokals führte, und hörte von weitem bereits das Heulen der Musikbox. Dort wurde ‚The Little White Cloud That Cried' von Johnny Ray gespielt. Der Rauch hing in dicken Wolken über den Köpfen der tanzenden Pärchen, die sich auf der kleinen Tanzfläche gegeneinanderpeßten wie eingelegte Sardinen.

Ich drängte mich durch die aufgeregte Menge und suchte mir einen Platz, von dem aus ich das Treiben beobachten konnte, ohne selbst daran teilzunehmen.

Der Junge, der die Bestellungen aufnahm, sah aus wie ein Filmstar. Sein Haar war pechschwarz und rahmte sein feingeschnittenes Gesicht mit dem strahlenden ‚Pepsodent-Lächeln' und den schalkhaft funkelnden Augen ein. Ich wußte, daß es sich bei ihm um den Kapitän der Footballmannschaft handelte, der daran gewöhnt war, immer im Mittelpunkt zu stehen. Während ich sein sonnengebräuntes, kantiges Gesicht musterte, bemerkte ich, daß sämtliche Mädchen mit ihren Blicken an ihm hingen wie Fliegen an einem Leimstreifen.

Er kam zu mir, um meine Bestellung aufzunehmen, und kicherte: "Du mußt neu sein, ich habe dich hier noch nie gesehen."

"Nein. Ich lebe schon länger hier. Aber ich gehe nicht oft aus."

"Am Wochenende gebe ich eine Strandparty in meinem Haus in Malibu. Hast du Lust zu kommen?"

Als Antwort beschränkte ich mich darauf, eine Cola zu bestellen. Er blieb vor mir stehen und wartete ab. Die Tatsache, daß man mich soeben auf eine Party eingeladen hatte, ließ meinen Magen radschlagen.

"Dankeschön. Ich würde unheimlich gern kommen", brachte ich schließlich hervor. "Kann ich eine Freundin mitbringen?"

Ich war mir nicht sicher, ob ich mich allein trauen würde.

"Sicher, warum nicht? Hier ist meine Adresse und Telefonnummer."

Er ging zur Musikbox, um eine andere Platte zu drücken, und winkte mir zu. Frank Sinatra begann ‚Only the Lonely' zu singen. Mir schien, als habe er mein Lied gedrückt!

Ich stürzte die Cola hinunter und stürmte aus dem Laden, als stünde er in Flammen. Aus Angst davor, der Kapitän könne es sich anders überlegen, blickte ich nicht einmal zurück. So schnell ich konnte, rannte ich zu Charmaines Haus und läutete atemlos an ihrer Tür. Ich platzte fast vor Aufregung und konnte es kaum erwarten, ihr von meinem neuen Erfolg im sozialen Leben von Santa Monica High zu erzählen.

"Charmaine, rate mal, was passiert ist! Ich war in der Höhle, und Harry Feldmann hat mich zu seiner Party am Samstag eingeladen und gesagt, ich könne jemanden mitbringen. Ich bin total aus dem Häuschen. Ich bin noch nie im Leben auf einer Party gewesen. Sein Haus liegt am Strand. Ich möchte, daß du mit mir kommst, ich zahle dir das Benzin."

Charmaine war völlig überrascht. Ungläubig starrte sie mich an.

"Das ist einer der bestaussehenden und begehrtesten Knaben auf der ganzen Schule", sagte sie. "Weißt du eigentlich, daß jedes Mädchen mit ihm ausgehen möchte, mich eingeschlossen?"

Ich lachte.

"Wenn du mit ihm ausgehst, hat er Glück. In meinen Augen bist du die Besonderere von euch beiden."

Ich kaufte mir ein hellblaues Chiffonkleid, das sich schmeichelhaft über meine frischerworbenen Kurven legte, und wirbelte durch den schäbigen Raum daheim wie eine glamouröse Ballerina. Als ich die Wand mit meinem

Kleid berührte, fiel ein großes Stück Putz ab und krachte zu Boden. Eine glänzende, schwarze Spinne krabbelte die Wand hinauf, um ihr Netz an der Decke zu erreichen. Nur Gott allein wußte, wie viele seltsame Krabbeltiere sich dort über unseren Köpfen aufhielten.

Einige wenige kostbare Augenblicke lang wurde ich zu einer anderen, während ich mir vorstellte, wie ich auf der Party zu einer beliebten Persönlichkeit und von den Reichen aus der Oberschicht akzeptiert wurde. Der Kontrast zu meiner Realität inmitten der rattenzerfressenen Wände und dem Modergeruch unseres kleinen Hauses hätte nicht größer sein können. Zusammen mit mir in meinem blauen Chiffonkleid hätte es sicher ein interessantes surreales Gemälde mit dem Titel ‚Königin im Rattenkeller' abgegeben.

Charmaine hupte vor dem Haus. Ich schwebte hinaus und nahm auf dem Beifahrersitz Platz, ängstlich darauf bedacht, daß mein Kleid keinen Schaden nehmen würde. Mit offenem Verdeck fuhren wir die lange Küstenstraße entlang und lauschten auf das Rauschen der Wellen, die die Luft mit ihrem salzigen Aroma erfüllten.

Das Haus von Harrys Eltern sah aus wie ein Schloß auf einer Ansichtskarte und stand mitten auf einer zerklüfteten Klippe. Wilde Musik dröhnte durch die frische Abendluft und mischte sich mit dem Duft des Jasmins, der im Dunkeln blühte. Die riesige Doppeltür aus Eichenholz wurde von Harry persönlich geöffnet, und zur Begrüßung bot er uns Cocktailhäppchen und Getränke an. Eine echte Band spielte 'Jitterbug'. Die sich schlängelnden Pärchen waren sorgsam bemüht, die Tische mit den teuren Speisen nicht über den Haufen zu werfen. Auf einigen Silbertabletts hatte man Häppchen, bunte Salate und exotische Snacks kunstvoll arrangiert, die man Hors-d'oeuvres nannte, wie Charmaine mich informierte. Die ganze Angelegenheit mußte Harrys Leute ein Vermögen gekostet haben, oder aber er gab das Geld seiner Eltern aus, ohne daß sie davon wußten. Sie waren übers Wochenende aus der Stadt verschwunden, und nicht einmal eine Aufsichtsperson befand sich im Haus.

Ich beneidete Harry um seine Freiheit und seinen Wohlstand und tröstete mich mit einem Stück Erdbeertorte. Anschließend leckte ich die Reste von meinen Fingernägeln ab. Zum Glück waren die Anwesenden so sehr mit sich selbst beschäftigt, daß sie meine schlechten Tischmanieren nicht bemerkten. Ich war vermutlich die einzige im ganzen Haus, die noch nie mit Messer und Gabel gegessen hatte, denn wir konnten uns kein Besteck leisten.

Plötzlich legten sich zwei starke Arme um meine Hüften. Ich drehte mich um und sah direkt in Harrys Augen. Instinktiv wollte ich ihn dazu auffordern, seine Arme von mir zu nehmen, doch ich wollte nicht unhöflich erscheinen, indem ich seinen Freundschaftsbeweis abwies.

Er brachte seinen Mund an mein Ohr und flüsterte: "Komm mit, ich möchte ein paar Minuten mit dir allein reden."

Er führte mich in sein Schlafzimmer, und noch bevor ich Gelegenheit hatte herauszufinden, was er mit mir besprechen wollte, waren seine Hände auf meinem Körper zugange wie die Tentakel eines riesigen Tintenfischs. Verschreckt durch seine sexuelle Aggressivität stieß ich ihn von mir.

"Was machst du denn da? Ich bin doch keine Nutte!" stieß ich schockiert hervor.

Er kicherte nur. Ohne sich um meine Worte zu kümmern, fuhr er fort, mich zu begrapschen und seine Lippen auf die meinen zu pressen. Sein geöffneter Mund widerte mich an; Er fühlte sich an wie nasser, heißer Brei.

"Ich habe gehört, daß du noch Jungfrau bist, und ich habe noch nie mit einer geschlafen. Ich dachte, dies wäre eine gute Gelegenheit für uns beide, etwas zu lernen."

Mit ziemlicher Macht warf er mich nun auf sein Bett und hielt mich fest unter sich. Er riß mein blaues Kleid von meinen Schultern und biß mir in den Nacken. Er saugte an meiner Haut wie ein Vampir! Meine Schreie gingen in der lauten Musik unter, während seine schmierigen Pfoten darangingen, mein Kleid in Stücke zu reißen, bis er meine Brüste sehen konnte. Ich tropfte vor Schweiß und kämpfte, um mich aus seiner Umklammerung zu befreien.

"Du Hurensohn!" schrie ich so laut ich konnte.

Sein Körper bewegte sich auf dem meinen auf und nieder, und er grunzte wie ein Schwein!

Mit aller mir zur Verfügung stehenden Kraft gelang es mir endlich, mich aus seiner geilen Umklammerung zu befreien. So hart ich konnte, schlug ich ihm mit der flachen Hand ins Gesicht. Ich heulte, während ich versuchte, meine Kleidung zu richten und die Fetzen meines Kleides einzusammeln, die um mich herum im Zimmer verstreut lagen.

"Verschwinde!" schrie ich. "Wage es ja nicht noch einmal, deine schmierigen Pfoten auf mich zu legen."

"Dumme Schlampe", antwortete er mit sarkastischem Grinsen.

Er stand auf, legte all seine Kleidung ab und baute sich zu meinem Entsetzen nackt vor mir auf. Aus dem Rattennest zwischen seinen Beinen schaute ein rotvioletter, pochender Knorpel hervor, der aussah wie eine ausgestopfte Schlange mit kleinen Schleimtropfen auf dem Kopf. Darunter hingen zwei Fleischlappen wie vertrocknete Pflaumen, die die häßliche Erektion irgendwie zu stützen schienen. Angeekelt durch die Zurschaustellung seiner Männlichkeit wandte ich meinen Blick ab.

Ich hatte schon immer wissen wollen, wie ein Mann aussah. Jetzt wußte ich es. Eine Frau, die den Wunsch verspürte, dieses ,Ding' zu berühren, mußte pervers sein.

Er sprang auf mich zu wie ein geiler Hund und fluchte, als er über seine eigenen Kleider stolperte und mit lautem Plumps zu Boden fiel. Ich kann nicht mehr sagen, was röter war, sein Gesicht oder sein angeschwollenes Glied.

"Ich werde dich fertigmachen!" stieß er wütend hervor, während sein Stengel aufrecht in die Luft stand. Dann öffnete er splitternackt die Tür zum Wohnzimmer und verkündete stolz: "Ich habe sie flachgelegt, und bei Gott, sie ist ein lausiger Fick!"

Ich hätte mich nicht mehr schämen können, wenn ich versehentlich vor meinem Vater auf den Boden gepinkelt hätte. Was für Tiere Männer doch waren – das einzige, woran sie dachten, war Sex! Harrys Ego und seine dreckige Lüge ärgerten mich und widerten mich gleichzeitig an. Er war eine menschliche Ratte!

Ich ging ins Bad, verschloß die Tür hinter mir und legte ein nasses Handtuch auf mein Gesicht und über meine geschwollenen Lippen. Eine meiner Brüste war unbedeckt. Ich hatte noch nicht einmal einen Mantel, um meine Blöße zu verhüllen. Was ich mir als die Krönung meines bisherigen sozialen Lebens vorgestellt hatte, war zu einem Desaster geworden. "Wieso ausgerechnet ich?" fragte ich mich. "Wieso ich?" Ich konnte unmöglich zurück ins Wohnzimmer gehen und Charmaine suchen, ohne mich vor allen Anwesenden zum Gespött zu machen. Keiner würde mir glauben, daß Harry gelogen hatte. Er war ihr Gott.

Hoch über der Badewanne entdeckte ich schließlich ein Fenster, stellte mich auf den Badewannenrand und quetschte meinen Körper durch die Öffnung. Ich fiel zwei Meter tief auf den Boden und verstauchte mir beim Aufprall den Knöchel. Der Schmerz war enorm, aber irgendwie mußte ich nach

48

Hause gelangen. Mein zerrissenes Kleid hatte ich mit einer alten Sicherheitsnadel zusammengesteckt, und auf meinen Armen und Beinen waren bereits blauschwarze Flecken zu sehen. Die kalte Nachtluft fühlte sich jetzt auf meinem Körper an wie der Hauch des Todes. Vor mir lagen fünf Kilometer Fußmarsch. Ich kam mir vor wie ein verletztes, mißhandeltes Tier, und obwohl Harry meinen nackten Körper weder gesehen noch berührt hatte, fühlte ich mich durch den Gedanken an das Vorgefallene beschmutzt – wie einen Gegenstand hatte er mich behandelt.

Der Weg nach Hause wurde zum Marathon. Als ich endlich unser Haus sah und die Stufen buchstäblich hinaufkrabbelte, war ich so erleichtert wie nie zuvor in meinem Leben. Ich streckte mich auf dem Boden aus und versuchte jeden Gedanken aus meinem Kopf zu verbannen. Ich betete um ein wenig Schlaf, der mir helfen sollte, mein erniedrigendes Erlebnis zu vergessen. Scotty sang wie ein kleiner Schwachkopf in seinem Käfig – wie konnte er jetzt singen?

Ich schlief mit vielen Unterbrechungen und hatte schwere Alpträume, in denen ich von nackten Männern mißhandelt wurde. Als ich am Morgen erwachte, fühlte ich mich erschöpfter als vor dem Einschlafen. Erst jetzt wurde mir richtig bewußt, was geschehen war. Wie sollte ich mich je wieder in der Schule blicken lassen? Man kannte mich kaum, und jeder würde Harrys Lügen Glauben schenken. Wenn nur mein Vater bei mir wäre, dachte ich, er würde mit Harry reden und die Sache in Ordnung bringen. Aber ich war allein. Meine Mutter hätte kein Verständnis für meinen Zustand gehabt. "Mein ganzes Leben lang habe ich mir das Fleisch von den Knochen geschuftet, um dich zu einem ordentlichen Menschen zu machen. Und du hast nichts Besseres zu tun, als auf eine Party zu diesen Taugenichtsen zu gehen und dich auf Sex einzulassen, damit du ein bißchen beliebter wirst. Geschieht dir alles recht. Vielleicht lernst du etwas daraus und wirst dich mehr mit deinen Büchern beschäftigen!"

Nein, mit meiner Mutter zu sprechen hatte keinen Sinn. Wie immer mußte ich mein Elend mit mir selbst ausmachen.

Zwei Tage lang täuschte ich eine Krankheit vor, um nicht zur Schule gehen zu müssen. Als ich endlich wieder dort auftauchte, war die Situation noch viel schlimmer, als ich sie mir ausgemalt hatte. Ich war im wahrsten Sinne des Wortes geächtet worden!

Harry hatte nicht nur erzählt, daß ich mit ihm geschlafen hätte, sondern auch, daß mich anschließend alle Jungen auf der Party bestiegen und daß ich sie belogen hätte, da ich gar keine Jungfrau mehr gewesen sei, sondern die verkommenste Schlampe, die ihm je begegnet sei. Von da an wurde ich gemieden, als hätte ich eine ansteckende Krankheit. Schließlich beendete Charmaine unsere Freundschaft, ohne mir auch nur die Gelegenheit zu geben, ihr zu erklären, was vorgefallen war.

Ich versank in tiefe Depressionen.

Das bißchen Selbstvertrauen, das ich mir mühselig aufgebaut hatte, zerbrach wie ein Stück Glas und schien für immer verloren. Mein Herz schmerzte, und der Verlust meiner einzigen Gefährtin verletzte mich zutiefst. Ich wollte die Schule verlassen doch ebenso wollte ich meinen Abschluß machen, ohne den ich niemals eine vernünftige Arbeit finden würde. Mit jedem Tag wurde es für mich wichtiger, meinen Vater zu finden. Mein Lebensweg schien zu einer endlosen, dunklen Straße ins Nichts geworden zu sein. Jedesmal, wenn es so aussah, als würde ich einen kleinen Fortschritt machen, versank ich gleich darauf in einem Strudel Treibsand und mußte mit aller Kraft darum kämpfen, nicht unterzugehen. Meine emotionale Kraft war dabei zu schwinden, das konnte ich deutlich spüren, und mein Vertrauen in die Umwelt, die sich jeden Tag als mein Gegner erwies, wurde schwächer und schwächer.

Es gab niemanden, dem ich mich hätte anvertrauen können. Ich fühlte mich immer noch zu beschämt, als daß ich mit meiner Mutter hätte reden können. Außerdem wußte ich, daß sie mich nicht verstanden hätte. Mein neues Kleid ließ sich nicht mehr reparieren, also warf ich es einfach in den Müll. Auf keinen Fall sollte meine Mutter es zu Gesicht bekommen.

Es war mir, als wäre das Ende der Welt gekommen. Unbeweglich wie eine Statue saß ich in unserem Haus, den Kopf in meine Hände gestützt. Ich hatte die Augen geschlossen, und ab und an lief eine Träne über mein aufgequollenes Gesicht.

Doch dann schien sich aus meinem Dunkel mit einem Mal ein Licht zu formen, das direkt in meine Wunden strömte. Das Licht teilte sich und wurde zu einer Quelle, aus der schließlich mein geliebter Fremder hervorkam. Obwohl er keine Flügel hatte, erinnerte er mich an die Abbildungen von Engeln, die ich in der Schulbücherei gesehen hatte. Weiche, leuchtende Lichtstrahlen tanzten um seinen Körper, und mir schien, als würde er mit mir sprechen, obwohl ich sein Gesicht immer noch nicht sehen konnte.

50

"Meine kleine Blume", hörte ich ihn sagen, "es tut mir so leid, daß dein Leben so schwer ist. Ich habe dir einmal gesagt, wie wichtig Weisheit im Leben ist, und du bist immer noch dabei, Weisheit für dich zu gewinnen. Würde dein Leben unkompliziert und ohne Probleme verlaufen, würdest du niemals eine feinere Wahrnehmung der Dinge entwickeln. Bei jedem Problem, das vor dir auftaucht, hast du eine Wahl. Stammt deine Wahl aus deinem höheren Selbst, so wird sie richtig sein. Das hast du in deinem Erlebnis mit Harry bewiesen. Du hättest seinen Forderungen nachgeben und damit die Akzeptanz von ihm und seiner Clique gewinnen können, doch statt dessen hast du dir deine Ehre bewahrt, eine sehr weise Wahl! Vergiß nicht, daß du nicht auf dieser Erde bist, um Akzeptanz von anderen zu gewinnen. Dein Weg soll dich zu innerem Frieden führen, und indem du deine Seele reinigst, wirst du dich entwickeln.

Es war deine Wahl, in dieses Leben zu treten und diesen dornigen Weg zu gehen. Unter diesen Dornen liegen wunderbare, unberührte Rosen, die darauf warten, daß du ihren süßen Duft entdeckst. Und du wirst es tun, ich weiß, daß du es tun wirst ... wenn die Zeit gekommen ist! Jeder von uns wählt sein eigenes Schicksal, aber es liegt an uns, was wir am Ende daraus machen.

Eines Tages wirst du das verstehen. Bis dahin solltest du dich auf deine Studien konzentrieren. Du darfst niemals aufgeben. Mach weiter, und ich werde immer bei dir bleiben!"

Er hatte recht. Immer, wenn ich meinte, am Ende zu sein, tauchte er auf und ermutigte mich, weiter gegen den Berg anzusteigen, egal wie steil er mir erscheinen mochte, wie ein Spieler, der nicht wissen konnte, ob er gewinnen oder verlieren würde. Wer immer er auch sein mochte, ich liebte ihn für die Tatsache, daß er mich ohne Ansehen meiner Person zu akzeptieren schien.

Meine Gefühle gegenüber Männern entwickelten sich derweil in die gleiche Richtung wie die meiner Mutter, und ich fühlte mit ihr, in der Annahme, daß vom Umgang mit Männern nichts als Leid kommen könnte. Niemals wieder in meinem Leben wollte ich mich in eine solch kompromittierende Situation begeben, wie ich sie im Strandhaus in Malibu durchlebt hatte. Der moralische Bankrott, der aus Harrys respektlosem Verhalten resultierte, hatte tiefe und schmerzliche Spuren in meiner Unternehmungslust und meinem Wagemut hinterlassen. Von nun an konzentrierte ich mich ganz und gar auf meine Hausaufgaben und bestand die Abschlußprüfung mit besonderen Auszeichnungen, als ich sechzehn Jahre alt war.

Ich beobachtete die anderen Mädchen, wie sie Arm in Arm mit ihren Freunden spazierengingen oder mit zusammengesteckten Köpfen auf den Rasenflächen vor der Schule lagen, Händchen hielten und sich gegenseitig über die Haare strichen. Auch ich wollte gerne verliebt sein. Soweit mir bekannt war, war ich das einzige Mädchen, das nicht zum Abschlußball ging. Niemand hatte mich dazu eingeladen, und die Bildunterschrift unter meinem Foto im Jahrbuch meiner Abschlußklasse lautete: "Wird es im Leben höchstwahrscheinlich zu nichts bringen!"

Aber ich machte mir zunehmend weniger aus verbalen Angriffen und war innerlich sehr stolz darauf, daß meine Ausdauer in der Schule zu einem Diplom mit besonderen Auszeichnungen geführt hatte. Jetzt lag ein neues Leben vor mir, und ich war fest entschlossen, es erfolgreich zu gestalten. Ich stellte mir eine schwarze Tafel vor, auf die ich mit Kreide die Hauptbegebenheiten der letzten sechzehn Jahre aufmalte, obwohl außer einem Haufen Elend wirklich nicht viel dabei herauskam. Dann wischte ich meine miserable Vergangenheit ein für allemal ab.

Kurz darauf fand ich eine Anstellung als Kassiererin bei der Bank of America und tat von Anfang an alles, um meine Position aufzubauen und zu verbessern. Wenn ich meine eigenen Pflichten erledigt hatte, bot ich meinen Kollegen Hilfe an und freute mich über ihre Anerkennung und Freundschaft – seltene Dinge, die mir in der Schule versagt geblieben waren. Jeden Pfennig, den ich mir von meinen Lebenshaltungskosten absparen konnte, legte ich auf die Seite – für die Detektive, die ich bald anheuern würde, um meinen Vater zu finden.

Nach acht Monaten hatte ich genügend Geld gespart, um zumindest eine Anzahlung machen zu können, und suchte mir eine Detektei aus den Gelben Seiten des Telefonbuchs. Ich wählte die Nummer der größten Anzeige, in der Annahme, daß es sich dabei auch um eine der besten Agenturen handeln müßte.

Unerfahren wie ich war, nahm ich an, daß die Männer, die bei einer Detektei arbeiten, zumindest aussahen wie Dick Tracy in der Sonntagsbeilage der Zeitung und sich auch dementsprechend verhielten, inklusive Funkgeräten in der Armbanduhr und schwarzen Filzhüten. Als ich das Büro zum erstenmal betrat, sah der Detektv hinter seinem Schreibtisch eher aus wie ein Buchhalter und nicht wie jemand, der über die notwendige Intelligenz und List verfügte, eine vermißte Person ausfindig zu machen. Er hatte einen kleinen, beinahe gequetscht wirkenden Kopf, und sein Haar sah aus, als habe sich jemand mit einem alten Rasenmäher darüber hergemacht. Er trug ein dünnes Drahtgestell als Brille, die er gefährlich weit unten auf der Nase balancierte. Sein Mund war schmal, und in seinem spärlichen Oberlippenbart hingen noch die Reste seines Frühstücks.

"Meine Sekretärin sagte mir, daß Sie mich mit der Suche nach Ihrem Vater beauftragen wollen. Wo hält er sich zur Zeit auf?"

"Wenn ich das wüßte, bräuchte ich mich nicht an Sie zu wenden!" erwiderte ich, einigermaßen erstaunt über seine unverblümte Dummheit. "Er hat meine Mutter am Tag meiner Geburt verlassen, und ich habe kaum Anhaltspunkte über ihn. Ich weiß lediglich, daß sein Name Major Benjamin Firestone ist und er ungefähr fünfundfünfzig Jahre alt sein muß. Vor siebzehn Jahren besaß er einen kleinen Gemüsemarkt im Silverlake Distrikt. Ich bin selbst dort gewesen, um etwas über ihn herauszufinden, aber mehr als seine ungefähre Größe und die Tatsache, daß sein Haar sandfarben ist, habe ich nicht in Erfahrung bringen können."

"Es wird ganz gewiß noch weitere Informationen geben. Was hat Ihre Mutter Ihnen über Ihren Vater erzählt?" erkundigte sich der Detektiv, und ein Krümel fiel aus seinem Bart auf die Papiere vor ihm. Mit einer Handbewegung wischte er ihn fort.

"Unglücklicherweise gar nichts. Sie weigert sich, über ihn zu sprechen, und mein Bruder war erst zwei Jahre alt, als mein Vater verschwand er erinnert sich also kaum an ihn. Andere Verwandte habe ich nicht. Ich kann also niemanden über ihn befragen."

"Ich nehme an, daß er die amerikanische Staatsbürgerschaft besitzt. Wie steht es mit seiner Religion?"

"Ich weiß es wirklich nicht. Die Eltern meiner Mutter sind bald nach meiner Geburt gestorben, deshalb habe ich sie nie zu Gesicht bekommen. Allerdings hat meine Mutter erwähnt, daß mein Großvater ein Rabbi war. Doch meines Wissens sind wir keine Juden, und ich weiß nichts über die jüdische Religion. Sollte mein Vater noch lebende Verwandte haben, so habe ich sie nie zu Gesicht bekommen. Meine Mutter wurde in Ungarn geboren. Vielleicht stammt er auch daher, aber ich bin mir nicht sicher."

"Nicht gerade viel. Hat er Ihnen oder Ihrer Mutter jemals geschrieben oder sie besucht, seitdem er verschwunden ist?"

"Verstehen Sie doch endlich, er ist an meinem Geburtstag verschwunden, und ich habe seitdem keinerlei Kontakt mit ihm gehabt. Ich weiß nicht einmal, ob er noch lebt."

Bis zu diesem Augenblick hatte ich nicht daran gedacht, daß mein Vater möglicherweise bereits tot war. Der Gedanke erschreckte mich derart, daß ich ihn sofort aus meinem Bewußtsein bannte – er mußte einfach am Leben sein und irgendwo darauf warten, sein eigen Fleisch und Blut kennenzulernen! Tränen schossen mir in die Augen, und Frustration über diesen Dummkopf von Detektiv stieg wie kochendes Wasser in mir hoch. Bisher waren mir seine Fragen vollkommen nutzlos erschienen. Er hatte mir überhaupt nicht zugehört.

"Ein schwieriger Fall", sagte er. "Zunächst werden wir untersuchen müssen, ob wir eine staatlich beglaubigte Todesurkunde finden können. Wenn nicht, werden wir versuchen, ihn durch seine Sozialversicherungsnummer ausfindig zu machen. Falls er nicht arbeitet, wird allerdings auch das nicht viel bringen. Ohne den kleinsten Anhaltspunkt darüber, wo er lebt oder wo seine Angehörigen stecken, müssen wir buchstäblich bei Null anfangen. Es kann eine Weile dauern, aber unsere Chancen, ihn zu finden, stehen nicht schlecht. Sie haben die beste Detektei in Kalifornien gewählt, und wir finden fast jeden, den wir finden wollen."

Ich erklärte ihm, daß ich dreihundert Dollar gespart hatte.

"Ich kann Ihnen unmöglich im voraus sagen, wieviel unsere Suche insgesamt kosten wird", sagte er, "es hängt ganz davon ab, wieviel Zeit wir brauchen, um Ihren Vater zu lokalisieren. Die dreihundert reichen erst einmal als Anzahlung. Ich werde Sie über den Fortschritt der Untersuchungen und meine Auslagen auf dem laufenden halten."

Nervös griff ich in meine Handtasche und überreichte ihm das Geld.

"Sir, meinen Vater zu finden ist die wichtigste Sache der Welt für mich! Bitte unternehmen Sie alles in Ihrer Macht Stehende, um ihn so bald wie möglich ausfindig zu machen."

Ich begann wieder zu weinen und verließ das Büro in dem festen Glauben, daß mein Vater bald gefunden werden würde. Gleichzeitig überfielen mich tiefe Zweifel an der Kompetenz des angeheuerten Detektivs. Ich berichtete meiner Mutter von meinem Unterfangen, und für eine Minute starrte sie mich ungläubig an.

"Das hättest du nicht tun sollen", sagte sie mit grabestiefer Stimme. "Schlafende Hunde soll man nicht wecken. Wenn dein Vater sich wirklich etwas aus dir machen würde, hätte er längst versucht, dich zu finden. Als ich mit dir schwanger war, zwang er mich jeden Tag, heiße Senfbäder zu nehmen und schwere Kisten zu schleppen. Er wollte unbedingt eine Fehlgeburt einleiten, aber du warst fest entschlossen, auf die Welt zu kommen. Er hat dich nie gewollt, verstehst du das nicht?"

Ihr Gesicht wirkte gequält. Sie berührte mich mit ihrer Hand, und ihre Augen füllten sich mit Tränen.

"Weshalb wollte er unbedingt verhindern, daß ich geboren werde, Mutti? Weshalb hat er mich schon gehaßt, bevor ich auf die Welt gekommen bin?"

Mir war, als müßte ich mich jeden Augenblick übergeben.

"Ich hätte dir all das nicht erzählen sollen. Es gibt so vieles, wovon du keine Ahnung hast, und so vieles, was du niemals verstehen wirst. Ich weiß nicht, weshalb er dich nicht wollte oder weshalb er einfach verschwunden ist. Kannst du, um Gottes willen, nicht sehen, wie sehr ich gelitten habe? Glaubst du, ich will aus reiner Grausamkeit dir gegenüber nicht über ihn reden? Wenn ich die Antworten auf deine Fragen wüßte, hätte ich sie dir schon vor Jahren gegeben. Ich weiß ebensowenig wie du und trage diesen Schmerz seit der Zeit vor deiner Geburt mit mir herum, ohne ihn mit jemandem teilen zu können. Falls du ihn finden solltest, wirst du vielleicht den Grund für sein Benehmen verstehen. Vielleicht hilft die Wahrheit dir dabei, den Frieden zu finden."

"Mutter, laß uns nicht weiter darüber reden", sagte ich. "Wir werden schon sehen, was die Zeit bringt. Ich habe jedenfalls genügend Geld für eine Anzahlung und eine Renovierung unseres Hauses gespart. Ich möchte es ein wenig wohnlicher für uns machen."

Ich beauftragte einen Mann, die kleine Hütte zu reinigen und mit einem neuen Anstrich zu versehen, und nach und nach verbesserten sich unsere Lebensbedingungen. Seit dem Auszug meines Bruders waren meine Mutter und ich uns nähergekommen. Sie merkte, daß sie sich im Alter auf meine Unterstützung würde verlassen können, und öffnete sich mir gegenüber mehr und mehr. Es wurde geradezu harmonisch zwischen uns. Meinen Bruder und seine Brutalität vermißte ich nicht.

Ohne mich darüber zu unterrichten, hatte meine Mutter eine Ausbildung als Kosmetikerin gemacht. Eines Tages überraschte sie mich mit einem Diplom in Kosmetik sowie der Tatsache, daß sie eine Anstellung als Schönheitspflegerin gefunden hatte. Von nun an würde sie eine geregelte Arbeitszeit haben und doppelt soviel verdienen wie als Putzfrau. Ich bewunderte ihre Ausdauer und ihren Mut, die es ihr erlaubt hatten, mit ihren nur mangelhaften Englischkenntnissen neben ihrer Knochenarbeit eine solche Verbesserung ihres Lebensstandards herbeizuführen.

Ich gratulierte ihr vor dem Käftig von Scottys, der immer noch lebte und weiterhin tagaus, tagein herumträllerte. Meine Mutter sang mit ihm, und ich freute mich an ihrer fröhlichen Stimmung und wünschte mir, daß auch andere Menschen ihre wunderschöne Stimme hören könnten. Kurz nachdem sie ihre neue Arbeitsstelle angetreten hatte, ging dieser Wunsch in Erfüllung. Als einzige Nichtitalienerin wurde sie in einer italienischen Operntruppe aufgenommen, die an den Wochenenden Aufführungen gab. Sie hatte zwar Probleme mit der englischen Sprache, doch erfuhr ich, daß sie acht andere Sprachen fließend beherrschte. Wieder merktc ich, daß ich über meine Mutter beinahe gar nichts wußte.

Sie nähte ihre eigenen Kostüme, und ich besuchte regelmäßig ihre Aufführungen. Obwohl sie nur im Chor sang, erschien sie mir wie die einzige Sängerin auf der ganzen Bühne. Sie war von einer neuen Vitalität beseelt, und in meinen Ohren übertönte das Timbre ihrer Stimme selbst die Solisten. Trotz ihrer geringen Körpergröße verfügte sie über einen kraftvollen Sopran und legte soviel Hingabe in jeden der Chöre, daß sie zum Liebling des Stammpublikums wurde, das jede Aufführung der Truppe besuchte.

Beide hatten wir unseren Erfolg aus eigener Kraft erreicht. Meine Liebe und mein Respekt für sie wuchsen. Ich merkte, daß wir uns in vielen Dingen stark ähnelten – beide verfügten wir über einen eisernen Willen. Wie zwei Lachse hatten wir Jahre damit zugebracht, gegen den Strom zu schwimmen, und es schließlich geschafft, die Strömung des Flusses zu überwinden und zur Quelle unserer Identität zu gelangen.

Parallel dazu erweiterte sich der Kreis meiner Freunde. Eine meiner Freundinnen war Patsy, Sekretärin in der Bank, bei der ich angestellt war. Wir hatten vieles gemeinsam, da wir beide in ärmlichen Verhältnissen aufgewachsen waren und uns aus eigener Kraft hatten durchbeißen müssen. Eine Weile verbrachten wir fast jeden Abend zusammen und tauschten unsere Erfahrungen aus. An den Wochenenden gingen wir gemeinsam zum Strand, besuchten Vorlesungen, gingen ins Kino oder in Vergnügungsparks. Besonders Filme erschienen uns als eine angenehme Abwechslung und Flucht vor dem Alltag. Wir identifizierten uns mit den Heldinnen und ihren abenteuerlichen Geschichten, die unseren langweiligen Alltag an Intensität bei weitem zu übertreffen schienen.

Auf dem Heimweg vom Kino erzählte Patsy mir eines Abends von einem Big-Band-Konzert, das in einem großen Ballhaus auf dem Pier stattfinden sollte. Spike Jones, Harry James und Spade Cooley sollten am nächsten Freitag dort auftreten. Sie überzeugte mich davon, daß es für uns beide an der Zeit sei, ein paar neue Bekanntschaften zu machen, gute Bands zu sehen und vielleicht sogar ein wenig zu tanzen.

Was Männer anging, bekam ich immer noch einen schlechten Geschmack im Mund, wenn ich nur an sie dachte. Doch mit zunehmendem Alter kam es mir auch immer häufiger in den Sinn, einen passenden Lebensgefährten zu finden, und ich hoffte, daß irgendwo jemand auf mich warten würde, der meine Werte und Vorstellungen teilte.

Als die große Nacht endlich anbrach, war ich sehr aufgeregt. Mein dünner Körper war erwachsen geworden und füllte mein Samtkleid aus. Meine schmalen Hüften ließen meine großen Brüste noch größer erscheinen. Meine Beine waren lang und schlank wie die eines Mannequins, und ich hatte gelernt, mit Hilfe von ein wenig Rouge und Schminke das Beste aus meinem Typ zu machen. Männer fanden mich attraktiv – jedenfalls schienen ihre Pfiffe auf der Straße anzudeuten, daß ihnen gefiel, was sie sahen.

Ich streckte meine Arme gen Himmel und holte tief Luft. Dann fragte ich die Welt, ob sie bereit für mich sei. Froh und gleichzeitig stolz öffnete ich die Tür, als Patsy klopfte.

Als ich sah, daß auch andere Frauen ohne männliche Begleitung den Tanzabend besuchten, wuchs mein Selbstvertrauen. Und zu meiner Beruhigung waren die anderen Frauen weder besser aufgemacht noch sahen sie besser aus als ich.

Fröhlich und sorglos betrat ich den Ballsaal, wo einige Paare bereits so eng tanzten wie siamesische Zwillinge. Ausgelassen klopfte ich mit dem Fuß den Rhythmus zur Musik und sang sogar mit, wenn ich die Lieder kannte.

Ein hochgewachsener, schlanker Mann mit leuchtenden blauen Augen starrte mich ohne Unterlaß an. Anstatt wie gewöhnlich den Kopf zu senken, warf ich ihm ein halbherziges Lächeln zu, bevor ich mich wieder der Band zuwandte. Er kam zu mir, stellte sich vor und bat mich um den nächsten Tanz. Es war mir peinlich, sagen zu müssen, daß ich noch nie in meinem

Leben getanzt hatte, aber ich hatte mir geschworen, ehrlich zu sein, und wollte auch jetzt keine Kompromisse eingehen.

"Vielen Dank, aber ich habe nicht die leiseste Ahnung, wie man tanzt."

"Kein Problem, das kann ich dir beibringen. Stell einfach deine Füße auf meine. So bekommst du im Handumdrehen ein Gefühl für den Rhythmus."

"Du machst wohl Witze. Ich werde deine Schuhe ruinieren, und außerdem bin ich viel zu schwer."

"Du bist so leicht wie eine Feder im Wind. Tu, was ich dir sage, und in kürzester Zeit wirst du besser tanzen können als Ginger Rogers."

Nach einigen Runden auf der Tanzfläche nahm ich meine Füße von seinen, und wir tanzten bis spät in die Nacht. Anschließend fuhr er mich und Patsy nach Hause und setzte sie zuerst ab, um mit mir allein zu sein. Er lud mich ein, nächstes Wochenende das Erntedankfest mit ihm zu verbringen, und küßte mich zum Abschied sanft auf die Wange. Wie auf Wolken glitt ich durch die Haustür.

Am Tag unseres nächsten Treffens hatte meine alte Unsicherheit ihr häßliches Haupt erhoben, und ich zweifelte daran, daß er sich überhaupt blicken lassen würde. Doch gerade, als meine Nervosität ihren Höhepunkt erreicht zu haben schien, tauchte er mit einem Strauß Rosen im Arm vor meiner Tür auf.

"Blumen für Julia von Romeo", sagte er. "Du bist heute abend wunderschön. Ich werde dich mit zum Picknick in die Berge nehmen, an einen See, in dem ich dich und dein Spiegelbild zugleich bewundern kann."

Mein Herz schmolz bei seinen Worten wie Schneeflocken in der Sonne. Seine romantische Art lag mir. Instinktiv wußte ich, daß ich zum ersten Mal einen Mann getroffen hatte, dem ich vertrauen konnte.

In den Bergen angekommen, wanderten wir durch Wiesen voller Blumen, bis wir uns am Seeufer unter einer Trauerweide niederließen, deren Zweige in das stille Wasser hingen. Er zauberte eine Köstlichkeit nach der anderen aus seinem Picknickkorb: Truthahn, Preiselbeeren, Kartoffelsalat, Kürbistorte und eine Flasche Wein. Er breitete alles auf einem rotweißen Leinentuch vor uns aus, sagte ein Dankgebet und reichte mir meinen Teller. Eine halbe Ewigkeit lang starrte ich auf den Truthahn, konnte mich aber nicht überwinden, etwas davon in den Mund zu nehmen.

"Magst du keinen Truthahn?" erkundigte er sich. "Du ißt ja gar nichts."

"Ich habe noch nie in meinem Leben Truthahn probiert", sagte ich. "Ich bin Vegetarierin."

"Versuch's einfach mal", sagte er. "Heute sind wir zum ersten Mal zusammen, und ich möchte, daß wir heute alles miteinander teilen."

Er schnitt ein kleines Stück Fleisch ab und hielt es mir vor den Mund. Zögernd nahm ich es und war angenehm überrascht über den köstlichen Geschmack des Vogels. Ich dachte an die Jahre, in denen ich nichts außer Früchten und Gemüse gegessen hatte, und war froh, daß diese Zeit endlich ein Ende gefunden hatte.

Wir saßen zusammen, aßen, tranken und lachten. Ich trank sogar ein paar Schlucke Wein mit ihm – eine weitere neue Erfahrung. Ich begann, die Welt mit neuen Augen zu sehen.

Es war beinahe Winter. Die Luft war frisch und wurde schließlich so kalt, daß meine Wangen sich rot färbten und meine Nasenspitze taub wurde. Die Sonne stand tief und schien durch das Laub. Der kurze Zeitraum zwischen Herbst und Winter erschien mir jetzt wie die Zeit im Leben eines Mädchens, das eben zur Frau wird. Ich streifte mein mädchenhaftes Verhalten ab, so wie die Bäume über mir ihre Blätter verloren. Der Lebenssaft in den kahlen Zweigen ruhte, um den Blumen, die hier im Frühjahr blühen würden, Schutz zu gewähren, wenn die Landschaft und ich zur gleichen Zeit neu geboren werden würden, wenn die Farben wechseln, die Muster sich verändern und die Natur mit einem Mal explodieren und neuen Kreationen Raum gewähren würde – eine neue Jahreszeit und eine neue Frau.

Mein Kopf war in hellem Aufruhr, während seine süßen Küsse auf meinen Lippen schmolzen wie reife Brombeeren.

Kapitel 4

*E*ndlich war ich verliebt. Zaghaft und allmählich entfaltete sich dieses Gefühl, bis ich mich darin sicher fühlte und es schließlich ganz mir zu gehören schien.

Bob lebte ungefähr hundert Kilometer von mir entfernt in einem kleinen Badeort namens Balboa. Er war in der Bauindustrie tätig und gab sich alle Mühe, einen angemessenen Lebensunterhalt zu verdienen. Doch hing der Umfang seiner Arbeit von den Wetterbedingungen ab, so daß er Schwierigkeiten hatte, ein dauerhaftes Einkommen vorzuweisen.

Er behandelte mich so rücksichtsvoll und behutsam, wie ich es von meinem Vater erwartet hätte. Ich ertappte mich dabei, wie ich mehr und mehr in Träume über eine Zukunft versank, in der beide Männer Teil meines Lebens sein würden.

Die Detektei hatte meinen Vater bis nach Arkansas zurückverfolgt, ihn dort jedoch aus den Augen verloren. Sie versicherten mir, daß ihre Untersuchungen Fortschritte machten, und mit blindem Vertrauen in ihre Fähigkeiten wartete ich auf den Tag, an dem sie mich über den Erfolg ihrer Suche benachrichtigen würden. Bob eröffnete mir währenddessen eine völlig neue Welt. Er war entzückt über mein kindliches Erstaunen, als wir an unseren gemeinsamen Wochenenden zum ersten Mal ein Theater und ein

Museum besuchten. Was ich an mir für dümmlich hielt, hielt er für erfrischend und unverdorben.

Wir planten einen Besuch in Palm Springs, dem berühmten Erholungsort in der kalifornischen Wüste. Meine ganze Aufregung und freudige Erwartung über die bevorstehende Reise wurde durch den Anblick der zauberhaften Wüstenlandschaft noch übertroffen. Die Schattenspiele auf den entfernten Bergen produzierten eine solche Farbenvielfalt, daß selbst der talentierteste Maler es nicht gewagt hätte, sie auf die Leinwand zu bannen. Königspurpur, schimmernde Goldtöne und jede Nuance von Rot verschmolzen ineinander und bildetcn ein phantastisches Kaleidoskop über den stillen, vom Wind geschaffenen Sanddünen. Grüne Kakteen trotzten der unwirtlichen Hitze und standen stolz in der gleißenden Sonne. Ein einsamer Adler drehte weit über uns seine Kreise und schien durch die Wolken am Himmel gerahmt zu sein wie eine kunstvolle Fotografie. Ich sah zu, wie anmutig er auf eine Bergspitze zusegelte, auf der ich sein Nest und seinen Partner vermutete, der auf seine Rückkehr wartete. Wie gesagt, ich war verliebt.

Wir wanderten auf die Berge zu und stießen auf einen Wasserfall, der sich in einen sprudelnden Fluß ergoß, in dem wir ein Bad nahmen. Wie Adam und Eva lagen wir in der Sonne und aßen süße, klebrige Datteln, die wir von den umstehenden Bäumen gepflückt hatten.

Rechtzeitig zum Sonnenuntergang trafen wir wieder an der Küste ein und aßen auf einem Sonnendeck eines exklusiven Fischrestaurants in Redondo Beach zu Abend. Es war auf Pfeilern über dem Wasser errichtet worden, und wir spürten die Gischt auf unseren Gesichtern.

Ich selbst kam mir vor wie der Ozean in seinen mannigfaltigen Erscheinungsformen. In einem Moment war ich ruhig und zärtlich wie eine Mutter, die die Wangen ihres Kindes streichelt dann wieder schienen tobende Wellen durch meinen Körper zu schießen und mich aufzuwühlen.

"Woran denkst du, Prinzessin? Es scheint, als wärst du tausend Meilen entfernt."

"Ich habe gerade daran gedacht, in wie vielen Formen sich das Meer zeigt."

Bob lachte. "Wie wäre es mit einem Happen zu essen?"

Ich blickte auf die Speisekarte – eine kilometerlange Liste, die lauter mir unbekannte Speisen aufführte. Ich hatte noch nie in meinem Leben Fisch gegessen und nicht die geringste Ahnung, was ich bestellen sollte.

"Du kennst dich besser aus", sagte ich. "Bestell' einfach, was du für richtig hältst. Was dir schmeckt, schmeckt mir bestimmt auch."

"Ich werde dir die Spezialität des Hauses bestellen, Hummer aus Neu-England, dazu einen gemischten Salat und gebackene Kartoffeln mit saurer Sahne."

Nach einiger Zeit tauchte ein Teller mit einer enormen grellroten Kreatur auf, die aussah, als wäre sie gerade aus dem Weltall auf die Erde gestürzt. Fassungslos starrte ich auf das Schalentier und fragte mich, wie in aller Welt ich es essen sollte. Es war mir peinlich zuzugeben, daß ich noch nie in einem vornehmen Restaurant gewesen war, geschweige denn Hummer gegessen hatte. Deshalb wartete ich ab, wie Bob das rote Monster angehen würde. Er nahm eine der riesigen Scheren und legte eine Art Nußknacker um sie herum. Er knackte die Schale, und mit Hilfe einer kleinen Gabel holte er ein Stückchen weißen Fleischs hervor, das er langsam auf der Zunge zergehen ließ. Jetzt war ich an der Reihe. Das einzige, was ich über Meeresfrüchte wußte, war, daß man sie gewöhnlich mit Zitronensaft beträufelte. Also nahm ich eine kleine Schale vom Tisch, in der eine Scheibe Zitrone schwamm, und goß den Inhalt über meinen Hummer. Dann ergriff ich eine der schlüpfrigen Scheren, legte den Nußknacker um sie herum und versuchte mit aller Macht, die Schale zu knacken. Wie aus einer Kanone geschossen, raste die Schere des Tieres durch den Raum und landete direkt auf dem Nachbartisch. Die Frau dort starrte mich fassungslos an. Dann lachte sie, wickelte ihre Serviette um die Hummerschere und brachte sie mir an den Tisch. Im selben Augenblick trat der Kellner an unseren Tisch und sagte mit befremdlichen Blick:

"Es scheint, als habe Madame ihre Fingerschale umgestoßen."

Mir war der Hals wie zugeschnürt, und ich brachte kein Wort heraus. Was ich für Zitronensaft gehalten hatte, war Waschwasser für meine klebrigen Hände gewesen. Kein Wunder, daß die Hummerschere mir aus der Zange gerutscht war!

"Warum hast du mir nicht gesagt, daß du keine Ahnung davon hast, wie man einen Hummer ißt?" kicherte Bob.

"Bevor wir uns kannten, habe ich weder Fisch noch Fleisch oder Wild gegessen, und dies ist mein erster Besuch in einem Luxusrestaurant. Tut mir wirklich leid, daß ich mich so dämlich angestellt habe."

Anstatt sich lustig zu machen, zeigte er mir mit der Geduld eines Vaters, wie ich meinen Hummer zu knacken hatte.

Während ich ihm zuschaute, fiel meine Entscheidung.

Ich würde diesen Mann heiraten. Mit einem Mal sah ich vor meinem inneren Auge Bilder von einem kleinen weißen Holzhaus mit sonnigen Zimmern und einer modernen Küche, in der ich für ihn kochen würde. Ich hörte schon die Worte vor dem Traualtar: "Und hiermit erkläre ich euch zu Mann und Frau, bis daß der Tod euch scheidet!"

Der Funken der Liebe, der jahrelang darauf gewartet hatte, entzündet zu werden, war jetzt zu einer vollen Flamme aufgelodert, und mit all meinen aufwallenden Emotionen küßte ich Bob auf die Wange.

"Ich danke dir dafür, daß du bist, der du bist!"

Bob öffnete weiterhin Türen für mich. Er nahm mich mit zu Ballettveranstaltungen und zeigte mir seine Welt. Er wußte, wie sehr ich das Meer liebte, und brachte mir bei, wie man schnorchelt. Von da an verbrachte ich Stunden unter Wasser und schwamm mit regenbogenfarbenen Fischen in dem endlosen Blau des Pazifischen Ozeans.

Als Weihnachten nahte, hatte Bob eine kleine Hütte in den Bergen von San Bernadino gemietet. Bis dahin war Weihnachten nicht mehr als ein Wort für mich gewesen, daheim hatten wir nie gefeiert.

"Dies wird mein erstes richtiges Weihnachtsfest", sagte ich zu Bob, während sich unser Wagen die Serpentinen durch den Pinienwald hinaufschlängelte. Im Picknickkorb zwischen meinen Füßen hatte ich die Geschenke für ihn versteckt – einen neuen Werkzeugkasten und eine zusammenklappbare Angelrute.

Die Wintersonne stand hoch am Himmel, als wir anhielten und ich hinaus in den frischen Schnee stürmte, um ihn mit meinen Händen zu berühren. Er war so trocken, daß er vom Wind davongetragen wurde, als ich ihn in die Luft warf. Bob schüttete ein wenig Wein in zwei mitgebrachte Papierbecher und füllte sie mit frischem Schnee. So tranken wir und aßen mit den Fingern burgunderfarbenen Schnee.

Das kleine Holzhaus stand mitten im Wald. Mit seinem schneebedeckten Dach sah es aus wie ein Knusperhäuschen aus dem Märchen. Wir richteten uns ein, und Bob entfachte ein krachendes Feuer im Kamin. Ich dekorierte den Raum mit Weihnachtssternen und lippenstiftroten Blumen, dann stellten wir das Radio an und lauschten den Weihnachtsliedern.

Wir lagen auf der riesigen Couch, die zur Einrichtung gehörte, und Bob hielt mich in seinen Armen und küßte mein Gesicht. Langsam fuhr seine

Hand unter meine Bluse und liebkoste meine Brüste. Ich spürte, wie sich meine Nippel unter der Berührung seiner Hand aufrichteten und ich erregt wurde. Ich ließ ihn gewähren, bis seine Hand mein ‚V' erreicht hatte – einen Ort, den kein Mann je berührt hatte. Ich zog mich zurück.

"Was ist los? Weshalb hast du mich weggestoßen? Ich liebe dich, das weißt du doch, oder?"

Wie sehr hatte ich davon geträumt, diese drei Worte aus dem Mund eines Mannes zu hören. Ich atmete tief ein, und mit einem langen Seufzer antwortete ich: "Ich liebe dich auch! Nichts ist los. Ich habe niemals vorher sexuellen Kontakt mit einem Mann gehabt, und ich bin der festen Überzeugung, daß eine Frau sich nur ihrem Ehemann hingeben sollte."

"Mein ganzes Leben habe ich auf eine Frau wie dich gewartet, eine Frau, die ich heiraten kann und die die Mutter meiner Kinder sein wird – jetzt habe ich sie gefunden! Willst du meine Frau werden?"

Endlich war der Augenblick gekommen, auf den ich so lange gewartet hatte. Er hatte mir einen Heiratsantrag gemacht. Ich war so glücklich wie noch nie in meinem Leben.

"Ja, ja, ja!" murmelte ich, während wir uns küßten.

Er streifte einen Diamantring über meinen Ringfinger und küßte mich, bis ich keine Luft mehr bekam. Schließlich gingen wir zu Bett und zogen uns die Decke über den Kopf. Bob respektierte meinen Wunsch, mit dem Sex bis zu unserer Hochzeitsnacht zu warten, und schlief, den Kopf auf meiner Brust, ein, seine Hand immer noch in meinem Haar.

Am nächsten Morgen bereiteten wir uns ein opulentes Weihnachtsessen und packten unsere Geschenke aus. Er schenkte mir ein rosafarbenes Negligé und ein dazu passendes Nachthemd. Es waren die weiblichsten Kleidungsstücke, die ich je besessen hatte, und ich nahm mir vor, sie in unserer Hochzeitsnacht zu tragen.

Am Morgen fuhren wir zurück. Während der Fahrt setzten wir den Termin für unsere Hochzeit für das Frühjahr fest. Meine Mutter empfing uns an der Eingangstür. Wie ein ausbrechender Vulkan packte ich sie und schwenkte sie herum.

"Großer Gott, was ist jetzt passiert?" fragte sie kichernd.

"Mutter, sag deinem zukünftigen Schwiegersohn guten Tag. Wir werden heiraten!"

"Du heiratest? Wie wunderbar!"

Ich hatte keinen Augenblick an ihrer Reaktion gezweifelt. Herzlich umarmte sie uns beide.

"Wann ist der große Tag? Ich bin so aufgeregt!"

"Am zehnten April", strahlte ich. "Hilfst du uns bei den Vorbereitungen?"

"Meine Kleine heiratet. Ich habe für diesen Tag gebetet."

Sie langte unter ihr Bett und holte ein riesiges Sparschwein hervor.

"Seitdem du ein kleines Kind warst, habe ich für diesen Tag gespart. Hier ist genügend Geld für dein Hochzeitskleid und die Feier", sagte sie liebevoll.

"Mutti, ich bin verrückt vor Freude."

Bob küßte meine Mutter auf die Wange und entschuldigte sich. Er hatte noch einen langen Heimweg vor sich.

"Ich werde mich gut um Ihre Tochter kümmern. Ich werde ihr ein guter Ehemann sein, und wenn ich kann, so möchte ich auch Ihnen behilflich sein. Betrachten Sie mich als Ihren Sohn!"

"Liebst du ihn wirklich?" fragte meine Mutter, nachdem Bob gegangen war. "Du bist noch nicht einmal achtzehn. Er ist nett, aber lange kennt ihr euch nicht gerade."

"Mutter, was ist Liebe? Er ist der erste Mann in meinem Leben. Ich glaube, daß ich ihn liebe. Wenn ich bei ihm bin, geht es mir gut, und ich werde endlich ein neues Leben beginnen. Ja, ich glaube, ich liebe ihn."

"Wenn du nur glücklich bist", sagte sie, offenbar zufrieden mit meiner Antwort. "Alles andere ist unwichtig."

Am Tag unserer Hochzeit war ich so aufgeregt wie eine Schauspielerin vor ihrem ersten Auftritt. Was war, wenn Bob nicht auftauchen würde? Seit zwei Wochen hatte er nichts von sich hören lassen, keinen Anruf, nicht einmal einen Brief. Vermutlich war er zu beschäftigt. Ganz gewiß würde er mich nicht im Stich lassen, beruhigte ich mich. Heute würde ich seine Frau werden.

Unsere Hochzeit sollte im Garten einer Kundin meiner Mutter stattfinden, auf einer Veranda mit schönem Ausblick, die mit Girlanden aus frischgepflückten Gänseblümchen geschmückt war. Alles war perfekt. Auf dem Hochzeitskuchen befanden sich als Dekoration kleine weiße Tauben aus Zuckerguß, und die enormen Essensmengen auf den Silbertabletts waren von den Kunden meiner Mutter gespendet worden.

Lediglich mein Vater fehlte – es sei denn, ich hätte den geheimnisvollen Unbekannten mitgezählt, den ich seit einiger Zeit nicht mehr zu Gesicht bekommen hatte. Vielleicht, so dachte ich, war er nur eine Illusion gewesen, die durch meine Einsamkeit hervorgerufen worden war. Es mochte seltsam klingen, aber er fehlte mir. Er wußte mehr über mich als jeder andere Mensch.

Plötzlich mußte ich an die bevorstehende Hochzeitsnacht denken, und nackte Angst überkam mich. Meine Mutter hatte mir immer noch nicht gesagt, was ich in meinem Hochzeitsbett zu tun hatte.

"Mom, ich muß mit dir reden. Heute nacht ist meine Hochzeitsnacht, und ich habe nicht die geringste Ahnung davon. Ich möchte Bob glücklich machen, was soll ich tun?" fragte ich sie aufgeregt.

Eigentlich hätte ich auf ihre Antwort vorbereitet sein sollen.

"Seit Jahren sage ich dir, daß dein Ehemann dir alles über Sex beibringen wird. Ich verstehe wirklich nicht viel davon. Um ehrlich zu sein, hat es mir nie Spaß gemacht. Sex ist dazu da, Kinder zu zeugen. Wenn Frauen zu viel Sex haben, fallen ihre Geschlechtsteile heraus, also sei vorsichtig. Solange du das nicht vergißt, kann dir nicht viel passieren!"

Sie klopfte mir auf die Schulter, als würde sie ein kleines Hündchen tätscheln, und entfernte sich.

"Ich muß mich jetzt um die Hochzeitsfeier kümmern und die Gäste empfangen."

Mit einem Schlag war meine Freude dahin. Ich stellte mir vor, wie meine Geschlechtsteile nach dem Liebesakt aus meinem Unterleib fielen und vom Bett auf den Boden rutschten, wo sie als blutige Masse liegen blieben. Ich wollte ein ernstes Wort mit Bob reden. Bestimmt würde er meine Bedenken verstehen und einwilligen, keinen Sex zu haben, bevor wir nicht bereit für die Geburt eines Kindes waren.

Die Gäste hatten bereits Platz genommen, als mein zukünftiger Ehemann im weißen Frack mit einer Rosenblüte im Knopfloch eintraf. Ich verdrängte meine morbiden Gedanken und freute mich statt dessen an meinen bunt verpackten Geschenken und der herrlichen Dekoration.

"Liebling, ich bin so aufgeregt. Meine Knie zittern, und mein Strumpfband rutscht." Ich kicherte nervös. "Ich hoffe, es ist kein schlechtes Zeichen, daß du mich vor der Zeremonie in meinem Hochzeitskleid siehst – tu bitte so, als hättest du mich nicht gesehen, bis wir zusammen zum Altar schreiten."

Lachend schob ich ihn von mir, und er grinste wie eine Katze, die gerade einen Kanarienvogel verspeist hat. Scotty war übrigens bei meiner Hochzeit anwesend und trällerte fröhlich mit, als Patsy den Hochzeitsmarsch ‚It had to be you' sang.

Langsam setzte ich einen Fuß vor den anderen, während ich im Zustand reiner Ekstase den Weg zum Altar abschritt. Wir leisteten unsere Hochzeitsschwüre, tauschten die Ringe, und dann sagte der Priester seine magischen Worte: "Hiermit erkläre ich euch zu Mann und Frau."

Bob lüftete meinen Schleier und riß mich aus meiner Trance. Liebevoll küßte er mich unter dem Beifall der Anwesenden auf den Mund.

Danach feierten wir, tanzten zu der Musik von Bobs Freunden, einer Band aus Balboa, und tranken Champagner aus edlen Kristallgläsern. Als Bob meine Hand ergriff und gemeinsam mit mir den Hochzeitskuchen anschnitt, sah ich, wie Freudentränen über die Wangen meiner Mutter liefen.

Ich war ein wenig betrübt, daß mein Bruder nicht gekommen war und so seine ultimative Ablehnung mir gegenüber bewiesen hatte. Doch besaß ich mittlerweile genügend Lebenserfahrung, um zu wissen, daß ich daran keine Schuld trug. Er haßte das Leben und hatte beschlossen, sich als Einsiedler zurückzuziehen. Er tat mir leid.

Nachdem wir sichergestellt hatten, daß unsere Gäste gut versorgt waren, schlichen wir uns durch die Hintertür davon und machten uns auf den Weg nach Lake Arrowhead, wo wir unsere Flitterwochen verbringen wollten.

Müde, aber überglücklich trug Bob mich über die Schwelle. Er duschte, und mit seinem nassen, lockigen Haar und dem frischgebügelten Pyjama sah er aus wie ein kleiner Junge.

Als ich unter der Dusche stand, dachte ich mit Schrecken an die bevorstehende Hochzeitsnacht. Ich hatte immer noch keine Vorstellung davon, was passieren würde. Ich betete, daß Bob meinen Widerwillen gegen Sex verstehen würde. Ich wußte, daß er mich liebte, und ganz gewiß konnte er kein Interesse daran haben, daß meine Geschlechtsorgane aus dem Körper fielen.

In meinem rosafarbenen Negligé schmiegte ich mich in seine Arme. Er hob mich auf und trug mich zu Bett, streichelte mich zärtlich und liebkoste mich am ganzen Körper, bis nur noch meine ekstatischen Gefühle zählten.

Er spielte mit meinem Körper wie ein Virtuose auf einem Instrument. Dann zog er sich für einen Augenblick zurück, legte seinen Pyjama ab und stand auf einmal nackt vor mir. Augenblicklich kamen die Erinnerungen an mein gräßliches Erlebnis mit Harry zurück. Wieder dieser rötliche, angeschwollene

Stengel vor meinen Augen, doch diesmal hatte ich keine Ausrede mehr. Ich war seine Frau, und es gehörte zu meinen ehelichen Pflichten, ihn gewähren zu lassen.

"Bob", murmelte ich mit sanfter Stimme, "meine Mutter hat gesagt, daß man nur dann Sex haben soll, wenn man auch Kinder möchte, und daß meine Geschlechtsteile herausfallen werden, wenn wir uns zu oft lieben. Könnten wir uns heute nacht bitte nur halten und küssen?"

"Deine Mutter ist eine Frau mit altmodischen Ansichten, die offenbar nie Spaß am Sex gehabt hat. Ja, Sex ist dazu da, Kinder zu zeugen, aber auch für Menschen, die einander lieben und ihre Liebe durch ihre Körper teilen möchten. Sex ist nichts Ungesundes und wird dir in keiner Weise schaden. Entspann' dich einfach!"

Er legte sich auf mich und versuchte, mit seinem pochenden Organ in mich einzudringen. Mir schien, als würde er versuchen, einen eckigen Stöpsel in ein rundes Loch zu pressen. Er schob und stöhnte, und während er auf mich einstieß, wurde mein Schmerz immer stärker. Ich konnte mich unmöglich gehenlassen, geschweige denn entspannen.

"Um Gottes willen, hör auf! Du tust mir weh. Wir passen nicht zusammen. Entweder bin ich zu klein für dich, oder du bist zu groß. Wir können nicht zusammen schlafen. Ich habe dir doch gesagt, daß es mir weh tun würde."

"Zu klein oder zu groß gibt es nicht. Beim ersten Mal wird die Jungfernhaut eingerissen, das tut ein bißchen weh und blutet ein wenig, danach ist alles in Ordnung."

Ich gestattete ihm, es noch einmal zu probieren, und biß mir dabei so hart auf die Unterlippe, daß sie zu bluten begann, doch der Schmerz nahm zu.

Vollkommen erschöpft bat ich Bob aufzuhören. Mein Gesicht war tränenverschmiert, und auf dem Kopfkissen klebten Reste von meiner Wimperntusche.

An seinen Augen konnte ich erkennen, daß ich Bobs Ehre regelrecht hingemordet zu haben schien. Sein lebendiger ‚Stengel‘ lag jetzt wie ein verschrumpelter Wurm zwischen seinen Beinen. Er war ein anständiger Mann, und ich hatte seine Träume zerstört, indem ich mich geweigert hatte, Sex mit ihm zu haben. Ich fühlte mich schuldig, weil ich ihn so lange hatte warten lassen, aber was sollte ich tun? Ich war selbst ein Opfer. Sein Vergnügen war für mich wie Todesqualen.

"Ich weiß, wie enttäuscht du jetzt sein mußt, und ich verstehe dich, aber zu einer Ehe gehört mehr als Sex. Hab' Geduld mit mir, ich bin mir sicher, daß sich alles zum Guten wenden wird", sagte ich.

"Andere Frauen sind auch Jungfrauen, wenn sie heiraten", gab er zurück. "Ich bin weder gemein noch gewalttätig dir gegenüber. Ich habe mir alle Mühe gegeben, dir nicht weh zu tun. Vielleicht stimmt einfach etwas mit deinem Körper nicht, Gott, ich weiß es auch nicht! Ich weiß nur, daß du meine Frau bist, daß ich Sex mit dir haben möchte und daß unsere Hochzeitsnacht eine Katastrophe ist!"

Frustriert seufzend wandte er sich ab. Die ganze Nacht konnte ich kein Auge zutun. Als Ehefrau war ich eine Versagerin. Am Morgen, so beschloß ich, würde ich es ihn noch einmal versuchen lassen, auch wenn ich es nicht wollte. Meine Mutter hatte erfolgreich dafür gesorgt, daß sich meine bereits vorhandene Furcht vor Sex so verstärkt hatte, daß mir der bloße Gedanke an den Vollzug des Geschlechtsaktes widerwärtig geworden war.

Am nächsten Morgen kuschelten wir uns aneinander. Dann versuchte er erneut, in mich einzudringen, und dieses Mal schien es mir, als würde er ein Messer benutzen. Ich stieß ihn von mir, als habe er versucht, mich zu vergewaltigen, und sprang aus dem Bett. Weinend lief ich ans Fenster, zu verängstigt, um dem Mann, den ich liebte, in die Augen schauen zu können.

"Das ist ja lächerlich", brachte er mit vor Frustration rotem Gesicht hervor. "Du benimmst dich, als würde ich dich mißhandeln. Du bist meine Ehefrau. Du solltest dich über meine Berührung freuen! Für die nächsten Tage werde ich dich in Frieden lassen, aber sobald wir daheim angekommen sind, bringe ich dich zum Arzt. Wenn wir diesem Problem nicht auf den Grund gehen, wird unsere Ehe nicht lange halten."

Die restlichen Flitterwochen waren angespannt, doch versuchten wir das Beste daraus zu machen, indem wir soviel wie möglich gemeinsam unternahmen. Wir machten lange Spaziergänge, fischten Forellen und bereiteten Essen über einem offenen Lagerfeuer zu. Aber wenn es Nacht wurde, bestand er darauf, daß er auf seiner und ich auf meiner Seite des Bettes schlief – für den Fall, daß er sich geschlechtlich erregte.

Ich hatte davon gehört, daß manche Frauen frigide sein sollten. Obwohl ich nicht genau wußte, was das Wort zu bedeuten hatte, nahm ich doch an, daß es auf mich zutraf. Offenbar hatte Bob ebenfalls beschlossen, daß es auf mich zutraf, und ich konnte es ihm nicht verübeln. Meine Aversion gegen Sex war stärker als meine Liebe zu ihm.

Sobald wir daheim angekommen waren, ging er zum Telefon. Ich wartete derweil im Wagen.

"Ich habe einen Termin mit dem Gynäkologen für dich ausgemacht", sagte er, als er zurückkam. "Ich will wissen, was mit dir nicht stimmt."

Ich war noch nie zuvor in meinem Leben beim Arzt gewesen, und zum erstenmal, seit ich Bob kennengelernt hatte, übernahm er das volle Kommando. Er zog mich buchstäblich in die Arztpraxis und befahl mir, mich zu setzen. Es war früher Abend, und abgesehen von der Sprechstundenhilfe, die mich an eine Militärkrankenschwester erinnerte, befand sich niemand mehr in der Praxis. Bob mußte den Arzt davon überzeugt haben, daß es sich bei mir um einen Notfall handelte. Und ich glaube, daß es das für ihn auch war. Ich dagegen wollte nur nach Hause, unsere Sachen auspacken und in Frieden gelassen werden.

Nach einigen Minuten trat die Sprechstundenhilfe mit ihrer gestärkten Haube und strengem Gesicht auf mich zu.

"Kommen Sie, der Doktor möchte Sie jetzt sehen."

Sie begleitete mich in eine kleine Kabine und überreichte mir ein weißes Laken.

"Ziehen Sie sich vollständig aus und legen Sie das Laken über sich. Der Doktor kommt gleich zu Ihnen."

Zitternd vor Angst legte ich mich auf den Tisch in der Kabine. Daneben stand ein Medizinschrank mit chromblitzenden Instrumenten und Gummihandschuhen. Gott, dachte ich, womöglich wird er mich operieren!

"Was hat der Doktor mit mir vor?" fragte ich die Sprechstundenhilfe.

Sie hielt eines der Instrumente hoch, das aussah wie eine kleine Eiswürfelzange, und fragte grinsend: "Sind Sie noch niemals untersucht worden?"

Mein Gesichtsausdruck schien ihr als Antwort zu reichen.

"Der Doktor wird dieses Instrument bei Ihnen einführen und feststellen, ob etwas mit Ihnen nicht stimmt. Es ist nicht normal, Schmerzen während des Geschlechtsverkehrs zu haben."

Den Teufel würde er tun!

Keinesfalls würde ich zulassen, daß dieses Folterinstrument in mein Inneres eingeführt wurde. Vermutlich würde es mir noch mehr Schmerzen bereiten als der Sex, den ich zu vermeiden suchte.

Ich sprang von dem Untersuchungstisch, zog meinen Mantel über und rannte mit meinen zerknautschten Kleidungsstücken unter dem Arm aus der Kabine. Schreiend lief Bob hinter mir her: "Was ist passiert? Was in aller Welt ist jetzt los?"

Ich antwortete nicht. Ich rannte, bis ich den Wagen erreicht hatte, und sprang hinein, als sei ich gerade einem Angreifer entkommen.

"Ich habe keine Lust mehr, mich zu erklären. Ich will nur noch nach Hause", sagte ich. "Du kannst mit mir schlafen, aber stell' mir keine Fragen mehr."

In jener Nacht biß ich die Zähne zusammen und ließ Bob seinen Spaß. Es war mir zutiefst zuwider. Ich gab mir alle Mühe, an etwas anderes zu denken, bis er endlich fertig war. Erschöpft, doch scheinbar befriedigt, ruhte er sich auf meinem Körper aus. Ich fühlte mich grauenhaft. Es war mir unvorstellbar, daß jemand aus diesem animalischen Akt auch nur einen Funken Freude gewinnen konnte.

Jedesmal, wenn er mich berührte, reagierte ich mit Ablehnung und erinnerte mich daran, was meine Mutter über die Gefahren zu häufigen Geschlechtsverkehrs gesagt hatte. Ich wollte unter allen Umständen meine Geschlechtsteile behalten. Möglicherweise war die Heirat ein Fehler gewesen. Wenn es mir doch nur gelingen würde, mein Glück außerhalb des Schlafzimmers zu finden, dachte ich.

Das Zubettgehen wurde jede Nacht zu einer Qual, denn ich wußte, daß ich mich dem Geschlechtsverkehr unterwerfen mußte. Nach kurzer Zeit war ich nicht einmal mehr zärtlich zu Bob, ich hatte keine Lust, ihn dadurch zu erregen, da ich wußte, was dabei herauskommen würde.

Vielleicht war ich wirklich anormal? Weshalb hatte ich so eine starke Abneigung gegen Sex? Es tat zwar nicht mehr weh, doch von Freude daran konnte auch keine Rede sein. Eines Tages dämmerte mir dann, wo das Problem lag – jedesmal, wenn Bob mit mir schlief, kam es mir vor, als schliefe ich mit meinem eigenen Vater!

Die Wochen vergingen, und ich versuchte, Sex so gut es ging zu verdrängen. Wir führten eine normale mittelständische Ehe, und abgesehen von unseren Problemen im Bett paßten wir recht gut zueinander.

Kurz darauf setzte mich die Detektei davon in Kenntnis, daß ein Haufen Zeit und Geld in die Suche nach meinem Vater investiert worden sei und daß man glaubte, ihn bald zu finden. Man verlangte eine zweite Rate, die ich mir vom Haushaltsgeld absparte. Meinen Vater ausfindig zu machen hatte immer noch oberste Priorität in meinem Leben, und zum Glück verfügte ich über das Talent, selbst aus Resten ein annehmbares Essen zustande zu bringen. Jedenfalls brachte ich einen großen Teil des Geldes nach Hause und hatte keine Bedenken, es zu benutzen, um dadurch ein glücklicher Mensch zu werden.

Ich brauchte ganze zwei Jahre, um herauszufinden, daß ich bei meiner Heirat mit Bob noch ein Kind gewesen war. Ich hatte keine Ahnung davon gehabt, was Liebe eigentlich war! Ich wünschte, ich hätte die Uhr zurückdrehen und zumindest noch ein paar andere Männer vor Bob kennenlernen oder sogar voreheliche Erfahrungen sammeln können. Meine mangelnde Erfahrung hinderte mich jetzt daran herauszufinden, was ich wirklich vom Leben wollte. Jetzt, da ich unter Bobs Anleitung erwachsener geworden war und merkte, was das Leben zu bieten hatte, wurde mir jedenfalls klar, was es nicht war – auf keinen Fall war es Bob!

Abgesehen von unseren finanziellen Problemen und den sexuellen Unstimmigkeiten ließ unsere Ehe noch in anderer Hinsicht zu wünschen übrig. Sie war eine Instanz, in der sich zwei Menschen durch die Unstimmigkeiten und Ärgernisse, die durch ihr Zusammensein entstanden, definierten. Ich gab mir Mühe, eine Lösung dafür zu finden, daß wir sexuell nicht zueinander paßten, und glaubte, daß zwei Menschen, die sich wirklich lieben, auch eine erfüllende sexuelle Beziehung haben würden. Ich liebte Bob, aber nicht auf sexuelle Weise. Unsere Beziehung war eine Sackgasse, und keiner von uns hatte noch eine Chance, irgend etwas zu gewinnen.

Ich mußte der Wahrheit ins Gesicht schauen. Vom ersten Tag an war Bob nichts weiter als eine Vaterfigur für mich gewesen. Er war mein Lehrer, mein Führer, mein Beschützer, doch niemals mein Liebhaber gewesen.

Vielleicht gab es irgendwo jemanden, der mir zeigen konnte, wie man Sex genoß, doch mit Bob gab es dafür nicht die geringste Chance. Wenn er mich berührte, wurde mir schlecht, und ich mußte mir etwas einfallen lassen, um das Schlimmste zu verhindern.

Eines Tages saßen wir nach dem Abendessen vor dem Kamin, und ich ergriff seine Hand.

"Was ich dir jetzt sagen werde, fällt mir nicht leicht, aber es muß sein. Ich liebe dich, aber nicht so, wie eine Frau ihren Ehemann lieben sollte. Du hast mehr verdient, und ich kann es dir nicht geben. Wir sind beide jung genug, um den passenden Partner für unser Leben zu finden. Ich werde niemals in der Lage sein, deine sexuellen Bedürfnisse zu befriedigen und kann dich nicht länger leiden sehen. Ich möchte, daß wir uns scheiden lassen, ich kann dir keine Frau mehr sein."

Er wurde kreidebleich und konnte kaum sprechen. Einen Moment lang dachte ich, er würde anfangen zu weinen.

"Willst du dich wegen unserer Probleme im Bett scheiden lassen, oder ist es etwas anderes? Hast du jemand anderen?" fragte er mit erstickter Stimme.

"Bob, ich habe dich immer geliebt, aber anders, als du es brauchst. Es hat nie einen anderen Mann in meinem Leben gegeben, das weißt du, aber ich möchte, daß du glücklich wirst. Und mit mir bist du unglücklich."

"Ich will die Scheidung nicht", sagte er. "Ich weiß, daß unsere finanzielle Situation schwierig ist. Und obwohl ich nicht wirklich verstehe, weshalb du keinen Sex mit mir haben willst, akzeptiere ich die Tatsache, daß es so ist. Ich werde ins Gästezimmer umziehen. Ich werde dich nie wieder anrühren. Das ist nicht, was ich will, aber lieber habe ich eine ‚halbe' Ehefrau als gar keine."

Ich merkte, daß er sich vollkommen zurückgewiesen vorkam und seinen Männerstolz verloren hatte. Trotzdem gab er sich alle Mühe, die Scherben unserer Ehe wieder zusammenzufügen. Ich wollte ihm sagen, daß er für mich mehr ein Vaterersatz als ein Liebhaber war, doch hatte ich Angst, daß ihn dies noch mehr verletzen würde.

"Ich glaube nicht, daß so ein Arrangement uns beide glücklicher machen wird, aber meinetwegen können wir es versuchen", sagte ich mit zittriger Stimme. "Ich weiß deine Liebe sehr zu schätzen und weiß, welche Opfer du bringst, um unsere Ehe zu retten. Ich war zu jung für die Ehe. Es ist mein Fehler und nicht deiner."

So gut es ging, versuchte ich seinen Schmerz zu lindern, doch in Wirklichkeit kam er mir vor wie ein alter Mann, und ich konnte es einfach nicht ertragen, daß er mich berührte.

Am nächsten Tag zog er in das Gästezimmer, und zum ersten Mal in meinem Leben war ich froh, allein zu sein.

Kapitel 5

Nach acht ereignislosen und zölibatären Monaten war die Aufregung meines Hochzeitstages endgültig von einer langweiligen Routine abgelöst worden, die sich wie eine Schallplatte jeden Tag aufs neue abzuspielen schien. Meine romantischen Illusionen von einem glücklichen Leben bis ans Ende aller Tage hatte ich irgendwo in einem verstaubten Winkel meines Hinterkopfes abgelegt. Wer lebte schon glücklich bis ans Ende aller Tage? Höchstens Schauspieler auf der Leinwand.

Mein inneres Gleichgewicht wurde durch diese Desillusionierung stark erschüttert. Die Begeisterung, die mich überkommen hatte, wenn Bob mich ins Theater oder in ein neues Restaurant ausgeführt hatte, war vollkommen verschwunden. Mittlerweile kamen mir diese Aktivitäten ausgesprochen alltäglich vor.

Mein Bedürfnis nach etwas Unbekanntem, das geeignet war, die mich umgebende Dunkelheit zu lichten, wurde stärker und stärker. Die einzige Quelle einer sehr zweifelhaften Inspiration lag in den Paaren unseres Bekanntenkreises, die bereits etwas länger verheiratet waren. Alljährlich machten sie zwei Wochen Urlaub am selben Ort, der ungefähr einhundertfünfzig Kilometer von dem Wohnort entfernt, an dem sie die meiste Zeit ihres Lebens verbracht hatten. Sie traten in die Fußstapfen ihrer Eltern und Großeltern und schienen der Ansicht zu sein, eine goldene Armbanduhr, die ihnen nach 20 Jahren Zugehörigkeit zur selben Firma überreicht wurde, sei gleichbedeutend mit einem erfüllten Leben.

Ich weigerte mich zu glauben, daß dies alles sein sollte, was das Leben zu bieten hatte, und fühlte mich wie ein Fluß, der keinen Platz in seinem Bett mehr fand. Bobs Bedürfnisse schienen um einiges einfacher zu sein als die meinen. Er lebte seine sexuelle Frustration in der Natur und beim Schnitzen von kleinen, nymphenartigen Figuren aus. Oftmals sah ich seinen blonden Schopf Meilen entfernt in den Weizenfeldern, die unser Haus umgaben, wie den eines Pilgers, der nach einer neuen, besseren Welt sucht.

Er hielt sich jedoch an sein Wort und versuchte, sich mir nie wieder sexuell zu nähern. Gelegentlich nahm ich eine väterliche Umarmung von ihm entgegen und erwiderte sie, wenn mir danach zumute war.

Von Tag zu Tag wirkte er niedergeschlagener, was vermutlich daran lag, daß er eine Liebesaffäre mit einer Flasche Scotch Black Label begonnen hatte.

Abend für Abend saß er schweigend vor dem Kamin und starrte wie hypnotisiert in sein Glas, als läge zwischen den Eiswürfeln und dem Alkohol irgendwo die Antwort auf seine Fragen. Ich merkte, daß er versuchte, seinen sexuellen Hunger abzutöten. Und obwohl ich mich an seinem miserablen Zustand mitschuldig fühlte, stand es doch nicht in meiner Macht, ihm in dieser Sache entgegenzukommen, ohne einen Teil meiner selbst aufzugeben. Es war offensichtlich, daß unsere Ehe ein Fehlschlag und eine Scheidung unvermeidlich war. Meine eigene Stagnation wurde durch die seine noch weiter verstärkt.

Gerade als ich ihn erneut um die Scheidung bitten wollte, wurde ich krank. Über längere Strecken am Tag wurde mir schlecht und schwindelig, und ich fühlte mich schwach. Zunächst meinte ich, mich erkältet zu haben, aber nach zwei Wochen entschloß ich mich, einen Doktor aufzusuchen.

Als ich die Praxis betrat, fiel mir wieder ein, wie Bob mich am Tag nach unseren Flitterwochen zum erstenmal zum Arzt gebracht hatte, um herauszufinden, weshalb ich keinen Sex mit ihm haben wollte. Mittlerweile konnte ich über unsere Unreife lachen und darüber, wie überstürzt ich die Praxis nur mit einem Mantel bekleidet verlassen hatte, um den forschenden Händen des Doktors zu entgehen. Bei dem Gedanken, mich von einem fremden Mann untersuchen zu lassen, wurde ich wieder unruhig, mochte er nun einen Doktortitel haben oder nicht.

Die Sprechstundenhilfe führte mich in das Sprechzimmer, wo der Arzt von einem Stapel Papieren aufsah und mich anwies, vor ihm Platz zu nehmen. Er war etwa fünfzig Jahre alt und hatte ein ernstes, aber sympathisches Gesicht das Haar an seinen Schläfen ergraute bereits. In seinen Augen stand die Sorge des professionellen Mediziners, und ich vertraute ihm zumindest so weit, daß ich den Raum nicht gleich wieder verließ.

Ich erklärte ihm meine Symptome, dann schickte er mich in die Untersuchungskabine, wo ich mich auszog und auf eine Liege legte, die mit einer Bahn Einwegpapier überzogen war.

Der Arzt untersuchte mich von Kopf bis Fuß und nahm dann Blut und Urinproben.

"Herr Doktor, weshalb fühle ich mich so schlecht?" fragte ich ihn nach der Untersuchung. "Ich hoffe, es ist nichts Ernstes. Ich war noch nie in meinem Leben krank."

"Ich freue mich, Ihnen mitteilen zu dürfen, daß Sie auch jetzt nicht krank sind", versicherte er mir. "Sie sind körperlich vollkommen gesund. Sie werden ein Baby bekommen."

Das war mit Abstand das Lächerlichste, was ich je gehört hatte! Der Mann mußte ein ausgemachter Kurpfuscher sein!

"Entschuldigen Sie, aber da muß ein Irrtum vorliegen. Ich kann nicht schwanger sein."

"Sie sind schwanger – im vierten Monat, um genau zu sein. Ich möchte, daß Sie diese Vitamine regelmäßig einnehmen und einmal im Monat zur Untersuchung hierher kommen. Ansonsten können Sie Ihr Leben wie gewöhnlich fortführen. Heben Sie nur keine schweren Gegenstände, dann sollte Ihnen die Schwangerschaft keinerlei Probleme bereiten."

"Herr Doktor, ich habe seit fast neun Monaten keinen sexuellen Kontakt mit einem Mann gehabt. Es ist schlichtweg unmöglich, daß ich seit vier Monaten schwanger sein soll."

"Vielleicht waren Sie betrunken und erinnern sich nicht richtig", war alles, was er dazu zu sagen hatte.

"Ich trinke nicht. Ich kann nicht schwanger sein. Offenbar haben Sie sich in Ihrer Diagnose geirrt."

Er zuckte mit den Achseln und sah mich mit erstauntem Gesichtsausdruck an.

"Sehen Sie, ich habe keine Ahnung, wie Sie schwanger geworden sind oder wer Sie geschwängert haben könnte, und um ehrlich zu sein, interessiert es mich auch nicht sonderlich. Das betrachte ich als Ihre Privatsache. Ich habe Ihnen lediglich meine professionelle Diagnose mitgeteilt, und danach sind Sie im vierten Monat schwanger."

"Mein Mann und ich haben Eheprobleme und schlafen seit acht Monaten in getrennten Räumen. Als ich ihn geheiratet habe, war ich noch Jungfrau, und außer ihm hat mich nie ein anderer Mann berührt. Sie haben mein Geld und meine Zeit zum Fenster rausgeschmissen. Ich werde einen anderen Arzt aufsuchen, der mehr von seinem Handwerk versteht."

Kochend wie ein Dampfkessel stampfte ich aus seiner Praxis. Wie konnte er mir erzählen, ich sei schwanger? Mein Magen drehte sich wie eine Waschtrommel, und um ein Haar hätte ich mich übergeben.

Ich setzte mich neben meinem Wagen auf den Bürgersteig, bis es mir etwas besser ging und die Wellen der Übelkeit nicht mehr ganz so stark waren. Dann rief ich einen anderen Arzt an, der mir glücklicherweise gleich einen Termin geben konnte. Mit Vollgas raste ich zu seiner Praxis. Unterwegs beschloß ich, auf jeden Fall die Scheidung zu verlangen, sobald es mir besser gehen sollte.

Der Arzt war jung, und ich spürte einen starken Widerwillen, mich von ihm untersuchen zu lassen. Die Tatsache, daß er auch noch aussah wie Harry, machte es nicht gerade einfacher.

Auch er untersuchte mich von Kopf bis Fuß, und mit halbgeschlossenen Augen beobachtete ich seine behaarten Finger, die wie dicke Raupen über meinen Körper glitten und ihn mit kreisenden Bewegungen absuchten. Dann stellte die Sprechstundenhilfe meine Fersen in zwei Halterungen, und mit einem Spekulum in der Hand ging der Arzt daran, meine Vagina zu untersuchen. Ich starrte an die Decke und versuchte, an Sommertage am Meer zu denken, während er langsam das Spekulum einführte, indem er mit dem Finger auf meinen Damm preßte. Als er das Instrument eingeführt hatte, spreizte er es und adjustierte mit einer Schraubbewegung die Blätter. Nach einer halben Ewigkeit zog er das Instrument endlich wieder heraus. Ich dachte, die Untersuchung sei beendet. Doch zu meiner großen Enttäuschung führte er einen seiner Finger, den er vorher mit einer Gleitcreme beschmiert hatte, in meine Vagina ein und forschte dort weiter. Obwohl es schmerzlos war, fühlte ich mich erniedrigt, als läge ich vor den Augen der ganzen Welt mit gespreizten Beinen da.

"Sie können sich jetzt anziehen", sagte er. "Wischen Sie die Creme mit einem Kleenex ab, und kommen Sie dann in mein Zimmer."

Dort saß er hinter seinem Schreibtisch und schmunzelte.

"Es ist alles in bester Ordnung. Sie brauchen sich keinerlei Sorgen zu machen. Im Gegenteil, an Ihrer Stelle würde ich nach Hause gehen und feiern. Sie werden Mutter und sind ungefähr im vierten Monat schwanger. Herzlichen Glückwunsch!"

"Seit acht Monaten habe ich keinen Sex mehr gehabt. Können Sie mir vielleicht erklären, wie um alles in der Welt ich im vierten Monat schwanger sein kann?"

"In meiner kurzen Zeit als praktizierender Arzt habe ich bereits zahllose Frauen korrekt als schwanger diagnostiziert und bin dabei mit einigen ausgesprochen ungewöhnlichen Fällen konfrontiert worden. Eine Schwangerschaft erfolgte trotz unterentwickelter Gebärmutter eine weitere trotz Einnahme der Pille. Doch am meisten hat mich die Schwangerschaft einer fünfundsechzigjährigen Großmutter verwundert, die mit vierzig ihre Wechseljahre bereits hinter sich hatte. Es gibt Dinge, für die hat auch der medizinische Stand keine ausreichenden Erklärungen. Ich zweifle nicht an Ihren Worten, aber von meiner Diagnose bin ich felsenfest überzeugt."

Er verabreichte mir ein paar Tabletten gegen die Übelkeit, und völlig verwirrt fuhr ich heim. Wie konnte eine Frau schwanger werden, ohne Sex zu haben?

Was hatte ich bei meiner Aufklärung übersehen? Vielleicht hatte Bob Samen auf dem Toilettensitz hinterlassen, oder ich war durch seine bloße Anwesenheit im Haus schwanger geworden, ähnlich wie einander nahestehende Bäume sich gegenseitig befruchteten. Aber was brachten mir diese Turnübungen meines Verstandes schon? Fest stand, daß ich schwanger war. Wie ich es geworden war, änderte nichts an der Tatsache.

Auf keinen Fall würde ich Bob jetzt verlassen können, egal, wie wacklig die Füße waren, auf denen unsere Ehe stand. Ein Kind würde ihm vielleicht neuen Mut machen und ihm dabei helfen, mit dem Trinken aufzuhören. Ich akzeptierte, daß ich Mutter werden würde. Und je mehr ich darüber nachdachte, desto mehr freute ich mich darauf, Bob von unserem Zuwachs zu berichten.

Nach dem Abendessen ging ich in die Garage, wo er an seiner Werkbank saß und arbeitete. Er war dabei, eine weitere Nymphe aus Holz zu schnitzen. Ich sah ihm direkt in die Augen und sagte ihm die Wahrheit.

"Ich bin im vierten Monat schwanger. Zwei Ärzte haben das bestätigt. Du wirst Vater."

Er sagte kein einziges Wort, sondern starrte mich an, als versuchte er, mein Inneres zu erforschen. Als er schließlich den Mund öffnete, war seine Stimme kalt wie ein Schneemann.

"Bist du sicher, daß du im vierten Monat schwanger bist?"

"Glaubst du mir etwa nicht? Ich weiß selbst nicht, wie ich schwanger geworden bin, aber zwei Ärzte werden sich nicht irren. Vielleicht wird das Kind uns beide wieder enger zusammenbringen."

Haßerfüllt zogen sich seine Augenbrauen zusammen. Sein Gesicht war vor Wut fast bis zur Unkenntlichkeit verzerrt, und aus seinem Mund quoll ein Strom feindseliger und herabsetzender Worte.

"Nie im Leben hätte ich von dir gedacht, daß du mich auch noch betrügst. Fahr' zur Hölle! Wie kannst du es wagen, mich zu hintergehen und mir dann mit zuckersüßer Stimme zu erzählen, daß du schwanger bist? Was zum Teufel erwartest du von mir? Du hast unsere Ehe entweiht, und in meinen Augen bist du nichts weiter als eine ekelhafte Hure!"

Genauso gut hätte er mich bei lebendigem Leibe begraben können – jedenfalls fühlte ich mich so. Ich schaffte es nicht, angemessen zu reagieren. In meinem Inneren tobte ein stiller Krieg, Wut und Schmerz erstickten all meine anderen Gefühle.

"Wie kannst du es wagen, mich derartig zu beschuldigen!" brach es schließlich aus mir hervor. "Du bist der einzige Mann, mit dem ich je geschlafen habe. Du solltest besser als alle anderen wissen, wie hoch meine moralischen Ansprüche sind. Du liebst mich nicht, sonst würdest du mich nicht als Hure bezeichnen. Ich habe dich niemals belogen. Im Gegenteil, ich habe dir oft Dinge gesagt, die du nicht hören wolltest und für die du hinterher oft dankbar warst. Ich war dir gegenüber immer ehrlich, und das Kind in meinem Bauch stammt von dir. Weshalb glaubst du mir nicht?"

Mit vor Ekel verzerrtem Gesicht starrte er mich an und brachte dann zwischen zusammengebissenen Zähnen hervor: "Du weißt nicht, wie viele Nächte ich wach lag, weil ich bei dir sein wollte. Meine sexuelle Frustration hat sich in den letzten Monaten so sehr gesteigert, daß ich dachte, ich würde jeden Augenblick explodieren. Ich wollte dich in meinen Armen halten, deinen Körper neben mir spüren, aber ich habe mein Wort gehalten und dich nie wieder angefaßt. Ich habe gelitten, verstehst du das nicht? Um dich zu schwängern, mußte jemand in dich eindringen und seinen Samen bei dir deponieren, und ich bin ganz gewiß nicht derjenige gewesen. Ich weiß zwar, daß du stockdoof bist, wenn es um Sex geht, aber wenn du denkst, ich kaufe dir deine Luftschwangerschaft ab, dann hast du dich geirrt. Such dir einen anderen Idioten."

Sein Gesicht war mittlerweile so rot wie ein Feuerwehrauto, und mit langsamen Schritten trat er auf mich zu. In seiner Wut erschien er mir wie ein Wildschwein und nicht mehr wie der Bob, den ich vor über zwei Jahren geheiratet hatte. In der Erwartung, daß er mich jeden Augenblick schlagen würde, duckte ich mich, doch er ging schnurstracks an mir vorbei in sein Schlafzimmer. Die Tür knallte, und ich hörte, wie er sie von innen verriegelte.

Am ganzen Leib zitternd, ließ ich mich auf den nächstbesten Stuhl fallen und begann hemmungslos zu weinen, während sich mein Magen wieder und wieder zusammenzog. Mit letzter Kraft schaffte ich es bis zur Toilette, wo ich mich übergeben mußte, bis nur noch gelbe Galle aus meinem Mund tropfte. Erschöpft sank ich neben der Toilettenschüssel auf den Boden und fühlte mich, als hätte ich soeben meine Eingeweide verloren.

Später stand ich auf, schleppte mich in mein Bett und rollte mich zusammen wie ein kleines Kind. Ich wußte genau, daß ich nicht mit einem anderen Mann geschlafen hatte, und ich wußte ebenso, daß ich nicht die Jungfrau Maria war! Was um alles in der Welt war geschehen? Ich bat Gott um Rat, aber wenn es einen Gott gab, dann mußte er mich längst verlassen haben, so dachte ich.

Ich heulte und rief nach meinem Vater. Weshalb war es mir unmöglich, ihn zu finden? Verzweifelt schloß ich die Augen und versuchte, meinen mysteriösen Helfer herbeizurufen, doch auch er ließ sich nicht blicken. Ich fühlte mich, als hätte ich seit Tagen nicht geschlafen, und versteckte mich unter der Bettdecke, aus Furcht, der Tag könne zu schnell anbrechen.

Als ich am nächsten Morgen erwachte, lauschte ich auf die Geräusche des Windes, der um unser Holzhaus tobte. Ich hatte all meinen Mut verloren und lag wie ein wimmernder Feigling im Bett, unfähig, mich aufzurichten oder etwas zu unternehmen. Trotzdem zwang ich mich aufzustehen und zu lächeln. „Lieber Gott", so betete ich, „wenn es dich tatsächlich gibt, dann hilf mir bitte jetzt und gib mir die nötige Kraft". Die brutalen Anschuldigungen meines Ehemanns klangen mir immer noch in den Ohren. Vielleicht würde er über Nacht zu einer anderen Einsicht gelangt sein.

80

Ich ging in die Küche und lauschte auf ein Geräusch von ihm, doch im Haus war es totenstill. Ich klopfte an seine Schlafzimmertür, die nicht länger verschlossen war, sondern auf meinen leichten Druck nachgab.

Das Zimmer war leer. Bob hatte all seine Sachen mitgenommen und nur einen Briefumschlag mit meinem Namen auf dem Nachttisch hinterlassen. Obendrauf lag sein Ehering.

Zögernd nahm ich den Umschlag in die Hand und drehte ihn wieder und wieder herum, bis ich endlich genügend Mut gesammelt hatte, um ihn mit zitternden Händen zu öffnen. Tränen liefen mir über die Wangen und verschmierten die Tinte.

"Ich fühle mich nicht länger für Dich verantwortlich", schrieb er, "und auch nicht für das fremde Kind in Deinem Bauch. Du hast die Kardinalsünde begangen und Deinen Mann betrogen, deshalb kann ich Dich nicht länger als meine Frau akzeptieren. Ich möchte niemals wieder in Dein Gesicht schauen und daran erinnert werden, was Du getan hast, um meine Liebe zu Dir zu töten. Du hast unsere Ehe zerstört und ebenso einen Teil meiner Persönlichkeit. Versuche nicht, mich zu finden, und denke nicht, daß ich Dir Geld für Deinen Bastard schicken werde. Frag' seinen Vater. Die Scheidungspapiere sind in der Post."

Ich brach heulend auf dem Bett zusammen. All meine Unsicherheiten, die ich über die Jahre unterdrückt hatte, kamen jetzt an die Oberfläche auf und schlugen wie eine Flutwelle über mir zusammen. Ich dachte an all die Jahre, die ich allein verbracht und in denen ich mich gefragt hatte, wer mein Vater sei. Mein eigenes Kind würde jetzt ebenso aufwachsen. Wie sollte ich mit meinem kümmerlichen Einkommen noch ein Kind aufziehen? Ich würde schleunigst eine neue, besser bezahlte Arbeit finden müssen, und es erschien mir immer dringlicher, daß ich meinen Vater fand. Die Detektei rief an und wollte ihre letzte Rate.

Der einzige Mensch, der mir helfen konnte, war meine Mutter, und ich erzählte ihr von meiner Schwangerschaft und daß Bob mich verlassen hatte. Daß wir Probleme gehabt und in getrennten Räumen geschlafen hatten, erwähnte ich nicht, dazu fehlte mir die Kraft.

"Ich dachte, ihr wärt glücklich", sagte sie. "Warum hat er dich verlassen? Weiß er nicht, daß du schwanger bist?"

"Ich weiß nicht, weshalb er gegangen ist. In letzter Zeit hat er eine Menge getrunken. Gestern nacht habe ich ihm erzählt, daß ich schwanger bin.

Daraufhin hat er sich im Schlafzimmer eingeschlossen, und ich habe auf der Couch geschlafen. Am Morgen waren er und seine ganzen Sachen verschwunden."

"Kind, du tust mir so leid. Ich habe gebetet, daß du nicht das gleiche Unglück durchmachen mußt wie ich. Obwohl dein Vater während meiner Schwangerschaft im Haus war, hat er sich kein bißchen um mich gekümmert, außer wenn er versuchte, mich von der Notwendigkeit deiner Abtreibung zu überzeugen.

Ich werde nie den Tag vergessen, an dem du geboren wurdest. Ich bat ihn darum, mich ins Krankenhaus zu fahren, weil meine Wehen eingesetzt hatten. Er weigerte sich und gab mir nicht einmal Geld für ein Taxi, deshalb mußte ich laufen. Ich konnte keine Tasche mitnehmen, weil der Weg zu weit und meine Wehen so stark waren, daß ich kaum noch aufrecht stehen konnte. Ich schleppte mich buchstäblich ins Krankenhaus und erklärte, daß ich jeden Augenblick niederkommen würde.

Die diensthabende Schwester sah mich nur kurz an und gab mir einen Haufen Formulare, die ich auszufüllen hatte. ,Sie haben noch Zeit', sagte sie gleichmütig. In diesem Augenblick spürte ich einen brennenden Schmerz, so als würden mir die Eingeweide herausgerissen. Ich brach zusammen. Du bist auf dem Boden der Aufnahme im Krankenhaus zur Welt gekommen. Ich nahm dich auf und preßte dich an mich, um dich vor der Kälte und den Augen der Neugierigen zu beschützen. Noch durch die Nabelschnur mit dir verbunden, wurden wir schließlich auf einer Trage in ein Krankenzimmer gebracht.

Dein Vater hat mich kein einziges Mal im Krankenhaus besucht. Und als ich nach Hause kam, schlief er mit der Frau, die eigentlich auf deinen Bruder hätte aufpassen sollen. Er wollte dich nicht einmal sehen! Ich nahm dich mit in mein Zimmer. Als ich aufwachte, war er fort – und die Frau mit ihm.

Ich schwor mir, dir irgendwie ein Überleben zu ermöglichen. Ich weiß, daß ich in vielerlei Hinsicht versagt habe und niemals da war, wenn du mich gebraucht hast. Ich mußte überleben, das stand an allererster Stelle, aber jetzt geht es besser, und ich schwöre dir, daß ich dir nicht zur Last fallen werde wie andere Mütter ihren Kindern.

Ich kann deinen Schmerz spüren. Glaub' mir, ich weiß, wie ungewiß dir dein Leben jetzt vorkommen muß. Ich selbst habe es erfahren. Ich werde dir ein wenig von meinem Ersparten schicken, damit du Kleidung für das Kind kaufen kannst. Wenn deine Wehen nur noch etwa fünfzehn Minuten auseinanderliegen, ruf' mich sofort an. Dann komme ich mit dir in die Klinik.

Vielleicht kommt Bob auch zurück, aber du wirst es auch ohne ihn schaffen. Du bist eine Kämpferin, genau wie ich. Einfach wirst du es nie haben, aber du hast meine Gene. Und wenn du eine Niederlage erfährst, wirst du dich wieder aufrappeln und in die nächste Runde gehen. Mach' dir keine Sorgen, mein Liebling!"

In ihrem ganzen Leben hatte meine Mutter vermutlich keine längere Rede gehalten. Der Gedanke, daß sie bei meiner Geburt durch eine ähnliche Erfahrung gegangen sein mußte wie ich, berührte mich auf eigenartige Weise. "Wir wissen so wenig voneinander", sagte ich. "Dabei bist du der einzige Mensch auf der Welt, den ich habe. Jetzt erst beginne ich zu verstehen, was du durchgemacht haben mußt, um mich aufzuziehen. Jetzt trage ich ein Kind in meinem Bauch, und du bist allein mit Scotty. Weshalb kommt ihr nicht beide zu mir, wenn das Baby da ist?"

"Das werden wir. Und ich bringe die Bilder von mir als Opernsängerin aus der Zeitung mit. Sie wurden auf der ersten Seite in der Klatschspalte abgedruckt. Stell' dir vor, deine unbekannte Mutter, ein Star in Venice, Kalifornien!"

Es tat mir wohl, dieses Gespräch lachend zu beenden, und als wir uns verabschiedeten, fühlte ich mich endlich erleichtert. Zumindest meine Mutter schien mich zu lieben. Ich beschloß, pragmatisch zu denken und meine gute Stimmung zur Beantwortung einiger Stellenanzeigen in der Morgenzeitung zu nutzen. Am gleichen Nachmittag noch erhielt ich eine Anstellung als Sekretärin für ein Schiffsbauunternehmen.

Man hatte mir ein besseres Gehalt als bei der Bank angeboten. Zusätzlich erhielt jeder Angestellte, der ein Boot der Firma verkaufte, eine Provision. Die Tatsache meiner Schwangerschaft behielt ich für mich. Ich hoffte, sie noch ein paar Monate geheimhalten zu können und mich zur Zeit meiner Niederkunft so unabkömmlich gemacht zu haben, daß ich bis zur letzten Minute würde arbeiten können. Mit Hilfe der Provision würde es mir außerdem möglich sein, die Detektei zu bezahlen.

Zwei Tage bevor ich mit der Arbeit beginnen sollte, klingelte das Telefon. Ich war nervös und dachte, es wäre vielleicht Bob, der es sich anders überlegt hatte. Unsicher nahm ich den Hörer ab und hatte kaum genügend Luft, um mich zu melden.

"Hallo?" sagte ich mit leiser Stimme.

"Hallo, spricht dort Jackie?"

"Wer ist dort?"

"Hier spricht David von Ihrer Detektei. Ich habe gute Neuigkeiten. Wir haben Ihren Vater ausfindig machen können. Wäre es Ihnen möglich, sofort vorbeizukommen? Dann können wir Ihnen die Details geben."

Obwohl ich auf diese Botschaft lange gewartet hatte, traf sie mich wie ein Schlag. Mein ganzes Leben schien sich auf diesen Höhepunkt konzentriert zu haben.

"Ich komme sofort vorbei", erwiderte ich und hängte auf, ohne auch nur ‚Auf Wiedersehen' zu sagen.

Ich erinnerte mich daran, was mir mein mysteriöser Gefährte im Baum einst gesagt hatte: "Um Freude zu erfahren, mußt du Schmerzen kennen. Zu jedem Positiv existiert ein Negativ. Je dunkler der Schatten, desto heller das Licht". Nach der Trennung von Bob hatte ich gedacht, daß mein Leben nicht noch miserabler werden könnte und daß ich am Ende angekommen war. Jetzt, in meiner tiefsten Dunkelheit, erhielt ich die Nachricht, auf die ich mein Leben lang gewartet hatte. Endlich würde ich meinen Vater kennenlernen, möglicherweise sogar mit ihm leben! Ich dankte Gott und bat ihn um Vergebung dafür, daß ich an ihm gezweifelt hatte.

Ich schnappte mir die Wagenschlüssel, und vor Freude ein Kinderliedchen trällernd, traf ich bei der Detektei ein. Ich fühlte mich wie neu geboren.

David saß hinter seinem Schreibtisch und strahlte mich an, als ich in sein Büro getanzt kam.

"Ich kann Ihnen gar nicht sagen, wie sehr ich mich freue", sagte ich. "Wann haben Sie meinen Vater gefunden? Wo ist er?"

"Ihr Vater ist sehr oft umgezogen", antwortete er, "aber vor etwa zwei Monaten ist er nach Kalifornien zurückgekehrt. Er lebt jetzt in San Diego, etwa hundert Kilometer von hier entfernt. Wir haben uns nicht weiter darum gekümmert, was er gerade macht oder was seine genauen Lebensumstände sind, weil wir Sie augenblicklich verständigen wollten." Er überreichte mir einen Zettel mit einer Adresse und einer Telefonnummer. "Sein Name lautet mittlerweile Major Benjamin Donee, obwohl ich mir fast sicher bin, daß er nie beim Militär gewesen ist. Aus irgendeinem Grund ist sein Vorname Major."

Er überreichte mir ein Paket mit allen Informationen, die notwendig gewesen waren, um meinen Vater zu finden.

"Allerdings kann ich die letzte Rate noch nicht zahlen", entschuldigte ich mich. "Aber ich habe einen neuen Job, und in ein paar Wochen werde ich Ihnen Ihr Geld bringen. Gott schütze Sie!"

Mit diesen Worten stürmte ich aus seinem Büro, ohne ihm die Möglichkeit zu geben, etwas zu erwidern. Meine Finger zitterten wie Laub im Wind, als ich versuchte, das kleine Paket aufzureißen. Darin befanden sich eine Telefonnummer und einige Fakten über die unterschiedlichen Aufenthaltsorte meines Vaters und seine Arbeitsplätze. Sein Alter war mit ungefähr achtzig Jahren angegeben – demnach mußte er sechzig gewesen sein, als er mich gezeugt hatte. Wie alt war denn meine Mutter? Vielleicht hatte die Agentur einen Fehler gemacht, vielleicht handelte es sich bei ihm um einen jener distinguierten Herren, die ihre Fruchtbarkeit bis ins hohe Alter behielten.

Ich beschloß, ihn nicht telefonisch von meiner Ankunft zu verständigen, sondern ihn zu überraschen. Ich stellte mir vor, wie er seine Arme um mich legte, vielleicht sogar weinte und sagte: "Das ist das kostbarste und schönste Geschenk, das mir auf meine alten Tage noch zuteil wird." Wie so oft zog ich es auch diesmal vor zu träumen, anstatt abzuwarten, was die Realität bringen mochte.

Ich atmete den Duft des blühenden Eukalyptus vor meinem Haus ein und wanderte durch die hohen, goldenen Senfblüten. Ich mußte daran denken, wie mein Vater versucht hatte, meine Mutter durch Senfbäder zu einer Abtreibung zu veranlassen. Ich beschloß trotzdem, mich ihm gegenüber unvoreingenommen zu verhalten. Ich war jetzt eine Frau und kein Kind mehr, um das er sich kümmern mußte. Ich dachte daran, daß alles zwei Seiten hatte, als sich ein senfgelber Schmetterling auf meiner Schulter niederließ und dort still und furchtlos sitzenblieb.

Wie dieser Schmetterling war auch ich einmal eine häßliche Raupe gewesen, die das Ende ihrer bisherigen Existenz nicht in Frage gestellt hatte, sondern in Winterschlaf versunken war und als anmutiges, fliegendes Geschöpf wieder erwacht war. Dies erinnerte mich an meine eigenen Jahre als Teenager, als ich mich unattraktiv und nicht begehrenswert gefühlt und in einem Kokon aus Depressionen und negativen Gedanken gelebt hatte.

Als die Sonne unterging, machte ich mich auf den Heimweg, umarmte Bäume und zupfte die Blätter von einem Gänseblümchen: Er liebt mich, er liebt mich nicht, er liebt mich, er liebt mich nicht – er liebte mich! Er mußte mich zumindest gern haben!

Ich verbrachte eine Weile damit, mir zu überlegen, was ich anziehen sollte, um ihm zu gefallen. Doch woher sollte ich wissen, was ihm gefiel? Ich wollte vermeiden, daß er mich für gewöhnlich, vulgär oder arm hielt. Den ganzen Tag drehte sich mein Kopf vor Sorge, wie ich ihm gefallen könnte. Ich stand vor meinem Kleiderschrank und konnte mich nicht entscheiden, was ich anziehen sollte. Mit einem Mal schienen mir all meine Kleider alt und abgetragen – morgen sollte meine Neugeburt sein! Endlich würde ich Mutter und Vater haben. Ich beschloß, daß meine Kleidung das Bild einer intelligenten, jungen Frau spiegeln sollte, einer Frau, auf die mein Vater stolz sein konnte.

Leider befand sich in meinem Schrank keine derartige Kleidung, und meine Nervosität steigerte sich ins Unerträgliche. Mir fiel ein, daß ich im vierten Monat schwanger und zudem verarmt war, und mein ganzes Selbstvertrauen verschwand. Wie konnte ich sicherstellen, daß mein Vater mich liebte? Ich fühlte mich plötzlich wie ein bodenloses Faß, das darauf wartete, mit Liebe gefüllt zu werden.

Ich durchkämmte mein Fotoalbum nach einem passenden Bild und schrieb: "Für meinen Daddy, den ich mehr liebe als alles auf der Welt, von seiner Tochter."

Der Drang, ihn anzurufen, wurde immer stärker, und obwohl ich den Hörer schon ein paarmal in der Hand hatte, legte ich ihn wieder auf, ohne seine Nummer zu wählen. So ging ich schließlich einfach früh zu Bett, um am nächsten Tag frisch und ausgeschlafen zu sein.

Als ich am nächsten Tag aufwachte, war ich vor Aufregung kaum in der Lage, mein Make-up aufzulegen. Meine Hände zitterten, als hätte ich aus Versehen in eine Steckdose gefaßt. Ich verschmierte meinen Lippenstift, so daß mein Gesicht aussah, als hätte ich einen Schlaganfall gehabt, und begann leise zu fluchen, als ich auch noch anfing zu schwitzen und meine Schminke zu zerlaufen begann. Zweimal fielen mir die Kontaktlinsen in das Waschbecken, das zweite Mal landete eine von ihnen sogar in der Toilettenschüssel. Es gelang mir nur durch ein Wunder, sie zu retten. Als ich das Badezimmer verließ, war ich mit meinen Nerven am Ende.

Als krönenden Abschluß steckte ich mir eine Gardenie ins Haar. Wenn mein Vater mich in den Arm nehmen würde, so dachte ich, würde er ihren exotischen Duft einatmen. Sorgfältig wählte ich einen Strauß Rosen aus meinem Garten, wickelte sie mit einem silbernen Band in Zellophan und steckte mein Foto daran. Dann stieg ich in meinen Wagen.

Ich saß kaum hinter dem Lenkrad, als mir auffiel, daß mein Kleid unweigerlich zerknautschen würde. Also rannte ich zurück ins Haus und zog mir für unterwegs ein Paar Jeans und eine Bluse an. Bevor ich an der Tür meines Vaters klingelte, wollte ich an einer Tankstelle halten und mich umziehen.

Während der Fahrt arbeitete mein Verstand schneller, als mein altes Auto sich von der Stelle bewegte. Ich wurde zur Heldin meines eigenen Kriminalfilms. Wieder und wieder stellte ich mir vor, wie ich meinen Vater vom Verbleib seiner lange verschollenen Tochter unterrichtete und wie erleichtert er bei meinem Anblick sein würde.

Was, wenn er nicht zu Hause war? Meine Gedanken wurden von dem Geräusch quietschender Reifen unterbrochen – ich hatte eine rote Ampel überfahren und befand mich mitten auf einer Straßenkreuzung.

Ich lenkte den Wagen an den Straßenrand, beruhigte mich und studierte noch einmal die Straßenkarte. Ich sah, daß ich kaum einen Kilometer vom Haus meines Vaters entfernt war, und machte mich auf die Suche nach der nächsten Tankstelle, wo ich in der Toilette verschwand und meine Kleider wechselte. Der Besitzer der Tankstelle winkte mir aufmunternd zu, als ich in meinem Kleid in den Wagen stieg und meine Jeans und die Bluse zusammengerollt unter dem Arm trug. Ich lachte zurück. Er machte mir Mut.

Als ich endlich die richtige Straße gefunden hatte, war ich kaum in der Lage, die Nummern an den Häusern zu lesen, woran meine neuen Kontaktlinsen zumindest teilweise Schuld hatten. Ich holte mein Fernglas aus dem Handschuhfach und betete darum, daß mich niemand beobachten würde – bei hellichtem Tag fuhr ich wie ein Spanner herum und starrte auf fremder Leute Häuser.

Das Haus meines Vaters lag in einer typischen Mittelklassegegend und befand sich in denkbar schlechtem Zustand. Die einstmals weißen Schindeln auf seinem Dach bedurften dringend der Zuwendung eines Dachdeckers, und es sah aus, als würde das Haus jeden Moment zusammenfallen. Bei näherem Hinsehen wirkte es unbewohnt.

Ich parkte den Wagen in der Einfahrt, griff nach meinen Geschenken und rannte auf das Haus zu, als ginge es um Leben und Tod. Einen Augenblick stand ich vor der Tür und versuchte die erwartungsvolle Aufregung eines ganzen Lebens, die in mir aufstieg, zu dämpfen. Ich strich mein Kleid gerade und fummelte an der Gardenie in meinem Haar herum. Auf dem Weg hatte ich einen Geschenkkorb mit Delikatessen erstanden, und in der anderen Hand hielt ich den Strauß Rosen. Mit dem Ellbogen betätigte ich die Türglocke. Ich hielt den Atem an und wartete auf ein Lebenszeichen aus dem Inneren und den ersten Blick auf meinen Vater.

Als die Tür schließlich geöffnet wurde, stand eine kleine Frau mittleren Alters im Türrahmen. Ihr silberblondes Haar hatte sie zu einem Knoten gebunden. Sie öffnete die Tür nur einen Spaltbreit.

"Kann ich Ihnen helfen?" fragte sie.

Nein, dachte ich frustriert, Sie können mir nicht helfen.

"Möglicherweise habe ich die falsche Adresse erwischt", antwortete ich so ruhig wie möglich. "Lebt hier ein gewisser Mr. Benjamin Donee?"

"Ja", sagte sie, "aber es geht ihm nicht gut. Vielleicht kann ich Ihnen behilflich sein."

Obwohl sie sich alle Mühe gab, freundlich und zuvorkommend zu erscheinen, hinderte sie mich daran, meinen Vater zu sehen.

"Tut mir leid, daß es ihm nicht gutgeht", sagte ich, "aber wenn er mich sieht, wird er sich freuen."

Ich schob sie sanft zur Seite und ging zielstrebig an ihr vorbei ins Wohnzimmer.

Dort saß ein alter Mann im Rollstuhl und las ein Buch.

Verblüfft blickte er auf, und noch bevor er etwas hätte sagen können, platze ich heraus.

"Es tut mir leid, daß du krank bist. Ich habe jahrelang nach dir gesucht und dich jetzt endlich gefunden. Ich bin deine Tochter."

Gleichzeitig stellte ich den Korb mit den Delikatessen in seinen Schoß und hielt ihm die Rosen vors Gesicht – ich hatte mich kaum noch unter Kontrolle.

Zu sagen, daß er schockiert war, wäre pure Untertreibung gewesen. Ich wartete auf irgendein Zeichen der Freude oder der Zuneigung, doch er rührte keinen Finger, und seine Augen blickten ausdruckslos an mir vorbei in den leeren Raum.

Ich sah mir das Gesicht, auf dessen Anblick ich so lange gewartet hatte, genau an und bemerkte die feinen Linien um den Mund, die nur durch Bitterkeit erzeugt werden. Seine Falten waren Falten des Schmerzes, nicht der Freude. Weshalb war er so unglücklich?

Mit seiner hohen Stirn wirkte er intelligent, doch die traurigen, grauen Augen verliehen ihm das Aussehen eines deprimierten Bassett-Hundes. Sein Kopf war fast kahl, und seine rötlich-braune Kopfhaut schälte sich und war mit bräunlichen Altersflecken übersät. Sie erinnerte mich an eine alte abgelegte Schlangenhaut. Die noch verbliebenen Haare bildeten eine Tonsur wie bei einem Mönch und hingen lang und schlapp in den Nacken. Sein Bademantel war einige Nummern zu groß für seinen ausgemergelten Körper. Dennoch konnte ich erkennen, daß er einmal ein stattlicher Mann gewesen sein mußte.

Über seinem Schoß lag eine Wolldecke, die seine Beine bedeckte, und mit Entsetzen bemerkte ich, daß sie auf einer Seite flacher war als auf der anderen. Auf der Fußstütze des Rollstuhls befand sich nur ein Schuh – er hatte nur noch ein Bein. Ich fühlte mich von seiner Erscheinung derart abgestoßen, daß ich mich zwingen mußte, ihn anzuschauen. Gleichzeitig hatte ich Mitleid mit ihm und wollte ihn fragen, was ihm zugestoßen war.

Aber der Moment schien denkbar unpassend. Ich wurde unsicher und wußte nicht mehr, was ich tun sollte. Der Märchenprinz meiner Imagination war er ganz gewiß nicht, aber er war mein Vater, und ich wollte ihn liebhaben.

Geduldig wartete ich auf eine Antwort von ihm. Mir war, als sei eine Ewigkeit vergangen, bevor er mich mit traurigen Augen ansah.

"Bitte setz' dich doch, du mußt eine lange Fahrt gehabt haben."

Er drehte seinen Rollstuhl, so daß er mir den Rücken zuwandte, und sprach mit der Frau, die mir die Tür geöffnet hatte.

"Bitte setz' einen Kaffee auf, ich kann sie nicht so einfach abservieren", sagte er, wohl in der Annahme, daß ich ihn nicht hören konnte.

Ich konnte nicht länger an mich halten. Wenn er nicht sprach, so würde ich anfangen zu reden. Ich sagte ihm, daß der heutige Tag der glücklichste meines Lebens war. Daß ich mich fühlte, als sei eine gewaltige Last von mir genommen worden. Ich erzählte ihm, wie sehr ich mir mein ganzes Leben lang gewünscht hatte, ihn zu treffen, und wie unvollständig ich mich ohne meinen Vater gefühlt hatte.

"Mutter hat sich beharrlich geweigert, über dich zu sprechen", fuhr ich fort. "Außer deinem Namen habe ich keinen Anhaltspunkt gehabt. Ich habe Jahre damit verbracht, darüber nachzudenken, weshalb du sie verlassen haben könntest und warum du mich nicht als dein Kind akzeptieren wolltest. Ich mußte die Wahrheit erfahren und wußte, daß sie nur von dir kommen konnte. Mein ganzes Leben habe ich mich ungeliebt gefühlt und geglaubt, daß all meine Probleme sich in Luft auflösen würden, sobald ich dich gefunden hätte."

Ich erzählte ihm, wie ich schließlich mit neunzehn genügend Geld zusammengespart hatte, um eine Detektei zu beauftragen, und daß man mich erst gestern über seinen Aufenthaltsort informiert hatte. Ich erklärte ihm, daß es für mich schwierig gewesen sei, ohne die Unterstützung eines Vaters aufzuwachsen, doch daß mich die Tatsache seiner Anwesenheit jetzt ausgesprochen beruhigte.

"Ich habe viele Fehler gemacht, unter anderem einen Mann geheiratet, den ich nicht liebte. Er hat sich alle Mühe gegeben, aber ich habe ihn zum Sündenbock für alles gemacht, was ich mit dir nicht erleben durfte. Ich habe ihn niemals geliebt, wie man einen Mann liebt, sondern immer nur wie eine Vaterfigur. Meine Ehe ist in die Brüche gegangen, aber auch hieraus ist etwas Positives entstanden – der Beweis dafür wächst in meinem Bauch heran. Ich werde Mutter, und du wirst Großvater werden."

Ich war mir ganz sicher, daß die Erwähnung meiner Schwangerschaft ihn ein wenig auftauen würde, aber er schlug den Blick nieder und spielte mit seiner Decke. Was ich gesagt hatte, schien ihn völlig kalt zu lassen.

"Ich möchte dir nicht zu nahe treten, aber mir tut leid, daß du dein Bein verloren hast. War das schon immer so?"

"Ich habe Diabetes im fortgeschrittenen Stadium", gab er zurück. "Ich bin mein ganzes Leben Vegetarier gewesen und habe niemals tierische Erzeugnisse zu mir genommen. Die Ärzte haben auf Insulinzufuhr bestanden, aber ich habe mich dagegen gewehrt, weil es aus den Drüsen von Kühen stammt. Meine Diabetes hat sich daraufhin unglücklicherweise verschlechtert und dazu geführt, daß einige Adern in meinem Bein platzten. Als Diabetiker hat mein Körper nur wenig Abwehrkräfte, und mein Bein entzündete sich. Als die Infektion sich ausbreitete, mußte das Bein wegen der Gefahr einer Blutvergiftung amputiert werden."

Ich beobachtete ihn, während er sprach. Er vermied es, mir in die Augen zu schauen. Mit einer schnellen Geste hob er die Decke an und zeigte mir seinen Stumpf, so als wolle er mich mutwillig erschrecken. Obwohl mir bei diesem Anblick Übel wurde, stand ich auf und ging zu ihm hinüber. Ich legte meinen Kopf auf seinen Stumpf und blickte ihn von unten an wie einen Helden. "Ich hab' dich lieb, Daddy", sagte ich. "Bitte sag', daß du mich ebenfalls lieb hast. Es ist mir wichtig." Er sagte kein einziges Wort.

Langsam breitete sich Verzweiflung in mir aus – dies hätte der schönste Moment meines Lebens werden sollen, was war geschehen? So sehr ich mich auch bemühte, es gelang mir nicht, eine Beziehung zwischen uns herzustellen.

"Daddy, bitte sag' etwas. Was ist mit dir? Was hast du dein ganzes Leben über gemacht? Weshalb hast du uns verlassen? Freust du dich nicht, deine Tochter zu sehen?"

Mit aller Kraft versuchte ich, meine Augen am Überlaufen zu hindern.

Sein Gesicht verzog sich zu einer schmerzhaften Grimasse, und nervös begann er, sich in seinem Rollstuhl zu winden. Die Stille wurde ohrenbetäubend, bis er schließlich mit brüchiger Stimme zu sprechen begann. "Mir ist klar, daß du einen weiten Weg gekommen bist und dir viel Mühe gegeben haben mußt, um mich zu finden. Wahrscheinlich hat es dich einen Haufen Geld gekostet. Ich kann mir denken, wie du dich jetzt fühlst. Jahrelang hast du davon geträumt, deinem Vater gegenüberzusitzen. Du hast viele Opfer auf dich genommen, um diesen Augenblick möglich zu machen, und bist mit grenzenlosen Erwartungen hier aufgetaucht. Wie kannst du mich lieben, wo ich dir solchen Schmerz bereitet habe?

Dein ganzes Leben hast du dich unvollständig gefühlt, weil dir dein Vater gefehlt hat. Ich habe dir sorgfältig zugehört und weiß, daß du auf ein Zeichen der Zuneigung von mir wartest. Du bist eine liebenswerte junge Frau, und ich möchte dich nicht vor den Kopf stoßen. Gott, ich fühle mich miserabel, aber ich bin nicht in der Lage, dir zu geben, was du suchst. Es existiert nicht. Ich bin nicht dein leiblicher Vater, und dein Kind ist nicht mein Enkel!"

Automatisch preßte ich meine Hände an meine Ohren. Ich glaubte, mein Kopf würde mir von den Schultern rollen. Zwischen einem Seufzer und einem Heuler blieb mir die Luft weg. Seine Worte hatten mein Innerstes nach außen gekehrt, und ich war am Boden zerstört.

"Du lügst!" schrie ich mit aller Kraft. "Willst du deine eigene Tochter verstoßen? Die Detektive haben zwei Jahre damit verbracht, dich ausfindig zu machen und sicherzustellen, daß du mein Vater bist. Wie kannst du das Gegenteil behaupten? Weshalb tust du mir das an?"

Er starrte an die Decke und dann auf die Frau an seiner Seite. Sein Blick war unstet und wanderte durch den Raum wie der eines unruhigen Tiers in Gefangenschaft.

Die Hand in seinem Schoß hatte zu zittern begonnen, seine Bewegungen wurden unkoordiniert. Wie konnte dieser Halbmann es wagen, mich derartig vor den Kopf zu stoßen, mich, die ich ihn wie besessen liebte?

Sein Atem ging nur noch stoßweise, und die bitteren Züge um seinen Mund ließen sein Gesicht zu einer tragischen Maske erstarren, die es mir unmöglich machte, sie zu durchschauen. Seine Augen wichen mir auch weiterhin aus, und seine Haut hatte die Farbe von gelöschtem Kalk. Es war offensichtlich, daß er schwer krank war. Seine Stimme war flach und emotionslos, als er erneut zu sprechen begann.

"Du erinnerst mich an alles, was ich von meiner Vergangenheit begraben glaubte. Die Ehe mit deiner Mutter war eine Katastrophe. Wir paßten sexuell nicht zueinander. Damals war ich ein unternehmungslustiger Mann, voller Tatendrang und Kraft. Deine Mutter war farblos, zurückgezogen und frigide. Ich habe um eine Scheidung gebettelt, doch sie hat abgelehnt. Jedesmal, wenn ich sie sah, wuchs mein Haß, bis ich eines Tages ohne ein Wort einfach gegangen bin. Während dieser Trennung hat sie dich empfangen. Ich kann unter gar keinen Umständen dein Vater sein!"

Seine Worte trafen mich wie ein Dolchhieb. Ich fühlte mich wie ein entwurzelter Baum, und alle Kraft schien aus meinem Körper zu weichen. Ich konnte mich kaum auf den Beinen halten. Es war offensichtlich, daß er glaubte, was er sagte. Doch wenn er nicht mein Vater war, wer um alles auf der Welt sollte es dann sein?

Ich begann unzusammenhängendes Zeug zu reden und versuchte, ihm zu beweisen, daß er mein Vater sein mußte. Vielleicht hatte er meine Mutter während der Trennung besucht und mit ihr geschlafen, wollte das aber vor mir nicht zugeben.

Die Frau, die als seine Krankenschwester zu fungieren schien, wich nicht von seiner Seite. Schließlich wandte ich mich ihr zu und sagte in ärgerlichem Ton: "Diese Unterhaltung ist streng vertraulich und geht Sie nicht das geringste an. Ich weiß nicht, wer Sie sind, aber Sie sollten den Anstand besitzen und mich mit meinem Vater allein lassen!"

"Ich verstehe deine Aufregung, aber du irrst dich", erwiderte sie. "Diese Angelegenheit geht mich eine ganze Menge an. Ben ist mein Ehemann, und er sagt dir die Wahrheit.

Er ist nicht dein Vater, und ich bin diejenige, die dies bezeugen kann, weil ich mit ihm zusammenlebte, als deine Mutter schwanger wurde. Schon ein Jahr, bevor er deine Mutter verließ, hatten wir eine Affäre. Er wollte sie nicht betrügen, aber sie hat ihn förmlich aus dem Bett geworfen und verweigerte ihm jeden sexuellen Kontakt. Ich lebte damals bei den beiden im Haus und habe mich um deinen Bruder gekümmert. Ich war in der Lage, deinem Vater die Liebe und die Zuneigung zu geben, die ein gesunder Mann seines Alters braucht und die deine Mutter nicht geben konnte. Er hat sich von deiner Mutter getrennt und fast ein ganzes Jahr bei mir gelebt. Dann hat deine Mutter uns irgendwie gefunden und ihm von ihrer Schwangerschaft erzählt. Sie verlangte, daß er zu ihr zurückkehren und sie unterstützen sollte. Obwohl er wußte, daß er nicht der Vater war, zog er zu ihr zurück und versuchte ihr bis zu deiner Geburt behilflich zu sein.

Während dieser Zeit versuchte er, sie zu einer Abtreibung zu überreden, weil er wußte, daß deine Geburt nur Elend über euch bringen würde. Deine Mutter wußte nichts von unserer Affäre, bis sie uns zwei Tage nach deiner Geburt bei ihrer Rückkehr aus dem Krankenhaus im Bett fand. Ben sagte kein Wort, er glaubte nicht, ihr eine Erklärung zu schulden. In ihren Armen trug sie das Kind eines anderen. Er hat seine Sachen gepackt und ist gegangen. Seitdem sind wir zusammen."

Ich suchte immer noch nach einer logischen Erklärung.

"Sie haben keine Ahnung, wie rückständig meine Mutter in sexuellen Belangen ist. In den zwanzig Jahren, die ich bei ihr war, ist sie nicht einmal mit einem anderen Mann ausgegangen. Glauben Sie wirklich, daß sie Ben mit einem anderen betrogen hätte?"

"Liebes Kind, deine Mutter hat Sex gehaßt", antwortete der Mann im Rollstuhl mit ruhiger Stimme. Der bittere Zug um seinen Mund war gewichen, und sein Gesichtsausdruck war sanft und mitfühlend geworden.

"Deshalb habe ich sie für meine geliebte Louise verlassen. Genau wie dir fällt es auch mir äußerst schwer zu glauben, daß sie mit einem anderen Mann geschlafen haben soll, aber es ist eine Tatsache, daß wir zur Zeit deiner Empfängnis voneinander getrennt waren. Die einzige Frau in meinem Bett war Louise. Ich kann also nicht dein Vater sein. Ich wünschte, ich könnte dir etwas anderes sagen, damit du glücklich wirst. Ich bin nur ein alter Mann, dem nicht mehr viel Zeit bleibt, und ich möchte meine letzen Tage in Frieden verbringen. Dein Auftauchen ist für mich ein großer Schock. Es tut mir aufrichtig leid, daß dieses Treffen nicht so verlaufen ist, wie du es dir vorgestellt hast, aber Wahrheit bleibt Wahrheit. Wir sind Fremde und werden es wohl auch bleiben."

Ich begann hemmungslos zu schluchzen. Es war aussichtslos. Ich hatte keinen Vater. Ich hatte keine Identität.

Ich versank in einen Abgrund von Scham, mir wurde übel, und mein Magen zog sich zusammen. Ich legte die Hand vor den Mund, um zu verhindern, daß ich mich erbrach.

"Es tut mir leid, daß ich noch mehr Leid in Ihr Leben gebracht habe", sagte ich. "Das scheint meine Bestimmung auf dieser Welt zu sein. Ich werde jetzt gehen und nicht wiederkommen. Ich fühle mich, als hätte man meine Seele ermordet."

Wie eine Betrunkene stolperte ich ins Freie. Ich kam mir vor, als hätte ich gerade das Laufen gelernt. Ich wollte zu meinem Wagen, taumelte aber geradewegs an ihm vorbei, in die Mitte der Straße. Kreischende Bremsen rissen mich brutal in die Wirklichkeit zurück.

"Du Vollidiot!" schrie ein ärgerlicher Autofahrer. "Kannst du nicht aufpassen, wo du hinläufst? Hast du kein Hirn?"

Nein, dachte ich. Ich habe überhaupt nichts mehr. Schade, daß er mich nicht überfahren hatte. Wozu sollte ich weiterleben?

Mein Leben war in eine Sackgasse geraten. Ich würde niemals herausfinden, wer mein Vater war. Und in der dunkelsten Stunde meines Lebens dämmerte mir eine weitere Tatsache, die mir den letzten Rest gab: In meinem ganzen Leben hatte ich nur mit einem einzigen Mann geschlafen und war zur Zeit meiner Empfängnis zölibatär gewesen!

Eben hatte ich gehört, daß meine Mutter von ihrem Mann getrennt gelebt hatte, als ich empfangen worden war. Sie hatte mir erzählt, daß auch sie nur mit einem einzigen Mann Geschlechtsverkehr gehabt hatte. Vielleicht wußte sie genau wie ich nicht, wer der Vater ihres Kindes war. Unsere beiden Männer schworen, daß sie nicht die Väter unserer Kinder waren. Wer oder was waren meine Mutter und ich? Monster, die in eine Zirkusshow gehörten? Weder ich noch das Kind in meinem Bauch hatten einen Vater. Wir waren nicht normal, soviel stand wohl fest.

Kapitel 6

Von jenem Tag an versank ich in einer Hölle aus destruktiven und verzweifelten Gedanken, die nicht wieder von mir abließen. Mein inneres Inferno wurde schließlich so real, daß ich nur noch aus Schmerz zu bestehen schien und nicht mehr wußte, wer ich war oder je gewesen sein sollte.

Ich war felsenfest davon überzeugt gewesen, daß mich das Auffinden meines Vaters zu einem vollkommenen Menschen machen würde – jetzt war ich tatsächlich vollkommen, vollkommen negativ.

Seine Worte "Du bist nicht meine Tochter" schienen durch jede Zelle meines Körpers zu klingen, von meinen Knochen abzuprallen und jeden meiner Nerven zu strangulieren, bis mir die Haut brannte. Ich wurde von unkontrollierbaren Zuckungen heimgesucht und fühlte mich anschließend, als seien mir die Eingeweide aus dem Bauch gezogen worden. Ich verlor die Kontrolle und jeglichen Stolz, und es schien, als wäre keine Macht der Welt in der Lage, mich aus dieser Dunkelheit zurückzuholen.

In dieser Zeit begann ich zu dem mysteriösen Unbekannten zu beten, mich nicht auch noch zu verlassen. Mein ungeborenes Kind wollte leben, und ich brauchte ihn, um mich durch diese Zeit absoluter Depression zu leiten. Bewegungslos wartete ich auf sein Erscheinen, doch er gab nicht das kleinste Lebenszeichen von sich, sondern schien mich ebenso verlassen zu haben wie mein vermeintlicher Vater.

Mit letzter Kraft rief ich den mysteriösen Unbekannten an und bat ihn darum, mir zu erscheinen. "Bitte zeig' dich mir. Ich ertrinke in Sorgen und Leid. Mein Körper ist nur noch eine wabbelige Masse, ich brauche deine Kraft und deinen Zuspruch", heulte ich wie ein Schloßhund und wünschte, die Erde möge sich auftun und mich verschlingen, damit ich niemals wieder um Liebe würde betteln müssen. Hatte meine Mutter mich absichtlich belogen, ebenso wie der mysteriöse Unbekannte? Vielleicht war das Leben lediglich eine große Lüge und mehr nicht. Ich konnte keinem mehr etwas glauben und mir selbst schon gar nicht! Mein Haus erschien mir kalt und tot und verstärkte meine Einsamkeit noch. Vollständig bekleidet legte ich mich ins Bett und sah die häßlichen Flecken, die mein vor Aufregung Erbrochenes auf dem zerknitterten Kleid hinterlassen hatte. Jetzt war es mir vollkommen egal – alles war mir vollkommen egal. Ich zog mir die Decke über den Kopf, versuchte mich von der Realität abzuschirmen und schlief ein.

Der nächste Tag war von einem stählernen Grau, das meiner Stimmung entsprach. Ich wußte, daß ich meine Arbeitsstelle verlieren würde, wenn ich nicht dort auftauchte, und quälte mich aus dem Bett. Wankend schleppte ich mich ins Bad und schwitzte wie nach einer Bergbesteigung. Mit einemmal zuckte mein Bauch. Ich entfernte die Kleider, in denen ich geschlafen hatte, und besah mir meinen Körper. Wieder rumorte in meinem Bauch eine langsam rollende Bewegung. Mein Kind gab sein erstes sichtbares Lebenszeichen von sich!

An meinem Arbeitsplatz angekommen, versuchte ich mich so gut es eben ging auf meinen Job zu konzentrieren, doch immer wieder wanderten meine Gedanken zu der bevorstehenden Konfrontation mit meiner Mutter, die ich während der Mittagspause erreichen und wegen meines leiblichen Vaters ein für allemal zur Rede stellen wollte – doch es war immer besetzt, bis schließlich der Besitzer des Schönheitssalons abnahm.

"Gott sei Dank, daß Sie anrufen", sagte er. "Ich habe schon versucht, Sie zu erreichen. Ihre Mutter ist plötzlich erkrankt und ins Santa Monica Hospital eingeliefert worden."

"Was ist passiert?" fragte ich.

"Etwas mit ihren Lungen ist nicht in Ordnung. Sie war gerade dabei, einem Kunden die Haare zu schneiden, als sie plötzlich keine Luft mehr bekam. Im Krankenwagen hat man sie sofort an den Sauerstoffapparat angeschlossen. Bitte halten Sie mich auf dem laufenden darüber, wie es ihr geht."

Ich nahm den restlichen Tag frei und eilte ins Krankenhaus, wo ich meine Mutter schließlich unter einem Sauerstoffzelt aus Plastik fand. Ihr Gesicht war aschfahl, und ihr graues dünnes Haar klebte platt auf ihrer Stirn. Ihr zerbrechlicher Körper war an einen Tropf angeschlossen, und unter ihrem Nachthemd wurde ein ständiges EKG abgenommen. Ihre Lebenskraft schien unaufhaltsam zu schwinden. Die Frau vor meinen Augen sah nicht einmal mehr wie meine Mutter aus. Jeder Glanz war aus ihrem Gesicht verschwunden. Wie um alles in der Welt hatte sie in so kurzer Zeit so krank werden können?

Ein Arzt betrat den Raum und setzte sich an ihre Seite, um den Puls zu messen. Er würdigte mich keines Blickes.

"Ihre Mutter ist schwerkrank", flüsterte er schließlich. "Kommen Sie mit hinaus auf den Flur, wo wir uns ungestört unterhalten können."

Er führte mich in ein kleines Zimmer und bot mir Kaffee und einen Snack an. Ich lehnte dankend ab.

"Ihre Mutter befindet sich in einer kritischen Verfassung. Eine filmartige Substanz breitet sich mit beunruhigender Geschwindigkeit in ihren Lungen aus. Ursprünglich waren wir der Ansicht, sie sei an Krebs erkrankt, aber die bisherigen Testergebnisse sprechen dagegen. Tuberkulose fällt ebenfalls aus. Nach gründlichem Studium der Röntgenaufnahmen und der Testergebnisse sind wir zu der Auffassung gelangt, daß es sich um einen schnell wuchernden, bisher unidentifizierten Pilzbefall handeln muß. Der Biopsiebericht müßte innerhalb der nächsten Stunde eintreffen."

Wie ein kleines Kind kniete ich neben meiner Mutter und betete darum, daß Gott sie nicht von mir nehmen möge. Ich bemerkte nicht, daß der Arzt den Raum erneut betreten hatte.

"Die Prognose ist nicht sehr vielversprechend, da wir die Krankheit Ihrer Mutter nicht diagnostizieren können. In der Struktur ihrer Zellen findet eine seltsame Mutation statt, die unseren Pathologen bisher nicht bekannt ist. Wir schicken Proben ins Labor nach New York und werden innerhalb der nächsten achtundvierzig Stunden wissen, worin eine mögliche Behandlung bestehen könnte. Ich wünschte, ich hätte bessere Nachrichten, aber wir haben es hier mit etwas völlig Unbekanntem zu tun."

Ich zog einen Stuhl an ihre Seite und betrachtete ihr eingefallenes und ausgemergeltes Gesicht. Ich fragte mich, wie viele Träume in ihrem Inneren zerbrochen waren und wie sie es geschafft hatte, ihre Hoffnung nicht zu verlieren.

"Ich liebe dich, Mutter!" sagte ich. "Bitte stirb noch nicht." Ich dankte ihr für alles, was sie für mich getan hatte, und erklärte ihr, daß ich mich schuldig dafür fühlte, ihr Leben nicht einfacher gemacht zu haben. Ich ließ die Nachtschwester kommen und bat sie darum, ein Klappbett aufstellen zu dürfen. Die Schwester gab zu bedenken, daß die Krankheit meiner Mutter ansteckend sein könnte, und so legte ich einen Mundschutz an, um mein ungeborenes Kind zu schützen.

Als ich nach einer unruhigen Nacht erwachte, sah ich zu meiner Erleichterung, daß meine Mutter ihre Augen geöffnet hatte. Ihr Gesicht war immer noch aschfahl, aber es schien ihr besser zu gehen. Man hatte das Sauerstoffzelt entfernt und statt dessen ein tragbares Gerät angeschlossen.

"Hast du die ganze Nacht an meinem Bett gesessen, Liebling?" fragte sie mit schwacher Stimme.

"Ja", erwiderte ich freudig, "und ich habe vor, so lange zu bleiben, bis ich sicher bin, daß das Schlimmste vorüber ist. Weiß mein Bruder, was passiert ist?"

"Ja, einer der Nachbarn hat ihn ausfindig gemacht, aber er ist nicht gekommen."

Ihre Augen füllten sich mit Tränen. Was für ein Bastard mein Bruder doch war! Wie konnte er seine todkranke Mutter so im Stich lassen? Er war genau wie all die anderen männlichen Ratten auf dieser Welt.

"Reg' dich bitte nicht auf, Mutter. Harry kann niemanden wirklich liebhaben. Er macht sich aus keinem Menschen der Welt etwas. Du brauchst jetzt all deine Kraft, um wieder gesund zu werden."

Ich zögerte eine Weile und entschied dann, daß der Zeitpunkt gekommen war.

"Darf ich dich etwas Wichtiges fragen, Mutter?"

"Wenn es dir wichtig ist, ist es mir auch wichtig. Ich weiß, daß wir in den letzten Jahren wenig Kontakt hatten, und möchte mich dafür bei dir entschuldigen, aber deine Fragen waren oft einfach zu schmerzhaft für mich. Jetzt, da ich nicht weiß, wie lange ich noch zu leben habe, kannst du mich fragen, was du willst, und ich werde versuchen, dir eine zufriedenstellende Antwort auf deine Fragen zu geben."

Das unausgesprochene Elend meiner Mutter stand jetzt in jede Falte ihres Gesichts geschrieben, und ich konnte meine Tränen nicht länger zurückhalten. Sie sah es und seufzte kurzatmig. "Bitte sei nicht traurig. Ich bin eine alte Frau, und du hast dein ganzes Leben noch vor dir. Ich möchte nur noch alt genug werden, um mein Enkelkind in den Armen zu halten."

Vielleicht, so dachte ich, war sie viel älter, als ich angenommen hatte. Ich hatte ihr Alter nie mit jemandem besprochen, und wenn mein Vater tatsächlich schon achtzig war, dann war sie vielleicht ebenso alt. Doch das war unmöglich. Sie konnte zur Zeit meiner Geburt doch unmöglich sechzig Jahre gewesen sein.

"Mutter, gerade als du krank wurdest, habe ich meinen Vater ausfindig gemacht. Mein ganzes Leben habe ich damit verbracht, ihn mir vorzustellen. In meinem Kopf wurde er über die Jahre zu einem perfekten, gottgleichen Wesen. Statt dessen ist er jedoch nur ein kranker alter Mann, dem ein Bein fehlt. Ich habe ihn mit meinen Gefühlen wohl ziemlich überwältigt und ihm erzählt, daß er Großvater wird.

Er hat kein einziges Mal gelächelt oder Anzeichen von Freude gezeigt. Ich hatte mir so sehr gewünscht, daß er mich liebhat, aber er blieb kalt wie ein Fisch. Dann erklärte er, daß ich nicht seine Tochter sei, daß ihr beide zur Zeit deiner Empfängnis getrennt wart und er mit Louise lebte. Er sagte, für ihn sei ich eine Fremde! Ich nannte ihn einen Lügner. Aber Louise, die mittlerweile seine Frau ist, bestätigte, was er sagte. Ich war mit meinen Nerven völlig am Ende.

Mutter, nur du kannst mir sagen, wer in Wirklichkeit mein Vater ist. Ich muß die Wahrheit wissen. Warst du wirklich von ihm getrennt, als du mit mir schwanger wurdest, und wenn ja, wer ist dann mein Vater?"

Aus ihrem Gesicht wich das letzte bißchen Farbe, als sie kaum vernehmbar keuchte: "Ich schwöre angesichts meines Todes und allem, was mir heilig ist, daß ich niemals mit jemand anderem als deinem Vater eine sexuelle Beziehung hatte. Deshalb mußt du seine Tochter sein!"

"Wie konntest du schwanger werden, ohne körperlichen Kontakt mit jemandem zu haben?"

"Ich weiß es selbst nicht. Ich habe selbst nie verstanden, wie ich schwanger werden konnte. Ich habe zu Gott um eine Tochter gebetet und geschworen, sein Geschenk an mich niemals anzuzweifeln."

Mit diesen Worten rollten ihre Augen zurück in den Kopf, und ich fürchtete, sie würde sterben. Ich riß die Sauerstoffmaske von ihrem Gesicht und nahm sie in den Arm, während ich nach dem Arzt rief.

Die Krankenschwester beruhigte mich und zeigte mir, daß das Herz meiner Mutter weiterhin funktionierte und sie in ein Koma gefallen war.

Trotzdem kam ich vor Sorgen fast um den Verstand. Wenn sie nun das Bewußtsein nicht wiedererlangte? Wie hatte ich so schwachsinnig sein können, sie in diesem Augenblick ihres Lebens mit meinen Fragen zu belasten? Wieder und wieder gingen mir ihre Worte durch den Kopf. Weshalb sollte ich ihre Richtigkeit anzweifeln? Sie hatte geschworen, mit keinem anderen Mann geschlafen zu haben. Ich war nie mit jemand anderem als Bob im Bett gewesen. Beide hatten wir unerklärliche Schwangerschaften. Ich würde aufhören müssen, nach logischen Erklärungen für diese Tatsache zu suchen. Es gab keine.

Während wir auf die Testergebnisse aus New York warteten, schien sich der Zustand meiner Mutter zu verschlechtern. Ihre Haut war jetzt so weiß wie eine Eierschale, und unter ihren Augen hatten sich dunkle Ringe tief in ihr Gesicht gegraben. Schließlich kam der Arzt mit den Ergebnissen.

"Unglücklicherweise haben wir immer noch keine Diagnose", sagte er, "aber der Experte in New York hat bereits zwei ähnliche Fälle wie den Ihrer Mutter erlebt und schlägt die Behandlung mit einem Medikament vor, das die Ausbreitung des Pilzbefalls in ihrer Lunge stoppen wird. Wir werden unverzüglich mit der Behandlung beginnen, und vorausgesetzt, daß sie ihr Bewußtsein wiedererlangt, sollte sie in kürzester Zeit außer Gefahr sein. Sollten wir jedoch den Grund für ihre Krankheit nicht finden, wird sie nur noch wenige Monate zu leben haben."

"Gibt es keine andere Möglichkeit, irgend etwas, das wir jetzt sofort unternehmen können?" wollte ich wissen.

"Wir werden unsere Untersuchungen fortsetzen und die Proben zu einer Klinik nach Deutschland schicken, die sich auf Lungenkrankheiten spezialisiert hat. Es ist nicht ausgeschlossen, daß Ihre Mutter geheilt werden kann."

Ich betete zu Gott, von dem ich nicht sicher war, daß er existierte, daß die neue Medizin meiner Mutter helfen möge. Innerhalb von zwei Stunden war sie wieder bei Bewußtsein und konnte zum ersten Mal seit ihrer Erkrankung feste Nahrung zu sich nehmen.

Ihre ersten Worte galten Scotty, dem Kanarienvogel, der immer noch daheim in seinem abgedunkelten Käfig hockte und auf frisches Futter und Wasser wartete.

Ich versprach ihr, mich um Scotty zu kümmern, und fuhr am Nachmittag zu ihrem kleinen Haus, wo ich Scotty aus seinem Gefängnis befreite. Er mauserte sich, und seine Augen blickten stumpf und ausdruckslos in die Landschaft. An mangelndem Essen oder zu wenig Wasser konnte sein veränderter Zustand nicht liegen, beides war noch reichlich vorhanden. Vielleicht ahnte er, daß seine Besitzerin schwer krank geworden war. Vielleicht hatte er auch nur zu lange im Dunkeln gesessen und war deprimiert. Ich warf die verderblichen Nahrungsmittel aus dem Eisschrank in den Müll und eilte dann zum Krankenhaus zurück, wo ich Scotty in seinem Käfig neben meiner schlafenden Mutter abstellte.

Ich betrachtete meine Mutter und den zerzausten Vogel, der ihr ein und alles war, und mußte dabei wieder an meinen Vater denken und daran, ob ich überhaupt einen Vater hatte. Die Jungfrau Maria war ich jedenfalls nicht, soviel stand fest. Ich merkte, wie die Besessenheit von der Identität meines Vaters mein Leben zu zerstören drohte und beschloß, mich von nun an in meine Arbeit zu stürzen. Jeden Abend besuchte ich meine Mutter, deren Zustand sich stabilisierte, ohne sich jedoch zu verbessern. Sie blieb an das Sauerstoffgerät angeschlossen.

Ich selbst hatte mittlerweile dreißig Pfund zugenommen. Mein Gang ähnelte dem einer Bleiente, wenn ich versuchte, die kleinen Boote und Yachten in unserem Ausstellungsraum zu erklimmen, um einem Kunden etwas zu erklären oder zu zeigen. Eines Tages sprach mich ein wohlhabender Kunde, dem bereits zwei Boote gehörten, auf meinen Zustand an.

"Ich möchte Sie nicht mit meinen Problemen belasten", gab ich ausweichend zur Antwort.

"Weshalb unterstützt Ihr Ehemann Sie nicht? In Ihrem Zustand sollten Sie auf keinen Fall arbeiten."

"Mein Mann hat mich verlassen."

"Arbeiten Sie hier auf Provision?"

Ich nickte.

"Nun, heute werden Sie zumindest eine saftige Provision kassieren. Ich kaufe das Boot für meinen Sohn. Auf diese Weise können Sie zumindest Ihre Krankenhausrechnung bezahlen."

Ich wollte Einwände erheben, aber der Kunde erstickte sie im Keim und gab zu bedenken, daß er über mehr Geld verfüge, als ich mir vorstellen könne. So bedankte ich mich lediglich.

"War mir ein Vergnügen", sagte er. "Geben Sie gut auf sich und Ihr Baby acht, versprochen?"

Vielleicht gab es doch einen Gott, dachte ich.

Meine Provision würde über eintausend Dollar betragen – genug, um den Arzt zu bezahlen, Kinderkleider zu kaufen und ein Bett sowie ein paar Umstandskleider für meinen unförmigen Körper. In den folgenden drei Monaten rannte ich kopflos zwischen Arbeit, Krankenhaus und Schwangerschaftsbetreuung hin und her. Der Zustand meiner Mutter verschlechterte sich wieder, und mein Bauch sah mittlerweile aus wie eine überreife Melone, die jeden Augenblick aufplatzen konnte. Trotzdem ging ich weiterhin zur Arbeit. Jeder Cent, den ich jetzt verdiente, würde es mir nach der Geburt erleichtern, daheim zu bleiben und Zeit mit meinem Kind zu verbringen.

Dann entdeckte ich eines Morgens den toten Scotty in seinem Käfig und schaffte den Käfig mitsamt Vogel aus dem Krankenzimmer, um irgendwo in der Stadt einen neuen Vogel aufzutreiben, der genauso aussah wie Scotty. Woher ich einen Sänger wie Scotty bekommen sollte, war mir allerdings schleierhaft, und beim Anblick des toten Kanarienvogels wurde mir mit einemmal klar, daß meine Mutter nicht mehr lange zu leben haben würde. Sie hatte mir gesagt, daß ihr größter Wunsch darin bestand, ihr Enkelkind in den Armen zu halten. In wenigen Tagen würde es soweit sein, dann würde sie endlich in Frieden gehen können.

Kapitel 7

ie Geschichte von Scotty und meiner Mutter war eine Geschichte für sich die Geschichte einer Frau, die ihren Kanarienvogel als Ersatz für einen Mann hielt, den sie über alles geliebt hatte, und von einem Knäuel gelber Federn, das nichts mehr liebte als meine kleine alte Mutter.

Ich legte Scottys kleinen Körper in eine alte Schuhschachtel, die ich vorher mit Papiertaschentüchern ausgepolstert hatte. Aus zwei hölzernen Eisstielen hatte ich ein Kreuz mit seinem Namen gefertigt. Dann beerdigte ich den kleinen Sänger und stellte einen kleinen Topf Butterblumen auf den niedrigen Hügel über seinem Grab. Schweigend dankte ich ihm für die Freude, die er meiner Mutter und mir bereitet hatte.

Ich wußte, daß es praktisch unmöglich sein würde, Ersatz für ihn zu finden, und wählte schließlich den besten Scotty-Imitator aus, dessen ich habhaft werden konnte. Ich steckte ihn in Scottys Käfig, den ich in das Krankenzimmer meiner Mutter schaffte. Sie lag unter dem Sauerstoffzelt, doch ihr Gehör schien darunter nicht zu leiden.

"Ist das Scotty?" fragte sie, kaum daß sie den munter zwitschernden Vogel gehört hatte. "Er klingt so anders."

"Natürlich ist es Scotty", log ich erschrocken. "Wer sonst?"

"Tut mir leid, Liebling. Unter dieser Plastikblase kann ich kaum etwas hören."

Ich fühlte mich schuldig, weil ich ihr nicht die Wahrheit gesagt hatte. Ich hatte sie noch nie zuvor angelogen, doch als ich ihren täglich kleiner werdenden Körper unter dem Plastikzelt liegen sah, wußte ich, daß meine Notlüge gerechtfertigt war. Mit einemmal überwältigten mich Angst, Bitterkeit und Reue, und eine beinahe unerträglich werdende innere Anspannung stieg in mir auf und ließ mein Gesicht zu einer defensiven Maske erstarren. Ich fürchtete, daß meine Mutter sie bemerken würde, und verabschiedete mich mit der Begründung, die Lichter an meinem Wagen brennen gelassen zu haben.

Ich stolperte aus dem Raum, rannte direkt in die Arme des diensthabenden Arztes und schlug ihm einen Stapel Akten aus der Hand. Peinlich berührt, versuchte ich sie vom Boden aufzuklauben, doch er hinderte mich daran und ergriff meinen Arm.

"Lassen Sie die Ordner und beruhigen Sie sich. Soll ich Ihnen ein Glas Wasser bringen lassen?"

"Ist schon gut", schluchzte ich. "Ich bin vollkommen mit den Nerven fertig. Ich habe Angst, daß meine Mutter stirbt, ich bin hochschwanger und mußte gerade ein weiteres Familienmitglied beerdigen. Ich kann einfach nicht mehr."

"Ich wünschte, ich hätte bessere Nachrichten für Sie. Der Zustand Ihrer Mutter verschlechtert sich, weshalb wir die Dosis verdoppeln werden. Der deutsche Pathologe hatte ebenfalls nichts Gutes zu berichten. Er erinnerte sich an einen derartigen Pilzbefall aus der Zeit nach dem Ersten Weltkrieg, der durch die Anwendung von Giftgas erzeugt worden war. Er ist der Ansicht, daß während des Zweiten Weltkriegs auf deutscher Seite weiterhin mit diesem Gas experimentiert wurde, und läßt anfragen, ob sich Ihre Mutter zu dieser Zeit in Europa aufgehalten haben könnte. Sollte dem so sein, könnte es sich bei ihrer Krankheit um die Folgen einer Langzeitwirkung aus diesen Tagen handeln, obwohl auch dann nicht hundertprozentig sicher ist, daß es exakt die gleiche Krankheit ist. Die Röntgenaufnahmen von heute vormittag zeigen jedenfalls einen alarmierenden Zuwachs der Fibern in ihrer Lunge, und ihre Atemschwierigkeiten wirken sich mittlerweile auf die Herztätigkeit aus. Wenn nicht ein Wunder geschieht, wird sie nicht mehr sehr lange zu leben haben. Wir haben alles Menschenmögliche getan, um Ihrer Mutter zu helfen. Doch manchmal bleibt uns nichts anderes übrig, als Gottes Willen zu akzeptieren."

Seltsamerweise beruhigten mich die Wahrheit und die Gewißheit, daß meine Mutter sterben würde. Mit einem Lächeln auf den Lippen ging ich zurück in ihr Krankenzimmer, wo sie bereits ungeduldig danach fieberte, mir etwas mitzuteilen, und mich mit zitternder und aufgeregter Stimme an ihr Bett bat. Ich sah, wie schwach sie war, und versuchte, sie zu beruhigen, indem ich meine Hand auf ihre Stirn legte.

"Streng' dich nicht so an", sagte ich.

"Was dort in meinen Lungen wächst, ist stärker als ich", sagte sie. "Ich habe Gottes Willen akzeptiert und bin nun bereit zu gehen, obwohl ich glaube, daß er möchte, daß ich meinen Enkel noch zu Gesicht bekomme. Mein ganzes Leben lang war ich in der Lage, meine Probleme und Hindernisse zu überwinden. Es war kein frohes Leben. Von Anfang an waren wir arm, und ich konnte dir nichts bieten. Ich hatte als Kind wenigstens das Glück, einer großen und fröhlichen Familie anzugehören. Ich hatte zehn Geschwister und war die jüngste, die von allen verwöhnt wurde. Wir lebten in einem riesigen turbulenten Haus in Budapest, bevor wir nach Deutschland zogen. Mein Vater war ein angesehener Rabbi, und als der Zweite Weltkrieg ausbrach, flohen wir aus Deutschland, nachdem meine Lieblingsschwester Madeleine vor unseren Augen von einem Erschießungskommando hingerichtet worden war. Ich werde niemals vergessen, wie ihr anmutiger Körper auf dem Boden zusammenbrach und ihr schwarzes langes Haar in einer riesigen Blutlache lag. Sie war Geschichtslehrerin, doch die Nazis haben ihren Unterricht als Propaganda verurteilt und sie ohne Prozeß standrechtlich erschossen. Uns blieb keine Zeit zu trauern. Wir hatten nur wenige Tage, um aus dem Land zu fliehen, bevor man uns alle umgebracht hätte. Mein Vater bezahlte einen Mann, der uns in einem Heuwagen zu einem Bauernhaus brachte, von wo aus wir unsere Flucht über die Grenze wagen wollten. Mein Vater hatte genügend Geld für die Überfahrt nach Amerika gespart. Ich kann dir jetzt unmöglich alles über die Schwierigkeiten erzählen, die wir überwinden mußten, bevor wir endlich auf dem Schiff ankamen. Auf Händen und Füßen sind wir durch Wälder und Flüsse gekrochen, während mein Vater uns an den unübersichtlichen Stellen mit einer Pistole Rückendeckung gab.

Eines Nachmittags stieß meine Mutter einen infernalischen Schrei aus, und kurz darauf mußten wir hilflos mitansehen, wie ein Soldat, der von hinten an sie herangeschlichen war, mit seinem Gewehrkolben auf sie einschlug, als habe er den Verstand verloren. Er riß ihr den Mantel herunter und das Kleid von den Schultern und begrapschte sie mit seinen schmutzigen Pfoten. Dann warf er meine Mutter auf den Boden und versuchte, sich an ihr zu vergehen, während wir in unserem Versteck ausharrten und Angst hatten, entdeckt zu werden. Als mein Vater zurückkehrte, riß er ohne Vorwarnung den Kopf des Soldaten an den Haaren zurück und schoß ihm mit der Pistole in den Kopf, so daß seine Schädeldecke wegflog.

Mein Vater schrie wie besessen. Er war vollkommen außer sich und trat mehrere Male gegen den leblosen Körper des Soldaten. Meine Mutter lag unterdessen im Schlamm, ihr Körper zerschlagen und ihre geschwollenen Lippen naß von Schweiß und Tränen.

Mein Vater hob sie auf und hielt sie in den Armen. ‚Gott vergib mir‘, sagte er. ‚Ich bin Rabbi und habe einen Mann getötet.‘

Ich sah aufmerksam zu, wie mein Vater meine Mutter hielt, und blickte dann auf den toten Abschaum, der neben ihnen lag, und darauf, wie sich sein Blut mit dem meiner Mutter auf dem Boden vermischte. Bis zu diesem Zeitpunkt war ich immer der Ansicht gewesen, daß kein Mensch das Recht hatte, über Leben und Tod eines anderen zu entscheiden. Doch an jenem Tag hätte ich selbst keine Sekunde gezögert, den Soldaten umzubringen, wenn ich eine Waffe gehabt hätte.‟

Irgend etwas in der Stimme meiner Mutter, ein Anflug tiefen Ekels, ließ in meinem Bewußtsein mit einemmal eine furchtbare Wahrheit deutlich werden. Ließ die Tatsache, daß sie sich als junge Frau nicht verheiratet hatte, vielleicht noch darauf schließen, daß sie sich nicht viel aus dem Vollzug des Geschlechtsverkehrs machte, so begann ich doch langsam zu begreifen, daß die Vergewaltigung ihrer eigenen Mutter vor ihren Augen mehr als geeignet war, sie für den Rest des Lebens vom Sex abzuhalten. Als habe sie meine Gedanken erahnt, fuhr sie in ihrer Schilderung fort. "Ich habe dir all dies schon viel früher sagen wollen, doch wollte ich einfach niemals wieder daran denken. Meine Mutter starb noch in der gleichen Nacht. Als ich schließlich heiratete, gab ich mir alle Mühe, meinem Mann eine gute Ehefrau zu sein, aber ich habe versagt. Sex war für meinen Mann lebenswichtig, doch jedesmal, wenn er mich im Bett berührte, sah ich wieder, wie meine Mutter von dem deutschen Soldaten auf den Boden geworfen wurde. Dann erschien mir mein Mann wie ein Tier, das ich gleichzeitig liebte und verabscheute.‟

107

Ihre Stimme wurde schwächer, und ich bat sie deshalb zu schweigen, doch sie bestand darauf fortzufahren.

"Unsere Flucht wurde durch die Wetterbedingungen weiter erschwert. Die Temperatur fiel unter Null, und es fing an zu schneien. Meine Brüder begannen damit, Holz für ein Feuer zu hacken, während meine Schwestern versuchten, eine Quelle mit frischem Wasser ausfindig zu machen. Als die Nacht anbrach, waren sie immer noch nicht zurückgekehrt, und wir fürchteten deshalb, daß sie gefangen genommen worden waren. Hätten wir uns auf die Suche nach ihnen gemacht, hätte man uns vermutlich aus dem Hinterhalt erschossen. Mein Vater erklärte uns, daß die ganze Familie eine Entscheidung auf Leben und Tod würde treffen müssen. Unser aller Leben stand gegen die beiden Leben meiner großen Schwestern, und wir entschieden uns schließlich, weiterzuziehen und die Freiheit zu suchen. Als wir das Schiff endlich erreichten, das uns in die Vereinigten Staaten bringen sollte, waren wir kurz vor dem Zusammenbruch.

In Amerika standen wir ohne einen Pfennig da. Mein Vater hatte das letzte Geld für die Anmietung eines kleinen Hauses und in Lebensmitteln für die nächsten Wochen angelegt. Deshalb mußte sich jeder von uns um eine Anstellung bemühen, was für uns als Immigranten ohne englische Sprachkenntnisse extrem schwierig war. Ich hatte Glück und wurde in der Leihbücherei angestellt, um zurückgegebene Bücher wieder in die Regale zu stellen.

Eines Nachmittags hörte ich, wie sich jemand mit einem vertrauten Akzent an den Bibliothekar wandte. Ich fragte ihn schüchtern, ob er auch aus Ungarn stamme, und er erwiderte, daß er aus Wien sei. Wir wurden gute Freunde, und in den folgenden Monaten entwickelte sich zwischen uns eine zarte Liebe. Schließlich hielt er bei meinem Vater um meine Hand an. Ich war bereits über dreißig, deshalb stimmte mein Vater begeistert zu. Er war froh darüber, keine alte Jungfer daheim sitzen zu haben. Vier Monate nach der Hochzeit erfuhr ich, daß meine Schwestern gefangengenommen und in einem Konzentrationslager exekutiert worden waren. Mein Vater hielt einen Gedächtnisgottesdienst in der Synagoge ab, doch in meinem Inneren zerbrach zu dieser Zeit alles, was ich nie mehr zu heilen imstande war. Ich hörte auf, an Gott zu glauben, doch traute ich mich nicht, diese Gedanken und Gefühle mit meiner Familie zu teilen, weil mein Vater ein Rabbi war. Deswegen habe ich auch mit dir nie über Religion gesprochen – erst im Verlauf des letzten Jahres habe ich wieder zu Gott gefunden.

Das Leben mit deinem Vater verlief unharmonisch und unzufrieden, und du weißt ja selbst, wie es war, als er uns schließlich verließ."

In diesem Augenblick kündigte ein scharfes Zucken in meinem Unterleib den Eintritt meiner Wehen an. Meine Mutter fiel in einen tiefen Schlummer, ohne ein weiteres Wort zu sagen, deshalb drückte ich zum Abschied nur ihre Hand. Sie schlug die Augen wieder auf.

"Mom, ich habe gerade die ersten Wehen gehabt. Ich muß gehen", flüsterte ich.

"Ich habe dir versprochen, bei der Geburt deines Kindes dabeizusein, und kann jetzt nicht einmal alleine auf die Toilette gehen", sagte sie mit schwacher und enttäuschter Stimme. "Hast du jemanden, der dir hilft?"

Ich beruhigte sie und küßte ihren schmalen Handrücken. Ein Leben verlosch, während ein anderes dabei war, durch mich in die Welt zu treten, dachte ich. Es war paradox.

Ich gelangte ohne Schwierigkeiten nach Hause und legte mich erschöpft aufs Bett. Kaum hatte ich die Augen geschlossen, hörte ich, wie jemand meinen Namen rief. Ich lauschte, und wieder hörte ich eine Stimme, die unmißverständlich nach mir zu rufen schien. Dann blieb es still. Nur der Wind rüttelte an den Fenstern. Ich wurde das Gefühl nicht los, daß mich jemand beobachtete, deshalb stand ich wieder auf und machte das Licht im Haus an. Vorsichtig schaute ich in jedem Zimmer und sogar unter meinem Bett nach, ob sich dort jemand versteckt hatte. Doch ich war allein. Ich löschte das Licht und ging wieder zu Bett. Die Schmerzen in meinem Unterleib wurden jetzt immer stärker. Ich versuchte mich abzulenken, indem ich mir vorstellte, wie mein Kind wohl aussehen würde. Ich wußte bereits, daß es ein Mädchen sein würde, aber ich fragte mich, ob sie mir oder meinem Mann ähneln würde. In diesem Augenblick hob sich das Bild meines mysteriösen Unbekannten mit immer stärker werdendem Glühen gegen das Dunkel ab.

"Ich habe dich so sehr vermißt", sagte ich leise. "Warum hast du so lange nichts von dir hören lassen?"

"Ich bin heute nacht aus einem besonderen Grund hier", sagt er. "Dies ist das Ende eines Lebenszyklus für dich. Von morgen an wirst du nicht mehr allein sein. Deine Tochter wird wie eine Sternschnuppe zur Erde kommen, allein durch das endlose All, um das hellste Licht an deinem Himmel zu werden. Deshalb wirst du sie ‚Astar' nennen."

Ich lauschte sprachlos und wie gebannt.

"Ich kenne die Zukunft, die Vergangenheit und die Gegenwart, genau wie du sie eines Tages kennen wirst. Seit Jahrhunderten habe ich dich in allen deinen Verkörperungen beobachtet. Ich weiß, daß du nicht alles verstehst, was ich sage, doch kann ich dir im Augenblick nicht die Antworten geben, die du dir wünschst. Du würdest sie nicht verstehen. Später wirst du dich daran erinnern, wer ich bin, und damit die Schlüssel zum Universum erhalten. Du gehörst zu den Auserwählten, und dir werden Kräfte verliehen werden, von deren Existenz du noch keine Ahnung hast. Weisheit lacht über die Zeit, vergiß das nicht!"

Halluzinierte ich, oder war dieses Erlebnis real?

"Bitte bleib' während der Geburt bei mir. Ich brauche dich", bat ich ihn leise.

"Ich kann dich nicht verlassen", sagte er. "Ich bin ein Teil von dir."

Bei diesen Worten wurden die Schmerzen beinahe unerträglich, und die Wehen kamen in immer kürzeren Abständen. Ich benachrichtigte den Hausarzt und rief ein Taxi. Als es eintraf, glaubte ich, mein Bauch würde jeden Moment explodieren. Im Krankenhaus angekommen, setze man mich sofort in einen Rollstuhl, mit dem ich auf mein Zimmer gefahren wurde. Mein Körper schien jetzt nur noch aus pulsierendem Schmerz zu bestehen, und der Doktor riet mir, in kurzen scharfen Stößen zu atmen, während die Schwester mir eine Spritze gegen die Schmerzen gab. Der Gedanke an die Worte des mysteriösen Unbekannten ließ mich den Schmerz leichter ertragen. Alles hielt sich die Waage, dachte ich, je tiefer die Dunkelheit, desto heller das darauf folgende Licht; je intensiver der Schmerz, desto größer die Belohnung.

Die Wirkung der Spritze ließ bald wieder nach. Meine Eingeweide schienen in immer kürzeren Abständen zu zucken, bis ich eine Maske über meinem Gesicht spürte und wie durch einen langen Tunnel die Worte "Tief einatmen" und „pressen, pressen!" hörte, als würden sie von den Wänden zurückhallen. Mit meinem letzten Rest Energie preßte ich, und die Zuckungen in meinem Unterleib wurden zu einer schmerzhaften Lawine, mir wurde schwarz vor Augen, und mit meinem letzten Rest Energie schwanden auch die Schwärze und der Schmerz – ich hörte ein Baby schreien. Gott, dachte ich, was für ein unglaublich schönes Geräusch.

"Sie haben eine wunderhübsche Tochter", verkündete der Arzt, und wenig später wurde sie mir in den Arm gelegt. Sie lächelte und war dabei erst ein paar Minuten alt.

Ihre Macht über mich schien vom ersten Augenblick immens zu sein. Ich hielt ihre kleine rosafarbene Hand, und mein Herz schlug schneller. Genau wie der mysteriöse Unbekannte es vorausgesagt hatte, erschien sie mir nicht wie ein Säugling, sondern eher wie eine Göttin.

Sie hatte keinerlei Ähnlichkeit mit irgend jemandem in meiner Familie, schon gar nicht mit meinem Exmann, der norwegischer Abstammung war. Ihr feingeschnittenes, beinahe orientalisches Gesicht mit der weichen olivfarbenen Haut und den schönen, schmal geschnittenen Augen ließ mich jetzt ebenfalls daran zweifeln, daß er der Vater sein konnte.

Ich versuchte sofort, meine Mutter zu erreichen, mußte jedoch erfahren, daß sich ihr Zustand weiter verschlechtert hatte und die Ärzte es ihr nicht gestatteten, zu telefonieren.

Als ich nach drei Tagen entlassen wurde, begab ich mich direkt zum Bett meiner Mutter. Ein einziger Blick auf ihr Gesicht verriet mir, daß sie den Kampf ums Überleben verlieren würde. Sie hustete stark und war so lethargisch, daß sie meinen Eintritt ins Zimmer gar nicht bemerkt hatte.

"Wir sind hier, Mutti", sagte ich leise. "Mach' die Augen auf und schau' dir deine wunderschöne Enkelin an."

Ich stand ein kleines Stück abseits vom Sauerstoffzelt meiner Mutter. Obwohl der Arzt mir versichert hatte, daß die Erkrankung meiner Mutter nicht ansteckend war, wollte ich kein Risiko eingehen. Mit einem langen Seufzer schlug sie die Augen auf. "Ich wünschte, ich könnte sie in den Arm nehmen", sagte sie. "Sieh nur, wie sie mich anschaut. Ob sie wohl weiß, daß ich ihre Großmutter bin? Sie sieht aus wie eine seltene Perle, eine echte kleine Prinzessin!"

"Ihr Name ist Astar. Gefällt er dir?"

"Astar ... ein schimmernder Stern."

"Genau, Mutti." Mir kamen die Tränen.

"Astar. Ein Stern. Ich war ein Star ..." Ihre Worte kamen jetzt nur noch stoßweise. Ich merkte, daß sie starb.

"Ich war auch einmal ein kleines Mädchen ...", sagte sie.

"Bitte verlaß mich nicht, Mutter." Ich legte Astar auf einen Sessel in der Ecke und trat zu meiner Mutter. Wieder wollte ich sie nach meinem Vater fragen. Ich sah sie an und dachte daran, wie sehr sie sich ihr ganzes Leben nach Glück gesehnt hatte und wie sie auf ihrer Suche eine Art von Weisheit gewonnen hatte, die ich meiner Tochter gern weitergegeben hätte. In

diesem Augenblick setzte der Herzmonitor aus. Ein schnarrendes, gnaden-
loses Geräusch dröhnte durch das Krankenzimmer. Meine Mutter war tot.

"Astar, wir haben sie verloren", schluchzte ich und drückte mein Kind an
mich. Ich nahm ihre kleine Hand und winkte meiner Mutter damit zu. "Bye,
Oma", weinte ich. "Bye, bye!"

Kapitel 8

Ich küßte meine Mutter ein letztes Mal auf die Stirn und verließ das Krankenhaus. Obwohl ich gewußt hatte, daß sie sterben würde, hatte dieses Wissen meine innere Unruhe nicht gemildert. Auch jetzt fühlte ich die Anwesenheit des Todes in allem, was ich mit den Händen berührte und während der nächsten Stunden unternahm. Das Gewicht der Welt schien sich auf mir zu verdichten und drückte auf meinen Kopf, als wolle es mein Hirn zerreißen, in dem mittlerweile jede Windung ein unlösbares Problem zu präsentieren schien.

Es war, als habe der Lauf der Zeit an Fahrt gewonnen. In kürzester Zeit hatte ich meinen wiedergewonnen geglaubten Vater und meine geliebte Mutter verloren – gerade als ich meinte, sie zum ersten Mal in meinem Leben zu verstehen, gerade als ich selbst Mutter geworden war. Obwohl meine Mutter mich auf dem Sterbebett darum gebeten hatte, Frieden mit meinem Bruder zu schließen und ich mich an ihren Wunsch halten wollte, würde er mir keine Hilfe sein. Ich mußte ihn trotzdem wegen der Beerdigung kontaktieren. Er wußte noch nicht, daß unsere Mutter gestorben war. Nachdem ich ihre Sachen durchgesehen hatte, nahm ich all meinen Mut zusammen und rief ihn an. Wir hatten seit drei Jahren kein Wort miteinander gewechselt, und als ich seine böse und unmutige Stimme hörte, hätte ich fast wieder aufgelegt. Doch ich hatte beschlossen, es ihm dieses Mal nicht so einfach zu machen.

"Bill, hier spricht deine Schwester. Wie du sicher weißt, ist unsere Mutter schwerkrank gewesen. Ich verstehe nicht, weshalb du sie nicht ein einziges Mal besucht hast. Jetzt ist es jedenfalls zu spät. Sie ist heute gestorben."

"Tut mir leid", sagte er. "Aber ich habe mich der alten Dame nie besonders verbunden gefühlt. Sonst noch was?"

"Gott! Du bist einfach kein Mensch! Mutter hat mich darum gebeten, mich mit dir zu vertragen, damit sie in Frieden sterben konnte. Das war ihr letzter Wunsch, und ich würde gern versuchen, ihn zu erfüllen. Wie steht es mit dir?"

"Um ehrlich zu sein, habe ich dir gegenüber noch nie besonders brüderliche Gefühle gehabt, und ihr Tod wird das auch nicht ändern. Hat sie in ihrem Testament etwas von ihrer Schallplattensammlung gesagt? Die würde ich gern haben."

"Ist das alles, woran du denken kannst – materieller Besitz?" schrie ich. "Meinetwegen kannst du haben, was du willst, nur nicht ihre persönlichen Papiere, die gehören mir. Ich würde die Frau, die uns beide aufgezogen hat, gern besser kennenlernen. Sag' mal, weshalb haßt du uns eigentlich so sehr?"

"Ich war noch ein kleines Kind, als mein Vater uns verlassen hat", sagte er. "Aber ich erinnere mich gut an ihn, und ich verabscheue euch dafür, daß ihr ihn vertrieben habt. Er war der einzige Mensch, der mir je etwas bedeutet hat, und ich brauche meine Gefühle vor niemandem zu rechtfertigen, auch vor dir nicht."

"Vielleicht interessiert es dich dann, daß ich deinen Vater gefunden habe und er dich mit keinem Wort erwähnt hat!"

"Wo ist er?" rief Billy. "Ich habe ewig nach ihm gesucht und ihn nicht finden können."

"Wirst du mich wie deine Schwester behandeln, wenn ich es dir sage?"

"Mal sehen, was dabei herausspringt", antwortete er kalt.

"Du bist wirklich unverbesserlich. Wenn du deinen Vater finden willst, dann kannst du anfangen, Geld zu sparen, und selbst einen Detektiv anheuern. Ich habe Jahre gebraucht, um ihn zu finden."

"Ich bin wirklich nicht auf dich angewiesen. Ich habe besseres zu tun, als mich mit dir zu streiten. Kommen wir also zur Sache. Hat die alte Dame irgend etwas von Wert hinterlassen? Geld für das Begräbnis vielleicht?"

"Sie hat nur ein paar Dollar hinterlassen, aber ihre Bestattung hat sie bereits im voraus bezahlt." Ich nannte ihm den Namen des zuständigen Beerdigungsinstituts. "Sie wollte keinem von uns zur Last fallen."

"Ich werde die notwendigen Vorbereitungen treffen und dich morgen wegen der Einzelheiten zurückrufen", sagte er und hing ohne ein weiteres Wort auf.

Endlich brachen die Tränen, die ich die ganze Zeit über zurückgehalten hatte, aus mir hervor. Ich saß auf meinem Bett und heulte wegen meiner verlorenen Mutter, wegen meines so unmenschlich bösartigen Bruders und über mein ganzes verfluchtes Leben.

Ich brauchte dringend einer Luftveränderung, und wie immer setzte ich mich bei dieser Gelegenheit an den Strand und starrte auf die sich endlos wälzenden Wogen der See. Ich roch und spürte den feinen salzigen Schaum, der in kleinen Spritzern vom Wind landeinwärts geweht wurde, und wünschte, ich könnte in die Wellen eintauchen und in ihrem samtenen Türkis einfach verschwinden. Eine Möwe schoß herab und tauchte kurz ins Wasser, bevor sie weiter in das unendliche Blau des Himmels flog wie eine gefiederte Silhouette.

Das Wasser warf die Strahlen der Sonne zurück, die den Ozean mit goldenen Zungen zu belecken schienen. Ich saß starr am Strand und beobachtete, wie sich aus den Lichtstrahlen allmählich ein unglaublich schönes, männliches Gesicht formte und mich ansah. Sein Ausdruck erschien mir beinahe heilig, und ich wußte nicht, ob ich halluzinierte oder bei klarem Verstand war. Die Augen des Wesens waren smaragdgrün, umrahmt von dicken bronzefarbenen Wimpern. Seine Lippen schienen sanft und voll und lächelten verträumt. Die Nase war so fein geschwungen wie die eines griechischen Gottes, und sein Gesicht wurde von Strähnen goldfarbenen Haars gerahmt. Selbst mit einem Computer hätte ich kein perfekteres Abbild eines gottähnlichen Wesens erschaffen können. Ich blinzelte mit den Augen und versuchte, ihn zu fokussieren. Um das Gesicht bildete sich ein violett leuchtender Kreis, der die Erscheinung nun wie einen Heiligenschein umgab.

Ich spürte, wie mich eine sanfte Macht in den warmen Sand drückte und mein Körper zu schmelzen schien. Das Gesicht wurde langsam zu einem vollständigen, männlichen Körper, der eine befremdliche Anziehungskraft auf mich ausübte und mittlerweile aussah wie Michelangelos David.

Schließlich hörte ich eine Stimme, die wie das Rauschen des Windes klang.

"Erkennst du mich wieder? Ich habe deine Wahrnehmungsfähigkeit ein wenig erweitert, damit du mich sehen kannst."

Ich wußte nun, daß dies der mysteriöse Unbekannte war, auf dessen Erscheinen ich seit frühester Kindheit gewartet hatte.

"Ich habe dir immer gesagt, daß alles zu seiner Zeit geschehen wird", hörte ich die Stimme sagen. "Von heute an wird sich dein Leben verändern, und viele wunderbare Dinge werden passieren.

Ich bin gekommen, um deine Trauer über den Tod deiner Mutter mit dir zu teilen. Ich weiß, wie sehr du sie vermissen wirst. Vergiß jedoch nicht, daß lediglich ihre Hülle gestorben ist, ihre Seele lebt und wird ewig leben. Sie wird dich von nun an begleiten, so wie ich dich begleitet habe, auch wenn du ihre Anwesenheit nicht immer spürst und sie sich nicht, so manifestieren kann wie ich. Leben und Tod sind Teil eines Lebenszyklus, der kein Ende kennt.

In der nächsten Zeit wirst du viele Enthüllungen erfahren. Betrachte jede davon als Teil eines Puzzles, dessen Gesamtbild dich in die Mysterien des Lebens einweihen wird. In den nächsten Jahren wirst du Antworten auf alle Fragen deines Lebens erhalten, und ich werde dabei im Zentrum deines Leben stehen, wie ich es immer getan habe.

Hör' auf, dir Sorgen wegen Geld und belanglosen Problemen zu machen, die du jetzt vielleicht für schwerwiegend hältst. Du wirst sehr erfolgreich in der Geschäftswelt werden, in einem Bereich, von dem du im Augenblick noch nichts verstehst. Viele Leute werden dich wegen deiner Weitsicht um Rat bitten, und du wirst bekannt werden.

Du wirst sehen, daß zwischen dir und Astar ein ungewöhnliches und festes Band besteht und ihr oft durch Gedankenübertragung miteinander verbunden seid. Glaube an dich und an mich, und dir wird keine Tür mehr verschlossen sein. Deine Zeit ist gekommen."

Ich wußte immer noch nicht, ob es sich um einen Tagtraum handelte oder nicht. Seine Worte klangen zwar beruhigend, doch seine Versprechungen erschienen mir zu fadenscheinig.

"Ich habe nicht einmal genug Geld, um meine Rechnungen zu bezahlen, geschweige denn einen Job, und du erzählst mir, daß ich berühmt werde. Ich bin mir immer noch nicht sicher, ob es dich gibt oder ob du nur ein

Produkt meiner Einbildungskraft bist. Fest steht jedenfalls, daß es mir jetzt besser geht als vorher", fügte ich lachend hinzu.

Er schwieg und sah mich durchdringend an.

"Gibt es dich wirklich, irgendwo in Raum und Zeit?" fragte ich.

"Nicht nur gibt es mich, ohne mich gäbe es dich nicht. Deine negativen Gedanken entspringen deiner Vergangenheit und ihren vermeintlichen Problemen, nicht der Gegenwart. Denke immer daran, daß du bisher jedes Problem gemeistert und all deine Schwierigkeiten überwunden hast. Da du unermüdlich weiterkletterst, wirst du dich in den kommenden Jahren zu großen Höhen aufschwingen.

Deine Träume und Phantasien werden wahr werden, und du wirst über das kleine Mädchen in dir und seine Unsicherheiten nur noch lachen. In diesem Augenblick wird die Kette deiner Ängste unterbrochen, und du wirst deine dir angeborene Kraft, zu heilen und zu führen, erhalten und benutzen. Ich muß jetzt gehen, mein Kleines", sagte er dann unvermittelt. "Gestatte den Schatten deines Negativismus nicht länger, deine Gedanken zu verdunkeln. Du bist auf dem Weg zur Erleuchtung."

Langsam hob ich meinen Kopf und blickte hinaus auf die See. Die letzten Lichtstrahlen brachen sich auf dem bewegten Wasser, und mit ihnen verschwand auch mein mysteriöser Unbekannter. Ich fühlte mich auf merkwürdige Weise ruhig und gesammelt, als ich ihm für seine Worte dankte. Sein Beistand hatte mich mit neuer Kraft und Entschlossenheit versorgt, und trotz der bevorstehenden Aufgaben und Unannehmlichkeiten war ich voller Hoffnung, als ich wenig später Astar in den Arm nahm und ihr versicherte, daß ihre Mutter alles daransetzen würde, ihr ein gutes Leben zu schaffen.

Am Tag darauf rief mein Bruder an und befahl mir, die Einzelheiten des bevorstehenden Begräbnisses aufzuschreiben. Dann legte er ohne ein weiteres Wort auf und überließ es mir, die Gäste zu verständigen.

Bei der folgenden Beerdigung konnte ich nicht das geringste Anzeichen von Trauer auf dem Gesicht meines Bruders erkennen. Seine Kälte war so allumfassend, daß ich fast Mitleid mit ihm bekam.

Ich selbst nahm in einem kleinen Raum Abschied von der Hülle meiner Mutter, deren hohle Wangen man mit Paraffin aufgespritzt hatte und die in ihrem Opernkostüm und dem theatralischen Make-up so friedlich und zufrieden wirkte wie ein unschuldiges Kind. Der Schmerz und die Schrecken ihrer tödlichen Krankheit waren aus ihrem Gesicht gewichen. Ich dankte ihr dafür, daß sie ihr Leben geopfert hatte, um mich aufzuziehen. Ich beugte mich über sie und küßte sie ein letztes Mal auf die Stirn. Dann fuhr ich zu ihrem Haus, um den Haushalt aufzulösen.

Zu meiner großen Überraschung war mein Bruder bereits dort und damit beschäftigt, ihre Sachen zu durchwühlen wie eine Packratte. Es war eindeutig, daß er die Sachen unserer Mutter nach Wertgegenständen durchsuchte. Einige Gemälde, vergriffene Bücher und die Sammlung klassischer Schallplatten hatte er bereits an sich genommen.

"Was treibst du da?" schrie ich ihn an.

"Ich gebe nur acht, daß alles in Ordnung kommt", erwiderte er. Seine materialistische Sichtweise des Todes unserer Mutter brachte mich an den Rand einer Hysterie, aber ich hatte mir fest geschworen, nicht wieder in Trübsinn zu versinken. Also ließ ich ihn gewähren, bis er endlich schweigend mit einigen Kisten abzog. Glücklicherweise hatte er sich für die Aufzeichnungen meiner Mutter nicht interessiert, und so verbrachte ich den Abend damit, ihre Notizen und Gedichte zu lesen, ohne jedoch auf ein einziges Wort über meinen Vater oder mich zu stoßen. Ich heftete ihre Gedichte in einen Ordner und beschloß, sie mir an einem anderen Tag wieder anzuschauen. Morgen früh würde ich mich als erstes um einen Job kümmern müssen. Zu meinem alten Arbeitsplatz konnte ich nicht zurückkehren. Ich mußte einen Job finden, der weitaus besser bezahlt war.

Ich heuerte einen Babysitter an und machte mich auf die Suche nach einer passenden Arbeitsstelle. Bei der Douglas Aircraft Company wurde ich als Vermittlerin zwischen einem Architekten und den Zulieferern angestellt. Als Astar ein Jahr alt war, wurde ich versetzt und fiel wenig später einem allgemeinen Sparprogramm zum Opfer. Ich fand mich wieder einmal auf der Straße und ohne Arbeit. Aus irgendeinem Grund hielt ich es bei keiner der folgenden Arbeitsstellen länger als ein paar Wochen aus. Die meisten durchweg männlichen Arbeitgeber in kleinen Betrieben waren anzüglich bis zudringlich und ich daher so oft arbeitslos, daß ich begann, Minderwertigkeitskomplexe zu entwickeln. Oftmals bestand mein einziger Halt in Astar, die mit jedem Tag schöner wurde und mit der mich ein immer stärker werdendes Gefühl verband. Ich wußte allerdings auch, daß ich anfangen mußte, ein bißchen Geld auf die Seite zu legen, damit ich Astar eine gute Ausbildung zukommen lassen konnte. Die sechshundert Dollar, die ich bisher am Monatsende mit nach Hause gebracht hatte, würden dafür nicht ausreichen.

Schließlich fand ich durch reinen Zufall eine Anstellung. Der Pförtner eines großen Bürohauses, das mir beim Vorbeifahren mehrere Male wegen seiner imposanten und gleichzeitig ökologischen Bauweise aufgefallen war, verwechselte mich mit einem Vertreter und nannte mir, nachdem wir uns ein wenig angefreundet hatten, die beste offene Stelle in seiner Firma. Ich hatte Glück und wurde auf der Stelle als Sekretärin und Mädchen für alles angeheuert. Mein Gehalt belief sich auf achthundert Dollar plus Bonus, ich hatte Aufstiegschancen und sogar eine Krankenversicherung. Aber nach zwei Jahren, die wie im Flug vergingen, blickte ich eines Tages von meinem Schreibtisch auf und merkte, daß ich weder aufgestiegen noch ein großartiger Erfolg in der Geschäftswelt geworden war. Eine schwere Erkrankung meines Chefs sorgte dafür, daß er alle hochfliegenden Expansionspläne abblies und ich mich tiefer und tiefer in eine berufliche Sackgasse hinein zu bewegen schien. Die Erfüllung, die mein mysteriöser Unbekannter mir in meinem Beruf versprochen hatte, war jedenfalls nicht eingetreten. Statt dessen kam ich mir abwechselnd vor wie ein Roboter und ein einfältiger Spielball des Schicksals, der einer seltsamen Stimme Glauben schenkte, die alle Jubeljahre auftauchte und dann nichts mehr von sich hören ließ. Ich bemerkte, wie ich mich häufiger bei meinem unsichtbaren Gefährten über den zähen Ablauf meines Lebens beschwerte – aber er antwortete nicht. Statt dessen stieß ich eines Morgens unter den Stellenanzeigen der L. A. Times auf das Inserat einer Firma mit dem klangvollen Namen Silva Mind-Controll. "Es gibt nichts im Leben, was Sie nicht durch entsprechende Programmierung ihrer Gedanken erreichen können", versprach die Überschrift. Und obwohl ich nicht genau wußte, was eine Programmierung der Gedanken sein könnte, wurde ich von dieser Anzeige so angezogen, daß ich mich noch am selben Morgen zum Einführungskurs einfand.

Er dauerte genau drei Stunden. Der Kursleiter war mit Abstand der charismatischste und dynamischste Mensch, der mir je begegnet war – jemand, der keinerlei Mühe hatte, sein Publikum mit einer ausdrucksvollen Äußerung nach der anderen zu überzeugen. Er behauptete, daß er jedem der Anwesenden, der sein Programm absolvierte, eine Garantie darüber auszustellen bereit war, daß das Unmögliche möglich wurde und wir durch seine Ausbildung unser Leben genau so würden verändern können, wie wir es wünschten.

Obwohl der Mann mich an einen Jahrmarktschreier erinnerte, hinterließen seine Worte einen tiefen Eindruck bei mir, und kurz darauf unterzeichnete ich meinen Teilnahmeschein und versprach mir selbst, daß das erste Resultat meiner Bemühungen dazu führen würde, den nicht eben niedrigen Beitrag für die Kursteilnahme zu bezahlen.

Nach der Einführung blieb ich noch da und verwickelte den Kursleiter in ein philosophisches Gespräch.

"Meinen Sie, daß alles im Leben vorherbestimmt ist", fragte ich ihn, "oder haben wir einen freien Willen, und alles, was uns zustößt, ist das Resultat unserer Aktionen und Reaktionen?"

"Ich bin der Ansicht, daß unser Weg vorherbestimmt ist", erwiderte er, "aber wir verfügen ebenso über einen freien Willen, mit dessen Hilfe wir uns für einen bestimmten Weg entscheiden, auf dem wir unsere Unzulänglichkeiten überwinden. Ich bin in der Lage, Sie mit den notwendigen Werkzeugen auszustatten, um diese Lernerfahrung zu verkürzen und Ihre negativen Handlungen durch gedankliche Anstrengung in positive zu verwandeln. Gedanken sind nicht nur mentale Bilder. Sie sind lebendige Einheiten, die imstande sind, negative oder positive Bedingungen zu erschaffen.

Die heutige Wissenschaft", fuhr er fort, "ist archaisch, da sie immer noch davon ausgeht, daß Dinge bewiesen werden müssen. Dies ist einer der Gründe, weshalb ich mich entschlossen habe, diesen Kurs abzuhalten. Meistens kann ich meinen Schülern Beweise für das Gesagte liefern, sofern sie sich diszipliniert an die Anweisungen halten. Das Resultat – verwirklichte Träume – reicht jedoch als Beweis meistens aus.

Die meisten Menschen erliegen dem Trugschluß, daß die einzige Alternative zu Bewußtsein das Unterbewußtsein ist. Es existieren viele Formen und Stadien des Bewußtseins, und jede ist durch eine bestimmte Hirnwellenfrequenz gekennzeichnet. Wenn wir schlafen, arbeitet das Gehirn zum Beispiel in Zyklen, die vier- bis sechsmal pro Minute auftreten – ein Zustand, der als Deltalevel bekannt ist. Morgen werde ich den Alphalevel, den Zustand schöpferischer Schwingung, vorstellen. Zu jedem Level werden Sie Informationen erhalten, warum die jeweilige Frequenz was erzeugt.

Alles, was Sie brauchen, ist ein vorurteilsfreier Kopf. Realität und Illusion sind oftmals nur durch eine feine Linie voneinander getrennt. Die Antworten auf all Ihre Lebensfragen sind bereits in Ihrem Inneren vorhanden und werden durch die entsprechende Schwingung zu einer Erinnerungsgedankeneinheit katalysiert, die Sie in Gestalt einer neuen Idee wahrnehmen. Ihr Verstand kann dabei zu Ihrem ärgsten Feind werden, denn er neigt dazu, den Fluß neuer Ideen zu unterbrechen. Damit will ich keinesfalls sagen, daß Sie ohne Verstand in der Lage wären, Ihr tägliches Leben zu führen. Doch die rationale Analyse und Bewertung all Ihrer Gedanken und Handlungen sorgt für eine immense Unruhe und Unzufriedenheit in Ihrem Leben.

Die meisten Menschen neigen dazu, ihr Leben in einem bestimmten Realitätswinkel zu verbringen, den sie ihr Leben lang nicht verlassen, weil sie sich dort sicher fühlen. Eigentlich sind sie Versager, die ihr Wissen und ihre Inspiration von jenen beziehen, die Risiken eingehen, ohne ständig darüber nachzudenken, wohin ihr nächster Schritt führt. Sie erfinden den Boden unter ihren Füßen – gewissermaßen mit jedem Schritt."

"Meine Emotionen machen mir oft einen Strich durch die Rechnung", sagte ich. "Ich fühle mich wie eine Gefangene, die ihr eigenes Handeln nicht unter Kontrolle hat. Gibt es einen Weg, um mein Leben in die Hand zu bekommen?"

"Niemand hat immer Kontrolle", antwortete er. "Aber Sie können lernen, die meiste Zeit über einen kontrollierten Zustand aufrechtzuhalten. Negative Emotionen können Ihnen nur dann etwas anhaben, wenn Sie es ihnen gestatten. Ich muß immer lachen, wenn ich Sätze höre wie: ‚Ich bin es leid, immer verletzt zu werden.‘ Niemand kann einem anderen weh tun, es sei denn, dieser gestattet es. Das Problem besteht darin, daß die meisten Menschen sich von ihren Emotionen nicht lösen können und sich so ständig selbst im Weg stehen. Dieser Kurs wird Ihnen das notwendige Werkzeug liefern, um jedes emotionale Erlebnis als Zeuge wahrnehmen zu können. Nur so wird es Ihnen gelingen, objektiv zu sein und zu lernen, ohne zu leiden."

Ich erinnerte mich daran, daß der mysteriöse Unbekannte mir Ähnliches gesagt hatte, und für einen Augenblick hegte ich den Verdacht, daß mein Unbekannter diese Gedanken in den Mann vor mir implantiert hatte, damit sie mich zur richtigen Zeit erreichten.

"Sich auf Ihre Alphawellen zu programmieren wird dazu führen, daß Sie Ihr kleines Ego hinter sich lassen und Verbindung mit dem universellen Verstand aufnehmen, der bekanntlich keine Grenzen kennt. Sie werden erstaunt sein, wozu Sie plötzlich in der Lage sein werden", erwiderte er auf meine vorgebrachten Zweifel.

Der Kurs wurde zu einem Abenteuer, das mich an die tiefsten Quellen meines Verstandes führte und in dessen Verlauf ich lernte, einen beliebigen Gegenstand, z. B. eine Rose, so zu visualisieren, daß ich sie förmlich riechen konnte. Ich lernte, mein Bewußtsein auf die Erde, Mineralien und Elemente zu projizieren. Die Kursteilnehmer wurden dabei zu Materie durchdringenden Lichtstrahlen, die wiederum zu dem wurden, was sie durchdrangen. Wir benutzten all unsere Sinne, um das zu erfühlen, zu schmecken und zu riechen, mit dem wir verschmolzen.

Dies mag in den Augen vieler Leser klingen wie ein infantiler und etwas lächerlicher Zeitvertreib. Ich hatte anfangs die gleichen Vorbehalte, doch erwies sich jede der Übungen im nachhinein als Grundstein zur Änderung meiner Wahrnehmungsmuster, mit deren Hilfe sich mein ganzes Weltbild veränderte. Ich öffnete mich für Dinge, deren Existenz ich anderen nicht beweisen konnte.

Am dritten Tag erkrankte Astar an einer Magengrippe. Da ich sie weder allein lassen noch meinen Kurs verpassen wollte, nahm ich sie kurzerhand mit und informierte den Kursleiter über ihren Zustand. Er erklärte, daß Astar durch die Kraft der Alphawellen der Anwesenden geheilt werden könne.

Nachdem die Kursteilnehmer sich fünfzehn Minuten darauf konzentriert hatten, Astar als kerngesund zu visualisieren, fiel ihre Temperatur und die Symptome verschwanden. Der Kursleiter erklärte uns, daß selbst Todkranke durch Alpha-Meditation geheilt werden könnten.

Unser Lehrer erklärte, daß wir durchaus in der Lage seien, unseren Körper allein durch die Kraft unseres Gehirns zu steuern. Er trat den Beweis dafür an, indem er vor unseren Augen zehn Kilo abnahm, während er sich ausschließlich von Sahnetorten und Kuchen ernährte. "Ich habe meinen Körper darauf programmiert, alle Nahrung als Abfall durchlaufen zu lassen und als Folge davon in fünf Tagen zehn Kilo abgenommen", erklärte er. Und wenn ich nicht mit eigenen Augen gesehen hätte, wie er jeden Tag Unmengen von Backwaren in sich hineinstopfte, hätte ich es selbst nicht für möglich gehalten.

Etwa drei Wochen nach Abschluß des Programms ereignete sich etwas Seltsames. An einem verregneten Abend saß ich vor dem Kamin und war damit beschäftigt, unerfreuliche Schlagzeilen zu Papierbällchen zu zerknüllen und in das Feuer zu schnipsen, als eine innere Stimme mir riet, die Seite 17 näher in Augenschein zu nehmen. Ich starrte auf das Papier, das ich gerade zerreißen wollte, und stellte fest, daß es sich dabei um die Seite 17 handelte. Ohne einen weiteren Gedanken daran zu verschwenden, knüllte ich sie zusammen und wollte sie gerade ins Feuer werfen, als von irgendwoher das Wort ‚Stop‘ erklang und gleich darauf wie ein Neonzeichen in meinem Verstand aufleuchtete. Dann schien das Gesicht des Unbekannten für den Bruchteil einer Sekunde aufzutauchen und zu nicken, doch verschwand es so schnell wieder, wie es gekommen war.

Als ich aufsah, hörte ich nur das Trommeln des Regens auf dem Dach und das Quaken der Frösche im Teich. "Managerposition für internationale Headhunteragentur gesucht. Mindestens zwei Jahre Erfahrung in betriebswirtschaftlicher Tätigkeit. Unbegrenzte Ausbaumöglichkeiten in modernster Arbeitsatmosphäre", stand in der Anzeige, und obwohl ich keine der geforderten Qualifikationen vorzuweisen hatte, faßte ich gegen jeden logischen Einwand, den mein Verstand mir zu liefern imstande war, den festen Entschluß, mich am nächsten Tag um die ausgeschriebene Stelle zu bewerben. Ich spürte, wie mein Körper bei dem Gedanken daran von einem ungewöhnlich starken und aufregenden Energiestrom durchfahren wurde.

Am nächsten Morgen stand ich um acht vor einem imposanten architektonischen Konglomerat geometrischer Formen und bewunderte die zahllosen geschwungenen, von Blumenbeeten gesäumten Wege, die zum Eingang des Gebäudes führten. Ich nahm den Aufzug in den vierzehnten Stock und legte mir im Kopf eine Präsentation für meinen zukünftigen Arbeitgeber zurecht. Die Rezeption war teuer und geschmackvoll eingerichtet – ein weicher roter Teppichboden und helle, moderne Sitzmöbel.

Ich nahm in der Lobby Platz und wartete, bis ein hochgewachsener, schlanker Mann mit dem unverwechselbaren Flair eines erfolgreichen Geschäftsmanns seinen Kopf um die Ecke steckte und mich in sein Zimmer bat. Er war ungefähr fünfzig und verfügte über die Energie eines jungen Mannes, und auch sein schmales Gesicht hatte etwas ausgesprochen Jugendliches. Obwohl er nicht unbedingt gutaussehend war, wirkte er durch seine lebendigen braunen Augen und die hohe Stirn intelligent und interessant.

"Mein Name ist Wayne Rogers", begrüßte er mich. "Ich bin der Besitzer der Executive-Search-Niederlassung in Kalifornien. Sie haben unsere Anzeige in der *Times* von gestern gelesen?"

"Genau", sagte ich mit allem Selbstvertrauen, dessen ich fähig war, und schilderte ihm meinen beruflichen Werdegang. Dann übergab ich ihm meinen Lebenslauf und wartete auf seine Reaktion, während er einen flüchtigen Blick darauf warf.

"Es ist nicht zu übersehen", sagte er, "daß Sie sich mit und innerhalb jeder Position verbessert haben. Ich habe in meiner Anzeige jedoch ausdrücklich darauf hingewiesen, daß ich einen Experten mit Berufserfahrung für diese Stellung benötige. Sie sind weder das eine, noch verfügen Sie über das andere."

"Wenn Sie jemanden mit Erfahrung anstellen, so bedeutet das auch, daß er Dinge auf eine bestimmte Weise zu erledigen gewohnt ist oder sich auf eine bestimmte Schiene eingefahren hat..." Ich war fest entschlossen, mich unter keinen Umständen abwimmeln zu lassen.

"Das ist wohl richtig. Aber ich weiß selbst nicht viel über die Anforderungen der ausgeschriebenen Stelle, und gemeinsam würden wir beide im Blindflug einen Haufen Geld in den Sand setzen."

"Erklären Sie mir bitte, worum genau es bei Ihrem Unternehmen geht", bat ich ihn. Langsam sah ich meine Felle davonschwimmen. "Dann kann ich Ihnen genau sagen, wie und warum ich Ihnen von Nutzen sein kann."

Zu meiner völligen Überraschung tat er genau das, was ich von ihm verlangt hatte. "Unsere Firma wird von Topmanagern damit beauftragt, ihnen geeignetes Personal für Führungspositionen zu vermitteln. Für diese Leistung berechnen wir einen Prozentsatz dessen, was diese Leute im ersten Jahr verdienen. Die meisten der in Frage kommenden Kandidaten haben zunächst gar nicht vor, ihre Stelle zu wechseln. Unsere Aufgabe besteht zum einen darin, die geeigneten Kandidaten zu finden und sie zweitens davon zu überzeugen, daß sie ein Vorstellungsgespräch führen und die ihnen angebotene Stelle annehmen sollten. Um in diesem Geschäft erfolgreich zu sein, müssen Sie gleichzeitig über die Qualitäten eines Detektivs, eines Psychologen und eines sehr guten Verkäufers verfügen."

Ich versicherte ihm, daß dem so sei, und er lachte. Dann sah er mich nachdenklich an. "Ihre positive Art, an die Dinge heranzugehen, beeindruckt mich. Aber ich brauche wirklich jemanden mit Erfahrung auf diesem Gebiet. Wie ist es um Ihre finanzielle Situation bestellt?"

Ich schluckte schwer. Was für eine Frage war das? Ich war gekommen, um Geld zu verdienen, nicht um es auszugeben.

"Ich zahle meine Rechnungen immer pünktlich. Ich bin geschieden und habe eine kleine Tochter, deshalb suche ich Arbeit. Weshalb fragen Sie?"

"Die Stelle wird auf Provisionsbasis bezahlt. Wenn Sie über keinen finanziellen Rückhalt verfügen, kann es für Sie sehr schwierig werden. Der Job verlangt ohnehin eine hohe Belastbarkeit, und die meisten halten es nicht länger als drei Monate aus. Es tut mir leid, aber ich kann Ihnen die Stelle leider nicht geben."

Er schüttelte mir die Hand und entfernte sich, ohne sich noch einmal nach mir umzuschauen.

Ich war enttäuscht, aber auch eisern entschlossen, meinen Pessimismus nicht die Oberhand gewinnen zu lassen und den Job zu bekommen. Ich hatte mir immer gewünscht, nur nach meiner Leistung bezahlt zu werden, und egal, was dieser Mann sagen mochte, ich würde für ihn arbeiten. Am Nachmittag kündigte ich bei meiner alten Arbeitsstelle und schickte ein Telegramm an Executive Search: "Sie haben auf einen Gewinner gesetzt. Feiern Sie mit uns, während Sie Ihren Gewinn einzahlen."

Den Inhalt des Telegramms hatte ich absichtlich unklar gehalten, und am nächsten Morgen tauchte ich in meinem neuen Büro auf.

"Guten Morgen, Mr. Rogers. Ich bin bereit, mit der Arbeit zu beginnen."

Verblüfft starrte er mich an. "Ich habe Ihnen doch bereits gesagt, daß ich Sie nicht anstellen werde!"

"Das habe ich gehört", erwiderte ich. "Allerdings haben Sie die falsche Entscheidung getroffen. Ich werde hier arbeiten, und Sie werden den Sternen dafür danken, daß Sie mir diese Chance gegeben haben."

"Sie sind wirklich nicht kleinzukriegen", stöhnte er lächelnd. "Aber ich fürchte, ich werde bei meiner ursprünglichen Entscheidung bleiben. Hat mich gefreut, Sie kennenzulernen. Viel Glück."

"Ich habe nicht die Absicht zu gehen."

Er sah mich an, als hätte ich soeben den Verstand verloren. Zielstrebig durchquerte ich den Raum, setzte mich an einen der freien Schreibtische.

"Darf ich Sie fragen, was Sie vorhaben?"

"Ich werde die ersten Telefonate führen."

"Unser Supervisor wird erst in zwei Wochen hier eintreffen, und ich habe Ihnen bereits gesagt, daß ich von dem genauen Ablauf dieser Tätigkeit keine Ahnung habe. Ich kann Ihnen also auch nicht sagen, wie Sie bei dieser Arbeit vorzugehen haben."

"Ich brauche nur eine Firma zu finden, die bereit ist, mir einen Auftrag zu erteilen. Deshalb werde ich so lange herumtelefonieren, bis ich eine gefunden habe!"

"Sie sind wirklich ein wenig zuviel des Guten", sagte er und zuckte ratlos mit den Schultern.

"Nicht zuviel, sondern gerade genug des Guten", gab ich zurück. Er lachte laut und willigte endlich ein, es mich wenigstens versuchen zu lassen.

"Ich gebe Ihnen zwei Wochen", sagte er. "Wenn es Ihnen in dieser Zeit gelingt, einen Klienten zu finden, der Ihnen einen offiziellen Auftrag erteilt, gebe ich zu, daß ich mich geirrt habe, und werde Sie einstellen. Wenn nicht, erwarte ich, daß Sie ohne ein weiteres Wort gehen werden."

Wie eine Besessene machte ich mich an die Arbeit.

Nur die wenigsten der Firmen, deren Nummern ich aus den Telefonlisten meines Arbeitgebers anwählte, waren überhaupt willens, sich mit mir zu unterhalten. Doch ich lernte schnell, und am Ende des Tages war ich mir ziemlich sicher, bald einen Job landen zu können.

Am Abend meines ersten Arbeitstages ging ich mit einer Freundin aus, um den neuen Arbeitsplatz zu feiern. Während wir in einem Restaurant zu Abend aßen, gesellte sich ein Bekannter meiner Freundin zu uns, der sich im Verlauf des Gesprächs als Westküsten-Manager für die Firma Yardley Cosmetics entpuppte. Ich konnte mein Glück kaum fassen und erkundigte mich, ob er eine Stelle zu besetzen hatte. Obwohl im Managementbereich alles besetzt war, suchte er zwei Männer für den Bereich Produktplazierung an der Westküste. Ich fragte ihn nach den benötigten Qualifikationen, nannte ihm unsere Konditionen und vereinbarte für die folgende Woche einen Termin für mögliche Bewerbungsgespräche – ich hatte meinen ersten Kunden! Obwohl ich am liebsten laut losgejubelt hätte, fuhren wir mit unserem Abendessen fort, als sei nichts geschehen.

Am nächsten Morgen setzte ich mich mit den Kaufhäusern in Los Angeles in Verbindung und erkundigte mich, wen sie dort für die drei besten Vertreter der Branche hielten. Ich bekam nicht nur die Namen heraus, sondern sogar die Privatnummern der besten Männer und rief sie noch am gleichen Abend mit meinem Angebot an. Alle drei zeigten sich interessiert und willigten ein, im Lauf der nächsten Woche zu einem Vorstellungsgespräch mit meinem Klienten zu erscheinen. Ich achtete darauf, daß die Vertreter sich nicht begegneten, damit ihnen keine Unannehmlichkeiten entstanden, und stellte fest, daß sie alle an einem besseren Job interessiert waren.

Ich brachte den Manager der Kosmetikfirma in Kontakt mit den Bewerbern, und nach zwei Stunden hatte ich eine Provision von sechstausend Dollar für meinen neuen Chef. Dreißig Prozent davon waren mein Anteil. Ich war auf eine Goldmine gestoßen, die sich weiter und weiter zu verzweigen schien, denn als ich die ehemaligen Arbeitgeber der von mir abgeworbenen Vertreter anrief und sie fragte, ob sie freie Stellen zu besetzen hätten, bekam ich zwei weitere Aufträge.

Ungefähr alle vierzehn Tage landete ich einen Job. Innerhalb von vier Monaten war ich zur zweitbesten Headhunterin meiner Agentur aufgestiegen, und am Ende des ersten Jahres hatte sich mein Einkommen verdoppelt.

Ich hatte eine liebenswerte und intelligente Tochter, die mittlerweile Tanz- und Gitarrenstunden nahm, und mein Leben schien endlich zu dem zu werden, was ich mir immer davon versprochen hatte. Alles, was mir noch fehlte, war ein Mann, der mich liebte.

Kapitel 9

Wie so oft war ich noch vor Morgengrauen aufgestanden und an meinem Arbeitsplatz eingetroffen. In der Nacht hatte ich einen seltsamen Traum gehabt, in dem Präsident Saddat ermordet wurde, was mir vor allem deshalb besonders stark im Gedächtnis geblieben war, weil ich kein großes Interesse an Politik hatte und lediglich wußte, daß Saddat ägyptischer Staatspräsident war.

Mein erster Anruf an jenem Morgen galt einem unserer wichtigsten Klienten in New York, der völlig unerwartet mitten in unserer Unterhaltung das Thema wechselte und mir mitteilte, daß er auf der Suche nach einem anderen Arbeitsplatz sei. Ich war darüber erstaunt, aber noch erstaunter war ich über meine eigene Bemerkung.

"Ich kenne einige Leute, die Sie mit Kußhand nehmen würden, aber Sie werden niemals wieder für jemand anderen arbeiten", sagte ich. "Im Lauf der nächsten Woche wird Ihnen jemand, den Sie jetzt noch nicht kennen, anbieten, Sie in Ihrem Export-Import-Geschäft finanziell zu unterstützen. Es wird nicht nur ein lukratives Unterfangen werden, sondern ist auch genau die Herausforderung, auf die Sie die ganze Zeit gewartet haben."

Es verschlug mir den Atem – weshalb um alles in der Welt hatte ich das gesagt? Noch bevor er etwas darauf erwidern konnte, bat ich ihn darum, auf meinen Rückruf zu warten, und legte auf. Ich starrte aus dem Fenster und fragte mich, was mit mir los war. Woher wußte ich, daß er sich selbständig machen würde? Er mußte mich für verrückt halten. Ich wählte seine Nummer, und er nahm sofort ab.

"Ich weiß wirklich nicht, was in mich gefahren ist", entschuldigte ich mich. "Sie müssen mich für wahnsinnig halten, aber ich habe während des Redens nicht nachgedacht, sondern alles zur gleichen Zeit gehört wie Sie. So etwas ist mir noch nie passiert. Irgendwoher meinte ich zu wissen, was geschehen wird. Heute nacht habe ich geträumt, daß Saddat morgen ermordet werden wird. Ich glaube, ich werde langsam ein wenig seltsam im Kopf." Ich lachte verlegen.

Er schien die ganze Angelegenheit auf die leichte Schulter zu nehmen. "Was Sie mir über mich gesagt haben, entspricht exakt meinen eigenen Wünschen", sagte er. "Sollten Sie recht behalten, werde ich Sie bei Ihrem nächsten New York-Aufenthalt bewirten lassen wie ein Staatsoberhaupt."

Ich bedankte mich für sein Verständnis und entschuldigte mich noch einmal. "Schon vergessen", sagte er charmant. "Sie sind die Beste im ganzen Geschäft." Wir lachten beide und legten auf. Irgend etwas schien sich durch mich auszudrücken, aber wie und was es war, das war mir schleierhaft.

Am nächsten Morgen wurde ich während einer Konferenzschaltung unterbrochen. Jemand mit einer dringlichen Mitteilung bestand darauf, mich zu sprechen. Ich entschuldigte mich bei meinem Klienten mit einer schlechten Telefonverbindung, versprach zurückzurufen und nahm den Anruf an. Am anderen Ende war mein Kunde aus New York.

"Soeben ist Präsident Saddat erschossen worden", sagte er. "Woher haben Sie das gewußt?"

"Ich weiß es nicht", sagte ich betroffen. "Ich bin genauso erschrocken wie Sie. Vielleicht noch mehr."

"Sie müssen über Kräfte verfügen, deren Quelle Ihnen selbst nicht bekannt ist", sagte er, womit er den Nagel so ziemlich auf den Kopf getroffen hatte. "Falls Sie mit Ihrer Prognose recht behalten, möchte ich Sie als meine Beraterin einstellen."

"Ich fühle mich sehr geschmeichelt", sagte ich, "und es wäre mir eine Ehre, für Sie tätig zu sein, aber ich schätze, daß meine Voraussage nur ein unerklärlicher Einzelfall war. Vermutlich handelte es sich um einen Traum und ein einmaliges Erlebnis."

"Das glaube ich nicht", sagte er zum Abschied. "Sie werden in der nächsten Zeit noch von mir hören."

Eine Woche später informierte er mich darüber, daß er tatsächlich jemanden gefunden hatte, der bereit war, in sein neues Unternehmen zu investieren. Er hörte nicht auf, von meinen Kräften und Fähigkeiten zu sprechen, und mir wurde dabei zunehmend unbehaglicher. Mir blieb nichts andres übrig, als ihm zu seinem Erfolg zu gratulieren und mich wieder in meine Arbeit zu stürzen.

In den folgenden Tagen begann ich damit, mich selbst bei meiner Arbeit zu beobachten. Dabei stellte ich fest, daß ich mit meinen Klienten nicht nur über Geschäftliches sprach, sondern ihnen vermehrt Ratschläge für ihr Privatleben erteilte. Obwohl ich vorher nie wußte, was ich als nächstes sagen würde und mir nie etwas zurechtgelegt hatte, schien ich meine Klienten in jedem Fall zu erreichen. Mehr und mehr standen die Personen am anderen Ende der Leitung im Vordergrund, und manchmal erklärte ich ihnen geradeheraus, daß die von ihnen gewünschte und angestrebte berufliche Veränderung ihnen nicht unbedingt zum Vorteil gereichen würde.

Als Folge davon wuchs mein Ruf in der Branche, und ich machte mir nicht nur als professionelle Headhunterin, sondern auch als persönliche Beraterin einen Namen. Mir war immer noch schleierhaft, woher ich mein Wissen bezog und wieso ich imstande war, in die Zukunft zu sehen, aber ich setzte mein neuentdecktes Talent nach bestem Gewissen zum Wohl meiner Klienten ein.

Leider war ich nicht in der Lage, in eigenen Belangen die gleiche Weitsicht an den Tag zu legen, und so teilte mein Chef mir eines Tages verlegen mit, daß er nicht nur vorhabe, sich aus dem Geschäft zurückzuziehen, sondern er das Unternehmen bereits verkauft hätte. Die neuen Besitzer würden den Betrieb in zwei Wochen übernehmen. Obwohl er mir versicherte, daß die neuen Inhaber meine Provision erhöhen wollten, bekam ich fast einen Tobsuchtsanfall und warf ihm vor, nicht nur sein Geschäft, sondern auch mich verkauft zu haben. Ich stand kurz davor, ihm in sein verlegen grinsendes Gesicht zu schlagen.

"Jetzt regen Sie sich doch nicht so auf", versuchte er mich zu beschwichtigen. "Es wird sich alles zum Guten wenden. Sie werden mit den neuen Eigentümern bestens zurechtkommen, besonders mit Mr. Hickman, dem Finanzier."

Etwa eine Stunde später erschien der Manager der Bank, der das Gebäude gehörte und der sicherstellen wollte, daß ich den neuen Besitzern die gleichen Dienste erweisen würde wie meinem alten Arbeitgeber. "Wir haben Mr. Hickman das Geld aufgrund Ihrer Leistungen geliehen. Er kann sich glücklich schätzen, jemanden wie Sie als Angestellte zu haben."

"Ach, wirklich?" sagte ich. "Ihr kleines Anhängsel hat leider gerade gekündigt, und Ihr Kunde wird böse auf die Nase fallen, denn meine Klienten werden nur mit mir arbeiten. Die Leistungen der anderen Anwesenden in diesem Betrieb reichen gerade aus, um die Kaffeekosten zu decken."

Das war vielleicht etwas übertrieben, traf aber den Kern meiner Gefühle. Als ich die Promenade zum Parkplatz hinunterlief, freute ich mich innerlich, so ehrlich gewesen zu sein. Ein wenig später fragte ich mich, ob ich nicht nur ehrlich, sondern auch ziemlich dämlich gewesen war. Ich hatte vergessen, die Telefonkartei aus dem Büro mitzunehmen.

In der gleichen Nacht noch setzte ich mich daheim an meinen Schreibtisch und schrieb, ohne ein Telefonbuch oder die Auskunft zu Hilfe nehmen zu müssen, jede der Kundennummern aus dem Gedächtnis nieder. Ich erinnerte mich an Adressen, Titel und sogar die Eigenarten meiner Kunden. Wieder war mir absolut rätselhaft, wie diese Daten so vollständig in mein Bewußtsein kamen. Es schien, als hätte ich mit einem Mal ein fotografisches Gedächtnis erhalten. Hatte mein mysteriöser Unbekannter dies gemeint, als er von meiner Vision gesprochen hatte?

Am nächsten Morgen rief ich jeden meiner Kunden an und versicherte mich ihrer Mitarbeit, für den Fall, daß ich mich selbständig machen sollte. Am Nachmittag hatte ich einhundert Prozent Zusagen. Alles, was ich jetzt noch brauchte, war ein Startkapital. Die paar tausend Dollar, die ich für Astar und mich gespart hatte, würden nicht ausreichen, um ein repräsentatives Büro anzumieten und eine Telefonanlage zu installieren.

Nach einem mehrere Tage dauernden und äußerst peinvollen Hin und Her mit einem unwilligen Bankbeamten, der nicht in der Lage schien, mir einen Kredit über zwanzigtausend Dollar einzuräumen, listete ich meine potentiellen Kunden inklusive Telefonnummern auf und ging eines Morgens direkt an dem unwilligen Beamten vorbei zum Manager der Zentrale, nannte ihm die Höhe des von mir benötigten Betrages und überreichte ihm anschließend die Liste.

"Dies sind einige meiner Hauptkunden", sagte ich. "Wie Sie sehen, habe ich die Privatnummern der Geschäftsführer der betreffenden Unternehmen aufgeführt. Sie gehören zu den größten im ganzen Land. Fragen Sie sie, in welchem Umfang sie bereit sind, im kommenden Jahr Geschäfte mit mir abzuschließen, falls ich mich selbständig machen sollte. Ich benötige einen auf drei Jahre angelegten Kredit, den ich allerdings weit früher zurückzuzahlen gedenke. Ihr Angestellter dort drüben läßt leider jede Weitsicht vermissen."

Ich fühlte mich, als sei der Mann mir gegenüber ein Stück Metall und ich ein Magnet. "Ich bedanke mich im voraus für das in mich gesetzte Vertrauen und werde morgen wieder hier sein, um meinen Scheck in Empfang zu nehmen."

Ich bot ihm zum Abschied meine Hand und wartete nicht ab, was er zu sagen hatte. Verblüfft schüttelte er meine Hand und nickte.

Als ich am nächsten Tag wiederkam, begrüßte er mich mit einem Scheck über zwanzigtausend Dollar.

"Was hat den Ausschlag gegeben?" fragte ich ihn lachend. "Haben Sie einen meiner zukünftigen Kunden kontaktiert?"

"Das war nicht notwendig", erwiderte er. "Ich vertraue jedem, der Ihren Mut und Ihr Selbstvertrauen an den Tag legt, und ich setze einfach gern auf Gewinner."

Ich bedankte mich bei ihm noch einmal für das in mich gesetzte Vertrauen und verließ die Filiale wie im Rausch. Ich stand kurz davor, meine Träume realisieren zu können, und mein ganzer Körper schien vor Energie zu vibrieren. Ich hatte bewiesen, daß Selbstvertrauen ansteckend sein konnte.

Ich brauchte eine ganze Woche, um einen geeigneten Standort für mein neues Büro zu finden, und entschied mich für den fünfzehnten Stock eines großen Bürogebäudes. Ich stellte eine Sekretärin ein, die sich als ausgesprochener Glücksfall erwies und eine Mischung aus Marylin Monroe, dem Gedächtnis eines Elefanten und einem rasiermesserscharfen Verstand war.

Am fünften Tag nach der Eröffnung meiner Agentur liefen die Telefone auf Hochtouren. Die Neuigkeit, daß ich wieder im Geschäft war, hatte sich wie ein Lauffeuer verbreitet. Ich arbeitete fünfzehn Stunden am Tag und hatte kaum Zeit für Astar, die mittlerweile zu einem Teenager herangewachsen war – ich hatte noch nicht einmal Zeit, richtig zu essen.

Doch am sechsten Tag nach der Eröffnung kam mir auf meinem Heimweg um drei Uhr morgens auf meiner Fahrbahn ein Wagen frontal entgegen. Ich hatte nicht einmal die Chance, ihm auszuweichen.

Als ich nach zehn Stunden wieder aus meiner Bewußtlosigkeit aufwachte, hingen meine Beine in der Luft, und ich lag auf dem Rücken wie ein großer Käfer in einem Krankenhausbett. Zwei meiner Rückenwirbel waren angebrochen, und der Arzt erklärte, daß ich einen dauerhaften Nervenschaden davontragen würde. Eine Operation war noch ausgeschlossen, da die Gefahr bestand, daß ich von der Hüfte abwärts gelähmt bleiben könnte. Der Arzt verordnete mir mehrere Wochen strengster Bettruhe.

"In einigen Tagen werden wir Sie auf eine Bahre schnallen und nach Haus bringen lassen, und in drei bis vier Monaten können Sie mit der Krankengymnastik beginnen, um Ihre erschlafften Muskeln wieder zu trainieren. Sie werden sich daran gewöhnen müssen, Schmerzen zu haben und diesen Schmerz als einen Teil Ihrer selbst zu akzeptieren. Versuchen Sie, sich auf andere Dinge zu konzentrieren. Sie können sich glücklich schätzen", schloß er seinen Vortrag. "Wenn Ihre Wirbel vollständig gebrochen wären, würden Sie aller Wahrscheinlichkeit nach nie wieder laufen können."

Offenbar hatte er beschlossen, mir von Anfang an reinen Wein einzuschenken, und ich dankte ihm dafür. Trotzdem war ich bitter enttäuscht.

"Ich habe mich gerade selbständig gemacht und muß einen Bankkredit zurückzahlen. Wenn ich nicht arbeiten kann, werde ich alles verlieren, was ich habe."

"Vergessen Sie's", sagte er. "Ihre Tochter ist hier und möchte Sie sehen. Danach sollten Sie sich ausruhen. Machen Sie sich nicht allzu viele Sorgen, es wird schon alles werden."

Astar kam an mein Bett und beugte sich über mich. Ihre weichen Lippen auf meiner Wange und ihre echte Freude darüber, sich jetzt endlich einmal um mich kümmern zu können, rührten mich, und für einen Augenblick spürte ich, wie meine alte Kraft zurückkehrte, bevor ich in einen tiefen Schlaf fiel, aus dem ich erst vierundzwanzig Stunden später wieder erwachte.

Als ich die Augen aufschlug, fühlte ich mich wie ein Bleiklumpen, aber mein Geist schien ungebrochen. Mit Hilfe meiner Tochter und meiner Sekretärin ließ ich umgehend drei Telefonleitungen in meinem Haus installieren und alle Anrufe dorthin umleiten.

Die Sekretärin richtete ein Notbüro in meinem Wohnzimmer ein, und eine Woche nach meiner Ankunft zu Hause war die Agentur einsatzbereit. Meine Kunden behandelten mich wie eine Königin, und das Haus glich einem Blumenladen.

Erstaunlicherweise erzielte ich durch meine Arbeit daheim die gleichen Resultate wie vor meinem Unfall – allerdings mit weit weniger Aufwand.

Fünf Monate nach dem Unfall durfte ich zum ersten Mal wieder aufstehen. Meine Beine sahen aus wie Geigenbögen, und die Muskeln daran hatten sich fast vollständig zurückgebildet. Während ich allmählich wieder laufen lernte, blickte ich zurück auf den Marathon, den ich in den letzten Monaten absolviert hatte. Ich hatte ein neues Geschäft auf die Füße gestellt – eigenhändig und ohne Beine. Der Großteil der amerikanischen Kosmetikindustrie wurde mittlerweile von mir bedient, und das kleine Mädchen, von dem jeder gedacht hatte, es würde niemals Erfolg haben, bekam seinen ersten Eintrag im ‚Who is Who?' der amerikanischen Frau. Ich hatte einen weiteren Berg erklommen.

Vor mir lag ein neues Leben, in dem ich endlich selbst bestimmen konnte, was mit mir geschah.

Kapitel 10

Mitten in der Nacht schreckte mich das Telefon aus tiefem Schlaf. In meinem Schlafzimmer war es so dunkel wie in einer Höhle, und die Leuchtanzeige des Weckers auf meinem Nachttisch zeigte 3.15 Uhr.

Ich hatte nicht die leiseste Ahnung, wer mich um diese Zeit sprechen wollte, und verfluchte leise die Erfindung des Telefons, das mich rund um die Uhr zu seinem Sklaven gemacht hatte. Ich klang wie ein Frosch mit Bronchitis, als ich abnahm und ‚Hallo‘ krächzte. Am anderen Ende war Richard, ein Freund meines Exmannes, von dem ich seit Jahren nichts mehr gehört hatte.

"Hast du den Verstand verloren, mich um diese Uhrzeit aus dem Bett zu klingeln?" fragte ich. "Was ist denn so wichtig?"

"Ich möchte es dir nicht am Telefon sagen. Kann ich vorbeikommen?"

"Kann das nicht bis morgen warten?"

"Es ist wichtig. Du wirst verstehen warum. Laß die Haustür offen und leg' dich wieder ins Bett."

Als er eintraf, war sein Gesicht so bleich wie frisch getrockneter Beton, und seine Augen sahen aus wie zwei leere Pappbecher, die sich jetzt allmählich mit Müdigkeit füllten. Er umarmte mich.

"Du siehst grauenhaft aus", sagte ich. "Was ist passiert?"

Eine Weile saß er schweigend dort, während ich an einem Gebäckstück knabberte.

"Bob ist heute nacht gestorben. Es tut mir wirklich leid."

Ich weiß selbst nicht, weshalb ich solch einen Schrecken bekam, aber ich schlug mir die Hand vor den Mund. In diesem Augenblick betrat Astar das Wohnzimmer.

"Was ist hier los? Was macht ihr hier mitten in der Nacht?" fragte sie.

"Daddy Bob ist gestorben."

"Tut mir leid für dich", sagte sie. "Aber mein Vater war er nicht." Mit diesen Worten verließ sie den Raum.

Es stellte sich heraus, daß Bob die Trennung von mir und die Enttäuschung meiner sexuellen Verweigerung ihm gegenüber nie ganz verwunden hatte. Richard hatte ihn sporadisch über mich und Astar auf dem laufenden gehalten. Mein zunehmender Erfolg hatte ihn ebenfalls nicht zufriedener gestimmt. Er hatte sich zu Tode getrunken.

"Am Ende war er so lethargisch, daß ich ein paarmal dachte, er wäre in ein Koma gefallen. Er hat weder gesprochen noch gegessen und sich nur bewegt, um die Flasche an den Mund zu führen. Ungefähr vor einem Monat habe ich einen Arzt ins Haus bestellt, der eine Leberzirrhose bei ihm diagnostizierte und ihn warnte, daß er das Trinken aufgeben müsse, wenn er nicht sterben wolle. Bob hat ihn nur verächtlich angeschaut und einen tiefen Schluck aus der Flasche neben seinem Bett genommen."

Ich wußte nicht, was ich darauf erwidern sollte. "Ich schwöre, daß ich kein Verhältnis mit einem anderen Mann hatte", sagte ich schließlich. "Bin ich trotzdem verantwortlich für seine Depressionen und dafür, daß er sich selbst zerstört hat?"

"Nein", sagte Richard. "Bob war ein Schwächling. Er allein ist für sein Leben und seinen Tod verantwortlich. Wir haben alle einen freien Willen, und Bob wollte der Realität unter keinen Umständen ins Auge sehen. Statt dessen hat er sich zu Tode gesoffen. Was mich angeht, so glaube ich dir. Obwohl ich mir nicht erklären kann, wie du schwanger geworden bist."

Richard überreichte mir einen zerknüllten Zettel, den ich mit zitternden Fingern entfaltete. Dies war scheinbar alles, was von meinem ehemaligen Ehemann und Liebhaber, dem Mann, von dem ich so viel gelernt hatte, übrig geblieben war. Ich dachte an meinen ersten Hummer und unsere Ausflüge in den Schnee und in die Wüste. Er hatte mir das Tanzen und das Kochen beigebracht, mich das Angeln und Schwimmen gelehrt. Er hatte mir Selbstvertrauen gegeben. Ich bemerkte, daß es sich bei dem Zettel um das abgelöste Etikett einer Cutty Sark Scotch-Flasche handelte. Mit zittriger Hand hatte er die Worte "Ich werde Dich immer lieben" daraufgeschrieben.

Als Richard gegangen war, sahen Astar und ich uns an. "Selbst im Tod kann ich mir diesen Mann nicht als deinen Ehemann und als meinen Vater vorstellen. Er wird immer ein Fremder für mich bleiben. Ich glaube, daß ich ihn niemals kennenlernen sollte. Ich kann mir vorstellen, wie du dich fühlst, aber ich kann nicht das kleinste bißchen Trauer über den Tod dieses Mannes empfinden", sagte Astar. Sie schien sich ihrer Worte sehr sicher zu sein und sprach wie eine Erwachsene.

"Du bist ganz schön weise für dein Alter", sagte ich. "Manchmal verblüffst du mich."

Die Trauer über Bobs Tod gehörte bald der Vergangenheit an. Ich war zu beschäftigt damit, mir eine Zukunft zu schaffen. Abgesehen von meiner Tochter gehörte mein ganzes Interesse meiner Agentur, und die Früchte meiner Arbeit ließen nicht lange auf sich warten. Bald war es mir möglich, eine Anzahlung auf ein wunderschönes Haus zu machen, ein wahres Meisterwerk aus Holz und Glas auf einer Klippe in Corona Del Mar, mit Panoramablick auf den Ozean, einem üppigen Orangengarten und einem Rasen, so dicht und saftig wie irisches Moos – kurzum: ein Paradies.

Drei Tage vor Astars dreizehntem Geburtstag zogen wir ein. Ich hatte beschlossen, eine Party für meine Tochter zu geben. Mir fiel auf, wie viele Jungen sie bereits bewunderten und sie anstarrten wie ausgehungerte kleine Wölfe. Ich fragte mich, ob sie eines Tages heiraten und mit einem Mann glücklich werden würde, und mir wurde bewußt, daß ich selbst seit Jahren keine männliche Gesellschaft mehr genossen hatte.

Jahrelang war ich unsicher gewesen und hatte mir eingebildet, eine Vaterfigur zu benötigen, die mir Vertrauen einflößte. Von meiner kurzen Ehe hatte ich mir das gleiche versprochen. Möglicherweise war sogar mein mysteriöser Unbekannter ein Produkt meiner Einbildungskraft und lediglich ein Ersatz für einen echten Mann. Ich hatte meine eigene männliche Seite so weit ausgebildet, daß sich einige Männer durch meinen Erfolg und meine bloße Anwesenheit bedroht fühlten. Ich projizierte meine Unabhängigkeit so stark nach außen, daß kein Mann auf die Idee kam, mich beschützen zu wollen oder zu lieben. Innerhalb meiner Agentur handelte und dachte ich wie ein Mann. Während andere Frauen strickend und fernsehschauend daheim saßen, war ich zu einem festen Bestandteil der Männerwelt geworden und mußte mich täglich mit ihren ausgewachsenen Egos und gotthaften Selbstanmaßungen herumschlagen. Obwohl ich insgeheim beschlossen hatte, niemals so skrupellos wie die meisten von ihnen zu werden, so dachte ich doch nicht wie eine Frau. Selbst mein Gang war maskulin. Ich raste die Straße hinab wie eine Irre und kam gar nicht auf die Idee, mich bei meinem Begleiter einzuhaken oder einem Mann in bestimmten Situationen den Vortritt zu überlassen. Mir war klar, daß ich meine aggressive und dominante Wesensart würde bändigen müssen, wenn ich einen Mann wollte. Allein der Gedanke daran, Schicht für Schicht meiner alten und versteinerten Persönlichkeit abtragen zu müssen, ließ mir den Schweiß ausbrechen. Doch mein Leben als geschlechtslose Einsiedlerin, die jede Nacht körperlich müde, aber unerfüllt in ihr Bett fiel, machte einfach keinen Spaß mehr.

Ich stellte mich nachts vor den Spiegel in meinem Schlafzimmer und betrachtete mich eingehend. Meine Brüste waren noch voll, ich hatte schlanke Schenkel und wohlgeformte lange Beine. Auch wenn ich es nie im Leben zur Miss Playboy gebracht hätte, sah ich noch besser aus als die meisten Frauen in meinem Alter. Ich beschloß, mich zunächst mit einer neuen Garderobe auszustatten und die hochgeschlossenen, neutralen Kostüme und Zweiteiler ein für allemal auszumustern.

Es folgte eine eintägige Odyssee durch Avantgarde-Boutiquen und Kaufhäuser, an deren Ende ich mit hochhackigen Schuhen, Designerkleidern, Parfum und Make-up versehen bei einem bekannten Friseur einlief, um meine dunklen Haare rot färben und zu einer neuen Frisur schneiden zu lassen – mit meinem strengen Haarknoten wirkte ich wie eine viktorianische Lehrerin.

Der Haarstylist bestand darauf, Fotos vor und nach meiner Behandlung zu machen, und arbeitete ohne Spiegel, so daß ich mich zum Schluß kaum wiedererkannte. Mein Schopf war eine lockere Masse rotgoldener Strähnen, die sich anfühlten wie Seide. Der Friseur war von seiner Arbeit so angetan, daß er sein Werk dem versammelten Salon vorführte und schließlich unter dem rhythmischen Klatschen der Angestellten auf den Rezeptionstresen sprang und ausgelassen zu tanzen begann.

Das Ereignis kulminierte in einer Einladung des Friseurs, der mich bat, ihn zum Abendessen zu begleiten. Ich hatte ihn eigentlich für homosexuell gehalten, nahm die Einladung aber mit nervösem Kichern an und hatte einen phantastischen Tanzabend, der bis in die frühen Morgenstunden dauerte. Zum ersten Mal in meinem Leben fiel mir auf, daß Männer mich beobachteten. Als ich am Morgen nach Haus kam, blieb mir gerade noch eine Stunde Zeit, um mich für die Arbeit in der Agentur bereitzumachen. Allmählich stellte sich mit meinem neuen Aussehen auch ein neues Selbstvertrauen ein.

Kapitel 11

Wenig später begegnete ich auf einem Galadinner meinem neuen Mann. In den letzten drei Jahren hatte sich meine Agentur aus der Kosmetikbranche immer mehr in den medizinischen Bereich verlagert, und wir hatten so viele Aufträge erhalten, daß ich zum erstenmal einen Job ablehnen mußte. Deshalb fühlte ich mich an jenem Abend besonders gut. Gegen Ende eines Essens mit sieben Gängen spürte ich plötzlich, wie ich von einem milden elektrischen Schlag getroffen wurde, der sich über meinen ganzen Körper ausbreitete. Unfreiwillig drehte sich mein Kopf, und mein Herz begann wie verrückt zu schlagen – ich hatte das Gefühl, am Tisch vor allen Leuten mit jemandem Liebe zu machen.

Peinlich berührt blickte ich mich um, ob jemand etwas von meiner Verfassung bemerkt hatte, doch die Anwesenden lauschten andächtig den Witzen eines redseligen Vertreters.

Das Gefühl begann so unangenehm zu werden, daß ich beschloß, mich für eine Weile auf die Toilette zu verziehen, um wieder zu Sinnen zu kommen. Zitternd stand ich auf und entschuldigte mich bei den anderen Gästen.

Auf dem Weg zur Toilette fiel mein Blick auf einen Mann, der am Hinterausgang des Saales stand und mich anstarrte, als sei ich der einzige Mensch im Raum. Ich starrte zurück, und mein Körper begann unkontrolliert zu zucken. Ich hatte Schwierigkeiten zu atmen. Irgendwie wußte ich, daß dieser Mann für meinen Zustand verantwortlich war. Ich mußte herausfinden, wer er war. Nachdem ich an meinen Tisch zurückgekehrt war, erkundigte ich mich bei meinem Nachbarn.

"Sein Name ist Michael", erwiderte er. "Wir nennen ihn den ‚irren Wissenschaftler‘, weil niemand in der Lage ist, es mit seinem Computerhirn aufzunehmen. Außer Ihnen ist er heute nacht der einzige hier, der nicht direkt für unsere Gesellschaft tätig ist. Er arbeitet als freier Berater an der Entwicklung des neuen Herzklappenventils, das wir in ein paar Monaten auf den Markt bringen wollen."

In diesem Augenblick begann Michael, sich in meine Richtung zu bewegen, und blickte mir dabei unverwandt in die Augen. An meinem Platz angekommen, beugte er sich vor und küßte meine Hand.

"Mein ganzes Leben habe ich nach dir gesucht", sagte er mit tiefer Stimme und französischem Akzent. "Wir sind bereits in vielen Leben Partner gewesen, und ich kann es nicht fassen, daß ich dir hier wiederbegegne."

Ich fühlte mich wie in Trance und folgte ihm ohne jeden Einwand hinaus ins Freie. Ich wußte nicht, was ich sagen sollte. Seine Anspielung auf unsere Vorleben war mir unverständlich, aber das war mir egal. Ich hatte nicht den geringsten Zweifel, daß hier mein Prinz vor mir stand, und konnte meinen Blick keine Sekunde von seinem Gesicht abwenden.

Seine Augen schienen ständig die Farbe zu wechseln. In einem Augenblick waren sie efeugrün, im nächsten hatten sie die Farbe eines blauen Morgenhimmels. Er hatte edle slawische Züge, eine gebogene Nase und dunkles volles Haar. Sein Mund war voll und wunderbar geschwungen. In seiner Gegenwart schien mein Körper aufgeladen wie nie zuvor, als habe mir jemand einen Liebestrank injiziert. Hätte er mich in jenem Moment gewollt, so hätte er mich auf den Stufen zum Ballsaal vor aller Augen nehmen können. Ich wäre ihm ohne einen weiteren Gedanken in die Arme gesunken und mit ihm verschmolzen.

Ich erinnere mich nicht mehr, worüber wir sprachen, aber ich weiß, daß mein Körper unkontrollierbar zitterte, als er mich schließlich küßte. Für eine kurze Zeit war ich in einer anderen Welt, aus der ich erst wieder zurückkehrte, als er seine Umarmung aufgab und mir mitteilte, er müsse noch in derselben Nacht nach Chicago zurückkehren, wo er lebte.

Ich begehrte diesen Mann mit jeder Zelle meines Körpers. Und obwohl es mir unglaublich erschien, daß ich derartige Gefühle für einen Mann empfinden konnte, den ich gerade erst getroffen hatte, merkte ich doch, daß ich sie auf keinen Fall in Frage stellen wollte. Im Gegenteil, sie schienen mir wie ein Geschenk Gottes, das warm in meinem Körper ruhte und den Rest meiner Unsicherheit zu schmelzen schien. Vielleicht wußte ich nicht, wer mein Vater war und wie meine Schwangerschaft mit Astar zustande gekommen war, doch das schien jetzt alles unwichtig. Ich war verliebt, und in den folgenden Tagen telefonierten wir stundenlang miteinander. Allein der Klang seiner Stimme genügte, um mich ihm wie eine Blüte zu öffnen. Wir entdeckten, daß wir eine starke telepathische Verbindung hatten und daß er in der Lage war, mir zu sagen, was ich gerade dachte.

Er redete ungern über seine Vergangenheit. Er war der Ansicht, daß der Mensch nur in der Gegenwart existiere und die Vergangenheit lediglich dazu diene, ihn in eine bessere Zukunft zu führen. Allerdings erfuhr ich, daß er verheiratet gewesen war und drei Töchter hatte. Seit seiner Scheidung vor sieben Jahren hatte er zölibatär gelebt, da er der Ansicht war, sexuelle Energie sei verschwendet, wenn keine Liebe im Spiel ist.

Von unserer körperlichen Trennung abgesehen schien unsere Einheit perfekt, und er ging daran, seine Brücken in Chicago so schnell wie möglich abzubrechen, um seinen Geburtstag in einigen Wochen mit mir verbringen zu können.

Je näher der Tag rückte, desto weniger konnte ich mich auf meine Arbeit konzentrieren. Meine Liebe zu ihm hatte ein Tor zu meinen sexuellen Ängsten geöffnet und sie in heißblütige Begierde verwandelt, die manchmal so intensiv wurde, daß ich meinte, ein Feuer zwischen meinen Schenkeln zu spüren. Wenn ich an ihn dachte, wurde meine Kehle trocken, ich begann zu schwitzen und lief mit halbgeschlossenen Augenlidern durch die Gegend wie eine Schlafwandlerin.

Eines Nachts gegen vier wachte ich auf, weil mein ganzer Körper vor Erregung zu explodieren schien. Zunächst meinte ich zu träumen und versuchte mich aufzusetzen, aber ich war so geschwächt, daß ich mich wieder hinlegen mußte. Ich hatte das Gefühl, von zehn Männern gleichzeitig am ganzen Körper geküßt zu werden, die alle Michaels Gesicht trugen. Dann verschwanden seine Gesichtszüge, und ich spürte, wie er in mich eindrang und ich in einen ekstatischen Zustand geriet, aus dem ich nie wieder erwachen wollte. Es dauerte eine geraume Weile, bis ich wieder in der Lage war, Luft zu holen. Ich hatte gelesen, wie sich ein Orgasmus anfühlte, aber ich hatte keine Erklärung dafür, was mir soeben widerfahren war.

Das Klingeln des Telefons brachte mich zurück in die Realität. Es war Michael.

"Wie fühlst du dich", fragte er, "nachdem ich mit dir geschlafen habe?" Ich konnte es nicht fassen. "Es war unglaublich", sagte ich mit schwacher Stimme.

"Ich brauche nur an dich zu denken und es mir vorzustellen. Dann verlasse ich meinen Körper, komme zu dir, und wir verschmelzen."

Ich war zu erschöpft, um ihn danach zu fragen, wie er seinen Körper verließ, aber ich wußte, daß ich ein Leben mit Michael vor mir hatte und alles erfahren würde, was ich wissen mußte. Nachdem wir eingehängt hatten, schloß ich die Augen und schlief befriedigt ein.

Am nächsten Morgen auf dem Weg zur Agentur überkam mich das gleiche Gefühl wie in der Nacht davor, und ich mußte den Wagen an den Straßenrand lenken und abwarten, bis der Anfall vorüber war. Als ich das Büro betrat, erhielt ich sofort die Nachricht, daß Michael angerufen hatte und auf meinen Rückruf wartete.

"Ist es nicht wundervoll, den Tag mit Sex zu beginnen?" erkundigte er sich.

"Michael, du machst mich wahnsinnig! Ich war mitten auf dem Freeway und habe gezittert wie ein Erdbeben. Fast hätte ich einen Unfall gebaut."

Er lachte.

"In Zukunft werde ich etwas vorsichtiger sein", versprach er, doch sein Timing blieb weiterhin riskant. Einmal überraschte er mich mitten in den Vorbereitungen zum Abschluß eines wichtigen Geschäfts, und ich mußte mich eilends entschuldigen und mich hinter verschlossenen Türen beruhigen, bis das Gefühl abgeklungen war und ich mich wieder unter Menschen wagen konnte.

Langsam begannen seine außergewöhnlichen Fähigkeiten an meinem Selbstwertgefühl zu nagen. Wie sollte ich in der Lage sein, einen derartigen Mann körperlich zu befriedigen? Ich hatte immer noch keine Ahnung von Sex und fürchtete ihn zu enttäuschen, sollten wir erst einmal zusammen im Bett liegen.

Für den Augenblick jedoch drängte ich meine Befürchtungen in den Hintergrund und ging daran, alles für seine Ankunft vorzubereiten. Astar hatte in der High School ein Jahr übersprungen und war früher als vorgesehen fertig geworden. In zwei Monaten würde sie siebzehn werden, und ich hatte ihr erlaubt, zu einer Freundin zu ziehen, die in der Nähe wohnte und mit der sie gemeinsam die Universität besuchen wollte. So hatten Michael und ich das Haus ganz für uns. Am Tag seiner Ankunft wartete ich hinter der Eingangstür wie ein Schulmädchen vor dem ersten Rendezvous. Nervös fuhr ich mir immer wieder mit den Fingern durch die Haare, und als die Türglocke schellte, wankte ich schließlich mit zitternden Knien auf die Tür zu, um ihm zu öffnen. Ich holte tief Luft, und er stand vor mir.

Für einen Augenblick sahen wir uns sprachlos an. Er nahm mein Gesicht in seine Hände und fuhr mit sanften Fingern darüber. Anschließend überreichte er mir drei langstielige Rosen. "Die rote ist für unsere Vergangenheit, die rosafarbene für unsere Gegenwart und die weiße für unsere Zukunft", sagte er. Dann küßte er mich auf den Mund und trug mich über die Schwelle in mein Wohnzimmer, wo er mich vor dem Kamin wieder absetzte. Aufgeregt und in beinahe katatonischer Starre wartete ich darauf, daß er sein Gepäck hereinholte.

In der folgenden Nacht wurde unsere körperliche Sehnsucht endlich erfüllt, und meine romantischen Erwartungen wurden weit übertroffen. Ich erlebte eine Ekstase, die ich bisher nicht für möglich gehalten hatte. Es schien, als ob unsere beiden Körper nur von einer einzigen Seele bewohnt würden, und innig verschlungen schliefen wir schließlich ein.

Obwohl es kaum möglich schien, wurde unsere Beziehung mit jedem Tag tiefer und erfüllter. Täglich überreichte Michael mir drei Rosen in verschiedenen Farben, und abgesehen davon, daß ich jeden Tag zur Arbeit ging, waren wir fast nie voneinander getrennt. Gemeinsam arbeiteten wir an seinen Erfindungen. Ich begutachtete die Prototypen und erhielt oft intuitive Informationen darüber, wie er sie fertigzustellen hatte. Er erklärte, daß ich hellseherische Fähigkeiten besaß, und zeigte mir, wie ich die Energiezentren meines Körpers durch Visualisierungen erweitern konnte. Er brachte mir bei, Sonnenenergie zu empfangen und durch meine Fingerspitzen als Heilkraft wieder abzugeben. Er betreute mehrere Gruppen, denen er Heilpraktiken beibrachte, und nahm mich mit zu New-Age-Treffen und Veranstaltungen, auf denen ich zum erstenmal in Berührung mit Menschen kam, die über ähnliche Fähigkeiten verfügten wie wir. Bei vielen unserer Unternehmungen begleitete Astar uns, besonders, wenn wir zelteten oder ins Theater gingen. Viele Abende verbrachten wir daheim wie eine richtige Familie.

Wir sprachen häufig darüber, ob wir heiraten sollten oder nicht, aber da ich mich bereits wie seine Frau fühlte, sah ich nie die Notwendigkeit, unsere schöne und erfüllende Beziehung durch eine Unterschrift zu besiegeln. Zwei Jahre dauerte es, bis er mich endlich überzeugt hatte, ihm das Jawort zu geben. Enthusiastisch gingen wir daran, unsere Hochzeit vorzubereiten, als etwas passierte, das mein ganzes Leben über den Haufen werfen sollte.

Fünf Tage vor dem festgesetzten Termin kam ich früher als gewöhnlich von der Arbeit heim und fühlte beim Betreten des Hauses plötzlich eine unerklärliche Unruhe.

Ich stellte die Tüten mit den Lebensmitteln auf dem Boden ab und ging ins Bad, um mir die Hände zu waschen. Wie vom Schlag getroffen, stellte ich fest, daß Michaels Toilettenartikel verschwunden waren. All seine Utensilien waren aus den Wandregalen entfernt. Ich rannte ins Schlafzimmer und sah, daß die Schränke dort ebenfalls leer standen – es war, als hätte er nie hier gewohnt. Eine scharfe und durchdringende Furcht schoß mir in den Körper, um sich schließlich in meiner Magengegend niederzulassen wie ein bösartiger Knoten – am liebsten hätte ich vor Angst auf den Teppich gekotzt.

In der Hoffnung, einen Hinweis auf seinen Verbleib zu finden, durchstöberte ich jeden Raum, aber mit jedem leeren Schrank wurde das Gefühl in meinem Magen stärker – es gab keinen Zweifel, er hatte mich Knall auf Fall verlassen!

Mit einem Mal spürte ich eine infernalische Wut – ich wußte, daß es keine harmlose Erklärung für den Vorfall gab und er für immer gegangen war. Ich fühlte mich verraten und verlassen wie noch nie in meinem Leben. Ich begann hemmungslos zu schluchzen und rannte schließlich Michaels Namen schreiend durch das ganze Haus. Es blieb still.

Ich ging nach draußen, beugte mich über die Brüstung an der Terrasse und starrte den steilen Abhang hinunter – ein paar Zentimeter nur, und nichts würde mir mehr weh tun! Ich beugte mich weiter vor, doch der Gedanke an Astar hielt mich buchstäblich im letzten Augenblick zurück. Ich stolperte zurück ins Innere des Hauses und rief meine Tochter an. Als sie den Hörer abnahm, war ich kaum noch in der Lage, zusammenhängend zu sprechen.

"Astar ... Michael ... hat mich verlassen, ich brauche dich jetzt!"

Als sie eintraf, lag ich händeringend auf dem Boden und heulte in die Stille. "Ich will nur noch sterben", schluchzte ich, "laß mich sterben ..." Ich konnte an nichts anderes mehr denken.

"Beruhige dich und hör' auf, so einen morbiden Quatsch zu denken", sagte Astar. Sie nahm mich in den Arm und hielt meinen Kopf wie bei einem kleinen Kind. "Nimm eine Schlaftablette und ruh' dich erst einmal aus. Ich werde bei dir bleiben, bis du wieder aufwachst."

Sie ging ins Bad und kam mit einem Röhrchen Schlaftabletten zurück. Sie zählte zwei ab und steckte den Rest in ihre Tasche. Ohne nachzudenken, folgte ich ihrem Rat und schlief zehn Stunden lang.

Als ich am nächsten Morgen die Augen wieder aufschlug, durchfuhr mich sofort der Gedanke an meinen Verlust, und unter Schmerzen wand ich mich im Bett. Aus der Küche drang der Geruch von Schinken mit Eiern. Ich stürmte ins Bad und übergab mich, dann fiel ich erschöpft auf den Boden. Als ich nach einer halben Stunde wieder aufstand, fiel mein Blick in den Spiegel. Mein Haar war voller Erbrochenem und mein Gesicht eine rote, geschwollene Masse. Unter meinen stumpfen, leblosen Augen waren dunkle Ringe, und über Nacht hatte ich tiefe Falten bekommen. So schleppte ich mich in die Küche zu meiner Tochter und besprach kurz, wie wir die Hochzeit absagen konnten.

Ich ließ sie in der Agentur anrufen und meldete mich auf unbestimmte Zeit krank. Und obwohl ich mir fest vornahm, meinen Schmerz durch Arbeit zu besiegen, blieb ich sechs Tage im Bett, jede wache Minute hoffend, Michael möge zu mir zurückkehren – aber er rief nicht ein einziges Mal an. Astar versorgte mich, während ich mit zugezogenen Vorhängen den Tag zur Nacht machte und meinen Schöpfer darum bat, mir ein wenig Schlaf zu gönnen.

Nach sechs Tagen schleppte ich meinen tauben Körper schließlich aus dem Bett und suchte nach der Telefonnummer von Michaels Exfrau. Sie war die einzige, die unter Umständen wissen konnte, wo er sich aufhielt und was mit ihm los war. Über die Jahre hatte ich mich mit ihr und ihren drei Töchtern angefreundet, doch da sie in San Francisco lebten, sah ich sie nur selten.

"Es tut mir wirklich leid, daß er dir so etwas angetan hat. Ich bin schockiert", sagte sie, nachdem ich ihr die Geschichte mit wenigen Worten erzählt hatte. "Ich weiß, daß er dich geliebt hat, und es paßt ganz und gar nicht zu ihm, dich einfach sitzenzulassen. Ich bin mir sicher, daß er sich bald melden wird."

Wir sprachen noch eine Weile, dann hängte ich auf und erklärte Astar, daß sie nach Hause gehen und ihr eigenes Leben weiterleben solle. Unsere Bindung wurde durch die Trennung von Michael noch stärker, als sie ohnehin schon war, und sie kam jeden Abend, um bei mir nach dem Rechten zu sehen.

Volle drei Wochen befand ich mich in einem scheinbar unauflösbaren Zustand der Erstarrung. Drei Wochen, in denen ich kaum etwas aß und nicht in der Agentur erschien. Ich verlor über zwanzig Pfund, war kreidebleich, und mein Körper zeigte erste Mangelerscheinungen. Immer noch weinte ich unkontrolliert oder starrte stundenlang ausdruckslos ins Leere, als für die Küstenregion, in der wir lebten, ein starkes Unwetter vorhergesagt wurde. Innerhalb von zwei Tagen fiel fast ein halber Kubikmeter Regen, der die Gegend in ein Notstandsgebiet verwandelte. Der Versuch, mein inneres Gleichgewicht wieder herzustellen, wurde vollends zunichte gemacht, als mein Haus zu wackeln begann und ein höllisches, knirschendes Geräusch im Fundament ankündigte, daß es dabei war, sich von seinem Standort zu lösen.

Ich rannte nach draußen und sah, daß die meisten meiner Nachbarn ihre Häuser bereits verlassen hatten. Als die Erschütterung nachließ, trat ich auf die Terrasse und sah den Hügel hinab. Es hatte einen enormen Erdrutsch gegeben, und die Hälfte des Hügels, auf dem mein Haus stand, war buchstäblich auf die Straße darunter gestürzt. Der Schaden war gravierend, und ich erwachte endlich aus meiner Lethargie, zog einen Mantel über und fuhr mit dem Wagen den Hügel hinunter, um den Schaden zu begutachten.

Einige meiner Nachbarn hatten sich ebenfalls dort eingefunden. Die Frauen weinten, und die Männer standen in kleinen Gruppen zusammen und unterhielten sich nervös. Glücklicherweise war niemand zu Schaden gekommen, aber drei Häuser waren bereits von ihren Fundamenten gerutscht und abgestürzt.

Ich fand heraus, daß mein Haus auf Betonpfeilern ruhte, die drei Meter tief in eine Schicht aus Schiefer eingelassen waren. Trotzdem befand es sich in unmittelbarer Gefahr, und der Gedanke daran, jeden Cent, den ich in dieses Haus hineingesteckt hatte, zu verlieren, ließ mich endlich meinen Verstand wiederfinden und unter die Lebenden zurückzukehren.

Am nächsten Morgen traf ich mich mit einem Experten vom Bauaufsichtsamt, der den Schaden begutachtete und ihn auf rund einhunderttausend Dollar veranschlagte. Wenn ich die nötigen Maßnahmen, zu der die Errichtung einer kompliziert anzubringenden Sperrmauer gehörte, nicht sofort vornehmen ließ, lief ich Gefahr, in wenigen Tagen vor einem Haufen Schutt zu stehen, der sich zudem mitten auf einer öffentlichen Straße befinden würde. Es schien, als sei mein gesamtes Leben von einem Erdrutsch erfaßt worden.

Kapitel 12

Lange Zeit hatte ich die in meinem Leben auftauchenden Probleme als Gelegenheiten begriffen, etwas zu lernen, als Herausforderungen, die ich schließlich meisterte. Nun mußte ich erfahren, daß manche Probleme nicht lösbar waren, weil sie die Kapazität des gewöhnlichen Verstandes überstiegen und außerhalb unserer Kontrolle lagen. Für mich als Perfektionistin war es immer schwierig gewesen, solche Grenzen zu akzeptieren, doch jetzt blieb mir nichts anderes übrig, wenn ich meine geistige Gesundheit retten wollte.

Nachdem ich die Grundstücksgesellschaft, die mir den Boden unter meinem Haus für hundert Jahre vermietet hatte, dazu bewegen konnte, einen Teil der Reparaturkosten zu übernehmen und mir das Land zu einem reduzierten Preis zu verkaufen, finanzierte ich den Besitz zu neuen Bedingungen und hatte dadurch genügend Geld, um ein Bauunternehmen mit der Wiederherstellung meines Hauses zu beauftragen.

Ein Monat war vergangen, seit mein Leben in Scherben gegangen war, und ich hatte immer noch kein Wort von Michael gehört. Ich zwang mich, meine Arbeit wieder aufzunehmen, und schleppte mich pflichtbewußt in die Agentur, ohne jedoch einen Funken Freude oder Zufriedenheit dabei zu verspüren. Der letzte Schicksalsschlag traf mich schließlich in Form eines Telefonanrufs von Lily, einer von Michaels Töchtern.

"Ich habe meinen Vater getroffen", sagte sie weinend, "aber er hat sich geweigert, über dich zu sprechen. Er kam zum Haus der Frau, für die ich als Babysitter arbeite, und hat dort gewartet, bis sie heimkam. Dann sind die beiden zusammen zum Abendessen gegangen. Letzte Nacht hat er mich angerufen und mir erzählt, daß sie heiraten werden. Ich glaube, er hat den Verstand verloren. Er benimmt sich wie ein Fremder, ein Verrückter, der nur dazu da ist, unsere Herzen zu brechen."

Sie begann wieder zu weinen, so daß ich sie trösten mußte. Ich dankte ihr, daß sie mir die Wahrheit gesagt hatte, und legte auf, weil ich spürte, daß ich kaum noch Luft bekam.

Es gab für Michaels Verhalten keine rationale Erklärung. Zunächst hatte ich angenommen, er habe mich verlassen, weil er vor der Heirat kalte Füße bekommen hatte. Jetzt würde er eine Frau ehelichen, die er kaum kannte. Ich überlegte, ob ich mir seine Telefonnummer besorgen sollte, um ihn zur Rede zu stellen, und dachte sogar daran, auf seiner Hochzeit aufzutauchen und eine Szene zu machen, doch meine Enttäuschung und meine Verletzheit waren zu groß. Ich kontaktierte Lily und meine anderen engen Freunde und bat sie darum, Michaels Namen in meiner Gegenwart nie wieder zu erwähnen.

Für mich war der Mann, den ich geliebt hatte, gestorben.

Allmählich begann ich, eine hohe, undurchdringliche Mauer in meinem Inneren zu errichten, die meine Gefühle schützte und zurückhielt. Und allmählich verschwanden so meine depressiven Gefühle, obwohl es beinahe ein Jahr dauerte, bis ich mich wieder wie ein vollständiges menschliches Wesen fühlte. Trotzdem hatte sich etwas verändert: Ich brannte nicht länger darauf, die Rätsel des Lebens zu lösen. Und obwohl ich mich wieder tief in die Arbeit gestürzt hatte, bemerkte ich doch, daß sie mir weniger und weniger bedeutete. Ich war es leid, wie ein Einsiedler in meinem Büro zu hocken, und begann, mich nach etwas anderem umzusehen. Ich wollte reisen. Deshalb bildete ich eine persönliche Assistentin aus, die die Agentur während meiner Abwesenheit führen sollte. Zwar arbeitete ich immer noch sechzehn Stunden am Tag, doch nicht mehr ausschließlich wegen des Geldes. Vielmehr versuchte ich, die unerledigten Dinge in meinem Leben zu ordnen, um mich in ein fremdes Land abzusetzen, wo mein Leben nicht durch das Telefon bestimmt werden würde.

Eines Tages hatte ich beschlossen, die Agentur früher zu verlassen und mein Mittagessen einmal nicht mit geschäftlichen Zwecken zu verbinden.

Ich entschied mich für ein kleines mexikanisches Restaurant, wo man unter freiem Himmel sitzen konnte.

Mit dem Aufzug fuhr ich nach unten. Ich war allein und dachte gerade an die großen fleischgefüllten Tacos mit saurer Sahne, die ich gleich verzehren würde, als der Aufzug spürbar langsamer wurde und zu quietschen begann.

Mit einem scharfen Ruck blieb er schließlich zwischen dem dritten und dem vierten Stock stehen, und Rauch begann durch die Ritzen in das Innere der Kabine zu dringen. Ich erschrak und merkte, wie mir der kalte Schweiß ausbrach. Dann gingen die Lichter aus, und abgesehen von den im Dunkeln nachleuchtenden Knöpfen der Aufzugbedienung war nichts mehr zu sehen.

Ich versuchte, den Alarmknopf zu drücken, aber meine Finger erreichten ihr Ziel nicht mehr. Die Knopfleiste verschwand aus meinem Gesichtsfeld, und meine Hand berührte einen menschlichen Körper. Ich schrie auf, und das Licht ging wieder an. Ein Mann stand vor mir und hatte mir den Rücken zugekehrt.

Mit langsamen Bewegungen drehte sich der Fremde um, und für einen Augenblick meinte ich, in Ohnmacht zu fallen. Er trug das Gesicht meines mysteriösen Unbekannten! Er bewegte sich auf mich zu, und nervös zitternd wich ich vor ihm zurück, bis ich ihm nicht mehr ausweichen konnte und mit dem Rücken an die Wand der Fahrstuhlkabine gedrückt stand.

"Wer bist DU?"' brachte ich leise über die Lippen. "Wie bist du in den Aufzug gekommen?"

"Ich bin im sechzehnten Stockwerk zugestiegen, meine Liebe."

Ich wußte genau, daß das Gebäude nur fünfzehn Stockwerke hatte.

"Triana, erinnerst du dich nicht an mich?"

Ich blickte in seine unverwechselbaren Augen, und der Klang seiner Stimme räumte schließlich meine letzten Zweifel aus – vor mir stand tatsächlich jener Unbekannte, der mich mein ganzes Leben lang begleitet hatte. Und zwar in Fleisch und Blut.

"Du bist es wirklich ...", flüsterte ich.

"Ja, ich bin wirklich gekommen. Ich habe die Barriere gebrochen, um bei dir sein zu können. Laß uns gehen. Es gibt viel zu tun."

Mit einem Mal spürte ich eine grenzenlose Ekstase und streckte meine Hand aus, um ihn zu berühren und mir zu beweisen, daß ich nicht halluzinierte.

Meine Fingerspitzen berührten sein Gesicht und schienen vor Wärme leicht zu brennen.

Der Aufzug setzte sich wieder in Bewegung, und als die Tür sich schließlich öffnete, traten wir in die Lobby.

"Du wolltest zu Mittag essen", sagte er. "Ich werde dich begleiten, und dabei können wir uns unterhalten. Ich habe dir viel zu sagen und kann nicht lange bleiben."

Im Restaurant angekommen, wählte er einen Tisch im hinteren Teil des Raumes, wo wir uns ungestört unterhalten konnten. Mein Glücksgefühl wurde in seiner Gegenwart mitunter so stark, daß ich Schwierigkeiten hatte zu sprechen.

"Ich habe den energetischen Schutzmantel deiner Aura mit meinem Kraftfeld durchsetzt", erklärte er, als er meine Verwirrung bemerkte. "Entspann' dich und laß mich einfach reden."

Er erklärte mir, wie viel es ihm bedeute, sich in meiner Gegenwart aufzuhalten.

"Ich habe zweitausend Jahre gewartet, um deine Hand wieder berühren zu dürfen", sagte er. "Immer schon warst du ein wichtiger Teil meines Lebens und meiner Existenz, und ich kenne dich genauso gut wie mich selbst. Es tut mir leid, daß du in diesem Leben so viel Leid auszustehen hattest, und ich muß dir gestehen, daß dieses Leid ein Test war, an dem ich nicht ganz unbeteiligt war.

Ich war immer bei dir, obwohl du mich oft nicht sehen konntest, weil dein Verstand zu beschäftigt damit war, materielle Dinge zu begehren oder anzuschaffen. Manchmal wollte ich absichtlich nicht mit dir kommunizieren, damit du lernst, Entscheidungen allein zu treffen und auf eigenen Füßen zu stehen. Ich weiß, wie frustriert du warst, als ich mich längere Zeit nicht gezeigt habe, aber ich kann dir versichern, daß meine Liebe für dich unsterblich ist.

Vielleicht denkst du, daß du Pech mit deinen Beziehungen hattest und von den Männern schlecht behandelt worden bist, weil du dich für mich aufgehoben hast. Der Mann, den du für deinen Vater gehalten hast, wies dich zurück, dein Bruder haßte dich. Dein Ehemann hat dich verlassen – und die Wahrheit hinter diesen Ereignissen ist, daß du dich keinem Mann hingeben konntest, weil du bereits mir versprochen warst.

Oft habe ich dir geholfen, manchmal aber auch aus Eigennutz gehandelt. Ich bin schuld an deinen gescheiterten Romanzen und deinen Problemen mit dem Sex. Ich wollte dich mit niemandem teilen. Dann habe ich dir Michael geschickt.

Ich habe vorher schon mit dir geschlafen, aber das war in einer anderen Dimension. Dieses Mal habe ich meine Energie durch Michael projiziert, deshalb konntet ihr euch lieben, obwohl er in Chicago war und du in Kalifornien. Als ihr euch dann endlich körperlich vereinigt habt, sahst du, wie mein Gesicht das seine überlagerter, und wieder war ich bei dir.

Zu der Zeit, als er bei dir einzog, hast du dich hoffnungslos in ihn verliebt und wolltest ihn heiraten. Das war unmöglich. Du warst keine ungebundene Frau mehr, deshalb habe ich mich in seinem Verstand eingenistet, und er verließ dich, ohne zu wissen weshalb, und heiratete eine andere." Er machte eine Pause und schwieg.

Die Fragen und Gedanken rasten nur so durch meinen Kopf, und doch fand ich keine Worte, um sie ihm gegenüber auszudrücken. Ich blickte auf den Ring an seinem schmalen und zartgliedrigen Finger und stellte fest, daß mir das leichte, rosafarbene Metall, aus dem er gefertigt war, nicht bekannt war. Der Ring bestand aus drei Teilen – auf der linken Seite befand sich ein Halbmond, der von einer Diagonalen durchkreuzt wurde; auf der rechten Seite war ein Blitz abgebildet und in der Mitte ein Gesicht, das dem Abbild des griechischen Gottes Zeus ähnelte.

Er schien meine Gedanken zu lesen. "Dieser Ring ist viele Jahrhunderte alt. Du hast ihn bereits oft an meiner Hand gesehen. Er verleiht seinem Träger die Kraft, Dimensionen zu transzendieren."

"Bist du mit seiner Hilfe hierhergekommen?" fragte ich. "Stammst du von einem anderen Planeten?"

"Ich stamme aus einem anderen Raum in einer anderen Zeit", antwortete er, "und ich habe bereits mehr gesprochen, als mir ratsam scheint. Du wirst mehr erfahren, sobald du dich daran erinnerst, wer ich war."   .

"Ich erinnere mich!" rief ich aus. "Du bist mein mysteriöser Unbekannter. Ich kenne dich, seitdem ich ein kleines Mädchen war."

"Ich meine etwas anderes. Du und ich haben in unterschiedlichen Leben unterschiedliche Rollen füreinander gespielt. Dein ganzes Leben lang hast du nach mir gesucht, und jetzt bin ich bei dir. Du mußt doch wissen, wer ich bin!"

Ich war jetzt vollkommen verwirrt. "Du bedeutest mir sehr viel und wirst mir immer sehr viel bedeuten", sagte ich zögernd. "Aber ich verstehe nicht ganz, was du willst."

"Es ist sehr einfach", sagte er lächelnd. "Was genau spürst du, wenn du mir in die Augen schaust?"

"Unendliche Liebe", gab ich wahrheitsgemäß und ohne nachzudenken zurück. Verzweifelt wollte ich ihn zufriedenstellen, doch scheinbar war es mir nicht möglich zu verstehen, was genau er von mir verlangte.

"In dem Augenblick, wo du dich daran erinnerst, wer ich bin, wirst du alles verstehen und mir vergeben, was mit Michael passiert ist. Du wirst mir dafür danken. Du gehörst mir und wirst immer mir gehören. Ich war so oft mit dir zusammen, aber am deutlichsten wirst du dich an unsere Zeit vor zweitausend Jahren erinnern, als mein Name Titus Vaspasian lautete."

"Das ist ein außergewöhnlicher Name", sagte ich unsicher. "Aber ich habe ihn noch nie zuvor gehört. Selbst wenn wir in anderen Leben schon zusammen waren, wie kann ich mich daran erinnern?"

"Das kommt von allein. Am wichtigsten ist, daß du dich an unsere Verbindung erinnerst. Du hast unentwegt dafür gebetet, daß ich bei dir sein soll, und jetzt erinnerst du dich selbst nicht, nachdem ich dir meinen Namen genannt habe."

Ich wurde immer frustrierter. Ich hatte den Eindruck, ein Spiel spielen zu müssen, dessen Regeln ich nicht kannte, und natürlich verlor ich.

Ich starrte auf meine Armbanduhr und stellte fest, daß wir uns seit über sechs Stunden in dem Lokal aufhalten mußten, obwohl ich mir sicher war, erst seit kurzer Zeit bei ihm zu sitzen. Bisher war niemand gekommen, um unsere Bestellung aufzunehmen.

"Mann kann uns nicht sehen. Dafür habe ich gesorgt, damit wir ungestört bleiben", erklärte er, ohne daß ich ein Wort gesagt hätte.

"Es gibt so vieles, was ich nicht verstehe. Bitte erkläre mir, was ich nicht in der Lage bin zu verstehen", bat ich ihn. "Ich muß diese Dinge unbedingt wissen."

"Ich habe mir bereits mehr Freiheiten herausgenommen, als ich eigentlich sollte", antwortete er. "Ich habe mich manifestiert und muß bald wieder verschwinden, aber ich kann dir die Antworten auf deine Fragen nicht geben, solange du nicht mit Sicherheit weißt, wer ich bin. Ich werde dich heute abend gegen acht über dein Telefon kontaktieren, und wenn du weißt, wer ich bin, werde ich dich auf eine Reise durchs Universum mitnehmen."

Es folgte die banalste Erwiderung meines gesamten Lebens: "Hier ist meine Telefonnummer", sagte ich.

"Die brauch' ich nicht. Ich weiß alles über dich."

Er berührte mich, und wieder durchströmte mich ein ausgesprochen erhebendes Gefühl. Dann spürte ich, wie seine Lippen die meinen berührten, und ich schloß meine Augen, um in einem Strudel von Freude und Glück zu versinken. Als ich die Augen wieder öffnete, war der Mann verschwunden, ohne die geringste Spur hinterlassen zu haben.

Augenblicklich trat ein Kellner an meinen Tisch und erkundigte sich nach meinen Wünschen.

"Wie lange sitze ich hier?" fragte ich ihn. Er sah mich verwundert an. "Seltsame Frage, meine Dame", antwortete er, "Sie haben hier vor wenigen Minuten Platz genommen."

"Wo ist der Mann geblieben, der eben noch bei mir war?"

"Vielleicht sollten Sie schnellstens etwas zu sich nehmen. Mir scheint, Sie leiden an einem Schwächeanfall. Sie haben dieses Restaurant allein betreten."

Verwirrt stand ich auf und verließ das Restaurant, ohne etwas zu essen. Anstatt in die Agentur zurückzukehren, begab ich mich direkt zur Leihbücherei und suchte nach dem Namen Titus Vaspasian. Ich konnte nichts über ihn finden. Schließlich befragte ich die junge Bibliothekarin an der Information, und mit Hilfe eines lateinischen Wörterbuches zerlegten wir den Namen in seine Einzelteile. Titus bedeutete König, vas hieß endlos, pas stand für Vergangenheit und ian für Äonen. Ich schaffte es gerade noch rechtzeitig, um acht daheim zu sein, und war kaum in der Tür, als das Telefon klingelte. "Bist du es?" fragte ich aufgeregt in die Muschel.

"Ja, meine Liebe, ich bin es, Titus. Erinnerst du dich daran, wer ich bin?"

Ich übersetzte ihm seinen Namen mit König der endlosen Äonen der Vergangenheit, und er lachte.

"Das stimmt, doch wer bin ich für dich?"

Unter keinen Umständen wollte ich ihn verlieren, und doch gelang es mir einfach nicht, mit einer zufriedenstellenden Antwort auf seine Frage aufzuwarten.

"Du bist anders als andere Männer, die ich gekannt habe. Du bist perfekt, und ich sehne mich danach, dich bei mir zu haben. Bitte laß mir noch ein wenig Zeit, mich zu erinnern", sagte ich.

Mit einem Mal füllte sich der Raum mit gleißend hellem Licht. Mein Körper schien plötzlich schwerelos zu sein, und ich merkte, wie ich langsam vom Boden abhob. Ängstlich griff ich nach der Couch, zog mich wieder hinab und setzte mich. Vor meinen Augen tobten kreisende Regenbogenfarben, und ich hielt mich an der Couchlehne fest, als ginge es um das nackte Überleben. Dann trat er mit ausgestreckten Armen aus den Farben hervor. Aus seinen Fingerspitzen sprühten kleine Funken, die aussahen wie winzige Blitze, und als er mich berührte, schien mein Körper Feuer zu fangen.

"Ich hatte gehofft, daß du dich erinnern würdest, wer ich bin", sagte er. "Doch ich sehe jetzt, daß du noch nicht so weit bist. Die Zeit wird kommen."

"Ich spüre, wie sich etwas in mir Bahn brechen will, aber es kommt einfach nicht zutage", entgegnete ich entschuldigend.

"Der Tag wird kommen", wiederholte er. "Dann werde ich zurückkehren und dich mit auf die Reise nehmen. Bis dahin werde ich dir meine Energie senden und dich mit Intuition versorgen. Du hast bereits alle Anlagen zu einer Prophetin und starke paranormale Kräfte. In nicht allzuferner Zukunft wirst du erfahren, wie stark deine Kräfte wirklich sind. Du hast auf diesem Planeten eine Mission zu erfüllen, und danach wirst du zu mir kommen. Ich bin immer bei dir gewesen und werde dich niemals verlassen, selbst in deinen Träumen werde ich dich leiten, und nach und nach wird dir meine wahre Identität bewußt werden. Zweifele nie an der Aufrichtigkeit meiner Liebe."

Im Bruchteil einer Sekunde hatte er sich dematerialisiert, und wo er eben noch gestanden hatte, hing jetzt ein goldener Lichtstrahl in der Luft, der langsam immer schwächer wurde und schließlich ganz verblaßte.

Kapitel 13

I n der folgenden Nacht schlief ich so fest und zufrieden wie noch nie zuvor, und als ich am nächsten Morgen erwachte, erschien mir das Vorgefallene so irreal und befremdlich, daß ich glaubte, ich hätte all das lediglich geträumt.

Tief drinnen hatte ich immer gewußt, daß es Dinge gab, die sich meiner Vorstellungskraft entzogen, und daß ich über Fähigkeiten verfügte, die imstande waren, mir Türen ins Unbekannte zu öffnen. Ich würde die Suche nach der wahren Identität von Titus nicht aufgeben, sondern all meine Kräfte daransetzen, unsere gemeinsame Geschichte aus meinem Unterbewußtsein ans Tageslicht zu holen. Ich beschloß, Astar in meine Geschichte einzuweihen. In den letzten Jahren war sie mehr und mehr zu einer Verbündeten geworden, und ich hatte ihr fast alles aus meinem Leben erzählt, doch hatte ich mich nie getraut, sie über ihre mögliche Herkunft und ihren wahren Vater aufzuklären. Seltsamerweise hatte sie nie von sich aus danach gefragt.

Wir verabredeten uns zu einem gemeinsamen Essen in meinem Haus, und unsere Begegnung wurde von einem dramatischen Wetteraufzug angekündigt. Astar traf in glänzender Stimmung ein. Vor kurzem hatte sie entdeckt, daß sie über ungeahnte Heilkräfte verfügte, und gerade ihren ersten Erfolg bei einer Frau erzielt, die von ihrem Arzt für unheilbar krank erklärt worden war. Es fiel mir nicht schwer, zu meinem eigentlichen Thema zu kommen.

"Du bist mehr als nur eine Tochter für mich", begann ich. "Und seit deiner Geburt bist du die wichtigste Person in meinem Leben. Ich habe dich noch nie belogen und dir immer eine ehrliche Antwort auf deine Fragen gegeben. Ich habe mich immer gefragt, wann du dich endlich nach deinem Vater erkundigen würdest."

Ich erklärte ihr, daß ich nach meiner Heirat für meinen Mann keinerlei romantische Gefühle gehegt und schließlich nur noch Ekel empfunden hatte, wenn er sich mir näherte. Nach neun Monaten war ich krank geworden, und der Arzt hatte mir eine unerklärliche Schwangerschaft attestiert, die schließlich zur Scheidung geführt hatte. Fünf Monate danach hatte Astar das Licht der Welt erblickt.

"Dies ist eines meiner Geheimnisse", erklärte ich.

Astar wirkte keinesfalls so schockiert, wie ich es erwartet hatte.

Ich erzählte ihr die Geschichte von meiner Suche nach meinem leiblichen Vater und wie ich über die Jahre herausfand, daß ich offenbar unter ebenso mysteriösen Umständen zur Welt gekommen war wie sie und daß meine Mutter auf ihrem Sterbebett keine Gelegenheit mehr gefunden hatte, mein Rätsel zu lösen.

"Sie schwor, daß sie mit niemand anderem als ihrem Mann Sex gehabt hatte", sagte ich.

Astar schien all dies nicht im mindesten zu verwundern, und ich faßte endlich den Mut, ihr von meinem mysteriösen Unbekannten zu erzählen, der mich seit meiner Kindheit begleitet und über mich gewacht hatte. Ich gestand ihr, daß er sich gestern zum erstenmal in Fleisch und Blut vor meinen Augen manifestiert hatte und wieder verschwunden war, nachdem ich nicht in der Lage gewesen war, mich an unsere gemeinsame Geschichte zu erinnern, die angeblich bereits zweitausend Jahre zurückreichte und mehrere Leben umspannte.

"Bisher habe ich dir nichts davon erzählt, weil ich Angst hatte, du würdest deine Mutter für verrückt halten. Jetzt bin ich aus irgendeinem Grund anderer Ansicht", schloß ich meinen Vortrag.

Astar sah mich ernst und teilnahmsvoll an.

"Ich verstehe genau, wovon du sprichst. Auch ich bin heute abend gekommen, um dir ein Geheimnis mitzuteilen. Ich habe schon immer gewußt, wer mein Vater ist, jemand, der mich mein ganzes Leben begleitet hat und den ich für immer und seit ewig liebe. Sein Name ist Titus, und er ist auch dein Vater."

Jetzt war ich für eine Weile sprachlos. Das kommt selten vor!

Dann holte ich tief Luft, und das half mir, mich zu beruhigen. Anschließend feuerte ich eine Frage nach der anderen auf Astar ab. Ich sprach so schnell, daß ich mich selbst kaum verstehen konnte.

Zu meiner Enttäuschung beantwortete sie keine meiner Fragen, sondern verriet mir, daß Titus nach seinem Besuch bei mir auch zu ihr gekommen war.

Sie sah mich mitfühlend an, als sei ich ein kleines Mädchen, das ein Bonbon haben wollte, und versicherte mir, es tue ihr sehr leid, daß sie mir ohne seine Erlaubnis nicht sagen dürfe, worüber sie sich unterhalten hätten – sie habe es ihm versprochen. Er habe gesagt, ich müsse selbst herausfinden, wer er sei und welche einzigartige, gesegnete Verbindung zwischen mir und ihm bestehe.

Ich begann zu weinen und bat sie, mir alles zu sagen, was sie wußte. Immer wieder schluchzte ich: „Ich bin deine Mutter! Du mußt mir sagen, worüber ihr gesprochen habt, vor allem,. wenn du weißt, wer er ist und woran ich mich erinnern soll. Was hat er über mich und über sich gesagt? Bitte, sag's mir. Er kommt erst zurück, wenn ich mich erinnere!"

Aber sie wiederholte nur immer wieder: "Tut mir leid, ich darf dir nichts sagen!"

Schließlich akzeptierte ich, daß sie mir über ihre Begegnung nichts weiter erzählen würde. Ich stieß einige Seufzer der Enttäuschung aus und sagte ihr, daß ich jetzt etwas Ruhe brauchte.. Wir umarmten uns, und sie ging nach Hause. An der Tür warf sie mir einen Kuß zu.

Meine Gedanken rasten wie ein Rennwagen der Formel 1 beim Grand Prix: Warum kennt sie die Antwort und ich nicht? Warum darf sie mir nichts sagen? Kennt sie die Wahrheit, oder glaubt sie es nur? Hat sie Beweise, oder hat sie lediglich Vermutungen geäußert? Wer ist mein Vater, und wer ist ihr Vater? Kann dieses "Wesen" namens Titus wirklich ihr Vater oder mein Vater sein – oder beides? Nein ... das ist völlig unmöglich, dachte ich.

Ich schwor, irgendwie herauszufinden, wer er war. Doch viele Jahre vergingen, ohne daß ich das Rätsel löste. Ich sah ihn immer noch in Visionen, aber seine Worte enthielten keine Hinweise. Immer wieder sagte er, daß er mich liebe und darum vertraute ich darauf und glaubte daran, daß er immer bei mir sein, und wir uns eines Tages wiedersehen würden.

Ich setzte meine Suche nach seiner Identität fort und entdeckte dabei meine eigene.

Teil 2

Kapitel 1

Meine Büros sind wirklich enorm beruhigend, dachte ich, als ich im dreizehnten Stock, der mit einem teuren Teppichboden belegt war, die Tür öffnete. Es lag nicht nur an der vertrauten Umgebung, sondern auch daran, daß sie für mich die reale Welt bedeutete: Hier klingelten unaufhörlich Telefone, hier unterhielt ich mich mit den erfolgreichsten Leuten einer großen, glanzvollen Branche – der Welt der Kosmetik und der Düfte. Ich feilschte mit ihnen, inspirierte sie, förderte und beeinflußte ihre Karriere.

Das war meine wahre Identität, mein praktisches, alltägliches Ich. Wie unruhig auch immer mein Privatleben sein mochte, sobald ich durch diese polierten Doppeltüren ging, spürte ich, wie meine Ängste zurückwichen, als hätte jemand einen Puffer installiert, der mich vor dem Eindringen unnötiger oder störender Gedanken und Gefühle schützte.

An diesem Tag gelang es mir zumindest für eine Weile, meinen sehnlichsten Wunsch zu verdrängen: alle Rätsel meines Lebens zu lösen und Astar irgendwie dazu zu bringen, daß sie mir sämtliche Geheimnisse enthüllte, die sie verbarg. Auf dem Weg zur Arbeit hatte ich fast nur über mein Verhältnis zu meiner Tochter nachgedacht, und ich war zu dem Schluß gekommen, daß die vergangene Nacht uns einander irgendwie näher gebracht hatte und daß ich, sobald die Zeit dafür reif war, alle Antworten kennen würde wer Titus war und was er von mir erwartete, bevor er sich wieder manifestierte. Ich mußte eben eine gute Detektivin sein, und vielleicht würde mir sogar meine Tochter ein großes Geheimnis anvertrauen.

Weg waren die Anspannung, die Panik und die Verwirrung, die gestern in mir den Eindruck erweckt hatten, als befände ich mich in einem rasenden, außer Rand und Band geratenen Wagen auf der Achterbahn. Die chaotischen Gefühle waren verschwunden, und meine Gedanken konzentrierten sich wieder auf mein Geschäft. Ich wurde allmählich wieder normal, was auch immer das bedeuten mochte!

Ich ging durch den Empfangsbereich mit seinen taubengrau getünchten Wänden und dem ebenso grauen Teppichboden, mit der Couch und dem weichen, mit handgewebter Wolle bezogenen Sesseln, vorbei an dem pfeilförmigen Empfangstisch aus Nußbaum und Chrom, der genau auf die Besucher zielte, wenn sie durch die Tür kamen. Zum Schluß ruhte mein Blick stolz auf meinem Logo in der Mitte der gegenüberliegenden Wand: Jackie Hill & Partner. Es war eckig, ein wenig futuristisch, und seine kühnen Linien erweckten den Eindruck von Kraft, Fortschritt, Innovation und Beharrlichkeit – Qualitäten, für die ich inzwischen in der ganzen Branche berühmt war. Wie prophetisch die Botschaft dieses Designs geworden ist, dachte ich. Ich hatte es selbst am Frühstückstisch entworfen, an jenem Morgen vor sieben Jahren, als meine Bank mir den Kredit zur Gründung meiner Firma bewilligt hatte.

Erinnerungen an meine so schwierige Kindheit und an die Armut damals gingen mir durch den Kopf. Es war viel passiert, seit ich als kleines, introvertiertes Mädchen in Venice, Kalifornien, in einer Bruchbude gelebt hatte. Mein Vorname war Miriam, doch ich hatte ihn stets abgelehnt. Ich wollte nur den Namen Jackie akzeptieren, und das sagte ich meiner Mutter. Damals hatte ich keine Ahnung, warum ich Jackie heißen sollte, und ich weiß es heute noch nicht. Vermutlich wußte ein Teil meines Bewußtseins, daß ich mit Jackie, nicht aber mit Miriam Erfolg haben würde.

Befriedigt dachte ich daran, was ich im Leben erreicht hatte, als ich den Empfangsbereich verließ und die Schönheit meines Besprechungszimmers in mich einsog. Wie die Büros der Angestellten war es taubengrau gestrichen, und an den Wänden hingen sanft beleuchtete moderne Gemälde, von denen jedes Sammlerwert hatte. Am Ende des Flurs führte eine Tür in meine Suite, zuerst in das Zimmer, in dem Janet, meine Sekretärin, saß, dann in mein Allerheiligstes.

Ich setzte mich in den gepolsterten Ledersessel hinter meinen breiten Schreibtisch aus Nußbaum und Chrom, zündete mir eine Zigarette an und wartete darauf, daß Janet mir die unentbehrliche erste Tasse Kaffe bringen würde. Das war mein tägliches Ritual, das mir ein paar Augenblicke Zeit verschaffte, so daß ich meine Gedanken sammeln konnte, bevor um acht Uhr die Empfangsdame kam und die Anrufe hereinströmten wie das Wasser eines überfüllten Reservoirs, das durch eine geöffnete Schleuse schießt. Ich liebte den Prunk meines Büros und die dezenten Pastellfarben. Hier war ich umgeben von Malventönen, lilafarbenen Dekors und violetten Blumen, von meinen schönen Möbeln – mit einer zu prall gefüllten Couch und mit weißem Samt bezogenen Sesseln – einem großen Spiegel mit handgeschnitztem, silbern bemalten Rahmen und eine staatliche Reihe von üppigen tropischen Zimmerpflanzen und frischen Schnittblumen. Die unterschwellige Atmosphäre eines blühenden Unternehmens unverkennbar. Alles war so aufeinander abgestimmt, daß es auf mich und meine Klienten beruhigend und anregend zugleich wirkte.

Die eigens nach meinen Wünschen angefertigten Plexiglasvitrinen an der Wand zu meiner Linken bargen einen Mikrokosmos der Kosmetik– und Parfümindustrie. Die Schränke enthielten die Namen und persönlichen Daten von einigen tausend Managern, die wie Lachse im Strom der Branche herumwimmelten und zu Jackie Hill & Partner schwammen, um vin hier aus hinauf in ein höheres Flußbett zu springen. Eine bessere Stellung, ein höheres Gehalt, ein Ortswechsel, höhere Provisionen, ein größeres Auto, die Flucht vor einem ungeliebten Kollegen – ihre Wünsche waren endlos, manche unerfüllbar. Aber jede Akte enthielt eine unausgesprochene Bitte: "Helfen Sie mir, meinen Status quo zu verbessern."

Am anderen Ende der Wand standen die Schränke mit den Namen der vielen hundert Manager, deren Karriere ich gefördert hatte. In diesem Augenblick zogen sie an den Fäden der großen Kosmetikhäuser im ganzen Land, und ich hatte jeden einzelnen von ihnen dort untergebracht. Es gab weit und breit keinen wertvolleren Speicher von Talenten und unternehmerischen Fähigkeiten als diese Aktenschränke aus Plexiglas. Jeder Name bedeutete für mich einen schwer errungenen Erfolg, einen weiteren Schritt weg von meiner Kindheit im Slum.

Ja, auf diesem Gebiet war ich unschlagbar. Dem Präsidenten von American Cosmetics war es piepegal, ob ich einen Vater, einen Liebhaber, einen

Ehemann, eine Tochter hatte, ob ich einer christlichen Sekte angehörte oder ein Besucher von einem anderen Planeten war – sofern ich spätestens morgen früh für ihn den dynamischsten Kosmetikmanager des Landes fand. In diesem Zimmer verbrachte ich mehr Zeit als irgendwo sonst, und ich hatte es nur mit Menschen zu tun, für die mein Privatleben nicht existierte.

Janet kam mit dem Kaffe und einem Stapel Post, und ein paar Minuten später begannen die Lämpchen am Schreibtischtelefon zu blinken und verrieten mir, daß mich neun von insgesamt fünfzehn möglichen Anrufen erwarteten – der Beginn eines normalen Tages bei Jackie Hill & Associates.

Ich nahm den Hörer ab und wählte den ersten Anrufer aus. Mein Adrenalinspiegel schnellte in die Höhe.

"Hallo, Walt ... mir geht's gut, und dir?" Ein Marketingdirektor. "Okay, welches Produkt? Ah, *Finesse*. Hab' gelesen, daß du für die Verpackung einen Preis gekriegt hast. Großartig, du hast ihn verdient! Du willst ihn nächsten Freitag treffen? Welche Vorstellungen hast du? Oh, jemanden wie ihn ... Klar, gib mir ein paar Tage. Ich arbeite daran und melde mich bei dir. Schön, Walt ... ja, du auch. Ich laß von mir hören."

Der nächste Anruf. "Dave wer? Dave Sherman ... Wo sind Sie? Am Flughafen? Meine Güte, wie haben Sie es bloß geschafft, das Flugzeug zu verpassen? Nein, bleiben Sie dort! Wollen Sie diesen Job oder nicht? Dann bleiben Sie dran, und ich hole sie an die andere Leitung."

"John? Ja, hier ist Jackie Hill. Hör mal, mein Kandidat hat das Flugzeug verpaßt ... Kannst du ihn eine Stunde später einschieben? Ja? Wunderbar! Ich weiß, er ist genau das, was du suchst, John. Hab' ich dich jemals enttäuscht? ... Nein, okay, tschüs."

"Sind Sie noch dran, Steve? Ja, sie haben den Termin verschoben. Jetzt bewegen Sie mal Ihren Hintern, und steigen Sie ins nächste Flugzeug. Klar wollen sie ... ich sage Ihnen, der Job ist Ihnen so gut wie sicher."

"Was kann ich für dich tun, Lou? Ja, Donnerstag um halb vier... Mein Gott, nein! Zieh den Anzug an, Lou – du gehst zu einem Vorstellungsgespräch, nicht zum Golfspielen! ... Ja, und viel Glück!"

"Ja, hier ist Jackie ... Oh ja, danke für den Rückruf. Hör mal, Kate, in ein paar Tagen läuft was bei Revlon ... Sagen wir einfach, ich hab' ein gutes Gespür ... Ja, es ist wie geschaffen für dich ... Natürlich müßtest du umziehen, aber du kannst doppelt so viel verdienen wie jetzt, und es gibt noch

mehr Vorteile ... Glaub' mir, du wirst mir dankbar sein, wenn du hingehst
... es ist der perfekte Job für dich."

Die Anrufe kamen den ganzen Morgen unaufhörlich, so wie immer. Und
am Nachmittag würde es nicht anders sein. Wenn ich die ganze Nacht
über im Büro geblieben wäre, hätten die Lämpchen wahrscheinlich weiter geblinkt, und die Leitungen wären nur sekundenlang frei gewesen.
Meine Sekretärin hatte mir zu Weihnachten ein Nummernschild geschenkt,
das jedem verriet, daß ich dauernd am Telefon war: "BELEGT". An man-
chen Tagen schien sich die gesamte Kosmetikbranche um mich zu drehen. Auch heute war so ein Tag – genau das, was ich brauchte, um mich
aufzumuntern.

Kapitel 2

Meine Empfangsdame meldete sich über die Sprechanlage: "Hier ist ein Herr, der Sie sprechen möchte. Er hat keinen Termin, aber ich soll Ihnen sagen, er sei Troy."

Troy? Ich kannte nur einen Troy, und von dem hatte ich seit über einem Jahr nichts mehr gehört. Ob er es war?

"Gut, schicken Sie ihn rein."

Meine Tür öffnete sich für einen großen, gebräunten Mann Mitte dreißig. Er trug einen leichten Anzug und ein am Kragen offenes Hemd. Er sah gut aus mit seinem dunklen Haar und den klassischen, südländischen Gesichtszügen. Eine Überraschung waren seine durchdringenden blauen Augen, die funkelten, als er mit ausgestreckten Armen auf mich zukam.

"Hallo, Jackie, mein Schatz! Wie geht es dir?" Seine Stimme war voll, tief und sinnlich. Er könnte den Arabern Sand verkaufen, dachte ich, als ich aufstand und mich in seine Arme schmiegte.

"Gut, Troy, gut! Was für eine Überraschung. Wo bist du gewesen, und was hast du gemacht?"

"O, ich bin viel herumgekommen – mal hier, mal da. Das Übliche. Und was ist mit dir? Mir scheint, dein Imperium wächst!"

Ich nickte. "Ja, es läuft sehr gut."

"Kommt deine Firma eine Stunde ohne dich aus? Komm, geh mit mir essen. Ich bin gespannt, was du machst – es ist bestimmt aufregender als das, was ich mache."

Troy hatte etwas an sich, was ich immer unwiderstehlich fand – sein gutes Aussehen, sein ungezwungener Charme und seine sorglose Einstellung zum Leben, die auf mich abzufärben schien, wenn wir zusammen waren, und mich sofort vom Druck und von den Sorgen des Alltags befreite. Er gehörte zu jenen Männern, die in mir den Wunsch weckten, die Schuhe abzustreifen und barfuß zum Strand zu laufen oder mit hundertsechzig Sachen, offenem Verdeck und dröhnender Stereoanlage über die Autobahn zu rasen.

Wir waren nie mehr als Freunde gewesen, und unsere Freundschaft war zwar dauerhaft, aber nicht tief. Sie gründete auf unserer gemeinsamen Freude am Frivolen und Unerwarteten. Wenn ich mit Troy zusammen war, fühlte ich mich oft wie ein Spielzeug, das lebendig wird, sobald das Licht erlischt; ich wurde lebhaft und verlor meine Hemmungen, und mein Benehmen überraschte mich manchmal selbst.

Wir hatten vor drei Jahren einige Zeit miteinander verbracht. Damals war er Verkäufer in der Graphikabteilung einer örtlichen Werbeagentur gewesen. Er war wenig ehrgeizig und nicht an seiner Arbeit interessiert. Es ging ihm nur darum, genug Geld zu verdienen und Spaß zu haben. Im Gegensatz dazu arbeitete ich wie besessen. Ich verlegte mein Büro, vergrößerte mein Personal und versuchte verzweifelt, mit meinem eigenen Erfolg Schritt zu halten.

Ich hatte sofort erkannt, daß er der ideale Gefährte für mich war. Immer, wenn ich überarbeitet war, tauchte er plötzlich auf und entführte mich. Wir gingen ins Kino, an den Strand oder schnurstracks in die Berge. Doch von Anfang an stimmten wir stillschweigend darin überein, daß unsere Beziehung nicht enger werden sollte.

Aus irgendeinem Grund zögerte ich, eine tiefere, längere Beziehung mit ihm einzugehen. Seltsamerweise führte ich das auf ein vages Mißtrauen zurück, das ich nicht erklären konnte. Also freute ich mich über seine Gesellschaft und war traurig, aber nicht bekümmert, als er aufhörte, mich zu besuchen.

Jetzt war er wieder da und lächelte breit wie immer. Die Sonne schien durchs Fenster, und ich spürte, wie meine Stimmung sich hob. Ja, ein Essen mit Troy war heute eine ausgezeichnete Idee.

"Warum nicht ... gern! In der Marina gibt es ein tolles neues Fischrestaurant. Janet wird für uns einen Tisch reservieren."

Troy befand sich wie gewöhnlich in einer Phase zwischen zwei Jobs. Es tue ihm leid, daß er sich eine Weile nicht gemeldet habe, versicherte er mir im Lokal und grinste spitzbübisch. "Ich weiß, ich gehöre nicht zu denen, auf die man sich längere Zeit verlassen kann. Aber jetzt bin ich hier ... und ich habe dich vermißt. Wie wär's, wenn wir zusammen etwas unternehmen würden, Schätzchen?"

Er hat sich überhaupt nicht verändert, dachte ich zärtlich. Er erweckte immer noch den Eindruck, als habe er sich in seinem Leben keine Sekunde lang Sorgen gemacht. Sein Humor war unerschütterlich, und stets blitzte in seinen zwinkernden blauen Augen der Schalk. Ich fand seine Spontaneität erfrischend. Er war wirklich ein Freigeist – und attraktiv wie ein Filmstar.

Mein tiefster Gedanke in diesem Moment war: Mein Gott, es wäre so schön, heute Nacht jemanden neben mir zu spüren ... Und dieser lange, starke Körper ... Auf einmal spürte ich Wärme zwischen den Beinen, zum erstenmal seit langer, langer Zeit.

Ich werde einfach improvisieren, dachte ich, als wir uns vor meinem Büro verabschiedeten. Aber es tut sich was, soviel ist sicher.

170

Kapitel 3

Ich schaltete den Fernseher aus, und der ebenso erregte wie durchnäßte Reporter verblaßte. Er war gerade dabei, eine "unheimliche Begegnung der dritten Art" mit seinem Kartoffelbrei zu rekonstruieren. Einerseits sind solche UFO–Sichtungen ein verzweifelter Versuch, der Wirklichkeit zu entfliehen, andererseits ließ mich der Gedanke nicht los, daß es tatsächlich Außerirdische gibt, die unseren Planeten besuchen. Der Optimismus des Films berührte mich sehr, und jedesmal, wenn ich den Film sah, war ich fasziniert – eine Reaktion, die Troy offensichtlich nicht teilte. Er lag neben mir im Bett, hatte die Hände hinter dem Kopf verschränkt und starrte konzentriert an die Decke.

"Erde an Troy", sagte ich, drehte mich auf den Bauch und stützte mich auf die Ellbogen. "Woran denkst du?"

"An einen ungewöhnlichen Traum, den ich letzte Nacht hatte", sagte er langsam. "Er war seltsam ... Ich träumte von Astar. Kann mich nicht mehr an viel erinnern, außer daß sie eine ungewöhnliche Brosche trug, von der ich die Augen nicht abwenden konnte."

Mein nackter Körper bekam eine Gänsehaut. "Was für eine Brosche?", fragte ich abrupt.

"Amethyst. Ein großer Stein, etwa so groß wie ein Vierteldollar, eingefaßt in Silber und mit kunstvollem Filigran am Rand."

"Waren darauf fünf kleine Sterne?" fragte ich.

"Ja", sagte er. Er drehte den Kopf und sah mich fragend an. "Hat sie so eine Brosche mal bekommen? Sie ist wirklich ungewöhnlich. Woher weißt du davon?"

"Ich habe anscheinend den gleichen Traum gehabt."

Troys Augen weiteten sich einen Moment ungläubig; dann huschte ein wissendes Lächeln über sein Gesicht.

"Komm schon, Schätzchen, du machst Spaß! Astar trägt so ein Ding, stimmt's? Ich muß es gesehen haben, als ich letztes Mal hier war." Er drehte sich auf die Seite, um mich zu küssen; aber ich schubste ihn weg und setzte mich auf.

"Nein, Troy. Ich meine es ernst. Ich habe diese Brosche letzte Nacht ebenfalls in einem Traum gesehen. Soviel ich weiß, hat Astar nichts dergleichen. Aber wie zum Teufel konnten wir dasselbe träumen? Hast du auch das Gefühl gehabt, dich an etwas zu erinnern, ohne zu wissen, was es ist? Hat die Brosche dich deshalb so fasziniert?"

"Ja, ich glaube, so ungefähr war es. Ich habe sogar geglaubt, ich hätte sie ihr geschenkt." Er hielt inne und fuhr dann fort: "Aber irgend etwas war falsch am ganzen Traum. Er kam mir vor wie ein Alptraum, obwohl er überhaupt nicht beängstigend war."

"Ich weiß, diesen Eindruck hatte ich auch", erwiderte ich. Mein Herz hatte eben einmal ausgesetzt. Einen Augenblick war mir, als stünde ich erneut an der Schwelle zu diesem Traum. Ich sah Astar und die Brosche klar vor meinen Augen, und auf einmal fühlte ich mich krank. Es war ein unangenehmes, beengendes Gefühl, das wie eine eklige, kriechende Pflanze an mir zerrte. Ich schauderte, und das Gefühl verschwand.

Troy sah mich besorgt an, richtete sich auf und schlang den Arm um mich. "He, Süße, reden wir nicht mehr darüber, ja?"

"Okay." Ich ließ mich zurücksinken, legte den Kopf auf seine Schulter und ließ die Wärme seines Körpers in mich eindringen, während die sanften Bewegungen seiner Finger in meinem Haar die Unruhe vertrieben. Vielleicht bedeutet unser gemeinsamer Traum, daß wir einander näher kommen, als ich geglaubt habe, dachte ich schläfrig. Ich muß aufpassen.

Der nächste Tag war Samstag. Wir standen spät auf, frühstückten auf der Terrasse und gingen gegen Mittag an den Strand. Der Himmel war wolkenlos, und am Strand wimmelte es von gebräunten, spärlich bekleideten

172

Körpern, wie an jedem Wochenende. Wir ließen uns auf unserer Decke nieder und verbrachten den Nachmittag mit Plaudern und Sonnenbaden. Nur gelegentlich nahmen wir ein erfrischendes Bad in den purzelnden grünen Wellen.

Ich war schon lange nicht mehr so entspannt gewesen. Die Sonne, das Meer, mein unbeschwerter, unterhaltsamer Begleiter und das innere Glühen, die Folge einer wiederbelebten Sexualität, erfüllten mich mit Wohlbehagen und Optimismus. Zum erstenmal seit Monaten freute ich mich auf die Zukunft. Nicht, daß Troy darin einen Platz hätte, ermahnte ich mich etwas zögernd.

Das Geschäft lief gut und mein Verhältnis zu Astar war herzlicher geworden. Wahrscheinlich auch deshalb, weil wir offenbar beide wußten, daß es besser war, eine Weile nicht über Titus zu reden. Wir amüsierten uns zusammen und kamen uns manchmal mehr wie Schwestern vor als wie Mutter und Tochter.

Und dann mein Liebesleben ... Die letzten paar Tage mit Troy hatten mir gezeigt, daß ich in meinem Leben Platz für einen Mann schaffen konnte, daß es Männer gab, denen mein Erfolg nichts ausmachte, und daß ich mich viel besser fühlte, wenn ein Mann in meiner Nähe war. Ich hatte große Vorbehalte gegen eine erneute feste Beziehung und versicherte mir selbst, daß Troy nicht der Grund sein würde, wenn ich meine Ansicht je ändern sollte. Ich mißtraute ihm immer noch ein wenig. Rasch bekräftigte ich, daß Troy nur ein Zwischenspiel war.

Troy war an langfristigen Beziehungen nicht interessiert, und mit seiner Rastlosigkeit wollte er sich selbst vor echten Bindungen schützen. Das war mir recht. Ich hatte nicht vor, mein Leben mit ihm zu verbringen, so wie mit Michael. Ach ja, Michael ... Ich war so verzweifelt gewesen, als er mich verlassen hatte, und Troy hatte mir Gott sei Dank geholfen, nicht mehr daran zu denken. Ich liebte Michael immer noch und vermißte ihn. Ich wußte, daß ich ihn nie vergessen konnte und wollte. Am meisten hatte ich seine Romantik geliebt und die Art, wie er mit mir gesprochen hatte. Er war in Belgien aufgewachsen und hatte einen süßen, sinnlichen französischen Akzent, und wenn er mich Jacqueline nannte, schmolz ich wie Schokolade.

Ich gab mir im Geist einen Fußtritt, weil ich immer noch daran dachte, was ich an Michael geliebt hatte. Jetzt hatte ich Troy, und obwohl er Michael nicht im geringsten ähnelte, fühlte ich mich bei ihm angenehm sicher.

Plötzlich sah ich Titus vor meinem geistigen Auge, und mein Herz bebte vor tiefer, leidenschaftlicher Liebe. Spontan kicherte ich, als ich einen Moment versuchte, Troy und Titus miteinander zu vergleichen. Die beiden waren bestimmt nicht von der gleichen Welt, und darum war ein solcher Vergleich natürlich absurd!

Kapitel 4

Wir kehrten am späten Nachmittag nach Hause zurück, duschten und saßen gerade im Wohnzimmer, als Astar mit einer Freundin, einer sehr hübschen, zierlichen Brünetten, hereinkam.

"Hallo, Mama! Hallo, Troy!" Astar wandte sich um und stellte uns ihre Begleiterin vor. "Das ist meine Freundin Lou ..."

"Nicht bewegen!", sagte Troy in so entschiedenem und befehlendem Ton, daß Astar erstarrte. Er sprang auf die Füße und ging zu ihr. Sein halbvolles Glas mit Wein hielt er immer noch in der Hand. Astar stand da wie in Trance. Der unvollendete Satz hing an ihren Lippen, die Augen hatte sie vor Schreck weit aufgerissen. Die Spannung im Zimmer war fast greifbar. Ich hielt eine Zigarette vor dem Mund, und Astars Freundin stand wie angewurzelt neben ihr.

Die Szene wurde irreal, als Troy sich langsam Astar näherte und stehenblieb. Er legte die linke Hand aufs Herz und hob sein Glas über ihren Kopf. Einige Sekunden lang starrte er ihr äußerst konzentriert in die Augen, dann rief er: "A notre amour et la victoire!" Er trank das Glas aus, dann drehte er sich um und ging langsam zum Sofa zurück, als sei er aus einem tiefen Schlaf erwacht.

Astar blieb noch eine Weile regungslos stehen. Ihre Augen waren starr, ihr Gesicht bleich. Dann verließ sie wortlos das Zimmer. Die ganze Szene hatte etwa eine Minute gedauert. Jetzt vibrierte die Luft vor Stille.

Endlich fand ich meine Stimme wieder. "Du lieber Himmel, Troy! Was soll das alles?"

Troy schaute mich verwirrt an. "Das weiß ich nicht." Er schüttelte den Kopf. "Ich weiß es wirklich nicht. Mir war, als habe mich jemand anders für einen Moment übernommen. Ich war in einem anderen Land und in einer anderen Zeit, und Astar und ich waren ein Liebespaar. Ich glaube, ich habe etwas gesagt, aber ich weiß nicht, was."

"Es war ein Trinkspruch. Sie sagten ,Auf unsere Liebe und unseren Sieg', allerdings auf französisch", sagte Astars Freundin zögernd. Sie stand immer noch dort, wo Astar sie verlassen hatte. Offenbar wußte sie nicht, was sie tun sollte.

"Oh, bitte entschuldigen Sie", sagte ich und ergriff eifrig die Gelegenheit, die Spannung zu lindern. "Setzen Sie sich doch. Sie sind also Louisa. Astar hat mir viel von Ihnen erzählt."

Sie nickte dankbar und sank in einen Sessel. "Mann, das war ziemlich dramatisch!" sagte sie. Ich fing kurz Troys Blick auf. "Zu dramatisch, um angenehm zu sein", sagten seine Augen unmißverständlich.

"Sie sprechen also französisch?" fragte ich in der Hoffnung, das Thema wechseln zu können. "Ja, ich stamme aus Quebec. Vor sechs Monaten bin ich aus Kanada gekommen, um hier zu studieren."

"Möchten Sie etwas trinken, Louisa?" erkundigte sich Troy. Er hatte gemerkt, daß ich die Atmosphäre auflockern wollte. "Ich könnte einen Drink gebrauchen", sagte sie. Ich war sehr erleichtert, als ich sah, daß ihr Lächeln allmählich zurückkehrte.

Louisa bat um eine Cola, und Troy verschwand in die Küche, so daß Louisa und ich plaudern konnten.

"Wo ist Astar?" fragte er, als er zurückkam. "Sie ist schon eine ganze Weile weg."

"Vielleicht sollte ich nachsehen, ob sie in Ordnung ist", erbot sich Louisa und erhob sich aus dem Sessel.

"Versuchen Sie es im Bad – zweite Tür links im Gang", rief ich ihr nach.

Eine Minute später platzte Louisa wieder ins Wohnzimmer. Sie machte ein besorgtes Gesicht. "Ich glaube, es ist besser, wenn Sie sofort mitkommen. Mit Astar stimmt etwas nicht. Ich glaube, sie ist krank!"

176

Ich rannte hinter Louisa durch den Flur und ins Gästezimmer. Astar lag mit aschfahlem Gesicht auf dem Bett und troff vor Schweiß. Sie hielt sich den Bauch und stöhnte. Nie zuvor hatte ich derart entnervende Laute gehört. Zwischendurch schluchzte sie hysterisch.

Astars Stirn strahlte Hitze aus, und ihr Kopf rollte hin und her. "Was fehlt dir, Liebling? Was ist los? Du mußt es mir sagen!" beschwor ich sie und schüttelte sie sanft an der Schulter. Keine Antwort. Astars Augen waren leer, und sie stöhnte weiter. Ich spürte ihre Schmerzen, als wären es meine. Sie hörte nicht, was ich sagte, und ich fürchtete, daß sie schwer krank war. Ich wußte wirklich nicht, wie ich ihr helfen konnte, aber ich lief ins Bad, tauchte ein Handtuch in kaltes Wasser und legte es Astar auf die Stirn. Und die ganze Zeit über versuchte ich, sie zu trösten, als sei sie ein krankes Kind. Aber es half nicht. Astar reagierte überhaupt nicht darauf.

Jetzt kam auch Troy ins Zimmer, und ich sah ihn flehend an.

"Wir sollten einen Arzt rufen", sagte er. "Hast du die Nummer? Ich gehe und rufe an." Doch in diesem Augenblick verkrampfte sich Astars Körper und streckte sich wieder. Ein paar Sekunden lang war er hart wie Stahl. Dann erschlaffte sie mit geschlossenen Augen, die Hände fielen vom Bauch, und sie hörte auf zu stöhnen.

"O Gott, sie ist tot!" kreischte ich, von Panik überwältigt. Aber sie seufzte tief, öffnete die Augen und versuchte, sich aufzusetzen. Sie schaute sich benommen um und brach wieder in Tränen aus. Keuchend und schluchzend begann sie zu sprechen. Die Worte purzelten ihr geradezu aus dem Mund. Ich mußte mich anstrengen, um sie zu verstehen.

"Wir waren Schwestern ... in einem anderen Leben ... Frankreich ... ich habe mich umgebracht." Sie zeigte auf ihren Bauch. "Hier – mit einem Dolch ... Ich habe mich umgebracht!" Jetzt sprach sie unzusammenhängend, und ihre Worte verschmolzen mit ihrem Schluchzen und wurden unverständlich. Ich legte die Arme um sie und drückte sie an mich. Obwohl sie anscheinend keine Schmerzen mehr hatte, war sie noch sehr verstört.

"Ich weiß nicht, wovon du sprichst, Schatz. Komm, wir gehen ins Wohnzimmer und machen es uns auf dem Sofa bequem. Du ruhst dich ein wenig aus, und ich hole dir etwas zu trinken. Dann erzählst du uns, was geschehen ist." Troy half mir, sie hochzuheben und auf die Füße zu stellen.

177

Langsam gingen wir zusammen ins Schlafzimmer. Ich deckte Astar zu, und Louisa holte ein kaltes Getränk aus der Küche.

Astar kauerte auf dem Sofa und nippte eine Zeitlang stumm an ihrem Glas. Ihr Gesicht war immer noch sehr blaß, ihre Pupillen waren starr und geweitet. Aber sie kam mir jetzt ruhiger vor, und sie weinte nicht mehr. Schließlich begann sie zu sprechen. Es dauerte einige Sekunden, bis ich mich von meiner Verblüffung erholte, dann japste ich nach Luft. Meine Tochter sprach nicht englisch, sondern ein schnelles, fließendes Französisch! Ich sah Troy an, dann Louisa. Beide machten ein ungläubiges Gesicht.

"Astar, Schatz, was sagst du da?"

Astar nickte mir nur zu, aber sie redete weiter, und die fremden Worte rollten ihr so mühelos von der Zunge, als hätte sie sie ihr Leben lang benutzt.

Verdutzt wandte ich mich an Louisa. "Das ist unmöglich! Sie hat nie französisch gelernt. Was sagt sie? Was geht hier vor?"

"Sie spricht von einem Leben in Südfrankreich", erwiderte Louisa. Ihre Augen begannen vor Aufregung zu funkeln. "Sie spricht altfranzösisch – es hat einen anderen Akzent als das moderne Französisch, aber ich verstehe es einigermaßen. Sie erinnert sich offenbar an das Jahr 1654. Sie ist in einen Mann verliebt, aber er ... Schnell, geben Sie mir Papier und einen Bleistift! Ich möchte versuchen, es ins Englische zu übersetzen, während sie spricht. Mann! Das ist das Erstaunlichste, was ich je erlebt habe!"

Troy und ich ließen uns hinter Louisas Stuhl nieder und schauten über ihre Schulter zu, wie Astars Geschichte sich auf dem Notizblock entfaltete, den Louisa auf die Knie gelegt hatte. Astar sprach ohne Pause. Gelegentlich sah sie uns an, und wir merkten, daß sie sich ihrer Umgebung bewußt war. Meist starrte sie jedoch in die Luft, gefesselt von ihrer eigenen Schilderung. Louisa kritzelte fieberhaft, um ihr folgen zu können.

Astar oder Monique, wie sie sich jetzt nannte, lebte mit ihrer Schwester Chartreusa in einer kleinen Provinz namens Vin Bonet. Die Landschaft war reich an Weingärten, und der Wein aus den Reben, die an den Hängen des kleinen Tales wuchsen, wurde auf dem Tisch Ludwigs XIV. kredenzt. Obwohl der Krieg und die Pest im Land wüteten, waren sie in ihrem abgeschiedenen Tal sicher.

178

Dann begegnete Monique einem Adligen und verliebte sich in ihn. Dominique Le Compte de Montague war ein schneidiger junger Offizier, der im Krieg gegen Spanien als Spion arbeitete. Sie liebten einander leidenschaftlich und verlobten sich. Aber Monique machte sich Sorgen, weil Dominique heißblütig und unberechenbar geworden war. Sie war sich ziemlich sicher, den Grund dafür zu kennen, denn sie hatte vor kurzem entdeckt, daß ihre Schwester und Dominique sie betrogen.

Plötzlich wirbelte Astar herum und warf mir einen haßerfüllten Blick zu. "Ich habe euch im Garten am Springbrunnen erwischt. Oh, es war wie eine Vision der Hölle! Du hast meinen Liebsten wie eine Hure umarmt. Wie konntest du mir das antun, deinem eigenen Fleisch und Blut?"

Fast wäre ich in Ohnmacht gefallen. Nicht nur, weil die Augen meiner Tochter vor Zorn zu glühen schienen, sondern auch, weil ich nicht mehr von Louisas Notizblock abzulesen brauchte – ich verstand jetzt jedes Wort, das Astar sprach!

"Ihr habt mir das Herz gebrochen", fuhr sie fort, "und ich habe Rache geschworen. Dominique versuchte, mich mit süßen Worten zu beruhigen. ‚Es war belanglos', sagte er. ‚Wir haben uns nur einen flüchtigen Moment lang amüsiert. Die Sonne schien, Chartreusa ist hübsch, und was schadet schon ein Kuß?'

Aber ich habe seine Verzückung gesehen, als er dich umarmte, und das zerriß mir die Seele. Ich wollte meinen Liebsten niemals mit meiner Schwester teilen, nie! Aber ich ließ mir nicht anmerken, daß ich vor Wut kochte. Ich blieb kalt wie Eis und wartete, und ich wußte, daß die Wahrheit ans Licht kommen würde. Schließlich gestand er mir alles. Er hatte sich in uns beide verliebt, gleich nachdem er uns gesehen hatte. Und nun trug Chartreusa sein Kind unter ihrem Herzen.

Diese Gemeinheit war zuviel. Er hatte geschworen, mich zu heiraten, aber er liebte auch dich." Sie zeigte anklagend auf mich. "Und du hast sein Kind getragen. ‚Beweise mir deine Liebe', tobte ich. ‚Bring sie um, oder ich erzähle deiner Familie alles. Sie würde es nicht hinnehmen, daß du einen Bastard gezeugt hast. Sie würde dir alles nehmen, was du besitzt!'

Er brach angesichts meiner Wut zusammen. Er weinte und flehte. Er versprach, nie wieder eine andere Frau anzusehen. Aber ich blieb fest, und schließlich willigte er ein: Er würde mir Genugtuung verschaffen. Er beschuldigte dich, eine Hexe zu sein, und man hat dich verbrannt.

Aber selbst nach deiner Hinrichtung war mein Durst nach Rache nicht gestillt. Ich konnte Dominique nicht vergeben und wollte ihn töten. Er sollte nach Spanien reisen und Papiere für einen Spion des Königs mitnehmen. Bevor er ging, vergiftete ich seinen Wein, und er trank ohne Arg auf unsere Liebe und den Erfolg seiner Mission. Ich antwortete: ‚Liebster, du hast einen ganz besonderen Wein getrunken. Du wirst mich in diesem Leben nicht mehr sehen, wohl aber im nächsten, und dann werde ich dir die Wahrheit sagen.' Er ritt fort, ohne meine Worte verstanden zu haben, und ich hörte nichts mehr von ihm, bis man einige Tage später seine Leiche auf einem Feld fand, viele Meilen entfernt."

Wieder begann Astar zu weinen, leise und hoffnungslos. "Erst jetzt merkte ich, daß ich vor Zorn den Verstand verloren hatte", fuhr sie fort. "Leider war es zu spät. Ich hatte meine eigene Schwester ermordet und den einzigen Mann, den ich je geliebt hatte. Die Reue überwältigte mich, und ich wollte nicht mehr leben. Ich holte einen kleinen Dolch aus dem Arbeitszimmer meines Vaters und stieß ihn mir in den Leib. So nahm ich mir das Leben."

Sie warf einen Blick auf ihren Bauch und strich mit der Hand darüber. Dann betrachtete sie ihre Finger, als suche sie nach Blut. Danach stieß sie einen langen Seufzer aus und ließ sich im Sessel zurückfallen. "Jetzt bin ich müde", sagte sie, immer noch auf französisch. "Ich kann nicht weitererzählen. Alles, was es zu sagen gibt, habe ich euch gesagt."

"Verdammter Mist!" sagte Troy, als Astar verstummte. Ich warf ihm einen Blick zu, aber er beachtete mich nicht. Er stand regungslos an der anderen Seite des Sessels. Auch Louisa schwieg. Sie ließ die Hände über die Lehnen des Sessels baumeln, als sei sie völlig erschöpft. Der Notizblock war zu Boden gefallen, die Blätter waren zerknüllt.

Ich wandte mich wieder Astar zu, und sofort überschwemmte mich Verwirrung. Ich schloß einen Moment die Augen, und als ich sie wieder öffnete, verblaßte Astars Gesicht, und an seine Stelle trat das Antlitz eines bleichen, zerbrechlichen Mädchens, das einen Hut mit breiter Krempe auf dem langen blonden Haar trug. Auf der Schulter ihres weißen Kleides sah ich eine große Amethystbrosche aus feinem Silber, besetzt mit Steinen, die einen fünfzackigen Stern bildeten.

Bevor ich begriff, was mit mir geschah, machte es in meinem Kopf klick – es war fast hörbar – und ich kreischte hysterisch: "Ich hasse dich, Monique!

Ich hasse dich, ich hasse dich, du verfluchte Mörderin! Du hast uns umgebracht! Du hast mein Kind und mich ermordet! Ich werde dir mit den Fingern das Herz aus der Brust reißen!"

Ich stürzte mich auf Astar, aber Troy fing mich ab und zog mich keuchend auf den Sessel, den Louisa hastig geräumt hatte. Als ich die Kissen spürte, legte sich meine Wut plötzlich, und ein seltsames Gefühl ergriff mich – es war wie ein höheres Bewußtsein. Ich nahm zwei verschiedene Realitäten gleichzeitig wahr. Ich sah das Wohnzimmer und die Anwesenden sehr klar und bemerkte, daß Louisa nervös zur Tür eilte. Aber ich wußte, daß ich eine Sprache benutzte, die ich nie gelernt hatte, und die Bilder aus dem siebzehnten Jahrhundert, die kamen und gingen, waren ebenso deutlich und real wie die Szene im zwanzigsten Jahrhundert.

"Wohin gehen Sie?" fragte ich gebieterisch auf französisch, als ich sah, daß Louisa die Tür öffnete.

"Ich brauche ein wenig frische Luft", stammelte sie.

"Warten Sie!" befahl ich. "Jetzt bin ich an der Reihe! Ich will ebenfalls gehört werden!" Louisa kam zögernd zurück, hob den Notizblock auf und setzte sich mit gezücktem Bleistift.

Mir sei schreckliches Unrecht widerfahren, erklärte ich. Ich hatte Dominique von ganzem Herzen geliebt. Ich wußte, daß er mit Monique verlobt war, aber er hatte beim Liebesspiel so getan, als sei ich seine Braut. Als ich merkte, daß ich sein Kind in mir trug, wurde meine Liebe noch stärker. Ich liebte auch meine Schwester und wollte niemandem weh tun. Da ich wußte, daß ich nicht bei Dominique bleiben konnte, wollte ich fortgehen und mein Kind alleine großziehen. Aber als meine Schwester uns zusammen sah, wurde sie verrückt vor Eifersucht.

Während ich sprach, bewegte ich mich ständig zwischen Gegenwart und Vergangenheit hin und her. Manchmal verschwamm ein Bild und ein anderes stellte sich ein. Ein andermal sah ich es sofort klar und deutlich und bisweilen schienen sich zwei Szenen zu überlappen. Louisas Hand flog über das Papier. Ich spürte Dominiques lange Küsse und meinen schwellenden Bauch, ich sah, wie der Haß Moniques hübsches Gesicht verzerrte, und ich bemerkte, daß Troy sich in tiefer Konzentration über Louisas Schulter beugte. Die beiden Welten vermischten sich, und mein Geist und meine Sinne schienen den wechselnden Szenen zu folgen.

Astar lag stumm da, aber ihre wachen Augen verrieten, daß sie immer noch im Banne der Ereignisse stand und mir folgen konnte. Aber ihre Haltung machte mir klar, daß sie jetzt nur noch eine Beobachterin und keine Teilnehmerin mehr war.

In meinem Scheinprozeß stand das Urteil schon fest, ehe ich den Gerichtssaal betrat, erzählte ich weiter. Ein bestochener Bauer vergiftete ein paar Kühe und behauptete, ich hätte sie aus Rache für eine angebliche Beleidigung verflucht. Unter der Folter gestand ich, eine Hexe zu sein.

Als ich diesen Teil der Geschichte schilderte, spürte ich die Qualen, die ihre Folterinstrumente mir zugefügt hatten. Ich bekam eine Gänsehaut und war in Schweiß gebadet, meine Stimme wurde leise und brüchig. Jetzt sah ich nur noch die verschwommenen Gestalten meiner Peiniger, die mich umringten, stachen, verrenkten. Und jedesmal, wenn das Eisen meinen Körper berührte, wurden die Schmerzen unerträglicher.

Dann war ich in der Feuergrube, wie ein Tier, an einen rauhen Pfahl gefesselt, dessen Splitter mich durch mein blutgetränkts Hemd stachen. Benommen vor Schmerzen, Panik und Verzweiflung schaute ich hinauf zu den Dorfbewohnern, die sich am Rand der Grube versammelt hatten. Sie warfen Reisigbündel hinein, die sich rings um mich häuften und das Flammenmeer ankündigten, das mich bald verschlingen würde. Ich spürte, wie mein Kind in meinem Leib strampelte. Es war ein Wunder, daß es nach all den Qualen noch lebte.

Die vorderste Reihe der Zuschauer teilte sich, um Monique und Dominique durchzulassen. Einen Moment lang sah ich die Gesichter von Astar und Troy, dann wieder meine Schwester und ihren Geliebten, die mich und mein ungeborenes Kind so schmählich betrogen hatten. Sie machten ein frommes Gesicht und benahmen sich wie anständige, gottesfürchtige Bürger bei der öffentlichen Verbrennung einer Hexe. In Wahrheit sollten sie in der Grube sein, nicht ich mit meinem Kind im Bauch. Weil sie mich verraten hatten, durfte dieses sanfte, unschuldige Wesen, das sich in mir bewegte, niemals seinen ersten Atemzug tun. Diese Ungerechtigkeit war noch qualvoller als die Angst.

Ich hörte die Leute Schimpfworte rufen, dann leitete die klare, tiefe Stimme des Priesters das Geschrei in ein Kirchenlied über, und eine Fackel fiel wie in Zeitlupe auf die trockenen Zweige und hinterließ eine dünne Rauchfahne vor dem Hintergrund des Himmels. Die Flammen loderten, und ich brach in ein langes Wehklagen aus, ein letztes Kreischen angesichts der Ungerechtigkeit der Welt. Dann hüllten mich die Hitze und der Rauch ein, und ich wurde von Schmerzen überschwemmt. Ich hatte keine Worte mehr, als ich merkte, daß ich starb.

Auf einmal war ich wieder in der Gegenwart. Astar streckte die Arme aus, und ich tat es ihr nach. Wir umarmten uns, und Tränen liefen uns über die Wangen.

"Ich liebe dich, Schatz", sagte ich leise.

"Ich liebe dich auch, Ma", antwortete sie und strich mir sacht mit den Fingern über die Wange.

Troy ließ den Kopf hängen und sah nachdenklich aus. Er schien sich in Trance zu befinden. Ich klopfte ihm auf die Schulter, und er hob langsam den Kopf und sagte mit zitternder Stimme: "Ich war Dominique. Jetzt weiß ich, warum ich von der Brosche träumte ... und warum ich in diesem Leben Angst vor einer festen Bindung habe."

Ich umarmte ihn und sagte liebevoll: "Weißt du, Troy, ich habe dir nie völlig vertraut und wußte nie, warum. Jetzt weiß ich es. Aber das war damals, und jetzt ist heute. Zwischen dir und mir hat sich alles geklärt, und ich bin sicher, daß ich nie wieder Astars Rivalin sein werde!"

"Ich weiß nicht, wie es euch geht", warf Astar ein. "Aber ich möchte eine Weile allein sein. Also, entschuldigt mich bitte. Vielen Dank für deine liebevolle Hilfe, Louisa."

Ich warf Astar einen Kuß zu, und sie ging in ihr Schlafzimmer. Auch Louisa und Troy verließen leise den Raum. Ich dachte immer noch auf französisch und fühlte mich leer im Kopf. Ich brauchte Zeit, um über dieses einzigartige Erlebnis nachzudenken, befand mich aber noch im Schockzustand. Mir war klar, daß ich einen neuen Bewußtseinszustand erreicht hatte, und dankte Gott dafür, daß ich mir selbst den Beweis für die Unsterblichkeit der Seele hatte liefern dürfen.

Kapitel 5

"He, Ma, komm und schau dir das an!" Astars Stimme drang in die Küche, wo ich das Abendessen bereitete.

"Ich komme gleich!"

"Nein, komm' sofort! Ich glaube, es ist wichtig."

Also ging ich ins Wohnzimmer. Dort hatte Astar es sich mit mehreren Kissen auf dem Sofa bequem gemacht. Schweigend deutete sie auf den Fernseher. Auf dem Bildschirm war ein schwach beleuchteter Raum zu sehen, in dem ein junger Mann auf dem Sofa lag. Er hatte die Augen geschlossen und atmete langsam und regelmäßig. Offenbar war er völlig entspannt.

"Die Versuchsperson wurde mittels Hypnose in Trance versetzt, wie Sie soeben gesehen haben", sagte der Sprecher. "Jetzt beginnt die Rückführung."

Ein unsichtbarer Mann begann mit leiser, langsamer, beruhigender Stimme zu sprechen. "John, ich möchte, daß Sie zu dem Leben vor diesem Leben zurückkehren. Wir fangen einfach an, rückwärts zu zählen, Jahr für Jahr, von Ihrem derzeitigen Alter an. Sie sind achtundzwanzig ... jetzt werden Sie jünger ... siebenundzwanzig ... sechsundzwanzig ... fünfundzwanzig ..."

Als die Stimme bei null angelangt war, schien die Trance des jungen Mannes noch tiefer zu sein. Er stieß lange Seufzer aus, und sein Körper war schlaff wie eine Stoffpuppe.

"Jetzt befinden Sie sich in dem Leben vor diesem Leben! Gehen Sie weiter zurück, bis Sie Halt machen wollen ... Nun schauen Sie sich um, und wenn Sie bereit sind, sagen Sie mir, was Sie sehen."

Einige Sekunden lang war kein Laut zu hören außer dem Atem der Versuchsperson. Dann begann er monoton und mit langen Pausen zwischen den Worten zu flüstern.

"Ich sehe einen zugefrorenen Fluß ... mit Schnee bedeckt ... Tierspuren .. ein Luchs ..." Wieder Stille.

"Was sehen Sie noch?"

"Hohe Bäume ... ihre Äste biegen sich unter dem Schnee ... und einen Berg ... in der Ferne."

"Gut! Jetzt sagen Sie mir, was Sie anhaben."

"Ich trage Pelze ... da ist etwas Schweres an meinen Füßen ... ich bin mir nicht sicher ..."

"Schauen Sie hinunter. Was tragen Sie an den Füßen?"

"Schneeschuhe."

"Haben Sie etwas bei sich?"

"Ja ... einen Bogen."

"Was werden Sie damit machen?"

"Ich werde den Luchs töten."

"Warum wollen Sie ihn töten?"

"Weil er ... die Beute aus meinen Fallen raubt."

"Wie heißen Sie?"

Stille.

"Wie rufen die Leute Sie?"

"Sie rufen mich ... Helle Feder."

Minutenlang erzählte der junge Mann von seinen Erlebnissen als Fallensteller der Ojibwa–Indianer in einer Gegend, die er "Land des Nordwestwindes" nannte. Er beschrieb die Tiere, die er gefangen hatte, seine Fallen, das Leben des Stammes. Er nannte die Namen seiner Angehörigen, seines Häuptlings und der anderen Fallensteller. Zum Schluß schilderte er einen Waldbrand, der die Siedlung zerstört und seine Frau und seine Kinder sowie viele andere Stammesmitglieder getötet hatte. Die Überlebenden, zu denen auch er gehörte, zerstreuten sich in tiefem Kummer. Sie waren nun wurzellos und tranken sich schließlich zu Tode.

"Dr. Thelma Moss vom Fachbereich Parapsychologie der Universität Los Angeles ist die führende Forscherin unseres Landes auf dem Gebiet der Reinkarnationserfahrungen", berichtete der Sprecher, während die Szene wechselte. Wir sahen ein Büro, das mit Bücherregalen vollgestopft war. Eine freundliche Frau im mittleren Alter, grauhaarig und mit Brille, saß hinter einem Schreibtisch, der mit Papier übersät war.

"In den letzten Jahren hat sie Hunderte von Fallgeschichten gesammelt, und in allen geht es um Menschen, die sich an ein früheres Leben erinnern. Einer von ihnen ist der junge Mann, den wir eben gesehen haben.

"Johns Rückführung ist ein gutes Beispiel dafür, daß wir unter den richtigen Bedingungen imstande sind, uns an vergangene Existenzen zu erinnern", begann Dr. Moss. "Damit die Hypothese, daß Erinnerungen an frühere Leben möglich sind, die Aufmerksamkeit erhält, die sie verdient, ist es allerdings notwendig, daß die Aussagen der Versuchspersonen nachgeprüft werden können.

Bei John war das der Fall. Die Ojibwa–Indianer lebten im Nordwesten von Kanada. Ihre Lebensweise wurde Anfang dieses Jahrhunderts gut dokumentiert, und die Einzelheiten, die John nannte, stimmen genau mit dem überein, was wir über diesen Stamm wissen. Wir wissen außerdem, daß es 1917 in dieser Gegend einen großen Waldbrand gab, und die Aufzeichnungen einer kleinen Siedlung namens Elchhorn – damals eine Handelsstation – enthalten in der Tat einen Bericht über den Tod eines Ojibwa, der Helle Feder genannt wurde. Er trank sich zu Tode – leider kein seltenes Ereignis in der damaligen Zeit.

Doch um Johns Erfahrung richtig einordnen zu können, müssen wir sie vor dem viel breiteren Hintergrund der Reinkarnation sehen ..."

Astar und ich starrten wie gebannt auf den Bildschirm, gefesselt von den Ausführungen der Parapsychologin, die nun erklärte, wie die Seele sich ihr Schicksal aussucht, wenn sie geschaffen wird, und ihre Wiedergeburten so auswählt, daß sie aus ihnen lernen kann. Durch ihre Reinkarnationen löst sie Karma auf, und wenn sie all ihre Aufgaben erfüllt hat und ihr ganzes Karma gelöscht ist, kann sie in eine andere Dimension eintreten, wo sie keinen materiellen Körper mehr braucht.

"Während des gesamten Kreislaufs der Wiedergeburten", erläuterte Dr. Moss, "verfügt die Seele über sämtliche Erinnerungen an alles, was sie jemals getan hat, und diese Erinnerungen können wir wachrufen, manchmal durch Hypnose, manchmal durch andere Methoden, die eine Trance auslösen. Gelegentlich – aber sehr selten – ist die Erinnerung eine spontane Reaktion auf äußere Umstände."

Sie fuhr fort: "Oft können Rückführungen in frühere Leben seelische Blockaden, Phobien, Neurosen und körperliche Gebrechen erklären, und es kommt durchaus vor, daß Beschwerden dieser Art geheilt werden, wenn ein Mensch das ursprüngliche Trauma noch einmal durchlebt und erkennt, daß es sich in einer früheren Existenz ereignet und in der Gegenwart keine Bedeutung mehr hat. John hat uns beispielsweise nach seiner Rückführung berichtet, daß Alkohol ihn immer sehr deprimiert – obwohl diese Regression nicht den Zweck hatte, nach der Ursache bestimmter Probleme zu suchen."

"Mein Gott", stieß ich hervor, als das Programm zu Ende war. "Ich hatte keine Ahnung, daß andere Leute ähnliche Erfahrungen gemacht haben wie wir. Anscheinend sind wir nicht so ungewöhnlich, wie wir dachten!"

Astar sah mich an. "Das erklärt eine Menge, nicht wahr?" sagte sie begeistert. Meinst du, wir sollten zu ihr gehen? Es sieht so aus, als würde es sie interessieren."

Ich zögerte einen Augenblick mit der Antwort und überlegte, was für uns das Beste wäre. Sollte ich dieses Erlebnis einfach als eines von vielen Rätseln beiseite schieben? Aber hatten wir nicht genug Rätsel in unserem Leben? Es gab Leute, die bereit waren, ihre früheren Existenzen zu erforschen – warum sollten wir es ihnen nicht gleichtun? Vielleicht war es eine gute Idee, mit Dr. Moss zu sprechen. Es wäre bestimmt beruhigend, mehr darüber zu erfahren, wie und warum es zu diesem Erlebnis gekommen war.

"Ja", sagte ich. "Ich glaube, wir sollten sie auf jeden Fall besuchen. Dieses gemeinsame Erlebnis hat unsere Auffassung von der Realität erschüttert. Ich möchte verstehen, warum wir dieses Erlebnis hatten ... was wir daraus lernen sollen. Und ich bin sicher, du willst das auch wissen. Ich glaube, es war kein Zufall, daß du den Fernseher genau zu dem Zeitpunkt eingeschaltet hast, als dieses Programm lief. Morgen rufe ich Dr. Moss an, Schatz."

Kapitel 6

"**B**itte nennen Sie mich Thelma", sagte Dr. Moss und begrüßte uns überschwenglich. "Ich freue mich, daß Sie gekommen sind", fügte sie lächelnd und mit einem Augenzwinkern hinzu. Ihre Stimme war offen und warm. Als wir uns setzten, bemerkte ich, daß Thelmas Augen freundlich und doch forschend waren. Sie schien uns zu durchschauen und unsere verborgenen Tiefen zu erforschen. Aber der prüfende Blick war nicht im geringsten unangenehm. Sie strahlte Aufrichtigkeit und Weisheit aus, die alle Befürchtungen sofort zerstreuten. Mit ihrer Brille, dem etwas ungepflegten grauen Haar und dem runden, fröhlichen Gesicht sah Thelma Moss wie ein weiblicher Einstein aus. Ihre funkelnden Augen glichen denen eines Kindes, das eine große Entdeckung gemacht hat.

"Also, es sieht so aus, als hätten Sie beide ein recht ungewöhnliches Erlebnis gehabt."

Astar und ich nickten unisono.

"Dann erzählen Sie mir mal die ganze Geschichte. Lassen Sie sich Zeit, und versuchen Sie, sich an alle Einzelheiten zu erinnern."

Ich berichtete von dem Traum, den Troy und ich gehabt hatten, und dann schilderten Astar und ich, was sich am Samstagnachmittag in unserem Haus abgespielt hatte, einschließlich der Nachwirkungen. Trotz unserer

Erschöpfung empfanden wir ein völlig neues Gefühl des Friedens, als seien wir plötzlich von einer Last befreit worden, unter der wir immer gelitten hatten, ohne uns dessen bewußt zu sein. Wir waren klarer und ruhiger als jemals zuvor. Dr. Moss nickte aufmerksam, während wir sprachen, und ab und zu schrieb sie etwas in ihr Notizbuch.

"Sie haben mir am Telefon gesagt, daß jemand mitgeschrieben hat, was Sie gesagt haben. Darf ich diese Aufzeichnungen sehen?" fragte sie, als wir fertig waren.

"Oh, ja – das hätte ich fast vergessen", entschuldigte ich mich und kramte in meiner Handtasche. Ich reichte Dr. Moss den Notizblock, und sie überflog die Sciten mit der gekritzelten Langschrift und zog eine Grimasse. "Sie haben anscheinend ziemlich schnell gesprochen – oder das ist eine neue frankokanadische Kurzschrift, die ich noch nicht kenne! Aber keine Sorge – wir sind daran gewöhnt, handschriftliche Notizen zu entziffern. Damit kann man viel besser arbeiten als mit unverständlichen Tonbandaufnahmen. Ich habe ganze Waschkörbe voll mit solchen Notizen!"

Sie nahm die Brille ab und lehnte sich zurück. "Also, wie ich in der Fernsehreportage gesagt habe, müssen wir Ihre Geschichte nachprüfen. Darum besteht mein nächster Schritt darin, daß ich diese Notizen meinen Forschern gebe. Ich glaube, die hohe Position dieses jungen Mannes ... Dominique ... dürfte die Dinge erleichtern, und ein genaues Datum ist ebenfalls hilfreich. Dem europäischen Adel war die Familiengeschichte immer sehr wichtig. Vieles davon ist unglaublich langweilig, und sie haben eine unglückliche Neigung, sagen wir, zum Ausschmücken. Aber die Dokumente sind da, und für mich ist das ein wahres Gottesgeschenk!

Bis wir soweit sind, möchte ich Ihnen Folgendes sagen. In den fünfundzwanzig Jahren, seitdem ich Reinkarnationserinnerungen untersuche, ist mir ein Fall wie Ihrer noch nie begegnet." Ihre Augen funkelten, und einen Augenblick fühlte ich mich wie ein Schulmädchen, das aufs Podium gehen soll, um einen Preis in Empfang zu nehmen.

"Ihr Fall ist aus mehreren Gründen einzigartig", fuhr Dr. Moss fort. Sie streckte die Hand aus und zählte die Gründe an den Fingern ab. "Erstens war es eine simultane Regression von zwei Menschen, die heute verwandt sind und die im früheren Leben verwandt waren. Schon das ist extrem selten.

Zweitens kamen die Erinnerungen spontan. Mit anderen Worten, sie wurden nicht unter Laborbedingungen – zum Beispiel unter Hypnose –

ausgelöst, und es gab keine anderen Stimuli. Und keine von Ihnen hat Alkohol getrunken oder Drogen genommen.

Drittens haben Sie beide in einer fremden Sprache gesprochen, die Sie nie gelernt haben, und Sie waren beide in diesem Leben noch nie in Frankreich. Erstaunlich ist auch, daß Sie das Französisch der damaligen Zeit gesprochen haben. Ich kenne nur einige wenige Fälle, in denen das der Fall war.

Viertens war jemand dabei, der diese Sprache spricht und Notizen machen konnte – das kommt nur einmal in mehreren hunderttausend Fällen vor.

Jeder einzelne dieser Umstände würde reichen, um Ihr Erlebnis in meine Kategorie A einzuordnen, die besonders interessanten Fällen vorbehalten ist. Ihr Erlebnis ist sogar derart ungewöhnlich, daß ich es vielleicht in eine neue Kategorie aufnehmen muß, die ich ‚fast unglaublich‘ nennen möchte.“

“Aber Sie glauben uns doch, oder?“ fragte Astar ängstlich.

“O ja, meine Liebe, ich glaube Ihnen.“ Dr. Moss sah Astar an und lächelte gütig. “Schon als Sie zur Tür hereinkamen, wußte ich, daß Sie gekommen sind, um die Wahrheit zu sagen. Glauben Sie mir, ich mache das schon so lange, daß ich Betrüger aus hundert Meter Entfernung erkenne. Sie haben Glück gehabt und etwas wirklich Erstaunliches erlebt, auch wenn es für Sie unangenehm gewesen sein mag. So, haben Sie noch Fragen, die Sie mir stellen möchten?“

“Ja, warum ist das passiert?“ fragte ich sofort.

“Nehmen wir mal das normale, bewußte, alltägliche Gedächtnis“, begann Dr. Moss. “Es kann überaus empfindlich sein und sofort auf den kleinsten Reiz reagieren. Es kann detaillierte und sogar vollständige Erinnerungen liefern. Aber es kann auch schwach und träge sein, langsam reagieren und unvollständige Auskünfte geben.

Beim Seelengedächtnis ist es genauso. Es ist bei jedem Menschen anders. In den meisten Regressionsfällen muß man ihm auf die Sprünge helfen. Das ist natürlich ein grundlegender Unterschied zwischen dem Seelengedächtnis und dem bewußten Gedächtnis.

Aber wenn das Gedächtnis eines Menschen sehr empfindlich ist, dann kann es unter günstigen Umständen fast von selbst Erinnerungen auslösen.

Wissen Sie, die Energie jeder Seele hat ihre eigene Frequenz, und in Ihrem

Fall, wo sich drei Seelen trafen, die in einem früheren Leben ein gemeinsames Erlebnis hatten, wiederholte sich die Interaktion der Energien. Wenn man bedenkt, wie sensitiv Sie sind und was Ihnen in jenem Leben zugestoßen ist, hätte es nur eines sehr kleinen Anstoßes bedurft, um die Erinnerung auszulösen, selbst wenn Troy sich überhaupt nicht erinnert hätte. Habe ich Ihre Frage beantwortet?"

"Ja, das verstehe ich", erwiderte Astar. "Aber mir ist nicht klar, was dieses Erlebnis bedeutet. Ist es nur ein einmaliges Ereignis wie ein guter Film – man denkt noch ein paar Tage daran, dann vergißt man ihn? Oder hat es einen tieferen Sinn?"

"Eine sehr gute Frage!" sagte Dr. Moss und nickte anerkennend. "Darauf gibt es nur eine echte Antwort: Jeder muß den Sinn selbst finden. Reinkarnation ist ein äußerst komplexes Thema. Ich habe ein Leben lang damit gearbeitet und kenne nicht einmal ein Zehntel der Antworten. Aber ein paar allgemeine Hinweise kann ich Ihnen geben. Erstens: Wenn Sie an das Erlebnis glauben, dann ist es zumindest ein Indiz dafür, daß wir mehr als einmal leben, und daß der Tod, wie wir ihn kennen, nur der Tod des Körpers ist, den die Seele auf Erden bewohnt. Das ist für viele Menschen schon ein großer Trost.

Außerdem können Sie wichtige Einsichten gewinnen und damit beginnen, sich selbst als zusammengesetztes Wesen zu betrachten. Je besser Sie die Einzelteile sehen können, desto besser begreifen Sie das Ganze. Zum Beispiel versteht Ihre Mutter jetzt, warum sie Troy immer mißtraute – in diesem Leben gab es eigentlich keinen Grund dafür. Und meiner Meinung nach haben Sie durch Ihre Erinnerung an dieses frühere Leben eine Botschaft vom Geist bekommen: Sie und Ihre Mutter sollen keine Rivalinnen sein!

Mehr kann ich dazu nicht sagen. Sie müssen Ihre eigenen Schlüsse ziehen. Aber da Sie sich bereits an eine frühere Existenz erinnert haben, sollten Sie damit rechnen, daß sich noch weitere Erinnerungen einstellen – bitte lassen Sie es mich dann wissen."

Sie erhob sich und schüttelte uns die Hand. "Astar, Jackie, vielen Dank, daß Sie zu mir gekommen sind. Bleiben Sie bitte mit mir in Verbindung. Wenn unsere Untersuchungen abgeschlossen sind, informiere ich Sie darüber, ob wir Ihre Erinnerungen bestätigen konnten."

Während wir die Universität verließen und zum Auto gingen, hatte ich das Gefühl, als wolle irgend etwas mich in Thelmas Praxis zurückziehen.

Gleichzeitig sah ich vor meinem geistigen Auge die Worte "Komm zurück!" blinken. Als Astar und ich den Parkplatz erreicht hatten, war das Gefühl, zurückgehen zu müssen, so stark, daß ich mich schon umgedreht hatte und wieder auf das Gebäude zuging, ehe mir klar wurde, was ich tat.

"Wohin gehst du? Hast du etwas vergessen?" Astars Stimme schallte über den Campus. Ich ging einfach weiter. "Ich muß zurück. Kann nicht erklären, warum. Komm mit", schrie ich über die Schulter.

Ich betrat das Gebäude, schritt durch den Korridor und blieb vor Thelmas Büro stehen. Astar holte mich ein, legte mir eine Hand auf den Arm und fragte ganz außer Atem: "Was ist los, Ma?"

Ich schüttelte den Kopf. "Ich weiß nicht." Dann klopfte ich kräftig an die geschlossene Tür.

"Kommen Sie rein, Jackie."

Mir schauderte, als ich ins Zimmer trat. Ich schaute Dr. Moss fragend an. "Woher wußten Sie, daß ich es bin? Die Tür war zu."

Dr. Moss lächelte. "Ich habe Sie programmiert, zurückzukommen."

"Was meinen Sie damit?"

"Ich habe Ihnen eine telepathische Botschaft geschickt, die Sie offensichtlich erhalten haben."

Ich schluckte hart und beschloß rasch, sie nicht zu fragen, was das Wort "telepathisch" bedeutete. "Ja, ich glaube, ich habe eine Art Botschaft bekommen. Aber warum? Warum wollten Sie, daß ich zurückkomme? Bevor wir gegangen sind, haben wir Ihnen doch alles gesagt, was Sie wissen müssen."

"Das hat nichts mit dem Erlebnis zu tun, das Sie zu mir geführt hat. Ich möchte Ihre medialen Fähigkeiten testen", sagte Dr. Moss und sah mir fest in die Augen.

"Meine was?" platzte ich heraus. "Das wird allmählich lächerlich", dachte ich. Und ich fühlte mich langsam sehr unwohl. "Das meinen Sie doch nicht ernst", schrie ich. "Ich habe keine solchen Fähigkeiten. Ich glaube nicht an diesen Unsinn! Bitte, keine weitere Enthüllung!" Einen Augenblick lang wollte ich aus dem Büro rennen und nie mehr zurückkehren.

"Ich finde, Sie sollten sich setzen, Jackie, damit ich Ihnen einiges erklären kann." Ihre Stimme klang beruhigend, sie zerstreute meine Angst und ermutigte mich zu gehorchen. Astar setzte sich ebenfalls und sah mich gespannt an.

"Zunächst möchte ich Ihnen sagen, daß fast jeder auf diesem Planeten in gewissem Umfang mediale Fähigkeiten besitzt. Im Grunde sollten wir diese Gabe als natürlich betrachten – als unseren sechsten Sinn, den die meisten Leute Intuition nennen. Allerdings wird er nicht bei jedem Menschen von selbst aktiv wie die anderen fünf Sinne. Nur wenige Menschen werden mit einem gut entwickelten sechsten Sinn geboren, bei anderen entwickelt er sich irgendwann im Leben. Manche merken, daß sie diesen Sinn haben, wenn sie anderen Sensitiven begegnen, aber die meisten Leute erleben dieses Erwachen nie, und selbst wenn, halten sie es für Zufall oder für eine Vorahnung, oder sie finden eine andere Erklärung dafür."

Die ruhigen, vernünftigen Erläuterungen dämpften meine Angst, und obwohl mir die Idee, mediale Fähigkeiten zu haben, nach wir vor absurd erschien, war ich fasziniert.

"Bei Ihnen, Jackie, ist dieser Sinn, glaube ich, recht gut entwickelt. Ich merke das, weil ich selbst sensitiv bin und die Energiefelder oder Auren anderer Sensitiver meist sofort spüre."

"Wie sieht eine Aura aus?" fragte ich.

"Das ist unterschiedlich. Aber Menschen mit starken medialen Kräften haben eine purpurne Aura. Ihre ist überwiegend violett."

"Das kann doch nicht sein ...", sagte ich zögerlich. Aber meine Skepsis wurde schwächer.

"Warum lassen wir nicht den Test entscheiden? Immerhin haben Sie meine Botschaft empfangen, nicht wahr?"

"Ja, das stimmt."

"Und ich vermute, daß Sie manchmal sehr genaue Vorahnungen haben, oder nicht?"

"Ja." Plötzlich fiel mir ein, daß ich wußte, wer mich anrief, bevor ich den Telefonhörer abnahm, und daß ich den Charakter und die Fähigkeiten meiner Klienten unfehlbar beurteilen konnte, ohne sie je gesehen zu haben. Das deutete darauf hin, daß mehr im Spiel war als die normale Intuition.

"Natürlich sind Sie nicht verpflichtet, den Test zu machen. Es könnte auch sein, daß ich mich irre. Aber ich finde, Sie sollten es herausfinden – das sind Sie sich schuldig."

Eine äußerst überzeugende Frau, dachte ich. Ich spürte, daß ich weich wurde.

"Na schön", sagte ich. "Ich werde es versuchen. Aber ich verstehe nicht, wie Sie mich testen wollen – ich glaube ja nicht einmal an mediale Kräfte."

"Das ist mein Problem", sagte Dr. Moss mit aufmunterndem Lächeln. "Entspannen Sie sich einfach, und ich sage Ihnen genau, was Sie tun sollen. Wir versuchen es mal mit Psychometrie."

Wir überquerten den Korridor und betraten ein kleines Labor mit einem Tisch, einem Sofa, Stühlen, einer Fotoausrüstung und einem Tonbandgerät. Es schien schalldicht zu sein, und schwere Vorhänge dunkelten die Fenster ab.

Ich setzte mich auf einen Stuhl neben Dr. Moss. Ein Mann und eine Frau kamen herein und stellten sich als ihre Mitarbeiter vor. Die Frau setzte sich mit einem Notizblock an den Tisch, der Mann kam zu mir und reichte mir seine Armbanduhr. Dann setzte er sich zu seiner Kollegin.

"Also, Jackie", sagte Dr. Moss, "ich möchte, daß Sie die Augen schließen und sich eine leere weiße Kinoleinwand vorstellen. Okay?"

Ich nickte und kam mir vor wie ein Versuchskaninchen.

"Konzentrieren Sie sich jetzt auf die Uhr in Ihrer Hand, und versuchen Sie, auf der Leinwand Bilder zu sehen, die etwas mit dem Eigentümer der Uhr zu tun haben. Sobald Sie etwas sehen – selbst wenn Sie es für Ihre eigene Phantasie halten –, beschreiben Sie es laut. Aber denken Sie daran, daß wir nur etwas über den Eigentümer der Uhr erfahren wollen. Stellen Sie keine Fragen. Sprechen Sie so lange weiter, bis die Leinwand wieder leer ist."

Anfangs fiel es mir schwer, mich auf die "Leinwand" zu konzentrieren. Gedanken von außen gingen mir durch den Sinn und verschwanden wieder. Ich kam mir vor wie eine Närrin und glaubte nicht daran, daß ich etwas sehen würde. Dennoch befummelte ich die Uhr und versuchte, meinen Kopf so leer zu machen wie die Leinwand.

Dann begannen sich erstaunlich klare Bilder auf der Leinwand zu formen. Ein Fußballspiel war im Gange. Einer der Spieler stürzte und hielt sich die Knie. Ich wußte sofort, daß er der Eigentümer der Uhr im Alter von achtzehn Jahren war. Man brachte ihn mit einer blutenden Wunde am Knie in einen Sanitätsraum. Die Wunde wurde hastig und unsauber genäht. Ohne zu zählen, wußte ich, daß es 148 Stiche waren.

Dr. Moss reichte mir einen Notizblock, und ich zeichnete eine gekrümmte, gezackte Linie. Dann schloß ich wieder die Augen. Jetzt sah ich ihn wieder, doch diesmal in seinem jetzigen Alter. Das Wort "Genetiker" erschien auf der geistigen Leinwand, und ich wußte, daß er nach Massachusetts gehen und zusammen mit einem Russen namens Barischnikow – er hatte rotes Haar und Sommersprossen – eine wissenschaftliche Arbeit veröffentlichen würde. Ich mußte lachen und dachte: Das ist doch lächerlich. Ich bilde mir das nur ein. Wer hat je von Russen mit rotem Haar gehört?

Ich verscheuchte diese Gedanken und konzentrierte mich erneut auf die Leinwand. Ein kleines Mädchen fiel von einem hohen Stuhl und brach sich einen vorderen Zahn. Die Bruchstelle war schräg. Ich wußte, daß der Mann, der mir die Uhr gegeben hatte, ein Foto dieses Mädchens in seiner Brieftasche bei sich trug und daß sie seine Tochter war. Dann huschten Gesichter über die Leinwand – seine Familie. Dann ein Haus. Danach wurde die Leinwand leer.

Ich öffnete die Augen und sah die anderen im Zimmer an. Natürlich war ich auf enttäuschte Gesichter gefaßt. Statt dessen sah ich sie beifällig lächeln. Wortlos stand der Mann auf, schob sein Hosenbein hoch und enthüllte eine gekrümmte, gezackte Narbe quer über dem Knie. Sie sah genau so aus wie die auf meiner Zeichnung.

"Hundertachtundvierzig Stiche", sagte er. "Ich bekam sie, als ich im College Fußball spielte. Damals war ich achtzehn." Lächelnd schüttelte er mir die Hand. "Sie waren unglaublich genau! Schauen Sie!" Er nahm seine Brieftasche und zog zwei Fotos heraus. "Das ist Barischnikow – rotes Haar, Sommersprossen und so weiter. Und das ist meine Tochter Samantha – sehen Sie den Zahn? Alles, was Sie gesagt haben, stimmt!"

Dr. Moss nickte bestätigend und strahlte vor Freude. "Richard hat recht. Nichts, was Sie sagten, war falsch, und das kommt beim ersten Test wirklich sehr selten vor. Sie sind eine ausgezeichnete Sensitive, Jackie, daran gibt es keinen Zweifel. Ich schätze, Sie gehören sogar zu den besten fünf Prozent der Leute, die ich je getestet habe."

Wieder kam ich mir vor, als erhielte ich in der Schule eine Belobigung. Aber wollte ich sie überhaupt? Ich war begeistert und verwirrt zugleich. Wenn ich wirklich diese Gabe besaß, dann mußte es möglich sein, sie für mich und vielleicht auch für andere zu nutzen. Vielleicht würde sie meine Einstellung zum Leben von Grund auf ändern – ein aufregender Gedanke. Andererseits hatte ich jetzt einen weiteren Beweis dafür, daß ich anders war als andere Menschen, und ein Teil von mir sehnte sich immer noch danach, normal zu sein. Der alte Konflikt begann sie erneut zu regen.

"Schauen Sie, meine Liebe", sagte Dr. Moss, die meine Unsicherheit bemerkte. "Eine ganze Menge Leute, die ich hier zum erstenmal teste, finden die Ergebnisse aufregend, aber auch verwirrend. Ich sage ihnen immer: ‚Sie sind nicht allein. Es ist keine ungewöhnliche Gabe. Sie kann zwar Ihr Leben verändern, wenn Sie das wollen, aber nur zum Guten. Sie können lernen, diese Gabe konstruktiv zu nutzen.' Ich schlage vor, Sie gehen nach Hause und denken darüber nach, wie Sie Ihre Fähigkeit am besten anwenden. Lassen Sie sich Zeit. Eines Tages wollen Sie wahrscheinlich mit Menschen reden, die ähnliche Erfahrungen gemacht haben. Dann brauchen Sie sich nur an mich zu wenden. Ich werde Ihnen helfen."

"Vielen Dank", sagte ich und erhob mich. "Ich werde bestimmt darüber nachdenken." Meine Gedanken wirbelten. Sollte ich ihr von unseren Schwangerschaften ohne Zeugung und von Titus erzählen? Vielleicht hingen sie, die Rückführung und mein neues Talent miteinander zusammen. Wenn mir irgend jemand eine Erklärung dafür geben konnte, dann Thelma Moss.

Ich zögerte, dann war die Chance vertan, da Dr. Moss mir zum zweitenmal an diesem Morgen die Hand schüttelte. "Ich danke Ihnen nochmals dafür, daß Sie gekommen sind, Jackie. Und bitte, bleiben Sie mit mir in Verbindung. Sie werden von mir hören, sobald ich etwas über Dominique und das Jahr 1654 herausgefunden habe."

Kapitel 7

"Weißt du, ich bin gar nicht überrascht", sagte Astar strahlend, als wir nach Hause fuhren.

"Worüber bist du nicht überrascht?", fragte ich ganz in Gedanken.

"Darüber, daß du ein Medium bist, natürlich."

"Warum das?"

"Weil ich es auch bin."

"Was bist du?"

"Medial veranlagt, Ma, so wie du!"

Astar erstaunte mich immer wieder. Ich drehte mich zu ihr um, und das Auto schlingerte ein wenig, weil ich nicht aufpaßte. "Siehst du, was du angerichtet hast? Bitte nimm mich nicht auf den Arm, während ich fahre!"

"Entschuldige, Ma. Aber ich meine es ernst. Ich weiß nicht genau, ob ich medial bin, aber ich ... sehe seit Jahren Dinge. Ich sage oft meinen Freunden, was geschehen wird, und ich behalte immer recht. Ich habe es dir nie gesagt, weil ich mich davor fürchte und weil ich dachte, du bekommst auch Angst. Aber jetzt ist die Katze aus dem Sack. Mann, bin ich froh, daß du es auch hast!"

"Das hört sich ja an, als hätten wir eine Krankheit!"

"Oh ... nein, das meine ich nicht."

"Nun, was ist es dann? Was hältst du davon?"

"Nach dem, was Dr. Moss gesagt hat, betrachte ich es immer mehr als Geschenk, und ich bin froh, daß wir es haben. Ma, wir können es überall nutzen! Überlege mal, was du in deinem Geschäft damit anfangen kannst. Wahrscheinlich hat es dir schon geholfen, ohne daß du es gemerkt hast."

"Ja, daran habe ich auch schon gedacht."

"Du kannst damit auch anderen Menschen helfen, weil du so viel über sie weißt. Du kannst ihnen klarmachen, was für Fähigkeiten sie haben. Oder vielleicht sollten wir einfach nach Las Vegas fahren und reich werden!"

Astars Überschwang war ansteckend, und ich spürte, daß meine Zweifel sich zerstreuten. Ich hatte schon einige Ideen, was ich mit meinem neu entdeckten Talent anfangen konnte.

"Wir sollten Dr. Moss bitten, uns mit anderen Leuten zusammenzubringen, die so sind wie wir", fuhr Astar fort. "Es gibt anscheinend viele von ihnen. Wäre es nicht toll, Menschen zu treffen, die ähnliche Erlebnisse hatten wie wir? Ich bin sicher, sie würden uns als Seelenverwandte begrüßen. Und wer weiß – vielleicht erfahren wir dabei einiges, was wir nie für möglich gehalten haben!"

"Der Gedanke ist mir auch schon gekommen. Du hast wohl meine Gedanken gelesen", sagte ich grinsend. Insgeheim gab ich zu, daß unsere rätselhaften Erlebnisse wundervoll waren, ein Segen und kein Fluch.

Kapitel 8

Am nächsten Tag saß ich auf der Terrasse und betrachtete einen dieser unvergleichlichen kalifornischen Sonnenuntergänge, als ich die Türklingel hörte.

Ich ärgerte mich ein wenig über die Störung, weil ich mir so wenig Zeit für mich selbst gönnte. Selbst meine besten Freunde wußten, daß sie mich nicht besuchen durften, ohne sich telefonisch anzumelden.

Ich seufzte ein wenig, als ich die Haustür öffnete. Dann blieb mir fast das Herz stehen, als ich plötzlich in Michaels Augen schaute. Ohne nachzudenken entfuhr mir ein langes, schmerzliches "Warum?????!!!"

Er sagte nichts. Er hob mich nur auf und trug mich ins Wohnzimmer, während er mich in wilder Verzückung küßte. Als unsere Lippen sich zum erstenmal berührten, verschmolz meine Energie mit seiner, als sei nichts anderes auf der Welt mehr wichtig. Ich war wie eine Frau, die ohne Wasser durch die Wüste wandert. Und das Wasser war er.

Mein Kleid glitt von mir ab wie ein Wasserfall, und ich merkte gar nicht, wie er sich auszog ... ich spürte nur seinen Körper an meinem, und dann schienen seine Lippen und seine Zunge meinen Körper überall gleichzeitig zu liebkosen. Ich stöhnte und schrie: "Michael, mein Liebster", und er schrie: "Ich liebe dich, Jacqueline ... ich liebe dich, Jacqueline." Sein französischer

Akzent war weich und sinnlich. Wir komponierten zusammen eine Symphonie, und jede Berührung, jedes Streicheln war eine Note in diesem Gesang der Liebe. Wir verschmolzen miteinander, wurden eins und zeitlos. Wir schwebten empor in ein Heiligtum, wo Laute, Berührungen, Gerüche, Stöhnen, Körper, Seele und Geist untrennbar waren. Ich wußte nicht mehr, wo mein Körper war und wo seiner war, als wir einen gewaltigen Höhepunkt erreichten.

Dann erlosch das Feuer der Leidenschaft, und wir ruhten in einem Schoß aus Stille, Glückseligkeit und Einheit.

Während ich in der Schönheit dieses zauberhaften Erlebnisses aufging, verspürte ich plötzlich ein Gefühl der Trennung, das fast schmerzhaft war. Es war, als entferne sich ein Teil meines Selbst von mir. Aber es war Michael, der sich ein wenig zurückzog und auf mich herabsah. Seine Augen strahlten bedingungslose Liebe aus.

Ich wollte nicht sprechen, aber ich mußte wissen, warum er mich verlassen hatte, obwohl er mich damals ebenso sehr geliebt hatte, wie er mich in diesem Augenblick liebte.

Ich schaute hinauf in die liebevollen Augen und fragte: "Michael, warum hast du mich verlassen? Bist du zurückgekommen, weil du wieder bei mir sein willst?"

Die Liebe wich nicht aus seinen Augen, als er flüsterte: "Jacqueline, Geliebte ... Ich weiß nicht, warum ich dich verlassen habe. Du bist die einzige Frau, die ich je geliebt habe. Ich habe eine Frau geheiratet, die ich kaum kannte, eine Bardame mit drei Kindern. Wir hatten nichts gemeinsam. Ich habe nie mit ihr geschlafen, und vor kurzem wurde die Ehe aufgehoben. Als ich von dir ging, war ich nicht bei klarem Verstand. Es war, als habe ein anderer meine Gedanken und mein Handeln übernommen, als beherrsche mich eine Kraft, gegen die ich völlig wehrlos war. Als ich wieder zu mir kam und erkannte, was ich getan und was ich dir angetan hatte, ließ ich meine Ehe annullieren und kam zu dir. Ich betete, dich noch einmal berühren zu dürfen. Meine geliebte Jacqueline, ich kann nicht zu dir zurückkommen, obwohl ich es mehr wünsche als alles andere in der Welt. Ich weiß, daß das gleiche wieder geschehen würde, und das will ich dir nicht antun. Aber du sollst wissen, daß ich dich immer lieben werde."

Er half mir, vom Boden aufzustehen, und küßte mich, als sei ich sein Lebensatem. Dann öffnete er die Haustür und holte ein Päckchen, das er dort zurückgelassen hatte. Wortlos reichte er mir zwei Rosen, eine für die Vergangenheit und eine für die Zukunft. Aber die dritte Rose, die er mir früher immer gegeben hatte, fehlte. Wir sahen einander an, und Tränen liefen uns die Wangen hinab. Als er ging und die Tür hinter sich schloß, wußte ich, daß ihn nichts, was ich sagen könnte, zurückbringen würde.

Jetzt wußte ich, daß ich selbst nach vielen Monaten die Hoffnung nie aufgegeben hatte, daß er zu mir zurückkehren werde. Ich hatte mich nie auf eine monogame, langfristige Beziehung eingelassen, weil mein Herz immer noch Michael gehörte. Wieder dachte ich an meinen "mysteriösen Mann", der gesagt hatte, er habe Michael aus meinem Leben vertrieben. Aber dafür hatte ich keinen Beweis gehabt, bis Michael berichtet hatte, eine unbekannte Kraft habe ihn gezwungen, mich zu verlassen. Einen Augenblick war ich sehr wütend auf meinen geheimnisvollen Besucher, doch dann wurde mir klar, daß ich vielleicht eine Aufgabe auf der Erde hatte, an die ich mich noch nicht erinnerte. Hatte Michael mich davon abgehalten, mein Schicksal zu erfüllen?

Jetzt fand ich mich damit ab, daß ein Kapitel meines Lebens endgültig zu Ende war. Es war Zeit für mich, neue Menschen kennenzulernen, Menschen mit medialen Fähigkeiten, mit denen ich über die ungewöhnlichen Ereignisse in meinem Leben reden konnte, und die mich verstehen und akzeptieren würden. Es war sogar möglich, daß einer von ihnen Titus kannte und mir helfen konnte, mich an ihn zu erinnern. Dann würde er sich wieder manifestieren. Jede Nacht dachte ich an ihn, und oft träumte ich davon, daß er mich beim Liebesakt umarmte. Doch am Morgen konnte ich mich nicht mehr daran erinnern, wo wir im Traum gewesen waren und wie wir hießen.

Kapitel 9

Ich öffnete die Schreibtischschublade und holte das Buchungsformular für die New–Age–Konferenz in Asilomar heraus, von der Dr. Moss gesprochen hatte. Nach meiner Ankunft gestern war ich zu müde gewesen, um mich damit zu befassen. Ich stand auf, goß mir noch einmal Kaffee ein, nahm den dicken weißen Umschlag vom Wohnzimmertisch und ging wieder auf die Terrasse, um das Programm zu studieren.

Ein paar Wochen später war ich mit Astar im privaten Konferenzzentrum auf der Halbinsel Monterey. Das Bauwerk mit dem Rahmen aus Holz und Glas glich einem Nest zwischen windgepeitschten Zypressen und Kiefern, und die kleinen Wohnhäuser verteilten sich um die Konferenzhalle mit der hohen Decke wie eine Flotte von Segelbooten um einen Ozeanriesen. Waschbären und Rehe strichen durch die Wälder, in denen das dumpfe Rauschen der Brandung widerhallte. Die Wellen rollten über den weißen Sand jenseits der Dünen, die das Anwesen seewärts umrahmten.

Die Stille war wie eine Droge und hüllte uns sofort ein, als wir den Fuß auf das Grundstück setzten. Wir hatten das Gefühl, als sei das Gelände von einem unsichtbaren Ring umgeben, der es von Störungen abschirmte. Zwischen Weihnachten und Neujahr arbeiteten, spielten, meditierten, aßen und schliefen fünfhundert Teilnehmer in einer harmonischen Atmosphäre, die ich nicht für möglich gehalten hätte.

Das Motto der Konferenz lautete: "Wenn der Geist dich berührt". Astar und ich entdeckten sehr schnell, daß dies in der Tat das Ethos des ganzen Programms war. Wer an einem Energiekurs oder einem Seminar über Heilung teilnehmen wollte, der tat es – sofern er es nicht vorzog, den ganzen Tag lang am Strand Sandburgen zu bauen. Wir taten das, worauf wir Lust hatten. Da mein Arbeitsalltag immer genau geplant war, sprach ich auf diese Freiheit wie ein Kind an, das zum erstenmal Disneyland besucht.

Alles an der Konferenz war faszinierend, vor allem die Teilnehmer. Sie kamen aus allen Bevölkerungsschichten: Schriftsteller, Musiker, Künstler, Schauspieler, Ärzte und Rechtsanwälte, Ingenieure und Wissenschaftler aller Art. Am meisten hatte ich mich vor einer chaotischen Versammlung aus Wahrsagern und pendelnden Männern mit Bart und hohlen Augen gefürchtet. Aber meine Bedenken erwiesen sich schnell als unbegründet.

Jeder einzelne Mensch, den ich traf, war ein glaubhafter Spezialist auf seinem Gebiet. Als ich die Teilnehmerliste überflog, sah ich viele Namen, die ich aus den Schlagzeilen kannte. Sie waren offensichtlich aus einem einfachen Grund hier: um mehr über sich selbst und ihre Umwelt zu lernen.

Nach ein paar Tagen fühlte ich mich als Teil einer großen, liebevollen Familie. Wenn ich herumlief, meinen Platz in einem Seminar einnahm oder mich an den Eßtisch setzte, kamen mir alle, mit denen ich sprach, vertraut vor. Es war, als würde ich sie nicht nur ein Leben lang, sondern seit Tausenden von Jahren kennen. Fast alle Leute hatten Erinnerungen an frühere Existenzen gehabt, und mehr als die Hälfte schien irgendwie medial begabt zu sein. Ich wollte bestätigt haben, daß Medien nicht verrückt sind, und hier lernte ich, daß solche Fähigkeiten gar nicht so ungewöhnlich sind, und daß ich mehr Freude an meinen Talenten haben sollte.

Im Laufe der Woche wurden Astar und ich von einer Woge berauschender, ungehemmter Energie getragen. Jeden Tag bereitete eine Gruppensitzung weitere Enthüllungen vor. Alle Teilnehmer meditierten gemeinsam, um ihre Energie sowohl individuell als auch kollektiv zu steigern. Je mehr die Energie der Gruppe zunahm, desto tiefgreifender wurden die Erfahrungen der einzelnen Mitglieder. Ich hatte den Eindruck, daß alle Anwesenden eine Art Durchbruch erlebten – sie konnten kreativer denken und verstanden sich selbst besser.

Auch ich profitierte davon. Mein "sechster Sinn" wurde schärfer und genauer, und allmählich konnte ich die Energiefelder der Menschen sehen. Außerdem fühlte ich mich entspannter als je zuvor in meinem Leben. Es war, als hätte ich mit dem Durchschreiten des Tores von Asilomar all den Müll weggeworfen, der bisher meinen Geist verstopft hatte.

Einer der Höhepunkte der Veranstaltung war die Vision einer neuen Freundin namens Shalimar. Sie sah mich in einem früheren Leben, in dem ich Triana hieß. Kaum hatte sie diesen Namen ausgesprochen, begann ich zu weinen – nicht aus Traurigkeit, sondern aus Freude. Sofort beschloß ich, daß ich ab sofort – außer in meiner Firma – diesen Namen tragen würde. Mein neues spirituelles Ich sollte Triana heißen!

Den folgenden Tag verbrachte ich in einem Workshop. Der Leiter war ein Chinese mittleren Alters. Er hatte die faltenlose Haut und das Antlitz eines Buddha, und er erklärte, der menschliche Körper könne die heilenden Kräfte der Erde und des Kosmos nutzen, sofern der Geist darauf eingestimmt sei. Er ließ uns meditieren und lud dann sechs kranke Teilnehmer ein, sich auf Heiltische zu legen. Die übrigen, darunter auch ich, verteilten sich um die Tische und visualisierten ein helles grünes Licht, das aus dem Kosmos kam und durch die Hände strömte. Fast sofort spürte ich ein Prickeln in den Handflächen, und die Haut des Patienten strahlte Wärme aus.

Später ging ich in mein Zimmer und traf dort Christie, meine Mitbewohnerin an, die einen schmerzenden, geschwollenen Knöchel hatte. Sie war auf dem Weg zum Strand über eine Wurzel gestolpert und hatte sich den Fuß verstaucht.

Ich legte die Hände auf den Knöchel und visualisierte heilendes Licht, das aus meinen Fingern floß. Zu meiner Freude war die Schwellung schon eine Stunde später verschwunden, und Christie hatte kaum noch Beschwerden. Am Abend erzählte mir Astar, sie habe ebenfalls geheilt, und all ihren Patienten gehe es gut.

Ich war erstaunt darüber, wieviel ich gelernt hatte, und freute mich auf den Rest der Woche. Solche Erlebnisse hoben meine Stimmung beträchtlich.

An diesem Abend gab es noch eine interessante Debatte. Die fünf Diskussionsteilnehmer gehörten zur Welt des Films, und einer von ihnen war Richard Chamberlain. Als ich ihn zum erstenmal in der Fernsehserie "Dr. Kildare" gesehen hatte, empfand ich tiefe Liebe für ihn, ohne zu wissen, warum. Ich verstand nicht einmal meine eigenen Gedanken: Ich bin so froh, daß du lebst und daß wir beide gleichzeitig inkarniert sind. Insgeheim wünschte ich mir, ihm eines Tages zu begegnen und ihm genau diese Worte zu sagen.

Ich konnte es kaum erwarten, seine Meinung zum Thema zu hören: Wenn Sie eine Rolle spielen und die Person werden müssen, die Sie spielen, haben Sie dann das Gefühl, wirklich diese Person zu sein und mit der Rolle Karma auf sich zu laden?

Alle fünf Teilnehmer stimmten darin überein, daß sie die Gefühle der Person, die sie spielten, tatsächlich empfinden mußten, daß sie vorübergehend diese Person waren und daß dies wahrscheinlich karmische Folgen hatte. Ihre Beiträge waren faszinierend, und ich schloß mich ihrer Auffassung an.

Nach der Veranstaltung ging ich zu dem Platz, an dem wir unsere Schuhe zurückgelassen hatten. Als ich mich bückte, um meine Schuhe anzuziehen, bemerkte ich jemanden neben mir und hob den Kopf, um ihn anzulächeln. Zu meiner freudigen Überraschung war es Richard. Ich erhob mich, um "Hallo!" zu sagen, als Brugh Joy kam, einer der Moderatoren der Konferenz. Er umarmte Richard, und als ich den beiden zuschaute, sah ich, daß sie in einem früheren Leben zusammen gewesen waren. Ohne nachzudenken, sagte ich: "Entschuldigen Sie, wenn ich Sie unterbreche. Aber ich hatte eben eine Erinnerung an ein früheres Leben, in dem Sie Brüder waren ... eineiige Zwillinge. Sie haben einander Ihr Leben lang liebevoll geholfen."

Richard drehte sich um und sagte: "Oh, das ist sehr interessant. Brugh und ich haben uns immer wie Brüder gefühlt. Bald wird Brughs Leben verfilmt, und ich werde in dem Film Brugh spielen!"

"Das ist ja wundervoll", sagte ich, lächelte ihn an und ging zur Tür. Ich wußte, daß es Zeit war zu gehen.

Nach dieser Diskussion folgten vierundzwanzig Stunden der Ruhe. Ich ging zum Meer, dankbar für die Gelegenheit, still und mit der Natur eins zu sein. Ich wanderte den Strand entlang, bis ich an einen menschenleeren Platz kam, wo ich mit meinen Gedanken allein sein konnte. Richard ging mir nicht aus dem Kopf. Ich hob eine Muschelschale mit einer scharfen Kante auf und zeichnete ein riesiges Herz in den glatten, feuchten Sand. Als ich damit fertig war, schrieb ich meinen Namen und Richards Namen hinein und fügte einen Pfeil Amors hinzu. Schmunzelnd setzte ich mich ein paar Meter entfernt in den Sand. Ich kam mir vor wie ein Kind, und Liebe überflutete mich.

Während ich mein Kunstwerk bewunderte, sah ich einen Mann, der fröhlich durch den Sand hüpfte, und als er näherkam, erkannte ich zu meiner Überraschung, daß es Richard war. Er bemerkte mich nicht, aber er kam auf mich zu. O mein Gott, dachte ich, er wird das Herz sehen und wahrscheinlich schnurstracks darüber gehen. Aber er tat es nicht. Er lächelte und winkte mir zu. Ich winkte zurück und fühlte mich schwindelig. Dann ging er an mir vorbei, grub ein großes Loch in den Sand und legte sich hinein. Ich hätte so gerne mit ihm gesprochen, aber ich respektierte die Stille und betete darum, daß ich noch die Gelegenheit haben würde, ihm die Worte zu sagen, die ich ihm schon lange sagen wollte.

In den folgenden Stunden versetzte die Ruheperiode mich in Euphorie. Ich war überrascht, wie gut wir uns verständigen konnten – durch Blicke, Gesten und den Austausch subtiler Energien, welche die täglichen Meditationen offenbar in jedem von uns freisetzten. Erstaunlich war es auch, wie lebendig die Umwelt wurde, wenn keine menschliche Stimme sie störte. Bilder, Gerüche, Berührungen und Geräusche wurden deutlicher, und ich stellte mir vor, den Himmel zu spüren, den Atem der Erde zu hören und die Millionen von Tröpfchen zu sehen, in die die Wellen der Brandung sich auflösten. Ich war den Elementen so nahe wie niemals zuvor.

Als die Periode der Stille zu Ende ging, folgte ein Ereignis, von dem wir alle wußten, daß es der Höhepunkt unseres Aufenthalts in Asilomar sein würde: ein Abend der Heilung. Wir hatten gelernt, daß die völlige Stille unsere Lichtenergie stärkte und daß diese heilende Energie an diesem Abend stärker sein würde denn je.

Wir versammelten uns im größten Saal des Komplexes, durften aber bis Mitternacht nicht sprechen. Dann sollten tibetische Glocken das neue Jahr einläuten, und wir würden es willkommen heißen.

Jeder von uns erhielt dreimal fünf Karten, und jeder Teilnehmer schrieb auf seine Karte, nach welcher körperlichen, seelischen oder geistigen Heilung er sich am meisten sehnte. Tische wurden aufgestellt, und wir durften uns als Heiler um sie versammeln oder uns auf einen der Tische legen, unsere Karte einem der Heiler reichen, die Augen schließen und die heilende Energie aufnehmen.

Ich beschloß, beides zu versuchen. Ich wollte sowohl heilen als auch geheilt werden.

Ohne daß wir miteinander sprachen, lag immer jemand auf jedem Tisch, und jeder Tisch war ständig von Heilern umringt. Es war offensichtlich, daß Wesen einer höheren Existenzebene das Ganze lenkten, und jeder Augenblick war von Liebe und Vollkommenheit erfüllt.

Es war wundervoll, auf dem Tisch zu liegen und heilende Energie zu empfangen. Danach stellte ich mich vor einige Tische und strahlte heilende Energie aus. Kurz vor Mitternacht dachte ich: Ich wünschte, Richard würde sich auf den Tisch legen, an dem ich gerade heile. Ich sehnte mich danach, die ganz besonderen Worte zu sagen. Oh, ich wußte, daß ich nicht sprechen sollte, aber vor dem geistigen Auge sah ich seinen Kopf unter meinen Händen und hörte, wie ich ihm etwas zuflüsterte. Ich schaute mich um und sah ihn am anderen Ende des Saales meditieren. Also sandte ich weiter heilende Energie zu der Frau, die vor mir auf dem Tisch lag.

Als wir fertig waren und ich den Tisch verlassen wollte, kam Richard und legte sich hin. Sein Kopf befand sich genau unter meinen Händen, wie in meiner Vision. Er reichte mir seine Karte, auf die er geschrieben hatte: "Bitte öffne mein Herzchakra." Tränen traten mir in die Augen, als ich sie schloß. Sanft legte ich die Hände an beide Seiten seines Kopfes, beugte mich vor und flüsterte: "Ich bin so froh, daß du lebst und daß wir beide gleichzeitig inkarniert sind." Dann empfand ich ein herrliches Gefühl der Erfüllung. Als die Heilung beendet war, stand er auf, zwinkerte mir zu und ging.

Kurz vor Mitternacht bauten wir alle zusammen die Tische ab. Das geschah rasch und fast mühelos. Dann erklangen die tibetischen Glocken und Harfen. Eine Frau mit kristallklarer Stimme sang uns vor, was wir zu tun hatten.

Jeder von uns holte eine weiße Rose mit langem Stiel aus einem riesigen Behälter, der fünfhundert Rosen enthielt. Sobald die Musik aufhörte, sollten wir zu dem Menschen gehen, dem wir das schönste Erlebnis verdankten, und ihm die Rose schenken.

Als ich nach der Rose griff, klopfte mir jemand auf die Schulter. Ich drehte mich um und sah Richard hinter mir stehen. Ich lächelte ihn an, und er reichte mir seine Rose, und ich gab ihm meine. Er sah mich mit bedingungsloser Liebe an und sagte: "Ich erinnere mich an dieses Leben."

Mein Herz frohlockte. Ich schaute in seine zwinkernden Augen und wußte sofort, warum ich mich so darüber freute, daß er am Leben war und warum ich es ihm hatte sagen wollen.

Liebevoll sagte ich zu ihm: "Ich war eine Königin, und mein Mann, der König, lag im Sterben. Unser Land führte Krieg, und jemand mußte Dokumente überbringen, um den Krieg zu beenden. Es war ein gefährlicher Auftrag. Ich ließ dich rufen und fragte dich, ob du dazu bereit seist. Du warst der einzige, dem ich vertraute. Wir wußten beide, daß du wahrscheinlich nicht zurückkommen würdest; dennoch hast du nicht gezögert. Du hast die Dokumente genommen, und nachdem du sie überbracht hattest, wurdest du getötet. Darum kann ich dir erst jetzt danken."

Wir umarmten einander. Es war einer jener zeitlosen, heiligen Augenblicke, in denen Worte fehl am Platz sind. Ich wußte, daß wir ihn nie vergessen würden.

Kapitel 10

Als wir Asilomar an einem funkelnden Januartag verließen und südlich von Monterey zur hochragenden Küste von Big Sur hinaufkletterten, fühlte ich mich, als hätte ich das Elixier des Lebens getrunken. Jetzt schien alles Sinn zu ergeben – zumindest fast alles. Insgeheim hatte ich auf eine Gelegenheit gewartet über Astars und meine Empfängnis zu reden, aber in den vielen Gesprächen mit zahlreichen Leuten wurde das Thema "zölibatäre Geburt" nie erwähnt, und darum wollte ich es nicht selbst anschneiden.

Aber ich fragte alle, denen ich begegnete, ob sie etwas über einen Mann namens Titus Vaspasian wüßten, ohne zu sagen, warum ich das wissen wollte. Niemand hatte von ihm gehört. Ich sehnte mich immer noch nach der Antwort, aber sie war offenbar in meiner Seele verschlossen und weigerte sich, zum Vorschein zu kommen.

Asilomar war für mich ein heilendes Erlebnis, das ich nie vergessen werde. Ich hatte ein neues Gefühl von Ganzheit und war dankbar für meine medialen Fähigkeiten, die ich nicht mehr unheimlich fand. Astar und ich hatten gemeinsam eine beglückende Erfahrung gemacht, und wir strahlten beide vor Freude und Inspiration.

Ich sprach mit Astar auch über meinen Plan, das Geschäft zu erweitern und größere Klienten im Bereich der Medizin zu betreuen. Wenn ich eine bessere Heilerin werden wollte, mußte ich mehr über die Schulmedizin lernen und herausfinden, warum sie manchmal nicht helfen kann. Und ich hielt es für die ideale Lösung, die Schulmediziner im Rahmen meines Berufes kennenzulernen.

Drei Monate lang leitete ich jede Unze Energie, die ich besaß, in meine Expansionspläne. Ich sammelte Informationen, streckte zaghaft die Fühler aus, knüpfte Kontakte und schloß eines Tages den lukrativsten Vertrag seit dem Bestehen meiner Firma. Ich war aufgekratzt wie damals, als ich einer Bank wider Erwarten einen Kredit über 20 000 Dollar abgeluchst und mich selbständig gemacht hatte.

Ich ging früh ins Büro und verließ es spät; nur für gelegentliche Abende mit Astar nahm ich mir Zeit. Andere Ablenkungen gab es nicht. Troy war verschwunden, offenbar ziemlich erschüttert von unserem Reinkarnationserlebnis. Wie immer schien die Arbeit die beste Methode zu sein, um das zu vergessen, was mir in meinem Leben fehlte – vor allem eine große Liebe.

Während dieser Monate voller zäher, harter Arbeit dachte ich nicht viel an meine medialen Fähigkeiten, obwohl ich sie im Geschäft ständig nutzte.

Kapitel 11

Mein ganzes Wesen schrie nach Ruhe, aber ich war so beschäftigt, daß ich gar nicht an Freizeit dachte. Es schien Jahre her zu sein, daß ich mich in Asilomar ein wenig erholt hatte.

Astars achtzehnter Geburtstag nahte, und ich hatte versprochen, ihr eine Reise nach Griechenland zu schenken und sie zumindest eine Zeitlang zu begleiten. Dieser Urlaub war ohnehin überfällig.

Ich beschloß, mir drei Wochen frei zu nehmen und zehn Tage mit Astar in Griechenland zu verbringen. Zwei Wochen lang wollte ich allein verreisen – vielleicht nach Europa, um mich an der Mittelmeersonne zu laben. Auch Israel hatte ich schon immer besuchen wollen, um mehr über meine Herkunft zu erfahren. Es ist ein faszinierendes Land, und ich hatte einige jüdische Freunde, die mir alle versichert hatten, daß ihre Reise nach Israel ihnen wichtige Einsichten vermittelt habe und sie einen herrlichen Urlaub genossen hätten.

Spontan rief ich Leta Samuelson an, eine der Seminarleiterinnen in Asilomar, mit der ich mich besonders gut verstanden hatte. Sie war meine beste Freundin geworden, obwohl wir in verschiedenen Teilen des Landes lebten und uns selten sahen. Wir telefonierten oft miteinander und sprachen offen über unsere Hoffnungen und Träume. Leta hatte mich anscheinend zu ihrem Schützling auserkoren, und ich lernte ihr sanftes, liebevolles Wesen bald schätzen. Sie ermutigte mich, wenn ich Pläne schmiedete, und unsere Freundschaft war voller Humor und Spontaneität.

Leta war eine stämmige Frau Mitte vierzig, die zeltähnliche Kaftans liebte, während ich adrette, modische Kleider bevorzugte. Ihre Großzügigkeit und ihre charismatische, wenn auch etwas exzentrische Persönlichkeit ließ anderen Leuten wenig Zeit, über ihre sonderbare Garderobe nachzudenken.

In Asilomar referierte Leta über die Umwandlung von Materie, und den fünfhundert Teilnehmern stockte der Atem, als sie sich hinter dem Pult einen vollen Meter in die Luft erhob und dabei weiterredete, als sei nichts geschehen. Auf ihrem runden, rosigen Gesicht lag ein engelhaftes Lächeln.

Leta war ein hochentwickeltes Medium und verfügte über ein umfassendes esoterisches Wissen. Ihre Lebensgeschichte strotzte von Beweisen dafür, daß nicht alles so ist, wie es scheint. Zweimal war ihr physischer Körper mehrere Jahre lang verschwunden, einmal in Tibet, als sie noch ein Kind war und ihr Vater, ein Geologe, ihr den Rücken zudrehte, und ein zweites Mal, als sie hinter ihrem verblüfften Mann auf einer Straße in Japan Fahrrad fuhr. Sie erzählte mir, sie sei in einer anderen Dimension gewesen, an einem Ort, den sie "Das Kloster der sieben Strahlen" nannte. Mehr wollte sie mir nicht sagen.

Zu meiner Freude war Leta sofort bereit, mit mir Urlaub zu machen. Israel war ihr recht, weil sie zuletzt als Twen dort gewesen war, allerdings auf einem ganz normalen Familienurlaub.

Ich versprach ihr, mich nach Touren durch Israel zu erkundigen, und wir vereinbarten, uns am folgenden Wochenende zu treffen und in Reiseprospekten zu schmökern.

Kapitel 12

Am nächsten Tag schickte ich Janet, meine Sekretärin, ins Reisebüro, um Prospekte zu holen. Gegen Mittag kehrte sie mit einem ganzen Armvoll zurück. Da die Telefone eine Minute still blieben, breitete ich die Prospekte auf dem gläsernen Kaffeetisch in meinem Büro aus und setzte mich aufs Sofa, um sie zu studieren. Als ich die dritte Broschüre öffnete, fiel mein Blick auf einen Lichtstrahl nahe der gegenüberliegenden Wand. Dort hing eines der Kunstwerke meiner Sammlung, eine große Platte aus poliertem Aluminium, eineinhalb Meter lang und neunzig Zentimeter tief – mein Lieblingsstück. Die Platte wog hundert Pfund, und in der Mitte befand sich eine Kupferscheibe mit einem Durchmesser von etwa fünfzehn Zentimetern. Von dieser Scheibe gingen Linien aus, die leicht ins Aluminium gehämmert worden waren und wie Strahlen aussahen. Ich hatte das Werk "Die astrale Gebärmutter" getauft.

Als ich es betrachtete, fiel mir im Zentrum der Scheibe ein starker, heller Reflex auf. Seltsam, dachte ich. Die Wand liegt im Schatten, und die Sonne fällt auf die Wand, vor der ich sitze. Während ich die Scheibe anstarrte und überlegte, woher das Licht kam, sah ich plötzlich eine Gestalt in der unteren linken Ecke des Bildes. Auf der Oberfläche der Aluminiumplatte bildeten sich trübe Flecke, und dort, wo diese Flecke auf den polierten Glanz trafen, wurden Umrisse sichtbar.

Fasziniert beobachtete ich, wie langsam, aber deutlich erkennbar, ein chinesisches Symbol erschien. Dann formten sich wie durch Zauberei Bilder, als seien sie immer dagewesen. Erstaunt sah ich, daß das vierte Bild noch im Entstehen war, während in der Mitte des Kunstwerks, gleich links von der Scheibe, schon das nächste entstand. Die Farbtöne des Metalls veränderten sich, und ein Löwenkopf tauchte auf. Er war wie ein dunkler Schatten in der hellen Sonne, vollkommen in jedem Detail, aber mit einer Reflexion im Auge – dort war ein winziger Fleck des Metalls ganz weiß geworden.

Ich saß jetzt auf der Kante des Sofas und war angespannt wie eine Sprungfeder. Das ganze Bild begann zu wirbeln und trübte sich, als wirke die starke Hitze eines Schweißbrenners darauf ein. Überall erschienen Umrisse und Gestalten, und mit der Kupferscheibe schien dasselbe zu geschehen. Ich schaute so gebannt zu, daß ich Janet, die ins Zimmer gekommen war, erst bemerkte, als das Tablett mit Kaffee und belegten Broten mit lautem Krachen zu Boden fiel.

Ich schaute mich um und sah Janet stocksteif dastehen. Ihr Gesicht war totenblaß, und sie starrte mit weiten Augen auf das Bild.

"Habe ich Wahnvorstellungen, oder verändert sich das Bild?" fragte sie leise.

"Es verändert sich wirklich. Gott sei Dank sehen Sie es auch. Ich habe mich schon gefragt, ob meine Phantasie mit mir durchgeht. Es hat vor etwa zwanzig Minuten angefangen."

"Allmächtiger! Wie ...?"

"Ich weiß es nicht. Ich habe keine Ahnung, wie das möglich ist."

Janet vergaß den verschütteten Kaffee und die Sandwiches und setzte sich neben mich aufs Sofa. Gemeinsam schauten wir zu, wie das Bild sich weiter veränderte. Es war, als sei das ganze Kunstwerk zum Leben erwacht und reagiere auf eine innere oder äußere Kraft, die eine Art Metamorphose in ihm auslöste.

"Das sind Sie", flüsterte Janet aufgeregt, als im Zentrum der Scheibe das Gesicht einer Frau erschien. Es sieht mir wirklich sehr ähnlich, dachte ich. Aber bevor ich Zeit hatte, darüber nachzudenken, veränderte sich das Gesicht. Diesmal war es Astar. Die hohen Wangenknochen, die hübsche Nase und die Mandelaugen waren unverkennbar! Jetzt schienen die Bilder auf der Aluminiumplatte sich stabilisiert zu haben, während die auf der Scheibe sich immer noch veränderten. Astars Gesicht wurde bald vom Kopf und Leib der Sphinx ersetzt, die sich ihrerseits in vier an den Spitzen vereinte Dreiecke auflöste. Die Dreiecke verschmolzen und wurden für einige Augenblicke zum Yin–Yang–Symbol, ehe die Linien sich zur einfachen, rechteckigen Form eines Bogens oder Tores streckten, auf dessen Sturz eine geflügelte Sonne zu sehen war. Ich erkannte sofort das Sonnentor der alten Ägypter.

Jetzt war das Aluminium buchstäblich mit Bildern übersät. Da waren kannelierte römische Säulen, griechische Tempel, orientalische Symbole, eine Karawane, die mich an die Heiligen drei Könige auf ihren Kamelen erinnerte, und in der rechten Ecke ein Christuskopf, so klar, daß mir Tränen in die Augen traten. In einer Hand hielt Christus einen Dreizack, was mir sonderbar vorkam ... hätte er nicht ein Kreuz halten müssen?

Unmittelbar unter der Scheibe befanden sich drei Pyramiden, umgeben von den unergründlichen, königlichen Gesichtern der Pharaonen.

Die Scheibe selbst hatte sich offenbar beruhigt. Das Tor war geblieben, und allmählich hörte die Bewegung im restlichen Bild ebenfalls auf. Die einst glatte Oberfläche blieb in ihrem neuen, gefleckten Zustand, mit dynamischen Szenen bedeckt.

Einige Minuten saßen Janet und ich stumm nebeneinander und betrachteten die außergewöhnliche Transformation, die sich hier ereignet hatten. Das einzige, was wie früher aussah, waren die zwei Grundformen: die rechteckige Aluminiumplatte und die runde Kupferscheibe in ihrer Mitte. Sonst hatte sich alles verändert, sogar die Farbe der Scheibe: Aus dem einst polierten Kupfer war ein blasseres Honiggelb geworden. Die Scheibe war jetzt narbig und spiegelte dennoch besser; sie führte zum Tor, dessen Zentrum in Sonnenlicht getaucht war.

Plötzlich begannen sechs oder sieben Telefone gleichzeitig zu klingeln. Zum erstenmal, seitdem ich das Licht auf der Scheibe gesehen hatte, meldete die Außenwelt sich wieder. Ich schaute auf die Uhr – eineinhalb Stunden waren vergangen. Mein Gott! Seit der Eröffnung meines Geschäfts hatten die Telefone noch nie länger als zehn Minuten geschwiegen. Ich hatte mich so an das ständige Klingeln gewöhnt, daß ich mich sogar unwohl fühlte, wenn es für eine Minute verstummte. Aber in den vergangenen eineinhalb Stunden war kein einziger Anruf gekommen, und mir war es nicht einmal aufgefallen.

Janet sprang auf die Füße, hob das Tablett samt Inhalt auf, verließ kopfschüttelnd das Zimmer und murmelte: "Ich glaube es nicht. Ich glaube es nicht". Ich warf einen letzten Blick auf das Bild, dann ging ich zum Schreibtisch und griff nach dem Telefon.

Um sechs Uhr nachmittags steckte Janet den Kopf durch die Tür, um sich zu verabschieden. Sie hatte einen fragenden Gesichtsausdruck, als erwarte sie, daß ich, die normalerweise auf alles eine Antwort wußte, ihr erklären konnte, was sich abgespielt hatte. Aber ich hatte weder eine Erklärung noch die Absicht, meinem Personal zu offenbaren, daß ich ein Medium war und daß in meiner Umgebung seltsame Dinge geschahen. Bevor Janet etwas sagen konnte, versicherte ich: "Ich habe keine Ahnung, was passiert ist oder wie es passiert ist. Die einzig mögliche Erklärung ist, daß die Bilder schon immer da waren und daß die Wärme oder die Sonne oder etwas anderes sie zum Vorschein gebracht haben. Ich werde Greg Pettini, den Künstler, anrufen und ihn fragen, ob ihm etwas dazu einfällt. Das war das Ungewöhnlichste, was ich je gesehen habe."

"Mir geht es genauso", sagte Janet. Sie akzeptierte meinen Versuch, eine vernünftige Erklärung zu finden. "Ich bin wirklich neugierig auf seine Reaktion. Und wenn ich morgen früh komme und keine Bilder mehr sehe, nehme ich wahrscheinlich Urlaub. Gute Nacht, Jackie."

Als Janet gegangen war, erhob ich mich und drehte mich um. Ich wollte das Bild noch einmal studieren. Alle Formen und Gestalten waren noch vorhanden, eine außergewöhnliche Collage von Szenen aus der antiken Welt, beherrscht vom ägyptischen Tor in der Mitte der Scheibe und den Pyramiden und Pharaonen unmittelbar darunter.

Ich glaubte keinen Augenblick daran, daß Greg mir eine Erklärung geben konnte. Dennoch rief ich ihn an. "Ich habe nur die Strahlen ins Aluminium eingeritzt", sagte er. Und es war unmöglich, daß Licht oder Wärme das Metall beeinflußt hatten, da er es mit über dreißig Pfund Acryl überzogen hatte. "Klar, ich komme vorbei und sehe es mir an, wenn ich wieder in San Francisco bin", versprach er. Aber der Ton seiner Stimme verriet, daß er sich Sorgen um meine geistige Gesundheit machte, so wie der Kellner an dem Tag, als mein mysteriöser Besucher sich manifestiert hatte.

Je öfter ich das Bild betrachtete, desto fester war ich davon überzeugt, daß es irgendeine Botschaft enthielt. Sollte ich in den alten Kulturen etwas suchen – vielleicht meinen "mysteriösen Mann"? Hatte er das Bild mit seiner Energie verändert? Und war es nicht seltsam, daß ich Urlaubsprospekte über diesen Teil der Welt studiert hatte, als das Bild begonnen hatte, sich zu verändern? Ägypten war jetzt das dominierende Thema des Werkes. Möglicherweise sollte ich nicht nach Israel gehen, sondern nach Ägypten.

Zu Hause rief ich Leta an und erzählte ihr, was geschehen war. Sie war einer der Menschen, von denen ich wußte, daß sie mich ernst nehmen würden. Leta hörte aufmerksam zu und sagte dann: "Jackie, du hast deine Fähigkeiten akzeptiert und arbeitest mit ihnen. Damit hast du dich für einen bestimmten Weg entschieden. Von jetzt an wirst du feststellen, daß jemand dich auf diesem Weg führt. Das wird dir sehr seltsam vorkommen, sofern es dir nicht manchmal sogar verborgen bleibt. Meiner Erfahrung nach solltest du diesen Zeichen folgen, und wenn sie dir noch so ungewöhnlich vorkommen, denn es gibt immer einen Grund dafür, selbst wenn du ihn erst Jahre später entdeckst. Ich finde, du hast eine recht klare Botschaft erhalten: Geh' nach Ägypten. Aber ich rate dir zu meditieren, bevor du schlafen gehst, und um eine Bestätigung zu bitten. Wenn du morgen noch glaubst, daß du nach Ägypten gehen mußt, dann habe ich nichts dagegen. Ich wollte schon immer nach Ägypten fahren, und es gibt niemanden, mit dem ich lieber ginge. Du bist jung und fit genug, um mich auf die Pyramiden hinaufzuschubsen!"

Das liebe ich am meisten an Leta, dachte ich, als ich den Hörer auflegte. Sie akzeptiert alles, wie es ist. Jeder sollte sich bemühen, wie Leta zu sein, und für mich war sie eine große Lehrerin, obwohl ich manchmal ihre unartigste Schülerin war. Leta gelang es, spirituell zu wachsen, indem sie alles hinnahm, was der Tag ihr brachte. Ich kannte Leute, die sich seit Jahren vergeblich um spirituelles Wachstum bemühten – aber sie hielten stur an irgendeiner Lehre fest.

In dieser Nacht wurde mir bestätigt, daß ich in meinem Urlaub nach Ägypten reisen sollte, und zwar in einer Form, die ich am wenigsten erwartet und, in mancher Hinsicht, am wenigsten gewünscht hatte. Als ich im dunklen Schlafzimmer lag und meine Gedankenflut anhielt, um mich auf die Meditation vorzubereiten, erschien eine goldene Aura auf meinem geistigen Bildschirm. Und in diesem Licht formte sich allmählich ein Gesicht – das Gesicht meines "mysteriösen Mannes". Die smaragdgrünen Augen mit den bernsteingelben Pünktchen strahlten zeitlose Liebe aus, und wieder, fast gegen meinen Willen, antwortete ich darauf mit einer Hingabe, die aus jedem Atom meines Körpers zu strahlen schien.

Das Gesicht lächelte mich an und begann zu sprechen. "Komm' nach Ägypten", sagte es. "Ich schicke dir meine Visitenkarte, und du wirst Zugang zu Orten erhalten, die zu deinen Lebzeiten noch niemand gesehen hat. Komm' nach Ägypten. Komm' nach Ägypten." Die Stimme war sanft und liebevoll und sehr überzeugend.

Ich biß mir auf die Zunge, weil ich nicht antworten wollte, und nach einer Weile verblaßte die Vision. Aber die Worte klangen mir immer noch in den Ohren wie Sprechgesang ... "Komm' nach Ägypten. Komm' nach Ägypten ..."

Hatte er das Bild verändert? Manipulierte er mich irgendwie? Und was meinte er mit seiner "Visitenkarte"? Leta hatte mir geraten, immer auf Botschaften zu achten, die er mir sandte. Doch bisher hatte ich mich nicht getraut, ihr etwas zu sagen, wenn ich solche Botschaften erhalten hatte. Obwohl er das Bild nicht erwähnt hatte, war mein Verdacht fast bestätigt worden. Irgendwie hatte er die Molekularstruktur des Metalls verändert.

Ich hatte einige Zeit nicht mehr an ihn gedacht. Aber in dieser Nacht wurde mir stärker denn je bewußt, wie wichtig es war, ihn zu identifizieren. Würde Ägypten meine Erinnerungen auslösen? Es gab nur einen Weg, das herauszufinden.

Kapitel 13

$\mathcal{D}$as Nilschiff "Sheba" fuhr um die erste Flußkrümmung herum und dann ostwärts, der aufgehenden Sonne entgegen. Das Wasser wirbelte hinter ihm, und der Kai verschwamm langsam in der Ferne. Der Nil war träge, und seine Oberfläche glitzerte dumpf im zunehmenden Licht. Ich hatte das Gefühl, als schwimme der Dampfer mit vibrierenden Maschinen in einem Fluß aus geschmolzenem Zinn stromaufwärts, fort von dem erwachenden Ungeheuer namens Kairo.

Leta und ich saßen in Liegestühlen, nippten an süßem arabischen Kaffee und genossen den sanften Fahrtwind. Es war herrlich, auf dem Wasser zu gleiten und die Schönheit der Natur zu genießen.

Nichts hätte uns auf Kairo vorbereiten können. Seit unserer Ankunft bei neunundvierzig Grad Hitze auf dem Flughafen, der keine Klimaanlage besaß, bis zu dem Augenblick, als wir die "Sheba" betraten, standen alle unsere Sinne unter einem Schock, von dem wir uns immer noch nicht erholt hatten.

"Das also sind die arabischen Nächte", dachte ich, als der Minibus des Flughafens sich durch staubige, enge Straßen zwängte, die augenscheinlich von unzähligen Obdachlosen in schmuddeligen, schweißgetränkten Galabias und Turbanen bevölkert waren. Böse dreinblickende alte Männer mit wäßrigen Augen hockten am Straßenrand und ein Gemisch aus Tabak und Speichel tropfte in ihre ungepflegten Bärte. Barfüßige Kinder mit ausgezehrtem Körper tanzten um das Fahrzeug herum und streckten die Arme nach Münzen aus. Der von Maden befallene Kadaver eines Kamels lag an einer Straßenecke, und ein paar räudige Hunde nagten an ihm, während Fußgänger unablässig über ihn hinweg und um ihn herum gingen, ohne ihn zu beachten. Jede Oberfläche strahlte Hitze aus. Wolken von Insekten stürzten sich auf alles, was sich bewegte und auf vieles, was sich nicht bewegte. Wir befanden uns in einem mit Fliegen verseuchten Schmelzofen.

Ali, unser Führer, dessen kahler, gewölbter Kopf mit den spitzen Ohren und den hellen Augen ihm das Aussehen eines Geistes verlieh, der soeben aus einer Flasche geschlüpft ist, ging mit uns durch ein Gewirr von winzigen Straßen. Die Fassade bildeten endlose Reihen von Häusern aus Lehm und Stroh, von denen keines wie die andcren aussah. Schließlich kamen wir zum Basar Khan El Khalili mit seinen Metzgerständen begrüßt, an denen die Kadaver frisch geschlachteter Lämmer hingen, verziert mit grellrosa Stempeln der Behörden. Ich würgte, als der Geruch von Blut, überreifen Früchten, Exkrementen und exotischen Gewürzen mir den Magen umdrehte.

Händler auf Eseln und baufällige Holzkarren wanden sich durch die Gassen, in denen landwirtschaftliche Produkte, Heu, gefälschte Antiquitäten, Baumwollballen und viele undefinierbare Gegenstände auslagen. Leta und ich wurden bei jedem Schritt an den Armen gezogen, wenn ein eifriger Kaufmann nach dem anderen versuchte, uns seine Skarabäen, Parfüme, Schals und ägyptischen Juwelen anzudrehen. Der Schmuck war so billig gemacht, daß ein scharfer Blick ihn aufgelöst hätte. Es gab kein Entkommen vor dem ohrenbetäubenden Lärm. Händler priesen ihre Ware an, Kinder stritten sich, Frauen schwatzten, Esel wieherten, und dazwischen war das Klick–Klick der Backgammonsteine zu hören, die auf die Bretter geschüttet wurden, überall dort wo zwei Spieler Platz fanden, um sich hinzuhocken.

Ali scherzte, lächelte und wehrte geschickt die aufdringlichsten Händler ab. So steuerte er uns durch die Menge und brachte uns auf wundersame Weise unbeschadet ins Hotel, wo wir erschöpft zusammenbrachen.

Am zweiten Tag hatte Leta irrtümlich eine Galabia gekauft und angezogen. Dank ihrer Rubensfigur war sie bereits zum Hauptziel gieriger

Blicke und anzüglicher Einladungen "in mein Haus" geworden. Damit wurden offenbar die meisten Touristinnen überhäuft, und die Lüsternheit in den Augen und Stimmen sowie die Begeisterung, mit der schmutzige braune Hände unter noch schmutzigeren Galabias herumfummelten, schien mit der Korpulenz des Objektes der Begierde zu wachsen. Es war unverkennbar, daß ägyptische Männer dicke Frauen am attraktivsten finden. Stumm dankte ich Gott für meine ziemlich schlanke Figur.

Seitdem Leta die Nationaltracht trug, war sie anscheinend zu einer Art Göttin aufgestiegen, wenn man nach den bewundernden, fast ehrfürchtigen Blicken urteilte, die sie auf sich zog, während sie durch die engen Gassen segelte. Bei dem Gesichtsausdruck einiger Männer, die sehnsüchtig Letas majestätischen Busen und das ausladende Hinterteil anstarrten, wäre ich nicht überrascht gewesen, wenn die Verehrer sich ihr zu Füßen geworfen hätten, falls der Platz dafür ausgereicht hätte.

Ein halbes Dutzend rotznäsige Straßenkinder hatten sie sofort ins Herz geschlossen. Wahrscheinlich besaß sie in ihren Augen die idealen Proportionen einer Mutter. Leta fand sich anfangs damit ab, ohne ihren Humor zu verlieren. Doch als die Zahl der Kinder immer mehr anschwoll, wurde es ihr doch zuviel, und sie fuchtelte mit den Armen, um die zahlreichen Finger abzuwehren, die von ihr ein paar Piaster ergattern wollten und sie wie eine Horde kleiner brauner Aale umgaben. Die Bengel im hinteren Teil der Menge kicherten und kreischten gelegentlich vor Entzücken, wenn Letas Hand geräuschvoll auf einige bettelnde Finger klatschte.

Als Ali die Nöte seiner Kundin bemerkte, übernahm er das Kommando und führte uns in eine kleine Gasse, in der zwei Erwachsene gerade noch nebeneinander gehen konnten. Nach zwanzig Metern in diesem sonnenlosen Kanal, der nach Urin und Eselmist stank, kroch er in einen Teppichladen und winkte Leta und mir zu, ihm zu folgen.

Aus dem dunklen Inneren des Geschäfts tauchte der Eigentümer auf, ein besonders abstoßender Mann mit der Gürtellinie eines Nashorns, einer Nase, die wie Wellblech aussah, und den Augen einer verwundeten Schlange. Kaum hatte er Leta gesehen, fragte er Ali, ob er sie ihm für sechs Kamele verkaufen würde.

Ich unterdrückte mühsam ein Lachen, denn die Situation war zwar lustig für mich, aber offenbar nicht für Leta. Ich hatte Leta noch nie die Stirn runzeln und erst recht nie die Beherrschung verlieren sehen. Doch was sie jetzt auf den Teppichhändler losließ, war einer Fischersfrau würdig. Sie stieß Verwünschungen aus, bei denen selbst Ali erblaßte, und schwang ihre Umhängetasche mit gestreckten Armen in weitem Bogen. Der verdutzte Händler wurde seitlich am Kopf getroffen und fiel rückwärts gegen einen Teppichstapel, der prompt zusammenbrach. Er fuchtelte mit den Armen und prustete wie ein gestrandeter Wal.

Leta holte einmal tief Luft machte eine Kehrtwendung auf der Ferse und stolzierte aus dem Laden – ein Bild empörter Würde. Ali und ich folgten ihr, glucksend vor Erheiterung.

"Was hast du in deiner Tasche?" fragte ich atemlos, als wir sie einholten. "Du hast den Kerl regelrecht umgehauen."

"Oh, nur einen kleinen Sandsack, den ich aus einer alten Socke gemacht habe", antwortete sie. Inzwischen war sie wieder völlig gefaßt, und auf ihrem Gesicht strahlte ein verzücktes Lächeln, als sei nichts geschehen. "Ich trage ihn immer bei mir, wenn ich verreise. Man kann nie wissen, wann man ihn braucht." Ich folgte ihr respektvoll zurück ins Hotel. In Leta steckte mehr, als man mit bloßem Auge sehen konnte!

Bei unserem Besuch in Gizeh stellte Leta ihre erstaunlichen Fähigkeiten einmal mehr unter Beweis. Als wir die Königskammer in der großen Pyramide betraten, ging sie schnurstracks auf den steinernen Sarkophag in der Mitte der Kammer zu. Sie kletterte hinauf, streckte sich mit verklärtem Gesicht darauf aus und begann leise und volltönend zu summen. Als das Summen sein Crescendo erreichte, sprang sie vom Grab und stieß einen schrillen Ton aus, der zu meinem Erstaunen und zu meinem Verdruß das Halsband aus Kristallen zum Platzen brachte, das ich trug. Die winzigen Splitter rieselten auf den Boden der widerhallenden Kammer.

Auch vor den Pyramiden gab es komische Momente. Ich werde nicht vergessen, wie Leta auf den welligen Rücken eines großen Kamels gehievt wurde. Als das Tier sich schwankend erhob, begann sie mit offenkundigem Unbehagen zu zappeln, und schließlich kramte sie aus ihrer Tasche eine Spraydose hervor und besprühte sorgfältig den Rücken des unglücklichen Kamels. "Entweder die Läuse oder ich", rief sie mir zu.

Aber auf der "Sheba" konnten wir uns entspannen, während wir stromaufwärts fuhren. Das fruchtbare Land am nördlichen Nil wich der nackten, ewigen Wüste, deren Dünen im Dunst schimmerten. Heiße Windstöße trieben Feluken über das saphirblaue Wasser und blähten die Sonnensegel über unseren Köpfen, während wir träge die zeitlose Landschaft betrachteten, die langsam an uns vorbeiglitt und deren Farben von Gold zu Ocker und von Bernstein zu Sepia wechselten, bis die Schatten am Spätnachmittag länger wurden und der herrliche Sonnenuntergang das ganze Land in ein tiefes Rosa tauchte.

Am Nachmittag des dritten Tages kamen wir in Luxor an. Kaum hatte der Dampfer angelegt, erwachten Träger zum Leben, die unter den wenigen Palmen am Flußufer lagen. Am Ufer waren die Passagiere sofort von lärmenden braunen Gestalten umringt, die jedoch gebieterisch zur Seite geschoben wurden, als die uniformierten Träger der Hotels eintrafen. Mit leeren Händen, aber ganz ungerührt, trotteten die freischaffenden Gepäckträger zurück in den Schatten und legten sich wieder hin.

Dennoch erwärmte ich mich allmählich für diese Menschen. Ich fühlte mich ihnen verbunden, als sei ich schon einmal hier gewesen. Ja, das Land ist schmutzig und übervölkert, doch das ist nur die Oberfläche. Wer etwas tiefer blickt, findet Weisheit, tiefe Einsichten und eine starke, unterschwellige Spiritualität, die selbst die strikte Disziplin des Islams nicht verbergen kann. Ich sah sie in den Gesichtern der Menschen und spürte sie im Papyrusschilf, das am Ufer des Nils wogte. Dieses Land ist überwältigend alt, und es wurde mir von Stunde zu Stunde vertrauter.

Eine halbe Stunde lang saß ich in der Hotelhalle und beobachtete die Possen einer Gruppe kleiner Jungen, die sich am Haupteingang aufgebaut hatten, so daß sie sich mit ausgestreckten Händen auf ankommende Touristen stürzen konnten. Sie waren so flink, daß sie immerhin ein paar Münzen erwischten, bevor der riesige nubische Portier sie an den Ohren zog und wie ein Feldwebel anbrüllte. Danach gingen die Jungen und der Portier auf ihre Posten zurück, bis das Spiel sich mit der Ankunft weiterer Gäste wiederholte.

Nach einer Stunde waren unsere Zimmer noch immer nicht fertig, und da der Mann an der Rezeption sich trotz seines Versprechens, sich um alles zu kümmern, nicht vom Platz gerührt hatte, überredete ich Leta zu einem Besuch im Souvenirshop des Hotels, um die Zeit totzuschlagen.

Dort sah es aus wie in jedem Souvenirshop der Welt: Regale mit Reiseführern und Filmen standen neben Schaukästen mit viel zu teurem Schmuck aus Gold, Silber, Korallen und Lapislazuli. Bestickte Galabias lagen auf einer geschnitzten Bank aus dunklem afrikanischen Hartholz, und daneben standen dreibeinige Stühle aus Kamelhaut. Einige Handtrommeln aus Ton und Ziegenfell umgaben das obligatorische ausgestopfte Krokodil, auf dessen Rücken eine Karawane aus traurig aussehenden, handgeschnitzten Kamelen marschierte, die von vorne nach hinten immer kleiner wurden. Der ganze Laden stank nach getrocknetem Leder, und ich wollte schon gehen, als mein Blick auf ein Regal mit Spielkarten fiel. Ich sah kunstvolle Szenen mit Göttern und Göttinnen, Pharaonen und Königinnen.

Ich holte eine Packung vom Regal, und dabei flatterte eine Karte zu Boden. Ich bückte mich, hob sie auf und betrachtete sie. Auf der Rückseite war ein Fries abgebildet – die stehende Isis reichte Osiris, der auf einem prächtigen Thron mit purpurnen Beinen saß, einen Becher. Die Sonne strahlte auf den herrlichen Schmuck der beiden herab. Sie trugen goldene Halsketten, Armbänder und Kopfschmuck. Isis legte Osiris liebevoll eine Hand auf die Schulter, und ihre schwarz geränderten Augen strahlten Zärtlichkeit aus. Als ich die Karte umdrehte, schaute mir Leta über die Schulter.

"Sie sieht aus wie du. Wo hast du sie gefunden?"

Die Gestalt auf der anderen Seite war eine Ägypterin, eine Prinzessin oder Königin, vermutete ich. Sie saß mit verschränkten Armen und in würdevoller Haltung auf einem Thron. Ein mit Blumen verziertes weißes Kopfband zog das dunkle Haar hinauf zur Krone und formte aus den darunterliegenden Locken zwei gekrümmte, stilisierte Keile, die ihr Gesicht wie ein Joch aus Elfenbein umrahmten. Sie trug ein tief sitzendes Halsband aus sechs bunten Streifen, umsäumt von Blütenblättern, die nach Lotus aussahen. Am oberen Teil des Throns, zu beiden Seiten ihres Kopfes, waren Hieroglyphen.

"Sie ist vom Regal gefallen. Sieht sie mir wirklich ähnlich?"

"Ja, schau dir mal den Mund, die Wangen und vor allem die Nase an."

Ich betrachtete das Bild erneut. Leta hatte recht: Es bestand eine Ähnlichkeit im Schwung der Lippen und im Winkel der Wangenknochen. Die Augen waren dunkler und so kräftig schwarz umrandet, daß ihre wahre Form nicht zu erkennen war. Die Nase hätte die meine sein können – Länge, Breite und die leicht geblähten, gerundeten Nasenlöcher waren identisch.

"Ich wüßte gern, wer sie war", sagte ich.

"Vielleicht kann man es dir an der Theke sagen. Am besten kaufst du die ganze Packung."

"Also, fragen wir", sagte ich und zwängte mich zwischen den Kuriositäten hindurch zum Verkaufstisch.

"Ich würde gerne das Kartenspiel kaufen, zu dem diese Karte gehört", sagte ich und zeigte sie der Verkäuferin. Sie war eine nett aussehende junge Frau in europäischer Kleidung und mit sehr langen, scharlachroten Fingernägeln, die überhaupt nicht zu ihrer safrangelben Bluse paßten. Sie warf einen Blick auf die Karte und schüttelte den Kopf.

"Solche Karten verkaufen wir nicht. Wo haben Sie die her?"

"Sie ist vom Regal dort drüben gefallen. Irgendwo müssen doch die anderen Karten sein."

"So eine Karte habe ich noch nie gesehen. Ich habe keine Ahnung, wie sie auf das Regal gekommen ist."

"Darf ich sie behalten?" fragte ich ein wenig verdutzt.

Sie zuckte mit den Schultern. "Sie gehört nicht uns. Sie können mit ihr machen, was Sie wollen."

Ich schob die Karte in meine Handtasche und ging mit Leta zurück zur Rezeption. Unsere Zimmer waren endlich fertig.

Kapitel 14

Am folgenden Morgen standen Leta und ich früh auf, weil wir den Tempel von Luxor besuchen wollten, ehe die Hitze zu groß wurde. Als wir um acht Uhr auf der Shari Lukanda, der wichtigsten Straße der Stadt, spazierten, hatte die Temperatur bereits fünfundzwanzig Grad überschritten, und wir hatten kaum hundert Meter zurückgelegt, als ich trotz meiner leichten Baumwollbluse zu schwitzen anfing.

Der massive, dunkelbraune Säulengang des Tempels ragte in den strahlend blauen Himmel wie ein Paar riesige, steinerne Altarbrüstungen, an denen titanenhafte ägyptische Götter hätten knien könnten. Am Ende der Kolonnade standen die Tempelmauern, und rechts davon erhoben sich die in jüngerer Zeit gebauten Minarette, deren Goldfarbe in scharfem Kontrast zu den schmuddelig aussehenden Steinen der alten Zeit stand.

Als wir unter der ersten großen Säule stehenblieben, trat ein Führer aus dem Schatten und kam auf uns zu. Er sagte "Salem" und begann mit seinem Vortrag, unmittelbar an mich gewandt.

"Königin von Saba, Maat, Göttin der Wahrheit, ich begrüße dich! Erlaube mir, dir die geheimen Altertümer des heiligen Tempels zu zeigen ..."

Ich versuchte, sein Geleier zu ignorieren. Solche Führer waren teuer und wußten meist nicht mehr als ein gutes Buch, oft sogar weniger. Doch anstatt wegzugehen, blieb ich regungslos stehen. Die monotone Stimme versetzte mich in eine Art Trance.

Plötzlich verengte sich mein Hals, und ich begann zu sprechen, ohne nachzudenken. Die Stimme, mit der ich sprach, war tief und gebieterisch und ganz bestimmt nicht meine. Gleichzeitig begann sich in meinem Kopf eine Vision zu formen.

"Du wirst tun, was ich sage", befahl ich. "An der linken Seite des Tempelgeländes steht eine Mauer. Ich werde dich hinführen und dir zeigen, wo du ein Loch in diese Mauer schlagen wirst. Wir werden einen geheimen Gang finden, der über fünfundfünfzig Stufen in meine Initiationskammer führt. Diese Kammer wünsche ich zu sehen. Folge mir!"

Der Führer schaute mich ungläubig und verärgert an, und selbst Leta, der ungewöhnliche Vorfälle dieser Art wohl nicht fremd waren, schien überrascht zu sein. Eine hochgezogene Augenbraue störte die Harmonie ihres normalerweise gelassenen Gesichtsausdrucks.

"Lady, Sie sind verrückt. Wenn Sie auch nur einen Stein dieses Tempels beschädigen, wandern Sie ins Gefängnis", erklärte der Mann und richtete sich empört auf.

Meine Hand machte sich selbständig, griff in meine Handtasche und zog die Spielkarte heraus. Ich hielt sie neben mein Gesicht, warf ihm einen vernichtenden Blick zu, und die Stimme meldete sich erneut, als rüge sie einen Sklaven:

"Schau diese Karte an und dann mein Gesicht! Wir kannst du es wagen, meine Befehle zu mißachten! Folge mir zur Mauer und öffne sie!"

Der Mann starrte zuerst die Karte an, dann mich. Seine Augen wurden sanft, seine Wut verrauchte und wich unverhohlener Ehrfurcht. Er warf sich vor mir nieder, und sein Turban streifte den Boden.

"Ihr seid die Hohepriesterin. Euer Wunsch ist mein Befehl."

Er drehte sich um und schnippte mit den Fingern. Die Geste galt zwei Wachen, die an einer Säule lehnten, zusammengesackt unter dem Gewicht ihrer geschulterten Gewehre. Sie trotteten auf ihn zu, und er überhäufte sie mit gutturalen arabischen Worten. Daraufhin entfernten sie sich im Laufschritt und kamen schon eine Minute später mit Pickeln zurück, deren glänzende Stahlköpfe darauf schließen ließen, daß sie frisch geschärft waren. Sie legten mir die Pickel zu Füßen, verbeugten sich und traten zurück.

Ich ging mit forschen Schritten durch den Säulengang. Leta, der Führer und die beiden Wachen folgten mir. Das Gefühl der Vertrautheit, das sich seit meiner Ankunft in Ägypten in mir aufgestaut hatte, schien nun meinen Geist zu überfluten. Diese Stufen, die in meine Initiationskammer führten, hatte ich schon tausendmal betreten. Jetzt erinnerte ich mich an die kleinsten Details: an das Klatschen meiner Sandalen auf dem sandigen Boden, an die regelmäßigen Fugen des Mauerwerks, das die gewaltigen Säulen bildete (ich wußte ohne zu überlegen, aus wie vielen Blöcken sie bestanden), an die grün–grau gefleckten kleinen Eidechsen, die ausgestreckt und regungslos an den Tempelwänden hingen, an das leise Rauschen der Flügel, wenn Falken sich auf dem nahen Dornbusch niederließen, und an die sengende Sonne auf meinen bloßen Armen. Ich hörte sogar das Klingen der kleinen Messingbecken und die durchdringenden, klagenden Töne der dünnen, schlangenförmigen Trompeten, die meine Diener trugen. Die sanfte Brise, die aufgekommen war, als wir aus dem Schatten der Säulen traten, schien all diese Laute zu mir zu tragen.

Zusammen mit meinem Gefolge ging ich um das Säulenportal herum, das dem Mund der Kolonnade gegenüberlag und ins Innere des Tempels führte, und wandte mich nach links. Dann bog ich um eine Ecke und schritt eine lange, etwa eineinhalb Meter hohe Mauer aus lehmfarbenen Steinblöcken entlang. Auf halber Strecke blieb ich stehen und deutete auf eine Stelle knapp einen Meter über dem Boden.

"Dort!" befahl ich.

Die drei Männer berieten kurz, dann traten die Wachen mit ihren Pickeln an die Mauer, und der Führer holte ein Seil und begann das Gelände zu sperren. Jetzt konnte niemand näher als fünfzehn Meter an uns herankommen.

Leta und ich schauten zu, wie die beiden schwitzenden Männer zuerst einen Steinblock heraushoben, dann den zweiten, bis in der Mauer ein Loch entstanden war, durch das ein erwachsener Mensch gerade noch kriechen konnte – hinein in eine dunkle Höhle.

Ich wußte, daß drinnen fünfundfünfzig Stufen in die Kammer führten, in der ich vor fast zweitausend Jahren eingeweiht worden war.

Ich drehte mich zu Leta um, die jetzt vor Aufregung glühte wie ein Kind, das den Schlüssel zu einer Schatzkammer gefunden hat, und winkte ihr zu. Dann kroch ich furchtlos durch das Loch und befand mich in einem winzigen Raum am Fuße eines steil nach oben führenden steinernen Ganges, in dessen Boden man schmale Stufen gehauen hatte.

Die Luft war kühl und erstaunlich frisch. Ich merkte nichts von der Muffigkeit, die normalerweise in Grabkammern oder Gewölben herrscht, die seit langem verschlossen sind. Ich atmete ein und nahm einen Duft von Blütenöl wahr, der mir irgendwie bekannt vorkam – und ich erinnerte mich bruchstückhaft an die kleine Öffnung in der Decke, die frische Luft einließ, an die Essenzen in Glasgefäßen, mit denen man mich einrieb, an die heiligen Gegenstände, die bei meiner Initiation benutzt worden waren – ein Kaleidoskop von Gefühlen und Bildern wirbelte in meinem Kopf herum.

Als Leta sich mühsam durch das Loch zwängte und den Raum verdunkelte, bemerkte ich eine zweite Lichtquelle oben auf der Treppe. Sie tauchte die Stufen in ein trübes, fast phosphoreszierendes Licht.

"Führt uns, Königin des Nils", keuchte Leta, als sie endlich neben mir stand. Sie zwinkerte mir verschwörerisch zu, als ich mit dem Aufstieg begann. Während wir weitergingen, zählte ich die Stufen. Auf der fünfundfünfzigsten Stufe ging es nicht mehr weiter. Ich trat auf eine kleine Plattform, nicht größer als der Platz am Fuße des Ganges. Aber ich spürte, daß etwas über mir war und schaute hinauf. Oben links befand sich eine Kammer von beträchtlicher Größe, die in der Dunkelheit endete. Ihr Fußboden lag mindestens eineinhalb Meter über mir. Aus dieser Kammer drang das trübe Licht, das hell genug war, um die Treppe ein wenig zu beleuchten, nicht aber die Decke der Kammer, die im pechschwarzen Dunkel lag.

Meine Arme reichten nicht bis zur Kante des Kammerbodens. Ich konnte mich also nicht hochziehen, es sei denn, ich kletterte auf Letas Rücken. Diesen Gedanken verwarf ich aber sofort, als ich das laute Keuchen hörte, das sich mir auf der Treppe näherte. Statt dessen preßte ich mich so fest ich konnte an die rechte Wand der Plattform und stellte mich auf die Zehenspitzen. Jetzt konnte ich einen Teil der Kammer einsehen.

Bevor meine Zehen zu schmerzen begannen, bemerkte ich, daß der Fußboden der Kammer mit Gegenständen übersät war. Ich erkannte aber nur schattenhafte Umrisse im phosphoreszierenden Glühen. Hätte meine Erinnerung mir nicht gesagt, daß es sich um religiöse Objekte handelte, hätte ich wahrscheinlich geglaubt, irgendwelchen Plunder zu sehen, wie er sich im Laufe der Jahre auf Dachböden ansammelt.

Leta umarmte mich, und ich drehte mich um und umarmte sie ebenfalls. Ich war sehr enttäuscht und sagte mit Tränen in den Augen: "Leta, ich kann nicht sehen, was dort drin ist. Die Kammer ist zu hoch!"

"Schätzchen, mach dir darüber keine Gedanken. Nimm einfach meine Hand."

Ich hielt ihre Hand in der Meinung, sie wolle mich trösten. Doch plötzlich schaute ich in die Kammer hinein und sah alles ganz deutlich.

"O mein Gott", kreischte ich, "ich habe meinen Körper verlassen!"

Leta drückte mir die Hand und sagte ruhig: "Nein, hast du nicht!"

Ich blickte nach unten und stellte zu meinem Entsetzen fest, daß Leta und ich etwa eineinhalb Meter in der Luft schwebten.

"Schau nicht nach unten, sonst fällst du!" schrie Leta mich an.

Einen Augenblick später standen wir wieder auf der Plattform. Leta legte einen Finger auf den Mund und gab mir zu verstehen, daß jetzt nicht der richtige Augenblick war, um Fragen zu stellen.

"Ich finde, wir sollten meditieren", flüsterte ich. Leta nickte, und wir setzten uns nebeneinander auf die oberste Stufe, schlossen die Augen und ließen uns von der Stille dieses heiligen Raums einhüllen.

Innerhalb von Sekunden befand ich mich in der alten Zeit. Damals war ich in der Kammer über mir initiiert worden. Ich trug ein weißes Kleid und lag ausgestreckt auf der harten Oberfläche eines riesigen Granitblocks in der Mitte der schattigen Kammer. In der Hand hielt ich einen Kristallstab, der mit dem tiefen, monotonen Sprechgesang der Priester zu pulsieren schien. Die Sänger umringten mich, und die goldenen Verzierungen ihrer pastellfarbenen Umhänge schimmerten im Licht unzähliger winziger Lampen. Das Gold und die Edelsteine, die in geometrischen Mustern auf dem Fußboden angeordnet worden waren, funkelten und glitzerten.

Zwei Hände legten mir sanft ein goldenes Haarband an, in dessen Mitte ein riesiger Diamant zwischen zwei goldenen Lotusblüten lag. Als das kalte Metall meine Haut berührte, spürte ich ein Klopfen zwischen den Augenbrauen, genau unterhalb des Diamanten. Plötzlich zuckte ein gewaltiger purpurner Lichtblitz vor meinen Augen, und im selben Augenblick leuchtete der Stab in meiner Hand von selbst auf und sprühte Funken in allen Regenbogenfarben in den tiefen Schatten, der die Ecken der Kammer bedeckte. Der Sprechgesang erreichte ein Crescendo, und auf einmal fühlte ich mich sehr leicht – und verließ meinen Körper. Es war ein sonderbares Gefühl.

Ich schwebte sacht aus der Kammer und hinauf in den azurblauen ägyptischen Himmel, immer höher, bis ich das ganze Land unter mir ausgebreitet sah. Der Lebensspender Nil schlängelte sich durch eine öde Landschaft zum Meer, vorbei an Felsen, Steilhängen und hügeliger Wüste. Weiler, Dörfer und Städte sprenkelten das Land, und ihre flachen, sandfarbenen Häuser wurden von den majestätischen Gräbern, Tempeln und Pyramiden überragt. Überall sah ich Menschen und Tiere, Fahrzeuge und Schiffe, groß wie Ameisen. In diesem Augenblick war Ägypten mein Land, meine geliebte Heimat. Ich spürte, daß ich ein Teil jedes Sandkorns in der Wüste war, jedes Tropfens im großen Fluß, jedes Steins in den Bauwerken und jedes Mitgliedes meines stolzen, uralten Volkes vom geringsten Sklaven bis zum höchsten Priester. Ich war Ägypten!

Ich stieg weiter, und jetzt verschwamm die Landschaft unter mir. Der Himmel wurde dunkler, und aus dem Azur wurde Indigo, als ich in das Reich der Götter trieb. Dort kam ich auf einem dunklen, weiten Platz zur Ruhe, den ich für den Mittelpunkt des Universums hielt. Während ich sanft hin und her schaukelte, tauchten mächtige Gestalten aus dem Dunkel auf, und schließlich erblickte ich das gesamte Pantheon der Großen, die meinen Geist umringten, so wie die Priester meinen Körper umringten. Ich bewegte mich von Gesicht zu Gesicht, und jede Gottheit senkte feierlich und zustimmend das Haupt. Da war der strahlende Ra, hell wie die Sonne, die er symbolisierte. Dort war Osiris, sanft und stattlich, mit seiner Gemahlin Isis, die mit einer schützenden Geste die geflügelten Arme ausbreitete. Und neben ihnen stand ihr Sohn Horus mit dem Falkenkopf. Ich sah Nephtys und ihren Sohn Anubis, den Schakal, und den Mondgott Thot, den Hüter der Weisheit. Anwesend und doch ausgeschlossen war der bleiche, rotköpfige Seth, der Mörder seines Bruders Osiris.

Als sie alle beifällig nickten, spürte ich, wie Weisheit, Macht und Energie in mich strömten – ich würde sie mit zur Erde nehmen und nutzen, wenn ich mein Amt ausübte. Ich erhielt Wahrheit, die meinen Geist, mein Herz, meine Seele und jede Faser meines Wesens durchdrang, und auf einmal wußte ich alles, was ist, was war und was sein wird ...

Plötzlich verschwand die Vision, und ich befand mich wieder im Gang. Die Kälte des Steins drang durch mein dünnes Hemd, und ich fröstelte. Das Licht in der Kammer über mir war erloschen, und die einzige Lichtquelle war die Sonne, die etwa zehn Meter vor mir auf den Fuß der Treppe schien. Ich drehte mich zu Leta um und sah, daß sie die Augen geschlossen hatte und immer noch meditierte.

Während ich im Halbdunkel saß und mich fragte, wie lange ich weg gewesen war, durchbrach ein Geräusch die Stille. Mehrere Sekunden lang hörte ich ein leises, mechanisches Surren, dann ein deutliches Klicken. Das paßte nicht zu diesem uralten Ort. Leta öffnete hastig die Augen und fragte: "Was war das?"

"Ich weiß es nicht."

"Mir scheint, das Geräusch war hier zwischen uns."

Ich tastete mit der Hand und spürte das weiche Leder meiner Handtasche. "Hier ist nichts, nur meine Tasche."

"Was ist drin?"

"Nur das übliche ... Moment mal – vielleicht war es mein Kassettenrecorder." Ich öffnete die Tasche und holte den Recorder heraus.

"Warum untersuchst du ihn nicht?"

"Er war doch gar nicht an. Ich habe ihn noch nicht benutzt, seit wir hier sind."

"Man kann nie wissen."

"Na schön. Aber er kann sich nicht von selbst eingeschaltet haben, außer ich habe mich versehentlich darauf gesetzt. Und selbst wenn, kann nichts auf dem Band sein. Es ist nagelneu, und hier gibt es keine Geräusche."

Ich drückte die Rückspultaste und danach "Play", und wir hörten einige Augenblicke zu. Außer dem leisen Knistern des Miniaturlautsprechers war nichts zu hören.

"Laß es einfach laufen", schlug Leta vor.

"Glaubst du wirklich, daß etwas drauf ist?"

"Es sind schon seltsamere Dinge geschehen."

Leta muß es wissen, dachte ich, während ich die Taste für den Schnellvorlauf einige Sekunden lang drückte. Sofort hörten wir Geräuschfetzen: Tausende von Vögeln schienen zu singen, jeder mit einem anderen Lied, und die Lieder vermischten sich zu einer kosmischen Symphonie.

"Mein Gott, es ist was drauf!" schrie ich aufgeregt und fummelte solange an den Tasten herum, bis ich den Beginn der Aufnahme gefunden hatte.

"Das habe ich mir gedacht", sagte Leta. Dann gab das kleine Gerät einen Laut von sich, wie ich ihn noch nie gehört hatte. Es war kein Vogelgesang, wie ich zunächst gedacht hatte, aber es war lieblich und klar, kehlig und blubbernd – Nachtigallen und Bergquellen schienen ein himmlisches Konzert zu geben. Die Musik – es gibt kein anderes Wort dafür – war bald hoch, bald tief, sie drehte sich und glitt mit einer Leichtigkeit und Schönheit dahin, die in den fernsten Winkel des Ganges und der Kammer drang und alles in seine kristallklaren, sphärischen Melodien tauchte. Einen Augenblick lang dachte ich, ich sei im Himmel.

Jetzt war ein neuer Laut im Konzert zu vernehmen: die tiefe, klangvolle Stimme eines Mannes, der ein dreisilbiges Wort wie ein Mantra wiederholte. Jedesmal wurde das Wort lauter, und schließlich erkannte ich schaudernd, daß es mein spiritueller Name war: Triana. Im selben Augenblick erkannte ich die Stimme.

"Triana ... Triana ... Triana ..." Die Stimme durchbrach die Musik und hallte von der Kammerdecke wider, hoch über meinem Kopf. Ihr voller, honigsüßer Klang brachte mich immer wieder zum Zittern.

Die Stimme machte eine kurze Pause und fuhr dann mit einem neuen Mantra fort: "Das Tor, das Tor, das Tor ..."

Sofort sprang ich auf die Füße. Ich wußte, was ich zu tun hatte.

"Komm mit!" rief ich Leta zu.

Wir rannten die Treppe hinunter. Ich stolperte kurz, als die grelle Sonne mich blendete, und setzte dann zu einem Spurt an, ohne die offenen Münder der Wachen und des Führers zu beachten. Ich lief an der Wand entlang auf die Ruinen am anderen Ende des Geländes zu.

Der Boden wurde rauher, und ich mußte herabgestürzten Mauerbrocken ausweichen und über Risse im gebrannten Boden hüpfen. Eidechsen flitzten hinter Felsen, und ein kleines Nagetier huschte aufgeregt in ein Büschel aus getrocknetem Gras, als ich vorbeirannte. Mir war, als ziehe mich ein Magnet auf das steinerne Tor zu, dessen massiven Sturz ich jetzt über die zerbröckelnde Mauer einer Ruine hinweg sehen konnte. Es war etwa fünfzehn Meter entfernt.

Die Sonne brannte auf meinen nackten Hals und die Schultern herab, und ich begann zu keuchen. Dennoch lief ich weiter. Der stumme Ruf des Tores trieb mich an. Ich rannte um die Ecke der Ruine, und vor mir stand das Portal, allein in einer Wüste aus Steinbrocken und zerbrochenen Säulen. Das Tor und sogar die Positionen der Blöcke und Säulen sahen genau so aus wie auf dem Bild, das sich auf dem Aluminiumkunstwerk in meinem Büro geformt hatte.

Jetzt sah ich ganz deutlich, was ich bereits erwartet hatte: die geflügelte Sonne in der Mitte des Giebels. Die Beine taten mir weh, aber ich zwang mich, die restlichen hundert Meter zurückzulegen. Ich schaute mich nicht einmal nach Leta um.

Während ich lief, begann mein Blickfeld an der Peripherie zu verschwimmen, als bewege ich mich durch einen farblosen Tunnel, dessen Öffnungdas Tor war. Das Rechteck aus blauem Himmel, das hinter dem Tor zu sehen war, schien der Eingang zu einer anderen Welt zu sein.

Der steinerne Bogen ragte höher in die Luft, als ich vor ihm stand. Ich blieb in seiner Mitte stehen und drehte mich um. Meine Brust hob und senkte sich heftig, und meine Knie zitterten. Einen Augenblick stand ich still, zu erschöpft, um irgend etwas zu tun. Dann, als reagiere ich auf einen stummen Befehl, hob ich die Arme, bis sie völlig gestreckt waren und die Fingerspitzen das Mauerwerk an beiden Seiten berührten. Sofort spürte ich eine Schwingung, die vom Stein ausging. Meine Hände und Arme begannen zu prickeln, und die Müdigkeit fiel sofort von mir ab – der Stein füllte mich mit Energie. Jetzt schien das Tor einen tiefen, summenden Laut von sich zu geben, als zuckten winzige elektrische Entladungen zwischen den Säulen hin und her.

Dann prickelte mein ganzer Körper, und ich fühlte mich leichter und von meiner Umgebung losgelöst. Verträumt schaute ich nach links und bemerkte, daß ich meine Fingerspitzen nicht mehr sehen konnte. Mit der rechten Hand war es nicht anders. Langsam verschwanden meine Finger, als streife jemand einen unsichtbar machenden Handschuh darüber. Die Hände verschwanden, dann die Handgelenke, dann die Unterarme ...

Ich beobachtete, wie mein Körper sich aus einem unbekannten Grund auflöste, empfand jedoch nicht die geringste Furcht. Oberhalb der Ellbogen war nur noch Leere. Es war ein wundervolles Gefühl, diesen dichten Körper zu verlieren. Wofür brauchte ich ihn denn? Ich blickte nach oben, und als ich im Sonnenlicht die Augen zusammenkniff, tauchte das goldene Gesicht auf und lächelte mich aus den unergründlichen Tiefen seiner Smaragdaugen liebevoll an. "Komm mit!", schien es zu sagen, während es sich langsam zurückzog.

"Ja, ich komme!" schrie ich. "Ich will hingehen, wo du hingehst!" Erneut überschwemmte mich grenzenlose Liebe.

"Triana ... Triana ... nein – du darfst nicht gehen!" Letas Stimme schrillte durch die Ruinen, und ich sah, wie meine liebste Freundin mit rotem und besorgtem Gesicht auf mich zu taumelte.

O nein! dachte ich. Bitte laß mich in Ruhe, Leta. Das hat nichts mit dir zu tun. Du kannst nicht mitkommen!

"Triana! Du darfst nicht gehen! Deine Zeit ist noch nicht gekommen!"

Leta kreischte jetzt und taumelte näher heran. Ihre drängende Stimme durchbrach mein Gefühl der Glückseligkeit. Ich schloß die Augen und versuchte, die lästige Stimme zu ignorieren. Sofort erschien wieder das goldene Gesicht und lächelte mich ermutigend an. Aber Letas Kreischen wurde lauter und verzweifelter, und ich konnte es nicht länger abwehren. Also blieb ich zwischen zwei Welten stecken, und dann stand Leta mit funkelnden Augen vor mir und schnauzte:

"Laß los! Alles, was von dir übrig ist, ist in deinen Augen!"

Ich spürte, wie etwas in mir nachgab, und schaute nach unten. Meine Arme waren verschwunden. In zunehmender Panik versuchte ich, aus dem Tor herauszugehen – aber es gelang mir nicht. Die Muskeln meiner Beine waren gelähmt.

"Ich kann nicht", keuchte ich verzweifelt.

Leta machte einen großen Schritt und stand unter dem Torbogen. Sie legte mir die Arme um die Taille, schloß die Augen und murmelte etwas. Dann riß sie mich mit aller Kraft nach hinten. Einen Augenblick lang fürchtete ich, zerrissen zu werden. Dann hörte ich einen Knall wie von einer Peitsche, und ich war frei. Wir plumpsten beide hart auf den Boden und lagen schluchzend und heftig atmend im Staub. Leta hielt mich immer noch umschlungen.

Eine Weile blieben wir so liegen. Dann begann ich wie ein Kind zu weinen und zitterte am ganzen Körper. Leta streichelte mir den Kopf und flüsterte beruhigende Worte. Schließlich hörte ich auf zu weinen. Wir rappelten uns hoch, staubten uns ab und gingen langsam zurück. Ich stützte mich auf Letas Arm und fühlte mich so ausgelaugt und benommen, als hätte man mich eben vor dem Ertrinken gerettet.

Als wir an der Mauer vorbeigingen, sahen wir, daß sie notdürftig repariert worden war. Die Absperrung war weg, und von den beiden Wachen und dem Führer war nichts zu sehen. Wir verließen das Tempelgelände und traten hinaus auf die Shari Lukanda. Leta hielt eines der messingverzierten Taxis auf dem Boulevard an, und wir rumpelten zurück zum Hotel.

Kaum war ich in meinem Zimmer, brach ich auf dem Bett zusammen, zu müde um mich auszuziehen. Mein Gott, dachte ich, wenn Leta mir nicht geholfen hätte, wäre ich tatsächlich verschwunden. Eine Sekunde lang schauderte ich, als ich an mein unglaubliches Erlebnis zurückdachte. Doch bald übermannte mich die Erschöpfung, und ich fiel in tiefen Schlaf.

Kapitel 15

"... **und** er versuchte, mich durch das Tor zu ziehen", sagte ich und nippte an meinem gekühlten Ananassaft. "Ich habe keine Ahnung, wer er ist."

Leta nickte nachdenklich. Es war Abend, und wir saßen an einem Erkerfenster in der Hotelbar und betrachteten das silberne Lichtband auf dem Fluß. Der Vollmond kletterte unübersehbar vom Horizont nach oben.

Ich war bei Sonnenuntergang aufgewacht. Obwohl der Schlaf mich gestärkt hatte, war ich immer noch erschüttert und hatte keine Lust, das Zimmer zu verlassen. Aber Leta hatte mich überredet, zu duschen und mit ihr hinunter in die Bar zu gehen. Dort entlockte sie mir alles, was ich von meinem mysteriösen Besucher wußte, von seinem ersten Erscheinen im Aufzug bis zur Vision seines lächelnden Gesichts unter dem Tor.

"Ich glaube, wir müssen so schnell wie möglich herausfinden, wer er ist, mein Schatz", sagte Leta und trank einen Schluck von ihrem zweiten Vodka mit Tonic. "Wer auch immer er ist, er bricht anscheinend alle Regeln. Als ich diese Stimme auf dem Tonband hörte, wußte ich sofort, daß etwas nicht stimmt."

"Ja, als ich ihn zum erstenmal traf, hat er mehr oder weniger zugegeben, daß er sich nicht an Regeln hält. Aber wie finde ich heraus, wer er ist?"

"Nun, eine Möglichkeit wäre eine Rückführung. Ich habe eine gute Freundin, die das schon oft gemacht hat. Oder vielleicht könnte es Thelma Moss tun oder dich an jemand verweisen. Aber das bedeutet, daß du bis zu deiner Rückkehr warten mußt. Was können wir in der Zwischenzeit tun? Sein Einfluß ist hier in Ägypten offenbar sehr stark. Laß mich nachdenken ..."

Sie rieb sich mit dem Rand ihres Glases die Wange und überlegte. Dann leuchteten ihre Augen auf, und sie knallte das Glas auf den Tisch.

"Natürlich ... die Karte! Sie muß etwas mit ihm zu tun haben. Denk' dran, was geschah, als du sie dem Führer gezeigt hast. Welche Touristin durfte jemals ein Loch in die Mauer einer archäologischen Stätte hauen? Diese Karte muß irgendeine Macht ausüben. Der Führer wußte es sofort. Ich sage dir, die Ägypter sind zwar ganz schön materialistisch, aber mit solchen Dingen sind sie weitaus besser vertraut als wir. Hast du die Karte bei dir?"

Ich holte sie aus meiner Tasche und legte sie auf den Tisch. Wir betrachteten sie eine Weile, dann pfiff Leta durch die Zähne und deutete mit ihren rundlichen Finger auf eine Stelle.

"Warum fällt mir das erst jetzt auf?"

"Was denn?"

"Die Farbe. Schau mal – es ist der Kreuzkönig! Warum zum Teufel malt jemand eine Königin oder Prinzessin auf die Karte des Königs?"

"Vielleicht ein Irrtum ..."

"Oder ein Hinweis", unterbrach mich Leta und tippte wieder mit dem Finger auf die Karte. "Sieh mal, da bist du oder deine Doppelgängerin. Und hier ist das Zeichen des Königs. Ein König und eine Königin nebeneinander. Wir müssen einfach gute Detektivinnen sein, dann finden wir die Antworten, die du suchst. Wenn wir herausbekommen, wer diese Königin war, dann wissen wir auch, wer der König war. Es war bestimmt kein Zufall, daß du die Karte gefunden hast. Ich vermute, er hat sie zu dir teleportiert."

"Was meinst du mit teleportiert?", fragte ich.

"Davon spricht man, wenn Energie in Materie umgewandelt und durch die Dimensionen geschickt wird. Wie Moses und das Manna vom Himmel."

"Entschuldigen Sie bitte, meine Damen. Würden Sie mir verzeihen, wenn ich so aufdringlich wäre, mich zu Ihnen zu setzen?"

Ich blickte auf und sah einen würdevoll aussehenden älteren Ägypter in einem weißen Anzug und mit einem rotem Fes. Er trug eine halbmondförmige

Brille mit goldenen Rändern und lächelte freundlich unter seinem gepflegten, grau gesprenkelten Schnurrbart.

"Mein Name ist Faruk Hamdi, und ich bin der Leiter der First Arab Bank hier in Luxor. Außerdem sammle ich Spielkarten und habe zufällig gehört, daß Sie möglicherweise eine ungewöhnliche Karte haben. Darf ich?" Er deutete auf den leeren Stuhl an unserem Tisch.

"Selbstverständlich", sagte Leta. "Bitte, seien Sie unser Gast. Ich bin Leta Samuelson, und das ist Triana Hill."

Er schüttelte uns die Hand und nahm Platz. Ich reichte ihm die Karte und erzählte ihm, wie ich sie im Kiosk des Hotels gefunden hatte. Soll ich ihm noch mehr sagen? überlegte ich. Ich warf Leta einen Blick zu, die offenbar meine Gedanken gelesen hatte, denn sie schüttelte leicht den Kopf. Unser Gast bemerkte es nicht, weil er die Karte sorgfältig studierte.

"Sie ist wirklich höchst ungewöhnlich", sagte er. Er nahm die Brille ab und polierte sie mit einem seidenen Taschentuch. "Ich sammle Karten, seit ich ein kleiner Junge war, und ich kann ehrlich sagen, daß ich jedes Kartenspiel kenne, das in den letzten sechzig Jahren in Ägypten hergestellt wurde. Aber so eine Karte habe ich noch nie gesehen."

Er hielt die Karte hoch und zeigte uns ihre Rückseite. "Schauen wir uns zuerst das Bild an. Diese Szene mit Isis und Osiris ist sehr bekannt. Sie ist Teil eines Frieses in Karnak und war vor zwanzig Jahren ein beliebtes Spielkartenmotiv. Aber auf Ihrer Karte sind die Figuren aus irgendeinem Grund vertauscht. Osiris sollte rechts sein, Isis links. Es könnte natürlich sein, daß ein Drucker den Farbfilm versehentlich umgedreht hat.

Dann haben wir hier diese königlich aussehende Dame, die mehr als eine flüchtige Ähnlichkeit mit Ihnen hat, Madame. Sie ist gewiß von königlichem Geblüt und sieht aus wie Prinzessin Nofert, die im alten Reich während der vierten Dynastie, 2720 vor Christus, mit Prinz Rahotep vermählt wurde. Aber ich habe sie noch nie allein auf einem Bild gesehen – immer mit dem Prinzen zusammen. Seltsam ist auch, daß fast kein Abstand zwischen ihrer Nase und ihrem Mund ist. Diese Bilder werden meist nach Statuen gezeichnet, und darum sollte das Gesicht auf der Karte identisch mit dem der Statue sein.

Am faszinierendsten ist aber die Tatsache, daß sie den Kreuzkönig symbolisiert. Ich habe noch nie von einer Königskarte gehört, auf der kein König oder Pharao abgebildet ist. Eine Frau auf der Königskarte ergibt einfach

238

keinen Sinn! Die einzige logische Erklärung ist ein Fehler beim Druck. Aber drei Fehler auf einer Karte? Das wäre einmalig.

Wenn diese Karte nun aus einem gewöhnlichen Kartenspiel stammte, wäre sie ein wertvolles Stück und der Traum eins Sammlers. Aber weil dem nicht so ist, weiß ich wirklich nicht, was ich damit anfangen soll." Er lehnte sich mit verblüfftem Gesichtsausdruck zurück.

Meine Gedanken wirbelten, und ich erinnerte mich daran, daß ich in Asilomar jemanden gefragt hatte, ob er je von Titus gehört habe. Dabei erfuhr ich, daß Titus auf lateinisch "König" bedeutet. Das war genau die Information, die ich brauchte – die Karte hatte mir also mein "mysteriöser Mann" irgendwie geschickt. Jetzt fiel mir auch die Vision ein, die ich kurz vor meiner Ankunft in Ägypten gehabt hatte. Er hatte vorausgesagt, daß er mir seine Visitenkarte schicken würde. Das mußte seine Visitenkarte sein – und mit ihrer Hilfe hatte ich die Wachen dazu gebracht, ein Loch in die Mauer zu brechen!

Die Karte war also in Ägypten eine Art Schlüssel für mich. Sie hatte mir zu einem Erlebnis verholfen, das nicht von dieser Welt war, und zu Erinnerungen aus einem anderen Leben. Hoffentlich würde ich mich mit ihrer Hilfe auch daran erinnern, wer Titus war! Bis jetzt hatte ich nicht viel herausgefunden, aber ich dankte Gott für das Wenige, was ich wußte. Vielleicht konnte Hamdi mir helfen, mehr Informationen zu beschaffen, obwohl er nicht einmal genau wußte, wer die Frau auf der Karte war. Ich wollte etwas sagen, aber Leta, die anscheinend wieder meine Gedanken las, kam mir zuvor.

"Wenn wir herausfänden, ob die Frau auf der Karte wirklich Nofert ist, wie Sie glauben, oder ob sie jemand anders ist, würde uns das weiterhelfen?"

Faruk Hamdi sah nachdenklich aus. "Ich kann ja mal herumfragen. Aber im Moment ist mir nicht klar, wie Ihnen das helfen sollte, die Herkunft der Karte zu bestimmen."

"Vielleicht haben Sie recht", sagte ich. "Aber dann wüßte ich wenigstens, wer meine Doppelgängerin war."

Hamdi lächelte.

"Kennen Sie jemanden, der uns weiterhelfen kann?" fragte Leta.

"Wann verlassen Sie Luxor?"

"Morgen Nachmittag."

"Der Kurator unseres Museums ist ein alter Freund von mir, Dr. Achmed Hassan. Niemand in Luxor weiß soviel wie er über unsere alte Kultur. Ich bin sicher, daß ich für Sie eine Begegnung mit ihm morgen früh arrangieren könnte. Warten Sie mal ... er ist gewöhnlich um halb neun in seinem Büro. Wie wäre es, wenn ich Sie um neun Uhr anrufen würde?"

"Oh, wir möchten Ihnen wirklich nicht zur Last fallen!" protestierte ich.

"Es wäre mir ein Vergnügen", sagte er und erhob sich. "Das ist das Wenigste, was ich tun kann. Wenn Sie das gesamte Kartenspiel finden sollten und es verkaufen wollen, würden Sie es mir dann zuerst anbieten? Hier ist meine Karte. Jetzt muß ich aber gehen. Guten Abend, meine Damen. Es war mir eine Freude, Sie kennengelernt zu haben."

"Das war ein glücklicher Zufall", meinte Leta, als er gegangen war.

Ich zögerte einen Augenblick. Es war aufregend zu wissen, daß die Karte tatsächlich einzigartig war, und vielleicht würde ich durch sie mehr über mein ägyptisches alter Ego herausfinden – dennoch fühlte ich mich unwohl, weil ich erneut das Gefühl hatte, daß Titus mich manipulierte.

"Du bist dir offenbar noch nicht sicher, ob du Mr. Hassan treffen willst", sagte Leta.

"Das stimmt", gab ich zu. "Was heute nachmittag geschehen ist, macht mir allmählich angst. Leta, selbst wenn ich herausfinde, wer ich war und wer er war, und wenn ich ihn dazu kriege, wieder zu erscheinen – was zum Teufel soll ich dann tun? Er scheint so mächtig zu sein, und ich habe immer mehr das Gefühl, daß er mich steuert. Es ist, als sei er für alles verantwortlich, was ich jemals erlebt habe. Er behauptet, daß er mir helfen will, und vielleicht stimmt das – aber ich glaube nicht, daß ich seine Hilfe will. Ich fürchte mich, Leta."

Leta nahm mich sanft bei der Hand.

"Hör mal, Triana, es gibt viele Kräfte, die das Leben vieler Menschen beeinflussen, und es gibt viele Möglichkeiten, mit ihnen umzugehen. Wenn du wieder zu Hause bist, werde ich dir helfen, diese Sache zu klären. Ich kenne Leute, die nichts anderes tun, als sich mit solchen Situationen zu beschäftigen. Dabei sind fast immer Wesen von anderen Ebenen im Spiel, die auf irgendeine Weise zu weit gehen.

Aber solange wir hier sind, sollten wir meiner Meinung nach alle Hinweise sammeln, die wir kriegen. Dann kannst du den Rest deines Urlaubs mit Astar in Griechenland genießen. Entspanne dich, amüsiere dich, und wenn du zurück bist, treffen wir uns. Mach dir keine Sorgen, Schätzchen. Leta kümmert sich um alles!"

Was für ein Glück, daß ich Leta habe, dachte ich, während ich in der Dunkelheit lag und das sanfte Schnarchen im Bett neben mir hörte. Wenn sie nicht gewesen wäre, hätte das Tor mich wohl verschluckt. Ich fröstelte bei diesem Gedanken. Leta war immer so ruhig, so ausgeglichen, so beruhigend. Eines Tages würde ich ihr einige ihrer Erlebnisse entlocken, das nahm ich mir fest vor. Wahrscheinlich war mein Erlebnis im Vergleich dazu ein Schulausflug.

Aber wenn Leta eine so gute Freundin war, warum hatte ich ihr dann nicht von den Geburten und von meiner Suche nach meinem Vater erzählt? Ich hatte allmählich das seltsame und unangenehme Gefühl, daß unsere Geburt etwas mit der ganzen Sache zu tun hatte. Vielleicht war es Zeit, Leta mein größtes Geheimnis zu enthüllen. Ja, ich würde es ihr morgen erzählen.

Seit ein paar Jahren scheint mein Leben eine Kette von Rätseln zu sein, dachte ich.

Das wichtigste Rätsel, das ich jetzt lösen mußte, war das Wesen, das sich Titus nannte, und die Frage, welche Macht es über mich hatte.

Alles, was ich in seiner Gegenwart gefühlt hatte, deutete darauf hin, daß er mir die Wahrheit über unsere ewige Liebe gesagt hatte. Das Entzücken, das mich im Restaurant überwältigt hatte, war dasselbe gewesen wie unter dem Torbogen, als er versucht hatte, mich auf die andere Seite zu ziehen. Einerseits konnte ich also unsere Begegnungen unter der Überschrift "Erinnerungen an ein früheres Leben" einordnen. Aber eines verwirrte und ängstigte mich um so mehr, je länger ich darüber nachdachte: In welchem Umfang wurde mein jetziges Leben von meinem früheren Leben an seiner Seite beherrscht? Konnte ein Wesen aus einer anderen Dimension mein Leben auf der Erde beeinflussen? Das verstieß bestimmt gegen die Regeln. Aber er hatte ja angedeutet, daß er sich nicht an die Regeln hielt. Wenn das stimmte, konnte ich mein Schicksal nicht mehr frei bestimmen, selbst wenn er die besten Absichten hatte. Dieser Gedanke explodierte in meinem Kopf wie eine Bombe.

In der Nacht träumte ich, ich sei die Sklavin des Mannes mit dem goldenen Gesicht und den grünen Augen. Er sagte mir, wann ich essen, schlafen und aufwachen sollte, er sagte mir, was ich tun und was ich denken sollte. Seine Macht hielt mich wie eine unsichtbare Kette fest. Sogar wenn er nicht da war, steuerte er meine Gedanken und mein Tun.

Er rief mich zu sich, und ich warf mich ihm zu Füßen. Er saß in einem riesigen Saal mit pechschwarzer Decke auf einem Thron. Mit gerunzelter Stirn befahl er mir, mich an ihn zu erinnern. Seine Stimme war leise, scharf und drohend. Doch je mehr ich mich anstrengte, desto dichter wurde der Nebel in meinem Kopf.

Die Falten auf seiner Stirn wurden tiefer und glichen sich windenden Würmern mit winzigen, bösartigen Augen und kleinen, offenen Mäulern voller scharfer Zähne. Die Würmer fielen von seiner Stirn wie Maden von einem Kadaver und krochen über den Marmorboden auf mich zu. Ich war starr vor Entsetzen. Seine Stimme wurde lauter, sie zischte durch den Saal wie ein Wirbelsturm.

"Erinnere dich an mich!"

Die Würmer kamen näher und ließen eine schleimige Spur auf dem Fußboden zurück.

"Erinnere dich!"

"Ich kann nicht! Ich kann nicht!" Mein Kreischen weckte mich auf, und ich tastete hektisch nach dem Lichtschalter. Meine Hand zitterte, und ich war von oben bis unten in Schweiß gebadet. Ich setzte mich im Bett auf und schaltete das Radio ein. Das sanfte Licht der Nachttischlampe und die beruhigende, geistlose Musik aus dem Radio lösten meine vage Furcht allmählich auf. Mein Geist war zerstreut wie die Überreste eines abgestürzten Flugzeugs. Wenn ich mit diesem Wesen aus einer anderen Dimension zusammen war, spürte ich nur Liebe! Warum also hatte ich jetzt so große Angst vor ihm – zumindest im Traum? War er gut oder böse? Ich wollte ja glauben, daß er meine ewige Liebe war, ich wollte ihm völlig vertrauen. Es gab nichts auf dieser Welt, was ich mir mehr wünschte. Dann erkannte ich, daß er mich nicht um meine Erlaubnis gefragt hatte, als er versucht hatte, mich durch das Zeittor zu ziehen. Jetzt war es für mich wichtiger denn je, mich an ihn zu erinnern. Ich mußte wissen, was wir einander bedeuteten und warum. Ich betete ein wenig, dann meditierte ich. Nach einer Weile hörte mein Herz auf, wie ein stürmisches Meer zu toben. Ich legte mich zurück, schloß die Augen und fiel in einen tiefen, ungestörten Schlaf.

Kapitel 16

Faruk Hamadi hielt sein Wort. Genau um neun Uhr am folgenden Morgen klingelte das Telefon. Dr. Hassans Sekretärin teilte uns mit, ihr Chef würde sich sehr freuen, uns um elf Uhr zu treffen und uns nach besten Kräften zu helfen. Leta und ich frühstückten gemütlich auf der Hotelterrasse, dann brachen wir zum Museum auf.

"Ob es sich bereits herumgesprochen hat, daß zwei verrückte Touristinnen ein Loch in die Tempelmauer schlagen ließen?" fragte Leta und grinste, als wir über die Shari Lukanda bummelten.

"Mein Gott, daran habe ich gar nicht gedacht! Aber ich nehme an, wenn jemand von uns gehört hat, dann Dr. Hassan. Hoffentlich werden wir nicht verhaftet."

"Unsinn! Wir haben das archäologische Erbe des Landes bereichert. Wir haben eine Initiationskammer entdeckt, von der niemand etwas wußte, und wenn Hassan deine Doppelgängerin identifizieren kann, wissen sie sogar, wessen Kammer es war. Das ist doch nicht schlecht für zwei Kalifornierinnen, die von Archäologie keine Ahnung haben! Die einzigen, die in der Tinte sitzen, sind die Wachen, die das Loch in die Mauer geschlagen haben. Wahrscheinlich hat man sie schon rausgeworfen."

Wir folgten dem Weg, den man uns im Hotel beschrieben hatte, und gelangten in einen kleinen Garten, der anscheinend vor kurzem angelegt worden war. Dann stiegen wir breite Steintreppen hinauf und standen in der kühlen Eingangshalle des Museums. Am Kartenschalter fragten wir nach Dr. Hassan. Ein adretter junger Mann in einer frisch gewaschenen weißen Galabia senkte den Kopf und murmelte etwas. Sogleich tauchte ein kleiner Junge auf, der unter der Schaltertheke nicht zu sehen gewesen war, und führte uns einen Korridor entlang.

Am Ende des Ganges klopfte er an eine Tür, öffnete sie und bat uns in ein kleines Büro mit einem großen Ventilator in der Mitte der Decke. Eine ältere Frau blickte von ihrer Schreibmaschine auf und lächelte uns an.

"Willkommen, meine Damen. Dr. Hassan erwartet Sie. Er telefoniert gerade, aber lange brauchen Sie nicht zu warten. Bitte nehmen Sie Platz."

Wir setzen uns auf das Sofa und genossen die kühle Brise, die der Ventilator erzeugte. Letas Ausdauer ist erstaunlich, dachte ich, als ich sah, wie sie sich mit einem großen, karierten Männertaschentuch die Stirn abwischte. Gestern war sie bei 30 Grad Hitze von der Mauer zum Tor gerannt und hatte immer noch die Kraft gehabt, mich aus einer anderen Dimension herauszuziehen. Die meisten Frauen mit ihrer Figur hätten vorher einen Herzanfall bekommen.

"Hast du die Karte dabei?" fragte sie und riß mich aus meinen Gedanken.

"Ja, ich glaube schon. Aber ich sehe lieber nach."

Ich tastete in meiner Handtasche nach der Karte, fand sie und zog sie heraus. Als ich sie betrachtete, lief mir ein kalter Schauer über den Rücken. Die Karte war leer! Das Bild der Ägypterin und des Kreuzkönigs war verschwunden.

Ich brach in Schweiß aus, und Panik überschwemmte mich. Meine Brust schien zugeschnürt zu sein, und ich konnte kaum atmen. Ich muß hier sofort raus, dachte ich. Ich sprang auf die Füße, ließ die Karte in Letas Schoß fallen und lief zur Tür hinaus. Eine verdutzte Leta und eine ebenso verdutzte Sekretärin blieben zurück.

Draußen lief ich einfach weiter, als würde ich von Höllenhunden gehetzt. Ich hatte keine Ahnung, wohin ich rannte. Meine Füße trugen mich durch schmale Straßen aus gebranntem Lehm, durch Gassen, in denen sich Abfälle häuften, und über sonnige Höfe. Mein Baumwollkleid war durchgeschwitzt, und die Haare fielen mir über die Augen und klebten an der Stirn. Trotzdem hörte ich nicht auf zu laufen. Bilder aus der Gegenwart und Vergangenheit Ägyptens überschwemmten mich – sickerten sie aus dem Boden und aus den Mauern der Häuser? Sogar die Luft, die ich in meine schmerzenden Lungen sog, schien meine Alpträume zu verstärken.

An einem Tor hingen die blutlosen Kadaver frisch geschlachteter Lämmer. Singende Priester betatschten und quälten eine schwitzende Leta, die gefesselt auf einem steinernen Altar lag. Der Nil öffnete sich, und Seth tauchte auf, den blutigen Kopf des Osiris zwischen den Zähnen. Die Karte drehte sich wie verrückt und zeigte zuerst mich als Prinzessin, dann meinen Besucher mit dem goldenen Haupt. Eine Kugel aus grünem Licht rollte über den Fußboden einer Kammer und eine Treppe hinunter und besprühte alles mit Schleim. Ali, der Reiseführer, hielt eine riesige Spitzhacke mit einem glitzernden goldenen Kopf in die Höhe. Dann veränderten sich seine Gesichtszüge, und er wurde zum Schakal, während er mit der Picke auf mein Herz zielte.

Ägypten verschlang mich, saugte mich in seinen zeitlosen Schlund, verwirrte meinen Geist, raubte mir den Verstand. Ich mußte weiterlaufen, sonst war ich verloren. Meine bloße Gegenwart schien die ganze unermeßliche Macht zu entfesseln, die obskure Riten und Beschwörungen mit dem Land verwoben hatten. Hätte ich mich dieser Macht ergeben, wäre das, was ich für meine Wirklichkeit hielt, zerbrochen.

Ich taumelte gegen den knotigen Stamm einer Eiche, verlor das Gleichgewicht und stürzte. Mein Schwung war so groß, daß ich einen schmalen Streifen Gebüsch durchbrach und eine Böschung hinunterfiel. Spitze Steine zerrissen mein Kleid und schürften mir die Haut auf, als ich über den harten, rissigen Boden rollte. Am Fuße des Abhangs blieb ich atemlos liegen, und Lichter explodierten vor meinen Augen.

Eine Zeitlang konnte ich mich nicht bewegen. Doch schließlich atmete ich ruhiger, richtete mich auf und tastete meinen Körper behutsam nach gebrochenen Knochen ab. Obwohl ich mich fühlte, als sei ich aus einem fahrenden Auto gefallen, war ich anscheinend noch heil. Ich schaute mich um und sah, daß ich mich am Rande eines Flußufers befand, nur wenige Zentimeter vom Wasser entfernt. Zu meiner Linken wuchs ein wenig Schilfgras, in dem ein Eisvogel hockte und mich aus einer schwarzen Augenperle neugierig ansah. Sein langer, spitz zulaufender Schnabel glitzerte in der

Sonne wie eine Speerspitze. Er hatte eine kleine Haube aus schwarzen und weißen Federn, die Flügel und der Leib waren einfarbig.

Der kleine Vogel saß so still, daß er wie ausgestopft wirkte, und ich spürte, daß mein Herz laut pochte, während er mich minutenlang anstarrte. Dann breitete er plötzlich die Flügel aus und flog weg. Er schoß über das Wasser, trank im Flug und verschwand hinter einer Biegung.

Ich saß da und betrachtete die Palmen, die sanft am anderen Ufer wogten, und ich merkte, daß meine Furcht sich gelegt hatte. Vielleicht hatte mich die Begegnung mit dem Eisvogel in die Realität zurückgebracht. Dieser kleine Vogel und seine Vorfahren hatten schon lange, bevor es Menschen gab, im Schilf gehockt und waren über das Wasser geflitzt. Vielleicht sollte er mich daran erinnern, daß ich trotz meines inneren Aufruhrs von der unerschütterlichen Natur umgeben war. Ich, nicht der Eisvogel, veränderte mich, und wenn ich mit mir selbst kämpfte, trug ich Scheuklappen und stolperte herum, blind für die tiefen, unbestreitbaren Wahrheiten, die mich umgaben.

Ich mußte Ägypten verlassen. Es gab keinen Zweifel daran, daß die Macht dieses Landes mich aus dem Gleichgewicht gebracht hatte. Wegen meiner neu erwachten Sensitivität war ich seinen verborgenen Strömungen hilflos ausgeliefert und konnte nicht mehr klar denken. Ich mußte irgendwohin gehen, wo es keine Karten, keine Initiationskammern und keine Sonnentore gab. In einer Woche sollte ich mich mit Astar in Athen treffen. Soll ich auf meinem ursprünglichen Plan zurückkommen und ein paar Tage allein nach Israel gehen? Dieser Gedanke beherrschte mich, und ich dachte an ein Bild in einem Reiseprospekt. Ja! dachte ich. Tiberias am galiläischen Meer sieht so friedlich und schön aus – der ideale Ferienort für mich. Leta wird vielleicht enttäuscht sein, aber sie versteht mich bestimmt.

Völlige Entspannung war für mich das beste Heilmittel, entschied ich, rappelte mich auf die Füße und kroch die Böschung hinauf. Im Hotel würde ich alles Erforderliche in die Wege leiten, sobald Leta zurückkam.

Kapitel 17

Zwei Tage später lag ich auf einer Luftmatratze und ließ mich auf dem seichten Wasser des galiläischen Meeres treiben. Ich ließ die Hände und Füße schlaff hängen und aalte mich in der Sonne. Zum erstenmal seit langer Zeit fühlte ich mich ruhig wie ein warmes, zufriedenes, schläfriges Kätzchen. Jede Anspannung war aus meinem Körper verschwunden.

Sogar die Lobgesänge des Reisprospekts wurden Tiberias nicht gerecht. Es liegt zweihundert Meter unterhalb des Meeresspiegels und ist somit die tiefste Stadt der Welt. Ruhe und Frieden durchdrangen alles. Sie legten sich wie ein Mantel über das schläfrige Städtchen und hingen in den Ästen der Bäume, deren Wipfelzweige im grünen Wasser des Sees schleiften. Das Wasser stammt aus heißen Quellen und entzückte und erquickte die Menschen, lange bevor die Römer aus diesem idyllischen Ort ein Erholungsgebiet machten.

Das andere Ufer des Sees schimmerte in der Nachmittagssonne, und jenseits der Küste zeichneten sich die blassen, trockenen Umrisse der Golanhöhen ab, im Norden beherrscht vom Gipfel des Berges Hermon. Ich kann verstehen, daß sie ihn Meer nannten, dachte ich, als ich langsam fort vom Ufer paddelte, das ich bereits nicht mehr sehen konnte. Während der Busfahrt nach Tiberias hatte ich gelegentlich einen Blick auf den See geworfen.

Sogar das gegenüberliegende Ufer schien unterhalb des Horizonts zu liegen. Ich schöpfte eine Handvoll Wasser und führte es an die Lippen. Halb rechnete ich damit, Salz zu schmecken, aber es war ziemlich süß. Weiter draußen kräuselte eine Brise die glasige Oberfläche. Ich träumte von kleinen Fischerbooten zu Lebzeiten Christi und sah sie gegen die Stürme ankämpfen, die sich plötzlich aus dem Nichts bildeten. Dieses Bild rief eine Flut von anderen biblischen Szenen wach. Ich hatte die Heilige Schrift nach einem meiner langen Gespräche mit Michael über die Religionen der Welt vor kurzem zum erstenmal gelesen.

Jetzt erinnerte ich mich daran, daß dieser See, auf dem ich trieb, genau der See war, mit dessen Wasser Christus Hunderte, wenn nicht Tausende von Anhängern getauft hatte. An diesen Ufern hatte er gepredigt und Wunder vollbracht. Ich schwamm also in der Wiege des Christentums. Kein Wunder, daß alles so friedlich war. Ich drehte mich auf den Rücken und schloß die Augen. Ägypten schien ein ferner, böser Traum zu sein.

Drei Tage lang lag ich in der Sonne und mied andere Touristen. Statt dessen genoß ich die einfachen, aber angenehmen Gespräche mit Simon Telman und seiner hübschen Frau Mireille. Das junge Paar bewirtschaftete das Gästehaus, in dem ich wohnte. Sie waren aufmerksam, aber nicht aufdringlich und respektierten meinen Wunsch, nichts zu tun, als mich zu entspannen, zu lesen und mich an ihren schlichten heimischen Gerichten gütlich zu tun, die sie mit mir teilten. Obwohl Tiberias und die ganze Gegend im Umkreis von 35 Meilen von der Geschichte des Christentums, der Römer, der Juden, der Byzantiner und zahlloser alter Völker durchdrungen war, hatte ich keine Lust, Sehenswürdigkeiten zu besuchen. Hier waren nicht die geschichtlichen Details wichtig, sondern ihre gemeinsame Wirkung: die allgegenwärtige Ruhe, die gleich nach meiner Ankunft begonnen hatte, mein übererregtes und erschöpftes Nervensystem zu heilen.

Ich genoß meinen letzten Tag an diesem friedlichen Ort von Herzen. Nach dem Frühstück hatte ich mich draußen in die warme Abendluft gesetzt, mit Mireille geplaudert und die letzten Strahlen der Sonne auf den fernen Bergen bewundert. Die Gipfel waren in mattes Rosa getaucht, so daß sie vor dem wässerigen Blau des Abendhimmels zu schwelen schienen.

Die Ruhe hatte mir so gutgetan, daß ich mir bisher keine Informationen für Touristen beschafft hatte.

Mireille ging einen Augenblick ins Haus, und ich erblickte eine Broschüre zwischen den verstreuten Zeitungen und abgegriffenen Taschenbüchern, die auf einem Tisch aus Korbgeflecht lagen. Ich griff danach und überflog den Stadtplan Tiberias', die Karte des Seeufers und die sehr kurz gefaßten Angaben über die zwanzig oder dreißig wichtigsten Attraktionen.

Als ich die Karte und die kleinen schwarzen Punkte in der Umgebung der Stadt studierte, verspürte ich plötzlich den Drang, auf Entdeckungsreise zu gehen. Der Abend war wunderschön, Touristen waren nicht in der Nähe, und ein einsamer Spaziergang paßte zu meiner ruhigen, nachdenklichen Stimmung.

"Ich glaube, ich mache einen Spaziergang", sagte ich, als Mireille zurückkam. "Es ist meine letzte Nacht, und ich habe kaum etwas gesehen, seit ich hier bin. Bis später!"

"Viel Spaß", sagte Mireille, als ich ins Haus ging, um meinen Pullover zu holen.

Ich verließ das Gästehaus und ging hinunter zur Hauptstraße, die den See säumte. Dann wanderte ich eine halbe Meile am Ufer entlang. Die Luft war still und duftete nach Zedern. Ein einzelner heller Stern stand am dunkler werdenden Himmel, und ich dachte einen Augenblick an den Stern, der vor zweitausend Jahren die drei Weisen nach Bethlehem geführt hatte, das achtzig Meilen südlich lag. Was war dieser Stern wirklich gewesen? Und was hatten die drei Weisen gewußt, was hatte sie bewogen, dem Stern zu folgen, um bei der Geburt eines unbekannten Kindes anwesend zu sein, das – wie Astar und ich – ohne geschlechtliche Vereinigung empfangen worden war?

Dieses Kind hatte allerdings seinen Vater gefunden, im Gegensatz zu meiner Tochter und mir. Und ich bezweifelte, daß meine Mutter und ich vom heiligen Geist heimgesucht worden waren. Viele Fragen wirbelten mir durch den Kopf. Würden wir je die Wahrheit erfahren? War alles, was wir erlebt hatten, die Folge unserer unbegreiflichen Geburt? Waren wir allein, oder gab es andere, denen Ähnliches widerfahren war?

Für vieles, was in letzter Zeit mit mir geschehen war, gab es keine Erklärung. Die Erlebnisse verlangten eher blinden Glauben als logisches Denken, wenn ich sie akzeptieren wollte. Sollte ich lernen, daß alles vorherbestimmt war und daß ich keine Wahl hatte, oder war das Gegenteil richtig: Sollten meine Erlebnisse mein Bewußtsein erweitern, und lag es allein an mir, sie zu deuten? Wäre mein mysteriöser Besucher nicht gewesen, hätte ich die erste Erklärung akzeptiert. Doch sein Erscheinen und seine Macht über mich schienen ein Element der Nötigung zu enthalten, das meiner Auffassung von Schicksal widersprach.

Die unbeantworteten Fragen gingen mir nicht aus dem Kopf, als ich am Ufer des Sees entlangging, doch an diesem Abend waren sie eher faszinierend als furchterregend. Tiberias hielt mich in seinem beruhigenden Bann, und ich genoß das Alleinsein. Es war inzwischen dunkel geworden, und ein Halbmond schwebte über dem See. Am anderen Ufer sah ich Lichter blinken, hinter ihnen ragten die Silhouetten der Berge in den dunklen Himmel. Ich spazierte auf der Straße nach Kinneret südwärts. Zu meiner Linken lag der See, und rechts befand sich ein bewaldeter Park. Gleich neben der Straße überragte ein Hügel die Bäume.

Ich folgte einem Impuls und verließ die Straße. Auf dem Gipfel des Hügels angelangt, setzte ich mich auf ein trockenes Grasbüschel und sog die stille, kühle Luft in mich ein. Der Hügel war etwa dreißig Meter hoch und fast kegelförmig. Vor mir fiel er zur Straße ab, und seinen Fuß säumten Sträucher. Vom Gipfel aus konnte ich über die schattigen Bäume hinwegsehen und die Dächer von Tiberias und seine Umgebung überblicken, die der Mond in sanftes Licht tauchte.

Ich drehte mich um und schaute hinter mich. Sofort bemerkte ich die Ruinen eines römischen Aquädukts. Er überspannte ein kleines Tal, etwa hundert Meter von mir entfernt, und seine Bögen waren im Mondlicht deutlich erkennbar. Ich wühlte in meiner Tasche nach der Broschüre für Touristen und überflog mit Hilfe eines Feuerzeugs die Karte, um herauszufinden, ob das Aquädukt darin eingezeichnet war. Ja, es hatte sogar einen Namen: Aquädukt der Berenice.

Irgend etwas an diesem Namen brachte mein Herz zum Stolpern. Ich hatte das Gefühl, hier zu Hause zu sein. Aufmerksam starrte ich in der Dunkelheit die eleganten Torbögen an und stellte mir vor, wie vor Jahrhunderten kühles Wasser zwanzig Meter über dem Erdboden in die Zisternen der Stadt, in Bewässerungskanäle und vielleicht auch ins Bad reicher Leute geflossen war. Je länger ich mich umsah, desto stärker wurde das Gefühl, daß ich mit diesem Ort auf ganz besondere Weise verbunden war. Etwas rührte sich in mir, und ich strengte die Augen an, um den Schlußstein des Zentralbogens zu sehen, als wolle ich mich an etwas Bestimmtes erinnern.

Als meine Augen zu schmerzen begannen, bewölkte sich mein Blick, und ich spürte, wie etwas in meinem Inneren sich verschob. Ich wußte aus Erfahrung, daß mir ein Bewußtseinswandel bevorstand. Einen Augenblick lang wirbelten die Wolken vor mir. Dann lösten sie sich auf, und ich stand im hellen Sonnenlicht am anderen Ende des Aquädukts und beobachtete entzückt ein hölzernes Schiffchen mit einem Tuchsegel, das sich mir auf dem schnell fließenden, kristallklaren Wasser in der steinernen Rinne rasch näherte. Als es auf einer Höhe mit mir war, griff ein barfüßiger Diener ins Wasser, hob das kleine Schiff auf und lief mit ihm weg. Er verschwand im Gebüsch, das die Seiten und den Grund des Tals bedeckte. Gleichzeitig machte sich ein anderer Diener an der gegenüberliegenden Seite auf den Weg. Minuten später tauchten beide auf. Einer stieg aus dem Unterholz vor mir, der andere erschien auf dem Gipfel des Hügels, dem ich zugewandt war. Der zweite setzte das Schiff am anderen Ende des Aquädukts ins Wasser, und seine rasende Fahrt begann von vorne. Ich klatschte vor Vergnügen in die Hände, als es erneut auf mich zukam.

Das war mein Lieblingsspiel, und diesen Platz liebte ich in ganz Tiberias am meisten. Ich war viel lieber draußen in der Sonne, als mit meinen zwei jüngeren Schwestern im Palast eingesperrt zu sein. Drusila war drei Jahre alt und interessierte sich nur für Puppen, und Maria war noch ein Baby. Ich liebte das kleine Schiff, denn es erinnerte mich an das stolze Segelschiff, in dem mein Vater über das Meer nach Rom gereist war, um Kaiser Tiberius zu besuchen. Ich sehnte mich danach, ihn zu begleiten, neue Länder zu sehen und die wichtigsten Leute der Welt zu treffen.

Mehr noch als das Schiff liebte ich das Wasser. Ich spürte seine Macht, wenn ich zusah, wie es zwischen den glatten, steinernen Mauern dieser großen Brücke wogte, die zur Erinnerung an meine Geburt vor sieben Jahren gebaut worden war. Es war fast ein Wunder, was das Wasser alles tun konnte: Es bewegte, reinigte und kühlte Dinge, und keine Pflanze, kein Tier und kein Mensch konnte in diesem heißen, trockenen Land ohne Wasser überleben. Ich war nicht im geringsten überrascht gewesen, als die Diener sich flüsternd über einen sonderbaren jungen Mann unterhalten hatten, der angeblich auf einer Hochzeit im nahen Kanaan Wasser in Wein verwandelt hatte. Das kam mir ganz natürlich vor. Wasser war so magisch, daß es sich in alles verwandeln konnte, und dieser Mann wußte eben, wie man es dazu brachte.

"Berenice! Berenice! Dein Vater fährt nach Jerusalem. Er will sich verabschieden. Komm jetzt rein!"

Rachel, meine Zofe, hatte mich aus meinen Tagträumen gerissen. Sie lief
mir auf dem Weg neben dem schmalen Kanal entgegen, der Wasser vom
Aquädukt zum Palast meines Vaters brachte. Ihre weiße Robe flatterte, und
ihr meist lächelndes, rundes Gesicht sah ängstlich aus. Agrippa, mein Vater, war ein großer König und der einzige, der Rachel in Hektik versetzen
konnte. Sie trippelte den Weg hinunter, auf gleicher Höhe wie das Schiffchen, das neben ihr segelte.

Einen Augenblick lang verschwamm die Vision, und das vom Mond be-
schienene Aquädukt tauchte wieder auf. Aber es verblaßte sofort, und eine
neue Szene entfaltete sich vor meinen Augen. Ich war fünfzehn Jahre und
neun Monate alt und trug eine herrliche Robe aus einem Stoff mit goldenen
Fäden. Um den Hals hatte ich eine Kette aus äthiopischen Smaragden und
Perlen vom persischen Golf gelegt, und mein rotbraunes Haar wurde von
Kämmen aus Schildpatt festgehalten, den die Kunsthandwerker von Alexandria mit Gold eingelegt hatten. Trotz meines feierlichen, würdevollen Gesichtsausdrucks schwelgte ich innerlich in dem Pomp und in all den Feier-
lichkeiten, die meine Vermählung mit meinem Onkel Herodes, dem König
von Chalkis, begleiteten.

Ein Heer von graubärtigen Priestern war im prächtigen Tempel zu Jerusalem versammelt, den mein Urgroßvater, Herodes der Große, für das Volk von
Judäa gebaut hatte. Im Inneren funkelten das polierte Zedernholz und das
Blattgold im Licht der zahllosen Kerzen. Draußen ragten seine goldenen Zin-
nen in den Himmel, höher als die Säulengänge und weißen Dächer der herrlichen Paläste und öffentlichen Bauten, die ihrerseits die dicht an dicht stehenden Läden und Häuser innerhalb der massiven Stadtmauern überragten.

Eine neue Vision verdrängte den Tempel. Ich sah meinen älteren Bruder
Agrippa bei seiner Ankunft im Palast von Chalkis. Kaiser Claudius hatte
ihn zum Nachfolger meines verstorbenen Gatten ernannt. Ich war zwanzig
Jahre alt und hatte vor kurzem die Witwengewänder abgelegt. Er war drei-
undzwanzig, und ich kannte ihn kaum, weil er in Rom erzogen worden war.
Doch als er den großen Saal des Palastes betrat, empfand ich eine Liebe
für ihn, die weit über Geschwisterliebe hinausging.

Seine gepflegte, angenehme Erscheinung, seine vornehmen Manieren und
sein offensichtliches Bestreben, mir zu gefallen, erlösten mich sogleich von

der Furcht, er werde mich als nutzlose und unerwünschte Königinwitwe für immer in die Frauengemächer verbannen. Er würde meine Schönheit, meinen Charme und meinen Verstand hervorragend ergänzen, dachte ich. Als Königin und König von Chalkis wären wir ein vorzügliches Gespann. Beim Gedanken an diese verbotene Allianz zitterten meine Lenden.

Agrippas Gesicht löste sich auf, und eine Collage aus Eindrücken zog rasch an mir vorbei. Ich spürte die verrinnende Zeit so deutlich, wie ich sie sah: die glücklichen Jahre mit Agrippa und die Monate in Rom, Athen, Alexandria, Jerusalem, die fröhlichen, faszinierenden Momente und die luxuriösen Zeremonien, die Gesellschaft der größten Künstler, Denker und Politiker der Welt, den Status und die Macht, aber auch die wachsende Unzufriedenheit der Bevölkerung von Judäa mit ihren römischen Herren. All diese Bilder huschten an mir vorüber wie Bruchstücke eines Mosaiks, und allmählich erkannte ich, daß ich eine reife, erfahrene, sehr reizvolle Frau mit großem Einfluß in einer zunehmend unruhigen Welt war.

Lautes Wiehern erschreckte mich, und sofort verschwanden die Visionen. Ich schaute hinunter zum Gebüsch am Fuße des Hügels, wo ein Rascheln die Quelle des häßlichen, aufdringlichen Geräuschs verriet. Ein kleiner grauer Esel trottete aus dem Unterholz auf die verlassene, mondbeschienene Straße und zog einen Strick hinter sich her.

Ich stand auf und streckte mich. Einen Augenblick lang fühlte ich mich benommen, als schwebe ich zwischen zwei Wirklichkeiten. Dann legte sich das Gefühl, und ich kletterte langsam den Abhang hinab. Auf der Straße wanderte ich weiter, weg von der Stadt, hinein in die weite Landschaft, und versuchte, mein Erlebnis auf dem Hügel zu verarbeiten.

Obwohl die Visionen überaus realistisch gewesen waren, sagte mir der Name Berenice nichts. Ich hatte längst vergessen, was ich über jüdische Geschichte gelernt hatte – es war ohnehin nicht viel –, und die Namen Herodes und Agrippa kannte ich nur, weil ich vor kurzem die Evangelien gelesen hatte. Allerdings mußte ich zugeben, daß Berenice mir außerordentlich wichtig war. Ich identifizierte mich mit dieser attraktiven, intelligenten Frau, die sich in einer Welt der Männer durchgesetzt hatte und sich nicht wie die anderen Frauen damit begnügte, ihren Einfluß lächelnd und flüsternd geltend zu machen. Was für eine interessante Parallele, dachte ich. Genau das ist mir im Geschäftsleben gelungen.

Daß ich Berenice gewesen war, kam mir viel wichtiger vor als mein Leben in Frankreich oder in Ägypten. Berenice und ich gehörten derselben Rasse an und hatten offenbar das gleiche Temperament. Natürlich gab es auch große Unterschiede: Ich hatte mit nichts begonnen, Berenice hatte von Anfang an alles gehabt. Aber ich spürte, daß wir die gleichen hohen Ziele hatten, und ich wußte, daß Berenice ebenso wie ich eine Heilerin gewesen war, auch wenn ich in meiner Vision nichts davon gesehen hatte.

Rechts und links von mir bemerkte ich jetzt die modernen Gebäude mit den heißen Quellen. Was für ein kümmerlicher Ersatz für die herrlichen marmornen Badehäuser mit ihren Säulengängen, die ich einst gekannt hatte! Einen Augenblick lang sah ich meinen Vater Agrippa, den zwei Diener ins dampfende Wasser senkten. Er hatte sein rheumatisches rechtes Bein steif gestreckt. Die Vision verblaßte rasch, und ich ging weiter.

Hundert Meter hinter den heißen Quellen führten ein paar Stufen hinunter zum See. Ich stieg hinab und befand mich an einem schmalen Strand, etwa zwanzig Meter breit und fünfzig Meter lang. Ich setzte mich und schaute hinaus aufs Wasser, das sanft ans Ufer klatschte. Die kleinen Wellen glitzerten im Licht des Mondes, der jetzt genau über mir stand.

Fast sofort verschob mein Bewußtsein sich erneut, und ohne den Blick vom See zu wenden, glitt ich zurück in die Vergangenheit. Diesmal war die Vision klarer. Vor einer Minute hatte ich nur das Wasser gesehen, nun sah ich den Kopf, die Schultern und dann den ganzen nackten Körper eines Mannes aus dem schimmernden See steigen. Er schritt durch das flache Wasser. Sein nasses Haar klebte in dunklen Kringeln am Kopf, und sein stämmiger Körper glänzte, als habe er sich soeben eingeölt. Er wischte sich die Tropfen aus dem Gesicht und lächelte liebevoll, als er näherkam. Dann öffnete er die Arme weit und umschlang mich lange und zärtlich. Ich spürte seinen warmen, feuchten Körper an meinem Kleid aus feiner Baumwolle, und seine wachsende Erregung erzeugte einen festen Druck an meinem Schenkel.

Dann gingen wir zu einem großen, offenen Zelt. Ein glimmendes Kohlebecken und Öllampen warfen ein Rechteck aus Licht auf den dunklen Strand. An den Seiten des Zeltes waren lange Wände aus Zeltstoff angebracht, die den Kieselstrand schräg überspannten und bis zum Wasser reichten. Sie schützten vor unerwünschten Eindringlingen und neugierigen Blicken. Innen war das Zelt reich möbliert und mit orientalischen Teppichen und Wandbehängen ausgestattet. Ein runder Tisch stand in der Mitte, üppig beladen mit Obst, kaltem Fleisch und einem silbernen Weinkrug. Daneben standen zwei prunkvolle vergoldete Stühle.

Ein Schwert mit einem Griff aus gehämmertem Gold lehnte an einem der Stühle, und andere Gerätschaften eines Soldaten lagen daneben auf dem Boden. An der hinteren Wand stand ein großes, niedriges Bett, mit Tierfellen bedeckt.

Er ließ mich auf dieses Bett gleiten, und ich lag einfach da, während seine Finger mein Kleid öffneten und es sanft abstreiften. Ich liebe diesen Mann mehr, als ich es je für möglich gehalten hätte, dachte ich, als sein Mund meinen Mund berührte und ich seine süßen Lippen und seine Zunge spürte. Ich zog mich zurück und sah ihn an. Er war nicht so stattlich wie Agrippa. Seine hohe Stirn paßte nicht ganz zu seinem gerundeten Kinn, und die Nase war sogar für einen Römer zu lang. Aber seine warmen braunen Augen und die Liebe, die sie ausstrahlten, machten seine körperlichen Mäkel wett. Er brauchte mich nur anzusehen, und jedes Atom meines Wesens flog ihm zu.

"O Titus, Titus, mein Liebster", stöhnte ich, als er mir die Brüste, den Rücken, die Beine und die Schenkel streichelte. Seine starken Soldatenhände berührten mich so sanft und leicht wie Schmetterlingsflügel. Ich preßte mich an seine breiten, muskulösen Schultern und vergrub mein Gesicht an seinem Hals, während sein Geschlecht mich ganz unten am Bauch rieb und seine Finger meinen Körper weiter erforschten. Dann drang er in mich ein, und unsere leisen Schreie der Lust vereinigten sich, während wir verschmolzen und einem wilden Höhepunkt zustrebten.

Eine Sekunde lang trübte sich die Vision, und wir lagen nebeneinander auf dem Bett, nippten Wein aus dem silbernen Krug und schauten hinaus auf den See, dessen dunkle Fläche die Öffnung des Zeltes umrahmte. Ich strich ihm mit den Händen über den Haaransatz und spürte den harten Knoten, der sich dort seit einigen Monaten unter der Haut bildete.

"Hast du immer noch Schmerzen?" fragte ich ihn sanft.

Er nickte.

"Ich will einmal sehen, ob ich die Gabe noch besitze."

Ich schloß die Augen und bat die höhere Macht um Hilfe. Ja! Sie war da! Die goldene Energie durchströmte mich. Sie drang zwischen den Schulterblättern ein, floß durch die Arme und ergoß sich durch die Fingerspitzen nach außen in die straffe Haut über dem Knoten. Ich sah das Gewächs in strahlendes grünes Licht getaucht und völlig gesund. Schon spürte ich, wie der Knoten weicher wurde, und ich machte meinen Geist leer, so daß die Energie ungehindert durch meinen Körper strömen konnte. Der Knoten gab unter meinen Fingern allmählich nach, er verschob und lockerte sich, und schließlich schmolz er dahin, bis das Fleisch sich wieder weich anfühlte und die Haut nicht mehr gespannt war.

"Er ist weg", flüsterte ich. Er betastete seinen Hals und sah mich so erstaunt und bewundernd an, daß ich den Kopf auf seine Brust legte und vor Freude weinte.

"O Berenice, Geliebte, ich könnte tausendmal leben, ohne eine Frau zu finden, die dir ebenbürtig ist."

Kapitel 18

Ich merkte kaum, daß die Motoren aufheulten und die Schwerkraft mich in den Sitz drückte, als das Düsenflugzeug auf der Rollbahn des Ben–Gurion–Flughafens beschleunigte und in den wolkenlosen Himmel aufstieg.

Ich war um sechs Uhr aufgewacht und hatte seither an nichts anderes denken können als an die Erinnerungen, die mir am vorigen Abend gekommen waren. Während der Bus die achtzig Meilen von Tiberias zum Flughafen rumpelte, war ich in einer anderen Welt gewesen und hatte nichts von der Landschaft mitbekommen. Nach dem Einchecken war ich ziellos herumgewandert, unfähig, still zu sitzen. Ich blätterte in Zeitschriften am Kiosk, trank eine Tasse Kaffee, die ich gar nicht wollte, und überhörte Ansagen. Ohne die Sicherheitsüberprüfung wäre ich nach München geflogen.

Kaum saß ich im Flugzeug nach Athen, schloß ich die Augen. Ich wußte, daß mich mindestens zwei Stunden lang niemand stören würde. Noch bevor das Flugzeug zur Startbahn rollte, reiste ich im Geist in der Zeit zurück und befand mich wieder am Ufer des Sees.

Titus und Berenice. Die Zeit Christi. Eintausendneunhundert Jahre waren vergangen, seit unsere Flammen sich vereinigt hatten, und dennoch war mir, als sei alles erst gestern gewesen. Die tiefe Liebe, die ich für ihn empfunden hatte, tat mir immer noch weh, und zum hundertsten Mal, seitdem die Vision verblaßt war und ich auf der dunklen Straße langsam zurück zum Gästehaus gegangen war, dachte ich an die beiden Männer in meinem Leben, die ich leidenschaftlich geliebt hatte. Der eine war Michael, aber meine Gefühle für ihn waren nicht mit denen zu vergleichen, die ich für den anderen empfand.

Konnte es sein ...? Nein, das war unmöglich. Es bestand nicht die geringste Ähnlichkeit zwischen seiner grünäugigen, goldenen Perfektion und dem dunklen Kraushaar über den klassischen römischen Zügen von Titus. Und doch – dieses außergewöhnliche, fast transzendente Emporquellen der Liebe, nicht nur aus dem Herzen, sondern aus der Mitte meines Seins, war identisch mit dem, was ich jedesmal empfand, wenn ich an meinen "mysteriösen Mann" dachte. Plötzlich erinnerte ich mich daran, daß er mir gesagt hatte, er sei vor fast zweitausend Jahren Titus gewesen. War ich wirklich Berenice gewesen? Wenn ja, hatte ich zwar unsere große Liebe noch einmal erlebt, wußte aber immer noch nicht, wer er war. Er hatte ja keinen Zweifel daran gelassen, daß Titus für mich lediglich eine Gedächtnisstütze sein konnte.

Wer war eigentlich Titus? Ich war neugierig. Mein Gedächtnis lieferte mir zwar viele, wenn auch bruchstückhafte Informationen über Berenice, doch über Titus wußte ich so gut wie nichts. Vielleicht hatte das aufwühlende Erlebnis alles verdunkelt. Ich wußte, daß er ein reicher und mächtiger Römer war, der sich aus irgendeinem Grund in Judäa aufhielt. Aber warum war er dort? Wie waren wir uns begegnet? Was taten wir in Tiberias?

Und was war aus der langen, inzestuösen Beziehung zwischen mir und meinem Bruder geworden? Ich mußte unbedingt mehr über beide Männer herausfinden. Vielleicht gab es in Athen eine englische Bibliothek ...

Aber Moment mal ... warum war das so wichtig? Mein Wissensdurst war mehr als akademisches Interesse, dessen war ich gewiß. Aber worum ging es dann? Ich überlegte und versuchte, logisch zu denken, doch meine Gedanken schweiften ab, und schließlich gab ich nach. Dann fiel mir ein, was mein "mysteriöser Mann" während seines Besuchs gesagt hatte: "Ich war so viele Leben lang mit dir zusammen. Aber am besten kennst du mich als Titus Vaspasian. So hieß ich vor zweitausend Jahren."

Es war also nur ein Teil des Puzzles, daß ich mich an jenes Leben erinnerte, und daß ich seine geliebte Berenice gewesen war. Deshalb wußte ich noch nicht, wer er war und woran ich mich erinnern sollte. Ich mußte mir

Informationen über Titus und Berenice beschaffen, um beweisen zu können, daß sie – oder wir – wirklich ein Liebespaar waren. Außerdem mußte ich eine Verbindung zwischen dem Römer namens Titus und meinem Besucher finden, um ein weiteres Teilchen meines Puzzles zu erhalten. Das war nicht einfach, vielleicht sogar unmöglich, aber ich mußte seine Identität enthüllen, ehe ich ihn rufen konnte.

Eine Stewardess näherte sich mit einem Tablett. Ich lehnte die Speisen ab, zündete mir eine Zigarette an und schaute aus dem Fenster. Draußen war nichts zu sehen außer dem Schatten des Flugzeugs, der über das funkelnde Wasser des Mittelmeeres glitt. Ich grübelte immer noch und suchte nach Antworten. Warum wünschte ich mir so sehr, daß mein Besucher zurückkam?

Ich wußte, daß ich mir seine Einmischung in mein Leben nicht nur einbildete. Immerhin hatte ich ihn im Tor gesehen, und er hatte versucht, mich in seine Dimension zu ziehen. Und er hatte Michael vertrieben und wahrscheinlich auch die Molekularstruktur des Bildes in meinem Büro verändert. Ich spürte, daß unsere Begegnung meine medialen und heilerischen Fähigkeiten aktiviert hatte, und das war eine sehr positive Entwicklung. Einem Teil von mir gefiel es, daß er mir rätselhafte Erlebnisse verschafft hatte, doch der andere Teil ärgerte sich darüber, daß er mich irgendwie beherrschte.

Ich sehnte mich danach, daß er sich wieder manifestierte, und gleichzeitig fragte ich mich, ob ich ihn nicht doch bitten sollte, sich aus meinem Leben herauszuhalten. Aber wenn er so mächtig war, wie ich vermutete, war es lächerlich zu glauben, ein Wort von mir werde ihn verjagen. Ich zweifelte auch sehr daran, daß Leta dieses Kunststück gelingen würde, selbst wenn ganze Heerscharen von Hexenmeistern des 20. Jahrhunderts ihr dabei halfen.

Ich warf einen Blick auf die andere Seite des Ganges, wo ein junges Paar saß. Das Mädchen hatte den Kopf auf die Schulter des Mannes gelegt und flüsterte ihm etwas ins Ohr. Er lächelte sanft und zärtlich, und plötzlich kam die Antwort mit blendender Klarheit: Ich brauchte einen Mann, der mich liebte. So einfach war das.

Was nützten mir Gesichter und Visionen und die Erinnerung an Liebhaber, die seit Jahrhunderten tot waren, wenn ich im wirklichen Leben allein war? Die Vergangenheit machte mir in der Gegenwart keine Freude. Ja, manches hatte sich verändert, seitdem Astar in mir Erinnerungen an ein früheres Leben – Bilder von der Evolution meiner Seele – geweckt hatte, und mein Leben war dadurch zweifellos reicher geworden. Aber das hatte nichts an meiner Sehnsucht nach einem Gefährten geändert.

Als Michael gegangen war, hatte ich mir eingeredet, ich könne ohne Partner leben, ich sei nach allem, was geschehen war, außerstande, noch einmal einem Mann zu vertrauen, und mein neu erwachter Wunsch, der Menschheit zu dienen, sei ein ausreichender Ersatz. Doch jetzt erkannte ich, daß ich mich die ganze Zeit selbst zum Narren gehalten hatte. Ich hatte manches erreicht, was andere für unmöglich halten würden, und ich war mit Fähigkeiten gesegnet, die meine Freunde und guten Bekannten ungeheuer aufregend fanden. Dennoch war ich innerlich noch so leer, einsam und verwirrt wie als kleines Mädchen.

Bald war mein Urlaub zu Ende. Ich würde in ein leeres Haus und an einen Schreibtisch voller ungelöster Probleme zurückkehren, und kein Mann würde mich lieben und unterstützen, nicht einmal ein Vater. Tränen traten mir in die Augen, und ich schluckte und versuchte, sie zu unterdrücken.

Mein Gott, dachte ich, ich brauche jemanden, der mich liebt, und dieser Jemand kann nur mein Besucher sein – Titus. Er hatte gesagt, ich sei nicht mehr zu haben und er werde mir nie erlauben, mit einem anderen zusammen zu sein. Selbst wenn ich einen anderen finden würde, könnte er keine so heftigen Gefühle wie Titus in mir auslösen. Niemand auf der Welt konnte das. Ich brauchte nur das Rätsel zu lösen und damit meinen Teil der Vereinbarung zu erfüllen, dann mußte er sein Versprechen halten und zu mir kommen und eine Liebe mitbringen, die ohnegleichen war – eine Liebe, die mir nie wieder genommen werden konnte.

Auf einmal überwältigte mich die Sehnsucht. Ich sehnte mich verzweifelt nach ihm, und ich schwor, daß ich ihn irgendwie dazu veranlassen würde, wieder zu erscheinen und bei mir auf der irdischen Ebene zu bleiben.

Kapitel 19

Der Flughafen von Athen ist noch schlimmer als der in Kairo, dachte ich, als ich mich durch die überfüllte Halle kämpfte. Ein Förderband für das Gepäck war nirgends zu sehen, und mein schwerer Koffer scheuerte an meinen nackten Beinen. Der Arm tat mir weh, und ich versuchte erfolglos, mit niemandem zusammenzustoßen.

Uniformierte Reiseleiter hasteten hin und her wie Schäferhunde und trieben benommen aussehende deutsche und amerikanische Touristen in ihre Busse. Eine Schar skandinavischer Teenager mit whiskyblonden Bärten lehnte in einem Haufen aus Rucksäcken, Schlafsäcken und schäbigen Gitarren an der Wand. In der Mitte war ein motorisierter gelber Gepäckwagen eingekeilt, und eine Griechin schrie wütend auf den resignierten Fahrer ein – ein Zipfel des Mantels, den sie trug, steckte unter einem Wagenrad.

Als ich mich dem Hauptausgang näherte, erblickte ich Astar, die offenbar nicht versucht hatte, dem Gedränge im Flughafen zu trotzen, sondern lieber draußen auf dem Gehweg wartete. Sie sah braun und entspannt aus und plauderte mit griechischen Verehrern, die im Halbkreis um sie herumstanden. Endlich hatte ich mich durch die Menschentrauben gewühlt und stand in der gnadenlosen Sonne. Astar sah mich sofort und rannte mit breitem Grinsen und offenen Armen auf mich zu, um mich zu umarmen.

"Schön, dich wiederzusehen, mein Schatz. Ich habe dich sehr vermißt", sagte ich und küßte sie auf die Wange. "Ich bin so froh, daß du mein Telegramm bekommen hast."

"Endlich", erwiderte Astar und zog eine Grimasse. "Die blöden Leute im Hotel haben es zwei Tage liegenlassen, und ich hatte mir schon Sorgen um dich gemacht. Ich habe dich auch vermißt, Ma! Aber warum warst du in Israel? Was ist passiert? Wie war's in Ägypten? Und Leta ...?" Ihre Fragen sprudelten aus ihr heraus, während sie mich, fast atemlos vor Aufregung, am Arm nahm und mit mir auf die Taxis zusteuerte.

Aber ich war nicht in der Stimmung, das letzte Kapitel meiner Geschichte zu erzählen, und beschloß, Astar eine Weile reden zu lassen.

"Das ist eine lange Geschichte", sagte ich und lehnte mich auf dem staubigen Rücksitz eines verbeulten Volvo zurück, der anscheinend seit dem Tag seiner Zulassung weder außen noch innen geputzt worden war. "Wir haben noch viel Zeit, über meine Eskapaden zu reden. Erzähl' mir zuerst, was du gemacht hast. Hast du dich gut amüsiert?"

Astar war es noch nie besser gegangen, erfuhr ich, während das Taxi nach Athen ratterte. Sie mußte schreien, um die griechische Tanzmusik zu übertönen, die aus dem Radio dröhnte.

Astar und ihre Freundin Sue hatten im Flugzeug den Sohn eines reichen Athener Hotelbesitzers kennengelernt und waren mit ihm zehn Tage lang von Insel zu Insel gereist. Vor vier Tagen waren sie nach Athen zurückgekehrt und hatten sich dort getrennt. Sue war zu ihren Eltern nach Paris geflogen, und Kostas, der Grieche, nach Rhodos, wo er ein neues Hotel baute. Seitdem hatte Astar Sehenswürdigkeiten besichtigt, eingekauft und die Abende mit Freunden von Kostas verbracht, die sie offenbar in jeden Nachtclub der Stadt mitgenommen hatten.

Astar war imstande, ihren Charme mit überwältigendem Erfolg auszuspielen, und ich war immer wieder verblüfft darüber, daß es ihr ohne große Mühe gelang, fast überall wie eine Prinzessin behandelt zu werden. Athen war augenscheinlich keine Ausnahme.

Aber im Grunde war es keine Überraschung. Bei ihrem Aussehen hätte man sie für ein berühmtes Model halten können. Und dank ihrer natürlichen Hautfarbe und ihres überschäumenden Temperaments sah sie ganz wie eine Südländerin aus. Sie trug ein einfaches Baumwollkleid, dessen kühnes Muster aus Rot-, Grün- und Gelbtönen ihre tiefe goldene Bräune betonte. Eine Sonnenbrille hielt das üppige Haar über der Stirn fest, so daß ihre klassischen Gesichtszüge voll zur Geltung kamen. Ihre Mandelaugen funkelten. Sie sieht aus, als sei sie aus Vogue entsprungen, dachte ich, als ich ihre Schönheit bewunderte und ihren Abenteuern lauschte. Mir wurde warm ums Herz. Sie war so verspielt und kindlich. Manchmal hatte ich den Eindruck, daß sie am nächsten Tag dreißig Jahre alt wurde, und manchmal glich sie einer Zehnjährigen. Diesem Gemisch aus Reife und Jugend konnten die meisten Menschen nicht widerstehen.

"... und darum habe ich gedacht, wir essen heute abend in der Plaka. Das ist der älteste Teil von Athen oben an der Seite mit der Akropolis. Dort gibt es viele verrückte kleine Restaurants mit Busuki–Musik. Morgen gehen wir dann nach Delphi. Kostas wollte mich hinbringen. Er sagte, es sei phantastisch. Aber ich wollte lieber warten und mit dir an meinem Geburtstag hingehen. Ich glaube, das ist etwas für uns. Dort hat die Seherin gesessen, und die Menschen sind von überallher gekommen, um etwas über ihre Zukunft zu erfahren. Es gibt Touren vom Hotel aus, aber wir können auch ein Auto mieten. Danach könnten wir noch mehr besichtigen, oder wir legen uns irgendwo an den Strand. Was hältst du davon, Ma?"

"Hört sich wundervoll an, Schatz. Aber heute nachmittag habe ich noch etwas zu erledigen, wenn es möglich ist."

"Oh, was ist es denn?"

"Na ja, du wirst wieder mal glauben, deine Mama sei verrückt ... aber ich muß unbedingt in eine Bibliothek gehen."

"In eine Bibliothek ... in Athen ... in unserem Urlaub? Warum denn das, Ma?"

"Es hat etwas mit der langen Geschichte zu tun, die ich dir noch nicht erzählt habe."

"Dann erzähl sie mir jetzt!"

"Erst wenn wir in der Bibliothek waren."

"Warum das?"

"Du mußt Geduld haben und mit mir gehen."

"Ach, Ma – muß das sein?" Das war meine Zehnjährige – nicht immer so unwiderstehlich.

"Bitte, Schatz. Es ist sehr wichtig."

"Aber die Bücher sind doch alle auf griechisch geschrieben, oder nicht?"

"Das muß ich noch herausfinden. Aber ich denke, die Hauptbibliothek in Athen hat auch eine englische Abteilung."

"Ist das wirklich dein Plan für heute nachmittag?"

"Ja, bitte komm' mit. Heute abend gehen wir dann in die Plaka zum Essen, und ich erzähle dir, was los ist."

"Na schön, aber ich hoffe, die Story ist gut", sagte Astar, immer noch mit zweifelnder Miene.

Das Hotel Aphrodite macht seinem Namen keine Ehre, dachte ich, während ich meinen Koffer auspackte und Astar den Zimmerservice anrief, um einen Imbiß zu bestellen. Das Gebäude stand an der Hermoustraße, einer jener lauten Durchgangsstraßen, die zum Syntagmaplatz führen, und es sah aus wie eine Kegelbahn. Die funktionale Bauweise, die modernen Schlafzimmer und die grell beleuchteten Gänge erinnerten nicht im geringsten an die romantische, verführerische Göttin der Liebe.

Aber der Service war gut, die Zimmer waren bequem, und wie ich durch einen Telefonanruf herausfand, konnte man zu Fuß in fünfzehn Minuten die Nationalbibliothek erreichen, die in der Tat eine englische Abteilung hatte.

Wir aßen, dann duschte ich und suchte im Schrank nach etwas Eleganterem als meiner Reisekleidung: Baumwollhose und T–Shirt. Solange ich mit Astar zusammen bin, muß ich auf meine Garderobe achten, dachte ich belustigt, als ich eine Seidenbluse, einen taillierten leichten Rock und offene Sandalen mit flachem Absatz anzog. Die Dusche und die neuen Kleider hatten mich erfrischt, und meine Aufregung wuchs, als wir ein halbes Dutzend Blocks weit durch das geschäftige Herz von Athen schlenderten.

Die Nationalbibliothek war ein imposantes, klassizistisches weißes Bauwerk neben ebenso eindrucksvollen Gebäuden, in denen die Akademie und die Universität untergebracht waren. Mit seinen eleganten, kannelierten Säulen, die in der klaren griechischen Sonne funkelten, sah es ganz so aus wie der Ort, an dem der Schlüssel zur Geschichte aufbewahrt wird. Wir stiegen eine breite Treppe hinauf und traten in eine kühle, marmorne Vorhalle.

"Was suchen wir denn?" flüsterte Astar, als wir die englische Abteilung im Hauptlesesaal entdeckten.

"Zwei Männer. Einen bedeutenden Römer namens Titus und eine jüdische Königin namens Berenice. Sie waren im ersten Jahrhundert nach Christus in Judäa zusammen."

Astar sah mich verdutzt an. "Hast du dich wieder an etwas erinnert, oder ... hat es etwas mit deinem mysteriösen Titus zu tun?"

Ich lächelte, antwortete aber nicht. "Du suchst Berenice, und ich suche Titus", flüsterte ich statt dessen. "Versuch' es mal mit einem guten Werk über jüdische Geschichte."

Während Astar herumstöberte, ging ich zu den Regalen mit Büchern über das klassische Rom und holte drei oder vier vielversprechend aussehende Bände heraus. Dann setzte ich mich an einen Lesetisch, und mein Herz klopfte vor Erwartung.

Das erste Buch stellte sich als Leitfaden der Mythologie heraus und war nutzlos für mich. Der Titus, mit dem ich zusammen gewesen war, mochte zwar legendär sein, aber er war ganz bestimmt ein Mensch gewesen.

Ich legte das Buch beiseite und nahm mir das nächste vor – einen trockenen, fast unverdaulichen Bericht über das römische Heer in den beiden ersten Jahrhunderten nach Christus. Ich blätterte rasch darin herum und suchte nach dem Namen. Doch mein Mut sank, als ich die vielen kursiven Stellen und die mikroskopisch klein gedruckten Fußnoten sah, die wenigstens ein Drittel jeder Seite ausmachten. Schließlich gab ich auf und wandte mich den Zeittafeln am Anfang des Bandes zu. Dort waren die Kaiser und die wichtigsten Ereignisse jener Zeit vermerkt.

"Titus Vespasian, Kaiser von 79 bis 81 v. Chr." ... Der Name stimmte – jedenfalls der erste Teil –, aber war er das? Ich schob meinen Stuhl zurück und starrte an die hohe, prunkvolle Decke. Er konnte ein Kaiser gewesen sein, aber eigentlich war er zu jung, zu sorglos, um der größte Herrscher der damaligen zivilisierten Welt zu sein.

Wieder blätterte ich in dem Buch und fand ein Kapitel über jene Jahre. Dieser Titus war der Sohn des Kaisers Vespasian gewesen, erfuhr ich. Er hatte den Thron im Alter von vierzig Jahren von seinem Vater übernommen und war schon zwei Jahre später gestorben.

Bevor er Kaiser geworden war, hatte er als Soldat in den fernen Provinzen Britannien, Germanien und – mein Puls begann zu rasen – Judäa eine steile Karriere gemacht. Im Jahre 70 n. Chr. hatte er den Aufstand der Juden niedergeschlagen, Jerusalem eingenommen und den Tempel zerstört, nachdem er zuvor die sakralen Gegenstände geraubt hatte. Das sei Titus' größter militärischer Erfolg gewesen, schrieb der Autor und ging dann zu anderen Themen über.

Verdammt! dachte ich enttäuscht und bat Gott um Verzeihung für meine Entgleisung. Das Buch erwähnte nichts von seinem Privatleben, und selbst

265

wenn er in Judäa gewesen war, hatte ich keinen Beweis dafür, daß er mein Titus war. Aber falls er es gewesen war – was hätte ich mit einem Mann anfangen können, der offensichtlich der Feind meines Landes war? Ich griff nach dem dritten Buch, einer Biographie, und suchte Titus Vespasian. Diesmal fand ich interessantere Informationen.

"Obwohl er aus einer Bauernfamilie stammte", las ich, "war er charmant, geistreich, ein Kunstliebhaber und ein großer Wohltäter der Stadt Rom. Er vollendete das Kolosseum, mit dessen Bau sein Vater begonnen hatte, und baute die herrlichsten Bäder, die man je gesehen hatte. Er war äußerst beliebt und galt nach der Eroberung Jerusalems als ‚Liebling der Menschen'."

Ich drehte die Seite um, und der Name sprang mir ins Gesicht. Plötzlich traten mir Tränen in die Augen. Ich blinzelte und las fieberhaft weiter: "Berenice, seiner Geliebten, begegnete er zu Beginn seines Feldzuges in Judäa als Stellvertreter seines Vaters. Ihr Verhältnis dauerte zwölf Jahre, von denen sie acht als seine Gefährtin in Rom verbrachte. Dann zwang ihn der Senat, sie zu verbannen, weil es für ihn als Kaiser kompromittierend gewesen wäre, mit einer Jüdin verheiratet zu sein, und weil viele sie als zweite Kleopatra fürchteten, als mächtige, attraktive Frau, die Titus vielleicht um den Finger gewickelt hätte wie Kleopatra es mit Marcus Antonius getan hatte."

Kaiser Titus war also mein Titus gewesen. Ich wischte die Tränen ab, die mir immer noch aus den Augen quollen. Die historischen Fakten kamen mir so schal vor, wenn ich an die Gefühle dachte, die ich damals am See empfunden hatte. Wieder bewölkte sich mein Blick. Die beiden waren also zwölf Jahre zusammen gewesen, dann hatte man ihn gezwungen, sie zu verstoßen. Ich konnte mir den Schmerz vorstellen, den er angesichts dieser Entscheidung verspürte hatte – und ich konnte mir meinen Schmerz vorstellen. Als ich erfuhr, daß ich ihn wahrscheinlich nie wieder sehen würde, muß mein Herz gebrochen sein.

In diesem Augenblick kam Astar an meinem Tisch. Sie sah ganz aufgeregt aus.

"Sie waren ein Liebespaar! Es steht alles hier, Mama!" flüsterte sie laut und ließ triumphierend einen dicken Wälzer auf den Tisch fallen. Ein älterer Herr an einem Nachbartisch drehte sich mißbilligend um und legte einen Finger an die Lippen. Ich lächelte ihn entschuldigend an und griff nach dem Buch, das Astar gebracht hatte. Es war "Der jüdische Krieg" von einem jüdischen Historiker namens Josephus, der damals gelebt hatte. Ich bat Astar, mir die wichtigen Stellen zu zeigen, und begann zu lesen.

Sofort fand ich meine Vision bestätigt. "Berenice war die Tochter von Agrippa I., dem König von Judäa, und die Ururenkelin von Herodes dem Großen. Als König von Roms Gnaden stand Agrippa in ständigem Kontakt mit Rom, und die Römer gewährten ihm und seiner Familie die römische Staatsbürgerschaft. Die junge Berenice wuchs in verschiedenen judäischen Residenzen der Familie auf, unter anderem in Tiberias und Cäsarea Philippi, wo sie später Titus traf.

Als sie zwölf Jahre alt war, wurde sie mit einem einflußreichen Kaufmann verheiratet, und mit sechzehn Jahren wurde Sie die Frau des Herodes von Chalkis. Mit zwanzig, als ihr Verhältnis mit ihrem Bruder Agrippa II. begann, war sie eine schöne, erfahrene und überaus charismatische junge Frau. Als Königin stand sie ihrem Bruder zur Seite und wurde bald zur treibenden Kraft in der Beziehung. Sie hatte braune Augen und rotbraunes Haar (ich war erstaunt, wie ähnlich sie mir war) und behandelte ihr Volk, vor allem die Armen, mitfühlend. Auch liebte sie die Künste und galt als Heilerin. Man erzählte sogar, sie habe Titus von Krebs geheilt. Manchmal wurde sie auch Veronica genannt, eine Variante des Namens Berenice." Ich hielt den Atem an und las weiter.

"Als sie Titus begegnete, war sie achtunddreißig Jahre alt." So alt, wie ich jetzt bin, dachte ich. "Der damalige Kaiser Nero hatte ihn und seinen Vater nach Israel geschickt, um den Juden ihre Aufsässigkeit auszutreiben. Viele von ihnen wurden nämlich immer wütender auf die römischen Besatzer, vor allem, weil deren Appetit auf Steuern unersättlich war.

Ihr Bruder wußte, daß der Wunsch nach Unabhängigkeit eine Torheit war, weil die Juden niemals die Römer besiegen konnten, und außerdem wollte er sich bei den Römern beliebt machen, um seinen rechtmäßigen Platz auf dem Thron von Judäa wieder einnehmen zu können. Obwohl Titus ein Feind der rebellischen Juden war, waren er und Berenice also politische Verbündete.

Agrippa hatte der Liaison seiner Schwester bereitwillig zugestimmt, in der Hoffnung, daraus Vorteile zu schlagen.

Als Titus ihr sagte, er und sein Vater würden den Tempel zu Jerusalem zerstören, war Berenice entsetzt, doch sie tat nichts, um ihn davon abzuhalten. Sie liebte ihn so sehr, daß sie all seine Entscheidungen akzeptierte."

Ich dachte an die Vision, die ich am Aquädukt gehabt hatte, und plötzlich hörte ich auf, laut zu lesen, und der Text wurde zu meiner eigenen Geschichte. "Nach der Eroberung Jerusalems, die mich damals abgestoßen hatte, die ich Titus aber rasch verzieh, weil ich wußte, daß er nur ein Soldat war, der Befehle befolgte, kehrte ich mit ihm nach Rom zurück, wo ich acht Jahre lang als seine Gefährtin lebte. Ich wünschte mir von ganzem Herzen, er möge mich heiraten, und betete täglich darum. Doch der römische Senat wollte mich aus seinem Leben verbannen.

Während ich auf seinen Heiratsantrag wartete – ich wollte meinen Traum nicht aufgeben –, wurde sein Vater älter und schwächer, und da Titus sein Nachfolger war, wuchs der Druck, der auf ihn ausgeübt wurde. Schließlich gab er nach und wies mich aus der Stadt."

Jetzt liefen mir Tränen die Wangen hinab. Es war eine tragische Geschichte, und ich wußte nun, daß selbst der sehr subjektive Bericht des Josephus sie nur sehr oberflächlich wiedergegeben hatte. Niemand konnte wissen, wie sehr wir uns geliebt hatten, was wir geteilt hatten, wie sehr wir einander unterstützt hatten. Niemand konnte sich die schrecklichen Schmerzen vorstellen, die wir empfanden. Ich ging innerlich leer nach Judäa zurück, wo ich mit einem Bruder lebte, den ich immer noch respektierte, aber nicht mehr liebte. Ich wußte, daß Titus an gebrochenem Herzen gestorben war, auch wenn das nicht in dem Buch stand.

Mein Gott, dachte ich, ich war die Königin des palästinensischen Staates Chalkis, und ich habe nicht einmal die heiligen Tempelgerätschaften geschützt. Darum wollte ich in diesem Leben nicht den jüdischen Glauben annehmen. Meine unbewußten Schuldgefühle müssen groß sein. Vielleicht ist das einer der Gründe dafür, daß ich mich an Titus erinnern muß. Soll ich die heiligen Gegenstände finden und nach Israel zurückbringen? Ist es das, was er von mir will? Es wäre meine Pflicht gewesen, ihn aufzuhalten. Aber meine Liebe zu ihm war größer als mein Pflichtgefühl.

Es gab noch viele unbeantwortete Fragen – und neue Fragen hatten die alten abgelöst.

Er war Kaiser von Rom seit 79 n. Chr. gewesen und hatte mich 1979 besucht – zweitausend Jahre später. Meine Schuldgefühle wichen einer heftigen Liebe. Mein Herz tanzte vor Aufregung. Ich hatte keinerlei Zweifel daran, daß ich Berenice gewesen und daß Titus und ich damals wirklich zusammen gewesen waren und uns sehr geliebt hatten!

Astar legte mir beruhigend die Hand auf den Arm, als ich nach einem Taschentuch suchte. "Geht's dir gut, Mama? Du hast mir vorgelesen, und auf einmal hast du aufgehört. Und jetzt weinst du auch noch!"

Ich schniefte und tupfte mir die Augen ab. Einen weiteren vorwurfsvollen Blick unseres Nachbarn ignorierte ich.

"Ja, Schatz, ich bin in Ordnung. Weißt du, ich habe eben gemerkt, daß ich Titus' Namen immer ‚Vaspasian' geschrieben habe. Aber er schreibt sich ‚Vespasian'."

"Damals solltest du wohl nicht wissen, wer er war ... du mußtest es aus irgendeinem Grund jetzt herausfinden."

"Wenn ich dir sage, was mit mir passiert ist, dann weißt du, warum ich es jetzt herausgefunden habe und warum ich weine. Schatz, ich muß noch etwas tun, bevor wir gehen. Ich muß ein Bild von Titus finden."

Zusammen gingen wir zurück zu den Regalen mit den Büchern über die Antike, zogen einige Bände heraus und überflogen die Bilder. Tiberius, Claudius, Nero sogar Galba, Otho und Vitellius, die drei Kaiser, die ein Jahr vor Vespasian nacheinander regiert hatten. Die blicklosen Gesichter dieser hochmütigen Patrizier starrten mich aus Dutzenden von Abbildungen an – aber Titus war nirgendwo zu sehen.

Nach zwanzig Minuten erfolglosen Suchens in den Büchern über römische Geschichte und am Regal, an dem Astar Josephus entdeckt hatte, flüsterte ich ihr enttäuscht zu, daß wir uns mit dem Mißerfolg abfinden müßten. Astar nickte, und wir gingen zurück an meinen Tisch, um die Bücher wieder auf ihren Platz zu stellen.

Als ich die Bände einsammelte, fiel mein Blick auf den Stuhl, auf dem ich gesessen hatte. Während ich weg gewesen war, hatte jemand ein glänzendes Paperback von der Größe einer Zeitschrift auf dem Stuhl liegen lassen. Ich hob es aus Neugier auf und betrachtete das Farbfoto auf dem Umschlag: ein herrliches, überlebensgroßes Bronzepferd. Dem Titel nach handelte es sich um den Katalog des Museo Capitolino in Rom.

Ich öffnete ihn, und ein Schauer lief mir über den Rücken, als ich ein ganzseitiges Foto einer Büste des Kaisers Titus Vespasian erblickte – es glich in jeder Einzelheit dem Mann, den ich am Seeufer geliebt hatte. Das einzige, was fehlte, waren die Details seiner Augen. Doch als ich sie länger betrachtete, schienen sich die Pupillen und die Iris auf dem Papier zu materialisieren, und ihre sanften braunen Tiefen strahlten unmißverständlich eine

269

alles umfassende Liebe aus. Mit zitternden Händen reichte ich Astar den Katalog.

"Wo war er?" flüsterte sie.

"Genau hier, auf meinem Stuhl."

Astar blinzelte mir zu. "Das war kein Zufall, oder?"

"Ich glaube nicht", erwiderte ich. In meinem Kopf drehte sich alles. Gewiß, zwischen Titus und meinem Besucher bestand keine Ähnlichkeit. Doch ich hatte mich oft genug gefragt, ob Wesen aus anderen Dimensionen ihr Aussehen verändern können. Alles andere deutete darauf hin, daß die beiden identisch waren. Und außerdem – wie war der Katalog auf den Stuhl gekommen? Ich schaute mich um. Außer uns war niemand mehr da. Mir schauderte erneut. "Komm, laß uns gehen."

Kapitel 20

Wir verließen die Bibliothek und fuhren mit dem Taxi in die Plaka. Es dämmerte, und alle Athener schien auf den Straßen zu sein. Sie gingen in der warmen Abendluft spazieren oder saßen in den Cafés, die die zahlreichen Plätze säumten. Vor uns strahlte der Parthenon im Flutlicht. Sein vollkommenes Rechteck ragte auf der Mauer der Akropolis in den dunkler werdenden Himmel empor. Er dominierte die Stadt und erinnerte an eine ruhmreiche, ferne Vergangenheit.

Das Taxi schob sich durch ein Gewirr von Straßen mit Kopfsteinpflaster, die immer enger wurden, und der Parthenon verschwand. Astar wies den Fahrer an, am Fuße einer steinernen Treppe zu halten. Wir stiegen aus, und Astar zahlte. Dann stiegen wir etwa hundert Meter die Treppe hinauf, vorbei an schwach beleuchteten Geschäften, die Waren des örtlichen Kunstgewerbes anboten. Schließlich standen wir vor einer kleinen Taverne. Aus der offenen Tür drangen die wehmütigen Klänge einer Busuki und viele appetitanregende Düfte.

Als wir eintraten, kam sofort ein unrasierter Grieche mit Schürze hinter einem großen Ofen hervor. Seine blauen Augen zwinkerten erfreut, und sein breites Grinsen entblößte einen Mund voller Goldzähne.

"Kalispera, Vassili", sagte Astar lächelnd.

"Guten Abend, Astar", erwiderte er und wischte sich die Hände an seiner Schürze ab. "Heute bringst du deine Schwester mit. Keine Jungs, was?"

"Nein, das ist meine Mutter. Mama – Vassili. Vassili – meine Mutter Triana."

"Das ist doch nicht möglich!" sagte Vassili und rollte übertrieben ungläubig mit den Augen, als er mir die Hand schüttelte. "So jung und schön. Du nimmst Vassili auf den Arm, nicht wahr?"

Astar schüttelte den Kopf.

"Wirklich nicht? Dann hast du großes Glück, Astar. Meine Mutter ..." Er streckte die Arme aus, und zog mit den Fingern an seinen Wangen. Dann machte er ein paar Tanzschritte und sagte: "Kommen Sie, meine Damen, ich zeige Ihnen Ihren Tisch."

Wie macht Astar das nur? fragte ich mich erneut, als Vassili uns an einen Tisch neben einer Reihe riesiger alter Weinfässer führte, die an der hinteren Wand des kleinen Restaurants standen. Sie war erst seit vier Tagen in Athen und schon fraßen Vassili und Gott weiß wie viele andere Athener ihr aus der Hand. Bei solchen Anlässen amüsierten wir uns köstlich und kamen uns eher wie Schwestern vor als wie Mutter und Tochter.

Wir bestellten, und Astar lehnte sich zurück und schaute mir in die Augen. "Also, wir sind hier. Jetzt kannst du mir erzählen, warum wir in der Bibliothek waren." Ihre Mandelaugen funkelten vor Neugier im Schein der Kerze auf dem Tisch.

Ich zündete eine Zigarette an und sog den Rauch ein. "Wahrscheinlich hast du schon erraten, daß ich Berenice war", begann ich."

"Ja, das war nicht schwierig!"

"Nun ja ... ich weiß nicht genau, wie ich mich ausdrücken soll. Aber ich glaube, Titus ist immer noch da und will mich zurück haben. Und allmählich glaube ich auch, daß ich nichts dagegen hätte."

"Immer noch da? Was meinst du damit?"

"Im vorigen Jahr ist er mir mehrere Male erschienen, und er läßt mich seine Gegenwart auf ziemlich seltsame Weise spüren. Ich bin nicht ganz sicher, daß er es ist, aber ich kann es mir sehr gut vorstellen."

Während ich sprach, wurde mir abrupt bewußt, wie verrückt sich das alles anhörte. Ich saß bei Kerzenlicht in einer Taverne, im Urlaub mit meiner Tochter, und behauptete, ein Geliebter aus einem anderen Leben, der seit über eintausendneunhundert Jahren tot war, mache mir den Hof. Mehr noch – ich gestand sogar ein, daß ich bei ihm sein wollte!

Wie konnte ich so etwas zugeben? Wie konnte ich in die berufliche Tretmühle zurückkehren, wenn mir solche Gedanken ständig im Kopf herumschwirrten?

Ich sah Astar an und entdeckte in ihrem Gesicht wieder die totale Akzeptanz und den unerschütterlichen Glauben, die mir vor Monaten die Kraft gegeben hatten, ihr das Rätsel unserer Geburt zu offenbaren. Ich spürte eine Welle der Liebe für meine außergewöhnliche Tochter und griff spontan über den Tisch nach ihrer Hand.

"Schatz, diese Geschichte ist bizarrer als alles, was du je gehört hast."

"Ich weiß, Ma. Als wir vor ein paar Tagen miteinander telefonierten, hatte ich das Gefühl, daß du in Ägypten eine Menge Streß gehabt hast."

"Das stimmt. Aber ich fange am besten am Anfang an ..."

In diesem Augenblick kam Vassili mit Tabletts voller Dips, leckerem Gebäck und würzigem Fleisch. In einem Korb brachte er heiße Pita, das traditionelle ungesäuerte Brot.

"Guten Appetit", sagte er, knallte die Tabletts auf den Tisch und fletschte die Goldzähne. Zwischen den köstlichen Happen erzählte ich die ganze Geschichte vom Anfang bis zum Ende.

"Astar, mein Schatz, ich liebe diesen Mann mehr, als ich es je für möglich gehalten hätte", schloß ich. "Ich bin es satt, auf der dreidimensionalen Erde allein zu sein – es macht mich krank. Ich habe nicht einmal einen Vater und erst recht keinen Liebhaber. Allmählich habe ich das Gefühl, daß ich meinen mysteriösen Mann bitten würde, bei mir zu bleiben, wenn er noch einmal leibhaftig erscheinen sollte. Denk' doch mal an alles, was wir herausgefunden haben, seitdem wir uns an unser Leben in Frankreich erinnern können. Das sind Dinge, von denen wir vorher keine Ahnung hatten und die wir bestimmt nicht geglaubt hätten. Da ist der Gedanke, daß ein höheres Wesen sich manifestieren und hier bleiben kann, gar nicht so weit hergeholt.

Er hat gesagt, daß er mir in meinem Leben hilft. Trotzdem hatte ich lange Zeit Angst davor, manipuliert zu werden. Aber ich liebe ihn und habe nicht die Kraft, ihn abzuweisen. Warum also soll ich ihn nicht einfach bitten, mir auch in Zukunft zu helfen, hier auf der Erde. Glaubst du, ich bin verrückt? Kann man jemanden lieben, der nach den Gesetzen der Logik gar nicht existiert?"

Die Kerzenflamme flackerte einen Moment, und Astars rechte Gesichtshälfte lag im tiefen Schatten, als sie meinen Blick erwiderte.

"Nein und ja", erwiderte sie leise. Ihr fester Blick und ihr ruhiger Ton verrieten ihre Aufrichtigkeit. "Nein, verrückt bist du nicht. Und ja, du kannst einen Mann lieben, der eigentlich nicht existiert. Ich weiß das, weil es mir so geht, seit ich ein Kind bin."

Meine Finger wurden schlaff, und die Gabel fiel scheppernd auf den Teller. "Doch nicht ... ihn?" flüsterte ich.

"Nein, er ist viel älter. Sieht fabelhaft aus, aber vom Typ her eher Gary Grant als Richard Chamberlain. Er hat sich nie manifestiert, aber ich habe ihn in den letzten zehn Jahren dreimal in Visionen gesehen. Jedesmal hat er mir gesagt, daß er immer bei mir ist, mir hilft und mich führt, und jedesmal habe ich eine unglaubliche Liebe für ihn empfunden. Ich habe keine Ahnung, wer er ist, aber ich weiß, daß ich für keinen Mann hier auf der Erde so etwas empfinden könnte."

"Warum hast du mir nie etwas gesagt?" fragte ich. Plötzlich fiel mir der Abend ein, an dem meine Mutter gestorben war. Damals hatten Astar und ich uns zum erstenmal richtig ausgesprochen, und ich hatte den Eindruck gehabt, Astar verberge etwas vor mir.

"Vermutlich aus dem gleichen Grund, warum du so lange damit gewartet hast, mir gewisse Dinge zu erzählen. Ich dachte, du glaubst mir nicht, und außerdem hast du genug am Hals."

"Und wie hast du dich gefühlt, als du ihn gesehen hast, abgesehen von deiner Liebe? Ich meine, wolltest du nicht mehr über ihn wissen? Hast du dir nicht manchmal gewünscht, er wäre bei dir?"

Astar starrte nachdenklich ins Leere, dann antwortete sie: "Ja, manchmal schon. Aber meistens halte ich von ihm das gleiche wie von unserer Geburt. Wenn ich eines Tages das Rätsel lösen soll, dann werde ich es tun, und in der Zwischenzeit möchte ich, daß mein fast normales Leben nicht gestört wird."

"Aber, Schatz – ich glaube kaum, daß ich ihn daran hindern kann, in mein Leben einzugreifen."

Astars entspannte, philosophische Einstellung machte mich plötzlich ungeduldig. "Wie dem auch sei, ich will ihn haben", sagte ich und klatschte mit der Hand auf den Tisch. "Ich habe genug von Mysterien, und ich habe genug davon, daß ich allein bin und nichts weiß."

"Das verstehe ich ja, und ich glaube, du wirst das Rätsel bald lösen. Weißt du, alles scheint sich zu beschleunigen – du bist der Lösung viel näher als ich. Du kannst zwar nicht völlig sicher sein, aber du kennst anscheinend seinen Namen, jedenfalls einen seiner Namen. Und er hat doch gesagt, daß er zurückkommt, wenn du weißt, wer er ist. Eigentlich müßtest du bald von ihm hören."

"Astar, Schatz, ich weiß noch genau, was er sagte, als er mir den Namen ‚Titus' nannte. Er sagte: ‚Du kennst mich am besten aus einer Zeit, die zweitausend Jahre zurückliegt. Damals hieß ich Titus Vespasian.' Dann wollte er wieder, daß ich mich an ihn erinnere und ihm sage, wer er sei. Aber ich erinnerte mich an gar nichts! Inzwischen weiß ich, daß ich als Berenice ein Verhältnis mit ihm hatte, und daß sein Nachname Vespasian ist, nicht Vaspasian. Das ist alles. Also weiß ich immer noch nicht, wer er ist." Ich seufzte tief.

Sie lächelte und sagte: "Schau mal, Ma, mehr kannst du nicht tun. Das hast du selbst zugegeben. Soll er doch machen, was er will, und wir genießen Griechenland, okay?"

Um mein Einverständnis zu bekunden, wollte ich gerade mit Astar anstoßen, als ich hinter mir ein Stühlerücken hörte, gefolgt von lautem Applaus, der bald in rhythmisches Klatschen überging, denn die Busuki spielte eine langsame griechische Melodie.

Ich drehte mich um und sah einen grauhaarigen alten Mann auf die Tanzfläche schreiten, die man hastig zwischen den Tischen und dem Küchenbereich freigemacht hatte. Er sah aus wie ein Fischer und muß siebzig Jahre alt gewesen sein, dennoch bewegte er sich geschmeidig wie ein Jüngling. Er trug ein Hemd ohne Kragen und eine Hose, die beide einmal weiß gewesen waren, jetzt aber schmutziggrau aussahen. Schwarze und weiße Stoppeln bedeckten sein Kinn, und im Mundwinkel kämpfte eine Zigarettenkippe ums Überleben. Eine spitze Mütze, auf der anscheinend jemand gesessen hatte, bedeckte eines der halb geschlossenen Augen. In der rechten Hand hielt er ein Glas Wein, in der linken ein kariertes Taschentuch, und beides bewegte sich synchron mit seinem Körper.

Das Tempo der Musik nahm langsam zu, und der Alte ließ die Hüften kreisen, und seine Füße klopften ein komplexes Schrittmuster auf dem Boden. Das Taschentuch flatterte, und das Weinglas schien in seiner Hand zu schweben – sein rubinroter Inhalt benetzte den Rand, lief aber wie durch ein Wunder nicht über. Jetzt wirbelte er mit ausgestreckten Armen herum, und die Füße flogen immer schneller. Sein trunkener, ekstatischer

Gesichtsausdruck wich einem verzückten Lächeln, das durch die ganze verrauchte, mit Kerzen beleuchtete Taverne zu strahlen schien.

Während ich dem alten Mann zusah, versetzte mich die Musik in eine Art Trance, und bevor ich wußte, was ich tat, stand ich auf und ging zum Tanzboden. Ich hörte kaum den Beifall der Leute, denn die Musik hüllte mich sofort ein, und mein Körper reagierte wie von selbst auf die klingenden, pulsierenden Töne der Busuki und das beharrliche, anfeuernde Klatschen des Publikums. Der Duft von Orangenblüten wehte von der Straße herüber und berauschte mich noch mehr. Ich drehte mich atemberaubend schnell und schaute dabei dem alten Fischer genau in die Augen, die plötzlich funkelten.

Die Finger des Busukispielers verschwammen, als die Musik schneller wurde, und ich verständigte mich mit dem Alten ohne Worte. Es war, als könne ich in seine Seele blicken und er in meine, während unsere Füße über den Boden schwebten. Auf einmal begannen seine Augen sich zu verändern, wurden weiter und tiefer, und das vom Wind ausgetrocknete Blau wich einem Grün mit bernsteinfarbenen Flecken. Einen Augenblick lang spürte ich, wie Liebe mich durchflutete, und ich las eine ermutigende Botschaft in diesen Augen: "Du erinnerst dich allmählich daran, wer ich bin."

Mein Herz setzte einmal aus. Dann sah ich wieder in das stoppelige, wettergegerbte Gesicht, und die Musik erreichte ein Crescendo. Dann endete der Tanz unter Beifallsstürmen.

Von anerkennenden Rufen und Pfiffen begleitet, kehrte ich ganz benommen an meinen Tisch zurück. Ich kam mir vor wie ein betrunkener Teenager, und mein Gesicht strahlte vor Freude.

Kapitel 21

Vorsichtig steuerte ich den gemieteten Fiat durch mehrere Haarnadel-kurven und konzentrierte mich ganz auf die holperige, enge Straße, die sich vor mir dahinschlängelte. Sie wurde an der rechten Seite von steilen Fel-sen gesäumt und an der linken von Steilhängen, auf denen Bäume wuchsen. Olivenbäume überall. Die verblichene Mittellinie schien auf die Fahrer der schäbigen Lastwagen keinen Eindruck zu machen. Sie rasten mit wildem Hu-pen um die Kurven, und zwar unweigerlich auf der falschen Straßenseite.

Als wir uns Delphi näherten, wurden die Abhänge allmählich sanfter und waren mit Mandelbäumen, Weingärten und Olivenhainen bedeckt. Die Fahrt wurde weniger zermürbend, und Astar öffnete den Reiseführer auf dem Schoß und begann begeistert vorzulesen.

"Delphi hieß ursprünglich Pyton, und in der alten Zeit beherbergte es den Schrein der Erdgöttin Gäa, deren Sohn Python, ein Drache, den Eingang bewachte. Dann stieg Apollon, ein Sohn des Zeus, vom Berg herab und er-schlug den Drachen. Dabei wurde ein neuer Gott geschaffen: Pythius, der durch den Mund der Priesterin Pythia den Menschen weissagte, die zum Orakel pilgerten. Der Ruhm des pythischen Orakels verbreitete sich bald über die ganze bekannte Welt, und selbst Herrscher schlossen sich den Pil-gern an, die nach Rat suchten.

Im Apollontempel saß die Priesterin auf einem goldenen Dreisitz über einem Felsspalt, aus dem prophetische Dämpfe stiegen. Sie kaute ein Blatt des heiligen Lorbeerbaums, atmete die Dämpfe ein und überließ ihren Körper dem Geist. Wenn sie dem Bittsteller geantwortet hatte, deuteten Priester ihre Worte und faßten sie in Hexameter."

Astar machte eine kurze Pause und wandte sich dann an mich. "Ich vermute, diese Priesterinnen waren echte Medien – wahrscheinlich ganz gewöhnliche Frauen wie du und ich. Sie waren speziell ausgebildet und versetzten sich durch bestimmte Riten in Trance, wann immer sie wollten. He, Ma, kannst du dir vorstellen, daß du über einem rauchenden Loch im Boden auf Capitol Hill sitzt und Ronnie Reagan Ratschläge über das Wettrüsten erteilst? Wäre das nicht toll?"

Ich dachte an Sadat und wollte gerade sagen, daß die heutigen Staatsoberhäupter vermutlich von einem guten Orakel profitieren könnten, als wir um eine Ecke fuhren. Vor uns lag Delphi. Seine Tempelruinen und umgestürzten Säulen funkelten weiß im Sonnenlicht.

Als wir in das heilige Tal hinab schauten, hatten wir das Gefühl, vor einer Illusion zu stehen. Es war, als hätten die Gebäude erst vor einem Augenblick stolz zwischen den Olivenbäumen gestanden, dicht bevölkert mit Priestern und Dienern und zahllosen weitgereisten, schmutzigen Pilgern. Das Heiligtum war fast greifbar nahe. Delphi lag in einem natürlichen Amphitheater, das am Fuße eines schimmernden, über dreihundert Meter hohen Felsens kauerte, halb umgeben von den schützenden Mauern zweier Gebirgsvorsprünge – wie am Busen eines gigantischen, mit Wolken gekrönten Gottes.

Als wir das Ende unseres Abstiegs erreichten, fuhr ich auf einen Parkplatz gegenüber dem Haupteingang des Geländes. Ich stieg aus, streckte mich und lockerte meine Muskeln, die nach der langen Fahrt verkrampft waren. Die reine, klare Luft drang tief in meine Lungen. Ich war den Auspuffgasen der Athener Innenstadt entronnen, und mir war, als atme ich Nektar ein.

Wir überquerten die Straße, betraten die Tempelanlage und gingen langsam den heiligen Weg hinauf, einen gewundenen, gepflasterten Pfad, der zum Heiligtum führte.

Anfangs war der Weg steil. An beiden Seiten säumten ihn die Ruinen von Bauwerken, kleinen Schmuckbauten und größeren Prachtbauten, die verschiedene

278

Staaten des alten Griechenland dem Heiligtum zum Gedenken an große Ereignisse gestiftet hatten. Als wir uns dem Apollontempel näherten, wurde der Boden flacher, so daß die wenigen stehenden Säulen die Ruinen der Umgebung und die silbergrauen Olivenbäume, die den Talboden sprenkelten, überragen konnten. Unterhalb der Säulen breitete sich das marmorweiße Fundament des Tempels wie ein dreidimensionales Modell eines Bauplans aus.

Jetzt waren wir also im eigentlichen Heiligtum, und wir erkannten, daß kein Foto und keine Beschreibung sein Wesen einfangen konnte. "Omphalos" hatten die Griechen es genannt – Nabel der Welt. Nicht ohne Grund, dachte ich.

Vor dem Tempel blieben wir eine Minute stehen und schauten uns um. Das kleine Tal war an drei Seiten ganz von grasigen Steilhängen umgeben, auf denen die Zypressen sich wie dünne dunkelgrüne Finger erhoben – sanfte, schattenhafte Echos der stattlichen Säulen. Zwischen den Zypressen standen die üppigeren, ausladenden Kiefern, deren Duft sich mit dem Aroma wilder Kräuter mischte und die Luft mit einer pikanten Süße erfüllte.

Weiter oben ragten an beiden Seiten rote und graue Felsvorsprünge in die dichte Vegetation und erinnerten an die Abgründe, die zu unseren Füßen gähnten. Darüber türmte sich der riesige, schimmernde Felsen, den wir vom Auto aus gesehen hatten. In der Ferne, zu unserer Rechten, reichte das Massiv des Parnaß bis in seinen wolkigen Baldachin. Hinter uns fiel der Boden steil ab, und wir hatten das Gefühl, an der Kante eines wirren Panoramas aus Bergen und Tälern zu stehen, das sich bis zum Golf von Itea erstreckte und in der Ferne wie ein silbernes Band funkelte.

An diesem magischen, zeitlosen Ort mußte man den Eindruck haben, vom Rest der Welt abgeschieden zu sein.

"Heiligtum" war wirklich das richtige Wort – ein Platz, an dem man den Alltag hinter sich läßt, ein Ort der Träume, der vielleicht einen kurzen Blick in die andere Welt ermöglicht. Die Priesterinnen und Pilger waren zwar fort, aber Zeus, Apollon und Aphrodite waren im Glanz des weißen Marmors, in den zarten Mandelbäumen, in den starren Felsen und in der kristallklaren Luft immer noch gegenwärtig.

Wir standen minutenlang stumm da, bis Astars Magen laut zu knurren anfing.

"Wollen wir hier essen?" fragte sie lachend.

Ich schaute hinauf zum Theater, das an der vor uns liegenden Seite des Tales aus dem Felsen gehauen worden war. Seine zerbröckelnden, leeren Sitzreihen krümmten sich mit geometrischer Präzision und wurden kleiner, wo sie zur vollkommen runden Bühne abfielen. Hier wurden einst die tragischen Verse von Aischylos und Euripides rezitiert, und Gelächter begleitete die Komödien von Aristophanes. Jetzt war ein Reiseführer mit roter Mütze der Hauptdarsteller, den Chor bildete eine aufmerksame Touristengruppe.

"Nein", sagte ich. "Gehen wir rauf zum Theater. Die Aussicht muß dort phantastisch sein. Wir können uns den Rest des Geländes nach dem Mittagessen ansehen."

Zehn Minuten später ließen wir uns auf dem sonnenwarmen Stein der äußersten Sitzreihe nieder und breiteten unser Picknick aus.

"Na, hat der Aufstieg sich gelohnt?" fragte ich atemlos.

"Klar", keuchte Astar. Sie schaute ins Tal hinab und drehte sich dann lächelnd nach mir um.

"Was für ein unglaublicher Ort, um meinen Geburtstag zu feiern, Ma. Es ist so ..." – sie suchte nach dem richtigen Wort – "durch und durch magisch." Plötzlich schien ihr ein Gedanke zu kommen, und sie fügte hinzu: "Weißt du, es hört sich vielleicht komisch an – aber ich glaube, es paßt erstaunlich gut, daß ich meine Volljährigkeit in Delphi feiere."

"Warum?" fragte ich.

"Na ja, weil alles, was an meiner Geburt so seltsam war, mir hier so natürlich vorkommt. Das ist ein heiliger Ort. Hier waren die Götter. In Delphi geschah vieles, was die Menschen nicht verstanden. Trotzdem glaubten sie daran. Verstehst du, was ich meine?"

"Ja, mein Schatz."

"Hier fühle ich mich eins mit dem Universum. Selbst wenn ich wüßte, wer mein Vater war, hätte ich dieses Gefühl. Darum hast du mich doch Astar genannt, nicht wahr? Ich bin ein Stern, und Sterne gehören zum All."

Ich nickte voller Zuneigung. "Ja. Als du klein warst, sagte ich jeden Abend vor dem Schlafengehen, daß du mein heller Stern bist – erinnerst du dich? Das warst du damals, und das bist du immer noch. Alles Gute zum Geburtstag, mein Schatz." Ich beugte mich vor und umarmte meine wundervolle Tochter fest, und mein Herz strömte vor Liebe über.

Die langen Nächte in Athen, die lange Fahrt, die Sonne und das Essen im Magen machten mich langsam schläfrig, und der Gedanke an ein Nickerchen war plötzlich sehr verlockend. Ich hatte bereits einen hervorragenden Platz gefunden: eine einladend aussehende Grasfläche im Schatten mehrerer Kiefern auf einer Anhöhe ein paar Meter hinter mir. Ich gähnte, und meine Augen gingen auf Halbmast.

"He", sagte Astar und stupste mich in die Rippen. "Du wirst doch nicht einschlafen, oder?"

"Nur eine halbe Stunde, Schätzchen. Bitte. Ich bin an dieses turbulente Leben und an Ralleyfahrten nicht gewöhnt."

"Na schön", sagte Astar mit gespielter Resignation. "Genau eine halbe Stunde. Ich gehe auf Entdeckungsreise ... aber ich komme zurück."

Kapitel 22

Während Astar den steilen Mittelgang des Theaters hinabging, sammelte ich die Überreste unseres Picknicks ein, stieg über die Sitzreihe und ging hinauf zu den Kiefern.

Ich legte mich in das weiche, federnde Gras und starrte durch die Äste über mir in den vollkommen blauen Himmel. Grillen zirpten unaufhörlich, und selbst die leiseste Brise wehte mir den Duft des Thymians zu. Eine riesige, pelzige Hummel summte vorbei.

Meine Augen wurden schwer, und nach wenigen Minuten war ich eingeschlafen.

Ein Lichtblitz und ein gewaltiger Donner rissen mich aus dem Schlummer, und ich rappelte mich erschrocken auf. Mein Kopf war noch vom Schlaf benebelt, aber mein Körper reagierte instinktiv auf das Alarmsignal.

Bevor ich merkte, was los war, zuckten erneut Blitze über den Himmel, und ein weiteres ohrenbetäubendes Donnern erschütterte den felsigen Boden, auf dem ich stand. Ich schloß die Augen, hielt mir die Ohren zu und betete stumm. War das Ende der Welt gekommen?

Allmählich ließ der Donner nach, und in der folgenden Stille öffnete ich langsam die Augen und schaute hinauf. Der Himmel war bleifarben und wurde ständig dunkler. Ich konnte die verschwommenen Umrisse von

Haufenwolken sehen, die unaufhörlich in den Himmel stiegen, die Luft dick machten und sich an den Bergen bedrohlich auftürmten.

Wieder zuckten Blitze, und während der kurzen Helligkeit sah ich, daß die Touristen, von denen der Ort gewimmelt hatte, alle verschwunden waren. Das Tal unter mir war völlig verlassen. Die Wipfel der Bäume begannen zu seufzen, als fühlten sie sich verfolgt, und beim ersten Windstoß bekam ich eine Gänsehaut. Der Himmel war jetzt pechschwarz, und vor diesem Hintergrund ragte der Parnaß furchterregend empor. Anscheinend hatte jemand den schlummernden Gott, der das Heiligtum liebevoll an seinem Busen hielt, unsanft aufgeweckt. Und jetzt geriet er in immer größere Wut.

Warum zum Teufel ist Astar nicht gekommen und hat mich geweckt? dachte ich, als ein dritter Donnerschlag die Erde erschütterte und von der natürlichen Schale unter mir noch verstärkt wurde. Mein Gott, vielleicht ist ihr etwas zugestoßen. Vielleicht ist sie von einem Felsen gestürzt oder hat sich in den Ruinen verletzt, wo keiner sie sieht. Der Krieg der Elemente über mir fachte meine Phantasie an, und die Furcht packte mich, während ich die Treppen des Theaters hinablief.

Als ich die Bühne erreichte, war das Seufzen in den Baumwipfeln zu einem Stöhnen geworden, und ein dicker Regentropfen klatschte mir ins Gesicht. Immer noch zuckten Blitze und verwandelten die Felsen und Bäume der Umgebung in ein lebendiges Relief. Aber der Donner rollte jetzt über die Berge, und aus dem Krachen war ein tiefes Grollen geworden, als dröhnten monströse Kesselpauken im Himmel. Der Wind wurde stärker, das Stöhnen schwoll zu einem Heulen an, und mit ihm kam die Sintflut. Riesige Quecksilbertropfen zerplatzten auf meinem Kopf, in meinem Gesicht, auf meinen Armen. Sie wurden härter und schneller, und schließlich war ich in einen wirbelnden Regenvorhang eingehüllt.

Da ich im strömenden Regen nur wenige Meter sehen konnte, durchquerte ich das Tal, halb laufend, halb stolpernd, und rief nach Astar. Es war dem Sturm nicht gelungen, die Wolken wegzuschieben, und der Himmel war immer noch pechschwarz. Lichtblitze erhellten die unwirkliche Szene – eine Säule hier, einen rissigen Sockel da. Bruchstücke von Ruinen sprangen auf mich zu, ihr Bild brannte sich in meine Netzhaut, während ich verzweifelt nach Astar suchte.

Ich war fast am Apollontempel angelangt, als ich sie sah, zusammengekauert wie ein furchtsames Tier am Fuß einer Säule. Sie war naß bis auf die Haut, ihr dunkles Haar klebte am Kopf, ihr Kleid an den Schenkeln. Im Licht eines weiteren Blitzes sah ich zu meinem Schrecken, daß sie kalkweiß war. Ihre Augen standen weit offen, und sie starrte auf einen Punkt nahe der Spitze einer anderen Säule, ein paar Meter von ihr entfernt.

"Astar!" schrie ich. Aber meine Stimme erstarb im Wind, und Astar reagierte nicht. Endlich war ich bei ihr, kniete nieder und legte die Arme um ihre zitternden Schultern.

"Was ist passiert, Schatz?" schrie ich gegen den Wind.

Astar sagte nichts, aber sie hob langsam einen Arm und zeigte nach oben. Ich strengte die Augen an, und allmählich sah ich durch den Regenschleier einen unförmigen Körper aus Licht, der unmittelbar über der Säule schwebte, acht Meter über dem Boden. Zuerst dachte ich, es sei eine elektrische Entladung, eine Art Elmsfeuer, das der Sturm erzeugt habe. Doch je länger ich schaute, desto klarer wurde mir, daß es etwas anderes war. Obwohl seine Ränder unscharf waren, schien es sich kaum zu bewegen, trotz des Windes und des Regens, die in der Umgebung tobten. Es glühte nicht bläulich wie ein elektrisches Phänomen, sondern strahlte sanftes, goldenes Licht aus.

"Wie lange ist es schon da?" schrie ich, um einen Windstoß zu übertönen, und hielt Astar noch fester.

Ohne ihren Blick von dem Licht abzuwenden, schrie Astar durch ihre klappernden Zähne zurück: "Seit etwa zehn Minuten. Aber es verfolgt mich seit einer halben Stunde."

Ich wollte eben etwas Beruhigendes sagen, als das Licht sich zu bewegen begann und langsam an der Säule nach unten schwebte. Dabei schrumpfte es und wurde heller, und seine Ränder zeichneten sich deutlicher ab. Als es drei Meter über uns stand, war es eine vollkommene Kugel von der Größe eines Beachballs. Seine goldene Masse schimmerte so stark, daß ich kaum noch die Blitze bemerkte, die weiter durch das regennasse Tal zuckten.

Schließlich blieb es zwei Meter über dem Boden und drei Schritte von uns entfernt stehen und bewegte sich nicht mehr. Dann, ohne Vorwarnung, veränderte sich das Licht, und ich sah, daß die Kugel zu rotieren begann. In ihrem Zentrum formten sich die vagen Umrisse eines Gesichts, und langsam wurden sie klarer. Dunkle Locken hingen über die Schläfen, und darunter befanden sich zwei volle, ein wenig nach unten gedrehte Augen. Eine ungewöhnlich lange, gerade Nase führte zu einem sinnlichen Mund über einem kurzen, gerundeten Kinn.

Astar und ich sahen einander an. Zunächst waren wir beide sprachlos; dann formte mein Mund unfreiwillig ein einziges Wort: "Titus." Doch der rasende Wind riß mir den Laut von den Lippen, und sofort begann das Gesicht sich aufzulösen und zu verändern. Es nahm die Züge eines würdigen älteren Mannes mit silbernem Haar, tiefblauen Augen und einem vollen, lächelnden Mund an.

"O mein Gott!" kreischte Astar. "Das ist der Mann in meinen Visionen!"

"Ich dachte, du siehst in deinen Visionen den Mann im Aufzug!" schrie ich sie an.

"Ich habe Visionen von mehreren Männern, ich habe es dir nie gesagt."

Ich sprang auf die Füße, ohne auf den Regen zu achten, der immer noch an meine Wangen klatschte. Es war mir egal, daß der tobende Sturm mich mitzureißen drohte. Mein Herz schlug wild.

Astar griff nach meiner Hand und zog sich hoch. Währenddessen veränderte sich das Gesicht erneut und wurde zu einer Perfektion mit grünen Augen und goldener Haut.

"Das ist er!" rief ich. "Das ist mein Besucher ... mein mysteriöser Mann."

Astar und ich starrten einander verwirrt an. Doch bevor wir etwas sagen konnten, veränderte das Gesicht sich rascher, wurde wieder zu Titus, dann zu einem Ägypter, der wie ein Pharao aussah, zu Astars "älterem Mann", zu einem bärtigen griechischen Gott, der Zeus ähnelte, und schließlich wieder zu meinem mysteriösen Mann.

Aus den tiefen, strahlenden grünen Augen meines Geliebten strömte die unsagbare Liebe, mit der ich bereits so vertraut war. Ich fühlte, daß ich sofort darauf reagierte, und merkte gleichzeitig, daß Astars Spannung sich gelöst hatte. Ich wandte mich ihr zu und sah, daß sie glückselig lächelte.

Auf einmal merkte ich, daß Wind und Regen sich gelegt hatten. Aber als ich in die Dunkelheit starrte, sah ich zu meinem Erstaunen, daß der Sturm in meiner Umgebung immer noch tobte, die Bäume immer noch heftig schwankten und der Regen in Strömen floß – nur bei uns war es trocken, ruhig und still. Es war, als halte jemand einen schützenden Schirm über uns, so daß wir uns im Glanz des subtilen, warmen Lichtes aalen konnten, das sich allmählich auch in mir ausbreitete.

Ich griff nach Astars Hand, und dabei fiel mir auf, daß sie nicht mehr zitterte und daß ich trotz meiner klatschnassen Kleider nicht mehr fror.

Dann begann mein mysteriöser Mann zu sprechen. Seine volle, melodische Stimme hallte wie eine goldene Trommel durch die Stille.

"Ja, meine Geliebten, ich bin diese Wesen und mehr. Ich bin die Gesichter, die ihr in euren Visionen gesehen habt. Ich bin Titus – und viele andere. Eine Seele in vielen Körpern. Als ich Titus war, warst du, Triana, meine Berenice, und du, Astar, warst ihre Schwester Mariamne. Einst hast du, Triana, mir als Priesterin in Ägypten gedient. Wir waren unzählige Male zusammen, und ich liebe euch beide seit der Erschaffung des Universums. Ohne daß ihr es wußtet, habe ich euch seit Jahrhunderten beigestanden, und jetzt kennt ihr endlich einige wichtige Aspekte unserer Verbindung."

Ich hatte das Gefühl, explodieren zu müssen, soviel Liebe spürte ich in mir. Tränen strömten mir über die Wangen, als ich einen Schritt auf das Licht zuging und die Arme flehend ausbreitete.

"Titus, Titus!", rief ich atemlos. "Mein Liebster, meine Liebe. Ich will dich. Ich brauche dich. Bitte, bleib bei mir – für immer!"

"Ich war Titus vor langer Zeit. Jetzt bin ich es nicht mehr! Ich bin bei dir, und ich werde immer bei dir bleiben", erwiderte er leidenschaftlich.

"Mein Geliebter ... bitte ... verlaß mich nie ... bleib hier bei mir!" beschwor ich ihn. "Komm in physischer Gestalt zu mir. Ich kann nicht mehr ohne dich leben! Bitte, komm jetzt zu mir!"

"Nein, meine Liebste. Das kann ich nicht. Ihr nähert euch beide eurer Vollendung, und bald, sehr bald, werden wir zusammen sein. Aber bis dahin werdet ihr meine Gegenwart spüren, und ihr werdet wissen, daß ich eins mit euch bin, daß ich euch beschütze und euch bis ans Ende eures Weges auf Erden begleite."

Plötzlich war mein ganzes Sein mit Trauer erfüllt. Das war es nicht, was ich wollte! Erneut wallte schreckliche Einsamkeit in mir auf und verdüsterte meine Liebe. Dann änderte sich meine Stimmung unvermittelt. Ich wurde innerlich eiskalt und empfand Wut auf ihn. Meine Schläfen pochten, und das Blut stieg mir in die Wangen. Zornige Worte entschlüpften meinem Mund.

"Wenn du mich so liebst, wie du behauptest, dann manifestiere dich, verdammt! Mein ganzes Leben lang hast du mich manipuliert. Du hast dafür gesorgt, daß ich dich liebe, du hast mich nach Ägypten und nach Israel geschickt und verlangt, daß ich mich erinnere ... Na schön, ich habe getan, was du wolltest. Ich habe meinen Teil der Absprache erfüllt. Ich weiß nicht, woran ich mich erinnern soll. Aber ich tue seit Jahren, was du von mir verlangst ... und ich versuche, mich an dich zu erinnern. Jetzt mußt du dein Versprechen einlösen und dich manifestieren. Ich habe lange genug gekämpft – du weißt es, denn du hast mich beobachtet. Ich verdiene es, dich bei mir zu haben. Also manifestiere dich ... jetzt!"

Sein Gesicht verriet einen Anflug von Besorgnis. Dann nahm er sich zusammen, und erneut strömten seine juwelengleichen Augen Liebe aus.

"Berenice ... Triana ... Geliebte, ich darf mich nicht manifestieren. Ich würde damit ein universelles Gesetz brechen. Es war nie meine Absicht, dir einzureden, daß ich mich wieder manifestieren werde – nicht einmal dann, wenn du dich an das erinnerst, was dir noch fehlt. Liebste, es dauert wirklich nicht mehr lange, bis deine Zeit auf Erden abgelaufen ist. Dann werden wir für immer beisammen sein. Sei geduldig ..."

"Wie kannst du es wagen, von mir Geduld zu verlangen!" schrie ich. "Ich war lange genug geduldig. Ich glaube, du liebst mich überhaupt nicht. Wenn du mich liebst, mußt du es beweisen. Manifestiere dich!" Ich schleuderte ihm diese Worte wie Speere entgegen.

"Nein ...", begann er.

Doch in dem Augenblick, als ich das Wort "nein" hörte, verließ meine Vernunft mich vollends. All meine Liebe und all mein Zorn verschmolzen zu verzehrendem Haß und explodierten. Ich drohte dem Licht mit der Faust und brüllte: "Dann verschwinde aus meinem Leben. Laß mich in Ruhe. Hör' auf, dich einzumischen und mich zu manipulieren ... du zynischer Bastard. Hau ab! Ich will dich nie wieder sehen. Ich hasse dich! Ich hasse dich, Titus Vespasian oder wer immer du sein magst!"

Während ich nach diesem Ausbruch atemlos und mit dröhnendem Kopf dastand, bemerkte ich, daß das Licht blasser wurde und das Gesicht zu verschwimmen begann. Mein Gott, dachte ich. Er geht wirklich.

Dann bewegten sich seine Lippen, und er begann erneut zu sprechen. Seine Stimme verklang mit dem Licht, doch die Worte waren klar und verständlich.

"Ich gehe, wie du es wünschst. Aber auf meine Weise bin ich immer bei dir, ewig! Vielleicht darf ich irgendwann zurückkommen. Doch nun werde ich tun, worum du mich gebeten hast. Aber bevor ich gehe, möchte ich dir noch etwas sagen, was du wissen mußt. Triana, Astar, meine törichten Lieblinge, ich bin für euch viel mehr als ein Geliebter aus früheren Existenzen. Ihr habt beide eine unterschiedliche Verbindung zu mir ... ein Band, das niemals gelöst werden kann.

Astar weiß, was sie wissen muß. Du aber, Triana, mußt dich an alles erinnern, was das Band zwischen deiner und meiner Seele betrifft! Ich darf dir nichts darüber sagen – du mußt dich selbst erinnern. Ich bitte um Verzeihung dafür, daß ich dich ‚manipuliert' habe. Es war notwendig. Du hast eine Aufgabe, die viel wichtiger ist als alles, was du bisher getan hast, um den Menschen und der Erde zu helfen. Ein Teil dieser Mission wird dir klar werden, wenn du dich erinnerst. Denke daran, Liebste: Ich werde immer bei dir sein!"

Das Licht löste sich auf wie Nebel als sei es nie dagewesen. Astar und ich sahen einander entgeistert an. In unseren Augen spiegelte sich hoffnungsloses Verständnis. Und gleichzeitig schrien wir: "Warte! Geh nicht fort! Bitte ..."

Doch er war weg und mit ihm seine Stimme und das Licht. Keine Spur von ihm blieb, und mit ihm gingen auch der Wind und der Regen.

Am Himmel zogen die Gewitterwolken ab, und ein leuchtender Sonnenstrahl fiel aus einem winzigen Fleck blauen Himmels und säumte den bleifarbenen Rand einer Wolke mit reinem Gold. Hoch über dem Heiligtum, an dessen verlassenen Hängen die schwachen Echos unserer Schreie verklangen, schwebte ein majestätischer weißer Adler der Sonne entgegen.

Die einzigen Worte, die wie ein heiliges Mantra in meinem Geist widerhallten, waren "Erinnere dich ... erinnere dich ... erinnere dich!"

Nachwort

Seit das Jahr vergangen ist, über das dieses Buch berichtet, hat mein Leben sich weiter verändert, und die meisten Menschen würden meine Erlebnisse als unvorstellbar oder unmöglich bezeichnen.

In einem weiteren Buch werde ich diese Erlebnisse genauer schildern und auch darlegen, was ich daraus gelernt habe. Über meine rätselhafte Schwangerschaft und die meiner Tochter habe ich etwas mehr herausgefunden.

Außerdem werde ich ausführlich darauf eingehen, wie ich für kurze Zeit Blütenblätter in heilenden Honig verwandelte und wie ich ein Zeittor in Südfrankreich entdeckte, das in mir lebhafte Erinnerungen an ein Leben als Tempelritter weckte. Eines der "Wunder", die ich erlebte, vollbrachte ein Geistheiler in Brasilien: Er löste einen Tumor innerhalb von vierzig Sekunden mit einem Lichtstrahl aus seinen Augen auf.

Ich möchte auch über meine Erlebnisse mit UFOs berichten. Ich habe sie knapp dreißig Meter über mir gesehen, und ich sah, wie ein Mann einen toten Vogel aufhob und wiederbelebte, so daß er Augenblicke später aus seiner Hand flog.

Sie erfahren, welche neuen Teile des Puzzles ich gefunden habe, das meinen "mysteriösen Mann" betrifft, aber auch den Grund dafür, daß er sich vor mir materialisierte und mit mir sprach.

In meinem Leben ereignet sich ein Wunder nach dem anderen. Ich weiß jetzt, daß das Leben eine unerschöpfliche Quelle der Freude und der Bewußtheit sein kann. Entdecken Sie sich selbst! Möge Ihnen bewußt werden, daß wir alle mit dem Universum eins sind.

Wenn Sie sich für meine Seminare in Europa interessieren, schreiben Sie bitte an den SILBERSCHNUR VERLAG, Kennwort "TRIANA": Bücher, Tonbänder und Seminare.

Elisabeth Kübler-Ross

Warum wir hier sind

ISBN 3-931652-72-6
60 Seiten mit 11 Farbbildern
gebunden
DM 26,90

Elisabeth Kübler-Ross beantwort vor allem solche Fragen, die in ihren anderen Büchern noch nicht gestellt wurden und die uns alle bewegen: *Warum sind wir Menschen hier?* Warum müssen wir immer wieder inkarnieren? *Warum vergessen wir eigentlich, woher wir gekommen sind?* Was sollen wir in dieser Erdenschule lernen? *Was können wir aus einer Partnerschaft lernen?* Wie kann man mit dem Jenseits in Kontakt kommen? *Wie bereiten wir uns auf ein erneutes Erdenleben vor?* Hat denn alles, was einem im Leben widerfährt, einen Sinn? *Haben wir uns wirklich all das, was uns passiert, selbst schon vorher ausgesucht?*

Dick Nijssen

Spirituelle Erkenntniskarten

ISBN 3-931652-69-6
78 Karten
DM 19,90

Die Karten können dir als Unterstützung und Bezugspunkt auf deiner spirituellen Reise dienen.
Die beste Wirkung erzielst du mit diesen Karten, wenn du alles über das Thema, in das du mehr Einsicht haben möchtest, mit einem oder mehreren Menschen besprichst. Wenn du alles ausgesprochen hast, ziehst du eine Erkenntniskarte und vertraust den anderen an, was sie tief in dir bewegt.

ISBN 3-931652-41-6
240 Seiten · gebunden
DM 29,80

Pierre de Forêt

Im Herzen der Wirklichkeit
**Über Seelengeheimnisse und
psychische Welten**

Ein äußerst wichtiges Buch an der Schwelle des
neuen Jahrtausends mit zum Teil völlig neuen Botschaften einer für viele Menschen heutzutage immer noch fremden, unvorstellbaren Wirklichkeit -
liebevoll und überzeugend übermittelt durch den
geistigen Begleiter des Autors.

ISBN 3-931652-67-X
ca. 240 Seiten · gebunden
DM 29,90

Pierre de Forêt

Die Geburt der Seele
**Ihr Werden und ihr
schöpferisches Potential**

Ein Buch, das grundlegende Fragen des Menschen
aus der Perspektive der »geistigen Welt« beleuch-
tet und darauf Antworten gibt, die überzeugen und
tief beeindrucken. Das Eingebundensein des Menschen in das umfassende Ganze wird deutlich und
vermittelt der Leserschaft ein völlig neues Selbst-
bildnis.

ISBN 3-931 652-40-8
200 Seiten · broschiert
49 Karten mit Box
DM 24,80

Marta Cabeza

Tag für Tag mit den Engeln

»Tag für Tag mit den Engeln« wurde als Ergänzung zum Kartenspiel »Mit den Engeln spielen« konzipiert.

»Mit den Engeln spielen« ist ein Kartenspiel der Verwandlung. Es hilft uns, unsere Alltagswirklichkeit bewußt zu erleben, indem es uns mit unserer inneren Stimme bzw. unserem „inneren Engel" verbindet. Dadurch bekommen wir die große Chance, Vergangenheit und Zukunft zu verändern, zu Gunsten einer bewußt gelebten Gegenwart, voller Liebe und stets geleitet durch unsere Intuition.

ISBN 3-931 652-17-3
304 Seiten · gebunden
DM 33,00

Jean-Marie Paffenhoff

Die Engel Deines Lebens
Wie Du mit ihnen Kontakt aufnimmst

Ein Buch über unsere drei unterschiedlichen Schutzengel und darüber, wie wir mit ihnen in Verbindung treten können.

Es werden die Zusammenhänge der Schutzengel zur Bibel, zur Kabbala und zum hebräischen Alphabet erläutert.

Der Autor gibt außerdem eine Einführung in das System der Kabbala mit Meditationstechniken.

E L F E N H E L L F E R

Format 10x15cm · broschiert · 80 Seiten · illustriert · DM 8,90 ISBN 3-854 66-00 (   )

Sei gut zu Dir

Der originale Bestseller, der die Elfenhellfer-Bewegung ursprünglich ausgelöst hat. Echte Selbstliebe beginnt mit der An-Erkenntnis, daß jeder von uns Gottes schöpferische Handarbeit ist. (0-6)

Lasse Dir Zeit

Handfeste Ideen für Leute, die immer in Eile sind: Zur Wiedergewinnung dessen, was Du bereits besitzt: Zeit, genügend Zeit. Geleitet zu einem entspannteren, friedvolleren Gebrauch der Zeit. (4-9)

Ein einfacheres Leben

Dieses Büchlein bietet einen Weg mitten durch die Ver-wicklungen unseres komplexen Lebens hin zur Wiederentdeckung seiner einfacheren Freuden und Geschenke. (2-2)

Bleib guten Mutes

Für all jene, die sich alltäglichem Ungemach und Rückschlägen gegenübersehen. Wundervolle Elfenhilfe, den Geist wieder aufzurichten und trotz der rauhen Seiten des Lebens zu lächeln. (3-0)

Dein inneres Kind Erinnern

Augenfällige Ermutigungen, Dich auch als Kind wahrzunehmen, geliebt und glücklich und fähig, als begabtes Kind Gottes Dein Leben mit Zuversicht zu lenken. (1-4)

Loslassen im Annehmen

Inspirierende Texte und einnehmende Illustrationen führen den Leser sanft in Richtung einer lebensbejahenden, heilenden Sichtweise und Einstellung. (5-7)

Die *dritten* 6 von 34 Elfenhellfern:

Neues Baby-neues Leben	(12-X)	**Aus ganzer Seele leben**	(15-4)
Beflügelt Lehrer sein	(13-8)	**Freundschaft entfalten**	(16-2)
Sei gut zu Deiner Familie	(14-6)	**Dem Stress heilsam begegnen**	(17-0)

Sei gut zu Deinem Körper

Dieser »Elfenhellfer« ist eine wahre Quelle gesunder Körper-Weisheit, eine ganzheitliche Herangehensweise an Fitness als Ausdruck innerer Freude. (6-5)

Sei gut zu Deiner Ehe

Dieser »Elfenhellfer« für verheiratete Paare ist ein warmherziger Führer für jene, die grundlegende Regeln von Liebe und Romantik kennen, aber einer gelegentlichen Ermutigung bedürfen, um das Knistern und die Freude ihres gemeinsamen Lebens wieder anzufachen. (7-3)

Feiere Dein Frau-Sein

Feiere die einzigartige Erfahrung und die vielfältigen Geschenke, die darin liegen, eine Frau zu sein. Dieses zauberhaft illustrierte Büchlein schäumt über mit einer bejahenden und ermächtigenden Botschaft für Frauen jeden Alters und jedweder Lebenssituation. (8-1)

Alles Gute zum WiederGeburtstag

Hier ist eine wunderbare Einladung zu einer sinnvollen Feier dieses besonderen Tages, an dem wir - wieder - ins Buch des Lebens eingetragen werden. (9-X)

Spiele Dich frei

Mit fröhlichen Illustrationen und ermutigenden Richtlinien erinnert uns der Autor, daß es »in Ordnung ist zu spielen und glücklich zu sein«. Gott spielte uranfänglich mit grenzenlosen Möglichkeiten - einschließlich Dir - und es war gut. (10-3)

Vertraue Deiner Trauer

Der Tod eines geliebten Menschen hat eine machtvolle und bedeutende Auswirkung auf unser Leben. Dieses Büchlein bestärkt jene, die trauern, daß ihr Schmerz zu einer tiefgehenden verwandelnden Heilung werden kann. (11-1)

Die *vierten* 6 von 34 Elfenhellfern: *Erscheinen 2000*

Triana Hill

Kreative Visualisierung, um negative Gefühlsschranken und Gewohnheiten zu beseitigen und durch positiven Erfolgsmuster zu ersetzen. Gestalte dein Leben durch Umprogrammierung deines Unterbewusstseins, so wie du es jetzt haben willst.

Emotional Clearing
Erprobte Techniken
zur spirituellen Visualisierung,
um Gefühlsblockaden und
Versagensmuster
dauerhaft zu beseitigen

Triana Jackie Hill

© 1991 Triana Jackie Hill
Musik von: Xavier De Jorqiuera
Gesprochen von: Antonius Linneborn

Um eine Kassette zu bestellen, schicken Sie bitte 25 U.S. Dollar per Reisescheck oder *internationalem* Bankscheck an:

Triana Hill
P.O. Box 1988
Kihei, Hawaii 96753
USA

Preis beinhaltet Porto und Verpackung.

TRIANA HAT DIESEN PROZESS IN WACHSTUMS-SEMINAREN IN 60 LÄNDERN MIT SCHNELLEM, DAUERHAFTEM,GUTEM ERFOLG ANGEWANDT.